Gerhard Schmidt-Halberstadt
Die Belletristische Gesamtausgabe in 25 Bänden

Herausgegeben von Friedrich Kleinhempel

Gerhard Schmidt-Halberstadt

Zeichnung: Martin Jahn

Leonhard-Thurneysser-Verlag
Berlin & Basel

Herausgeber-Geleitwort

Es ist mir ehrenvolle kulturelle Verantwortung, einen großen Teil der belletristischen Schriften von **Gerhard Schmidt-Halberstadt** als Gesamtwerk herausgeben und verlegen zu dürfen! Die Erfüllung dieser Freundespflicht bedeutet auch willkommene, zugleich beeindruckende und vergnügliche Arbeit, weil eben nicht bloß nüchtern zu recherchieren, zu lektorieren, zu redigieren, zu prüfen, zu organisieren und zu gestalten ist, sondern ich mich immer wieder - entgegen straffer Zeitplanung - voller Begeisterung und Spannung festlese. Untenstehender Zusammenschnitt "Leserinnen und Leser ..." mag diese "faszinierende Gefahr" belegen.

Gerhard Schmidt schreibt seit früher Jugend - und bis heute. Geboren 1925 in Wegeleben am Harz, war er Schüler des Martineums in Halberstadt und bestand 1943 das Abitur an der GutsMuths-Oberschule in Quedlinburg. Für seinen Berufs- und Studienwunsch Filmregie hatte er bereits die Immatrikulation der UFA-Filmhochschule Babelsberg in der Tasche. Doch unmittelbar nach Schulschluss schickte man ihn stattdessen zum Reichsarbeitsdienst sowie nach kurzer Wehrmachts-Offiziersausbildung bewaffnet in das besetzte Frankreich - ihn, den ausgesprochenen Liebhaber französischer Kultur und Sprache! Im Frühjahr 1945 ließ ihn belgische Kriegsgefangenschaft glimpflich das Kriegsende überleben.

Aus der Zeit der Gefangenenarbeit in belgischen Kohlebergwerken stammen seine frühen schriftstellerischen Werke: Stücke, Lyrik in französischer Sprache, Übersetzungen aus dem Französischen.

Kriegs- und Kriegsgefangenschaftserlebnisse, schließlich sein Weg nach Hause 1947 durch das zerbombte, verbrannte Deutschland mit seinen deprimierten, elenden Menschen prägten Gerhard Schmidts zutiefst humanistische Grundhaltung. An einer wahrhaft neuen, gerechten, friedlichen Gesellschaft wollte er fortan mitbauen. Sich dafür zu bilden, dafür zu arbeiten, studierte er Romanische Philologie, Filmregie, Literaturwissenschaft und Kulturwissenschaft an der Kunsthochschule Berlin-Weißensee und den Universitäten Münster, Leipzig und Berlin.

In einschlägigem Schaffen bewährte sich Gerhard Schmidt als glänzend talentierter, umfassend gebildeter, tiefgründig nach Wahrheit suchender Journalist, Publizist, Schriftsteller, Dramaturg, Regisseur, Wissenschaftlicher Mitarbeiter, Referent, Redakteur, Reporter, Dokumentarist - bei Verlagen, Zeitungs- und Zeitschriftenredaktionen, im Kulturbund, für Kulturhäuser, Theater, beim Filmbetrieb DEFA, für Fernsehstudios und Radiosender, Kabarett- und Kleinkunstbühnen u. a. m. Seit den 60er Jahren arbeitet er ausschließlich als freiberuflicher Journalist und Schriftsteller.

Gerhard Schmidts Ausstrahlung als moderner Humanist, seine kritischen Gesellschafts- und Politik-Analysen zogen Gleichgesinnte an: Journalisten, Literaten, Künstler, Wissenschaftler, Vertreter verschiedener Berufe und sozialer Gruppierungen. Seit 1975 traf man sich monatlich in Schmidts Wohnung in Berlins Wallstraße (im Zentrum der Hauptstadt der DDR). Gerhard Schmidts literarisch-künstlerisch-kritischer Salon war geboren, heute der **"Kritische Salon Berlin-Halberstadt"**. Immer noch kommen Gründungsmitglieder regelmäßig, nach über dreißig Jahren! Jüngere gesellen sich dazu.

Leserinnen und Leser, Rezensenten, Gutachter, Literaturagenten, Herausgeber, Verlagslektoren und Verleger über den vielseitigen Schriftsteller:

Gerhard Schmidt beschreibt Geschichte in Geschichten mit erzählerischer Intensität und Spannung. Seine bilderreiche, plastische, packende Sprache voller Suggestion kann Leserinnen und Lesern "unter die Haut gehen" (Ulla Heise).

Dabei gibt Schmidt seine humanistische Position nicht auf, denn Menschen hätten noch "immer die gleichen Beweggründe und Motive, immer die gleichen Ziele: Reichtum, Macht und Geltungsbedürfnis" (Philipp Stricker). Der Mensch habe sich in den letzten zehntausend Jahren nur unwesentlich verändert, die technische Entwicklung habe zwar seine geistigen Potenzen gezeigt, "aber die alte Frage der Aufklärung, ob er von Natur gut oder böse ist, nicht mal im Ansatz gelöst" (Jean Didot).

Aus der historischen Fülle greift Schmidt besondere Umbruchzeiten auf, darunter Bauernkrieg, Reformation, Dreißigjähriger Krieg - auf authentischen Schauplätzen Deutschlands, im Württembergischen wie in Bayern und Franken, in Hessen, Thüringen und im Harz, seiner Heimat, auf historisch jüngeren Schlachtfeldern der Normandie zum Beispiel wie auch im Brennpunkt Berlin, wo er jahrzehntelang lebte und arbeitete. Gekonnt lässt er in spannender Handlungsvielfalt zwischen Schönheiten und Geheimnissen in Natur und Landschaften in "lebensnaher Dynamik" (Renate Plöse) Geschichte erleben, macht er "das Heutige als Resultat des Gestrigen im Wirken der Menschen erkennbar" (Cornelia Pietzsch).

Schmidt zeigt u. a., wie Herrschaft und Macht geistreich und trickreich, oder brutal, mit inquisitorischer Gewalt, verteidigt wurde, wie Interessenverbündete, Priester, Handelsherren, Kanzler, Räte, Advokaten, Militärs, ihre Vorteile zu sichern suchten, er bringt verbürgte historische Größen wie

Erasmus, Morus, Reuchlin, Paracelsus, Ratgeb, Gaismayer, Hipler, Luther, Müntzer, Melanchthon u. a. m. ins Spiel - und die Vielfalt handelnder Personen aus dem Volk: aufbegehrende Bauern, Handwerker und Bergleute, Geächtete, Verfolgte, die Harzschützen, Künstler, Wundärzte, Scharlatane, Komödianten, Marketenderinnen, Landsknechte, Huren, Landstörzer, Marodeure ...

Auch aus der jüngeren Geschichte bringt Schmidt als „Geschichtenschreiber" seinen Lesern authentische Ereignisse und Figuren auf spannende Weise (wieder) nahe, wie z. B. in „Auftrag Hochverrat" (Band 5), in Erzählungen über selbst Erlebtes im Zweiten Weltkrieg, in Gedichten und Balladen zu heutigen (immerwährenden) politischen Themen.

In Liebe und Lust, Angst und Hass, Hoffnung und Ohnmacht, Rangordnungs- und Überlebenskämpfen, in der Polarisierung von Gut und Böse entfaltet Schmidt faszinierende Bilderbögen, "Folgen von einprägsamen Szenen und Tableaus. Vor dem Leser entstehen prallvolle, sehr lebendig wirkende historische Gemälde" (Lutz Steinhoff). Präzises Erfassen von Zeithistorischem, Biographischem und geistigen Strömungen dient Schmidt zu genauer, psychisch einfühlsamer Figurenzeichnung und zur Beschreibung zeitübergreifender menschlicher Beziehungen. Schmidt leuchtet tief in die Charaktere und inneren Befindlichkeiten seiner Helden, er vermeidet platte Schwarzweißmalerei, geizt nicht mit Zwischentönen, verschweigt nicht Widersprüche und unlösbare Konflikte, nicht Für und Wider, nicht gelegentliche Unvereinbarkeit von Ansprüchen.

Schmidts Texte zeichnen sich durch "großen, kraftvollen epischen Atem aus" (Ralph Breyer). Auch derbe, vulgäre Ausdrücke für das Empfinden jeweiliger Atmosphäre belegen Kompetenz und Zuverlässigkeit des „begnadeten Literaten" (Jörg Scholtz) "mit Witz und Eloquenz" (Sigrid Kumm), in "günstiger Verbindung von Informations- und Unterhaltungswert" (Hans-Jürgen Stock).

Gerhard Schmidts opulente belletristische Werke (nicht nur die historischen) sind "sehr farbig und anschaulich geschrieben" (Andreas Gößling), sie bestechen durch atemberaubendes Erzähltempo, präzise Dialogführung und athmosphärische Dichte, "die der Autor mittels weniger 'Striche' zu gestalten vermag", sie sind mit Interesse und Anteilnahme bis zum Schluss lesbar und "bieten genau das, was von historischen Romanen erwartet wird spannende, anregende Unterhaltung" (Lutz Steinhoff).

Herzlich danke ich allen Unterstützerinnen und Unterstützern des Projektes, zuvörderst dem Autor, Gerhard Schmidt, den Aktiven im „Kritischen Salon Berlin-Halberstadt", insbesondere Reni Schmidt-Kortus und Martin Jahn, dem Berliner „Kreativ e. V.", und nicht zuletzt Ursula A. Hausen.

Mit dem hiermit vorgelegten **Band 1** übergebe ich Gerhard Schmidt-Halberstadts (zunächst) fünfundzwanzigbändige belletristische Gesamtausgabe der Öffentlichkeit. Möge Gerhard Schmidts Werk (das immer noch entsteht) außer fesselndem Lesegenuss (welcher nahezu garantiert ist) die wünschenswerte, notwendige geistige Resonanz und kulturelle Erfüllung in breiter Leser-, Mitdenker- und Mitfühlerschaft finden! Aus dem Wissen um ältere und jüngere Geschichte - zumal bei entsprechender Intellekt- und Gefühls-anregung - kann bei klugen und sinnlichen Leuten allemal Rat für heute und morgen erwachsen!

Berlin, im Mai 2008

Friedrich Kleinhempel.

Gerhard Schmidt-Halberstadt
Die belletristische Gesamtausgabe
in 25 Bänden

Herausgegeben von Friedrich Kleinhempel

Band 1

Gerhard Schmidt-Halberstadt
Der Narrenkanzler

Leonhard-Thurneysser-Verlag
Berlin & Basel

Gerhard Schmidt-Halberstadt: Der Narrenkanzler
5., bearb. Auflage, 2008
Berlin & Basel: Leonhard-Thurneysser-Verlag
ISBN 3-939176-02-8

Gerhard Schmidt
Die belletristische Gesamtausgabe in 25 Bänden
Herausgegeben von Friedrich Kleinhempel
Band 1

Umschlagzeichnung und Illustrationen: Hans Mau

Alle Rechte vorbehalten.
© 2008 Leonhard-Thurneysser-Verlag,
Berlin & Basel, Postfach 35 05 32, D-10214 Berlin

Das Werk einschließlich aller seiner Teile ist urheberrechtlich geschützt.

Herstellung: winterwork Grimma
Printed in Germany

Die Deutsche Bibliothek verzeichnet diese Publikation in der Deutschen Nationalbibliografie; detaillierte bibliografische Daten sind im Internet über http://dnb.ddb.de abrufbar.

Inhalt

Gerhard Schmidt-Halberstadt (Zeichnung Martin Jahn)	1
Herausgeber-Geleitwort	3
Innentitel Band 1: Der Narrenkanzler	7
1. Kapitel: Der Hexenprozeß	11
2. Kapitel: Die Flucht	30
3. Kapitel: Der Überfall	37
4. Kapitel: Die Transmutation	43
5. Kapitel: Vor dem Richtblock	61
6. Kapitel: Laster, Lügen, Lustgefühle	71
7. Kapitel: Der Totentanz	91
8. Kapitel: Utopia ist weit	97
9. Kapitel: Liebe und Leid	103
10. Kapitel: Die Mandragora	111
11. Kapitel: Die Narrenhochzeit	125
12. Kapitel: Ein Gefährte taucht auf	135
13. Kapitel: Die Rettung der Rechtlosen	139
14. Kapitel: Unter Aufrührern	154
15. Kapitel: Die große Sache	162
16. Kapitel: Die Grafen gehen zu Fuß	177
17. Kapitel: Sturm auf Weinsberg	185
18. Kapitel: Die Spießgasse	203
19. Kapitel: Jäckleins List	210
20. Kapitel: Sabellicus taucht wieder auf	223
21. Kapitel: Was kostet die Welt!?	231
22. Kapitel: Das Fest des Kanzlers	238
Nachbemerkung des Autors	250
Wichtige Zeitereignisse vor dem Bauernkrieg	251
Chronologie des Bauernkrieges (Auswahl)	253
Worterklärungen	255

1. Kapitel
Der Hexenprozeß

Eisblumen an Butzenscheiben. Weiße Zipfelmützen auf vorkragendem Gebälk. Eilige Passanten. Ja, die Stadt fror an diesem ersten Dezembertag des Jahres 1507. An der Saale sollten die Enten tot vom Himmel gefallen sein. Und der Sankt Georg auf dem großen Marktbrunnen trug einen schimmernden, durchsichtigen Panzer aus Eis; die gerade immatrikulierten Studenten der Alma mater, Füchse genannt, hatten ihm einen Aschesack wie ein Mäntelchen umgehängt.

Trotz der Kälte staute sich in der Brotgasse das Volk.

„Verbrennt sie!" grölte ein Bursche und warf einen Stein.

„Verbrennt die Hexe! Auf den Scheiterhaufen mit ihr!" rief ein zweiter.

Glas klirrte. Aus dem Hause drang Geheul. Zwei Landsknechte zündeten Wergfetzen an

Ein Tuchhändler riß sie ihnen aus der Hand und trampelte darauf herum.

„Seid ihr des Teufels!" schrie er heiser. „Wollt ihr die Stadt in Asche legen?"

Vor der Tür mit der Brezel hatten sich Tagelöhner und Bettler angesammelt; auch ein paar Mönche waren dabei, die im Hintergrund blieben und die Fäden des Aufruhrs in der Hand zu halten schienen. Die Menge wütete seit Stunden. Selbst der Schneesturm, der mit flatterndem weißen Mantel über die Ziegeldächer und durch die Gassen pfiff, hinderte sie nicht. An den heil gebliebenen Fenstern des Bäckerhauses zeigte sich ein verängstigtes Altweibergesicht und verschwand, als habe es Belzebub erblickt. Irgend jemand drohte hinauf. Einer spie auf den Boden und machte die Geste des Wasserabschlagens.

Ulrich von Falkenau, einer der beiden Studenten, die gerade in die Marktgasse einbogen und sich fröstelnd in Wams und Schaube verkrochen hatten, stolperte auf den Mann zu, bevor ihn sein Begleiter hindern konnte.

Er wollte zum Degen greifen, fand aber keinen - er hatte ihn vor einer Woche versetzt - und schlug mit blanker Faust auf den Verdutzten ein, der sich hilfesuchend nach seinen Kumpanen umsah.

Als der Gefährte hinzusprang, um den Freund zurückzureißen, war es zu spät. Von allen Seiten fiel der Pöbel über den Studenten her, riß ihn zu Boden, beschimpfte und begeiferte ihn als Buhler der Hexe und ließ erst von ihm ab, als die Büttel, die vorher nicht eingegriffen hatten, im Laufschritt angerückt kamen.

Wendel Hipler, der zweite Student, bemühte sich um den am Boden Liegenden. Der hielt sich den Kopf und brach plötzlich aus dem Kreis wie eine gereizte, angestochene Wildsau aus dem Kessel der Treiber.

Hipler folgte ihm. Sie rannten. Hinter sich die von den Hellebarden und Stiefeln hervorgerufenen Geräusche der Verfolger.

„Ich glaube, hier suchen sie uns nicht", sagte Hipler keuchend vor dem Badehaus in der Braugasse. Er stieß die Tür zurück und schob den Freund in einen dampferfüllten Raum. Es war fast nichts zu erkennen.

„Nebenan hätte ich mich wohler gefühlt", witzelte der Gefährte, schon wieder obenauf. Nebenan war das Freudenhaus.

„Warum, zum Henker, hast du dich eingemischt?" fragte Hipler erregt.

„Weil mir die Schnauze des Burschen nicht gefiel." Der Freund grinste.

Hipler winkte ab.

Seit einem Monat wühlte der Hexenprozeß die Gemüter auf, wenn es auch nichts Ungewöhnliches war, was in der Salzstadt geschah. Ungewöhnlich waren nur die Umstände, denn die Angeklagte Maria Mohler blieb hartnäckig dabei, von einem Mönch des Dominikanerordens vergewaltigt worden zu sein. Daran dachte Hipler, als er neben Falkenau in die hölzerne Wanne stieg und ihm das Wasser aus den Kübeln der Bademädchen über Brust und Rücken rann. Beide gaben sich der Wohltat hin und bestellten, hungrig wie Märzwölfe, Bier, Brot, Käse, Wurst. Immer wieder kehrten Hiplers Gedanken zu Maria Mohler zurück.

Nur noch einmal sollte verhandelt werden. Wenn sich die Bäckerstochter bei der peinlichen Befragung nicht zu einem Geständnis bewegen ließ, mußte ein Gottesurteil entscheiden. Es sei denn, man konnte beweisen, daß die Anklage auf tönernen Füßen stand. Maria Mohler hatte wohl auch ihn behext, denn er sah das Mädchen in Wachträumen als nacktes Weib vor sich, schön wie Aphrodite. An einem Juniabend hatte er beobachtet, wie sie am Saaleufer die Kleider ablegte und sich der untergehenden Sonne und dem Wasser entgegenwarf und danach wie vom Wind getragen durch die Felder lief.

Ulrich von Falkenau schrubbte und kratzte sich, aß und trank und war froh, nicht bezahlen zu müssen. Er dachte an die dürftige kleine Burg im Oderwald, in der die Ratten auf der Tenne Hungers starben, auf deren Dachgebälk mehr Lasten als Ziegel lagen, Sehnsucht nach diesem Zuhause empfand er nicht. Verfluchtes Gefühl, ohne Geld zu sein. Der Vater schickte nichts, und die Wucherer beliehen nichts mehr.

Vier Jahre studierte er schon und war nicht einmal Bakkalaureus. Was nützte es, ein Ritter zu sein, wenn kein Bauer zum Fronen kam und die Sorge in den Ecken saß, als hätte sie Hausrecht auf der Burg. Hab und Gut war verpfändet, nur ein rostiger Eisenhelm erinnerte an die Zeit, als ein Falkenau in den Kreuzzügen zu Kriegsruhm und Ansehen gekommen war. Was kümmerte ihn die Vergangenheit. Ihm fiel es nicht schwer, auf Pump zu leben.

Die Freunde dachten längst nicht mehr an die Verfolger.

Hipler wurde melancholisch, wenn er sich erinnerte, wie oft er nach Brot gegangen war, um Marias Blick zu erhaschen. War es gestern gewesen, vor einem Monat, einem Jahr, als er sich ins Zunfthaus der Bäcker gedrängt hatte, um danach ihren Duft in seine Kammer zu tragen? Einen Abend lang war er ihr nah. Und nun? Er begriff nicht, daß die Sancta ecclesia eine Unschuldige auf den Scheiterhaufen bringen wollte und von den Kanzeln verkünden ließ, der Satan residiere in einem Bäckerhaus. Verfluchtes Mönchsgezücht! Ausgerechnet die Brüder in den schwarz weißen Kutten wurden als Richter ausersehen. Wenn Pater Antonius, der der Versuchung nicht widerstanden hatte, auch in ein anderes Kloster versetzt worden war und fünfmal die Bibel abzuschreiben hatte, die Kirche verlieh ihm einen Heiligenschein.

„Du bist ein Narr", sagte der Freund in sein Nachdenken hinein, „aber ich hab dich gern, weil du für alle Narren in die Bresche springst."

„Du hast alle gern, die deine Zeche zahlen."

„Nein, nur solche wie dich. Du redest dich um deinen Hals. Manchmal spür ich den Kapuzenmann direkt hinter mir, wenn du dich über die Scheiße beschwerst, in der Papst und Kaiser, Prälaten und Fürsten nach Dukaten fischen. Du bist ein gottverdammter Narr, weil du das ändern willst mit deinem gottverdammten Humanisteneinmaleins, mit dem du dir den gottverdammten Hintern wischen kannst. Na, Prost!"

Falkenau schaute tiefsinnig in sein Glas. Seine Worte begannen zu stolpern.

„Du willst die Welt verändern mit dem, mit dem Federkiel und wunderst dich, wenn man dich wie die Schabe im Badezuber ...", er griff mit der freien Hand auf den Boden, beugte sich über den Rand der Wanne, suchte, hielt triumphierend eine Schabe zwischen den Fingern und ertränkte sie, „... in deiner Tinte ersaufen läßt. Reg dich nicht auf, ich ziehe trotzdem mit. Und sei es vor den Richterstuhl dieser beschissenen Stadt."

Einen Augenblick versagte ihm die Zunge, dann fuhr er fort: „Du glaubst, du stichst in ein Mäusenest, aber Ratten, groß wie Elefanten, kommen heraus. Lieber würd ich mit blanker Faust vor einen reisigen Pfeffersack treten, um ihm die Goldfüchse unterm Hintern wegzuklauen." Er lachte abfällig. „Seit dir der Buchführer die Spitzköpfe aufgeschwatzt hat, die Erasmus und Reuchlin, bist du unterwegs nach Nirgendland und mußt auf dem Weg dorthin alle verdammten Hexen befreien. Na, dein Brevier."

Hipler dachte an den kommenden Tag, an den Prozeß. Er hörte nicht zu.

Die Freunde hatten nur eins gemeinsam, die Bank in der Alma mater. Und die auch nur zeitweilig, denn Ulrich suchte andere Nährmütter auf. Wendel Hipler war mager, aufgeschossen, Ulrich von Falkenau dicklich, eher klein. Hipler hatte ein schmales, kantiges, immer ein wenig leidend aussehendes Gesicht mit den wachen Augen eines Turmfalken, Falkenau einen Kürbis als Kopf, in dem nach Meinung der Professoren nicht mehr als in einem Kürbis war. Trotz allem mochte Hipler die Unbeschwertheit des Freundes, der ohne einen Pfennig in der Tasche wie Krösus in die Schenke lief. Und Falkenau wußte manchmal nicht, was ihn mehr anzog, das Taschengeld oder die Klugheit und Absonderlichkeit des Banknachbarn. Wenn man die beiden hörte, schien es immer, als stritten sie sich, trotzdem waren sie bereit, füreinander durchs Feuer zu gehen.

Draußen begann es zu schneien. Die Sturmböen wurden seltener; doch wenn sie auf Widerstand trafen und sich in Winkeln und Ecken fingen, heulten sie böse, rüttelten an Türen und warfen Marktstände um. Eine stieß die Fensterflügel im Baderaum der Freunde zurück, bauschte die Röcke des Mädchens und fuhr in die Flammen unter dem eisernen Kessel, in dem das

Wasser bereitet wurde; die Funken stoben und vermengten sich mit wallendem Dampf, daß es einen Augenblick lang wie in einer Hexenküche aussah.

Hipler lachte, als Ulrich prustend in den Zuber tauchte und die Magd mit sich zog. Hochauf schwappte die Brühe und ergoß sich über den Gefäßrand in die Stube. Das Mädchen riß mit den Beinen den wackligen Tisch um. Weinkrug, Humpen, Fleisch und Käse kollerten wie beim Kegelspielen umher.

Von der Diele her war eine befehlsgewohnte Stimme zu hören. Stiefel scharrten, Waffen klirrten, Truhen wurden geöffnet, Türen zugeknallt. „Ein kleiner Dicker und ein großer Dürrer", sagte jemand und wiederholte es.

„Unsere Köpfe scheinen ihnen zu gefallen", brummte Hipler.

Der von Falkenau wurde blaß. Er packte die Sachen, die ungeordnet auf einem Stuhl lagen, stürzte zum Fenster, schreckte vor dem Posten und dem eisigen Flockenwirbel zurück und eilte wie eine aufgescheuchte Henne umher. Von draußen hämmerte es an die Tür. Das Bademädchen hielt die Klinke mit ganzem Gewicht und wies mit gestrecktem Bein auf den Nachbarraum. Ulrich wischte hinaus, Wendel folgte ihm. Die Flüchtenden überquerten mit zwei, drei Sprüngen den mit Gerätschaften vollgestopften Hof und kamen ins Haus nebenan.

Hipler suchte seine Blöße zu bedecken und sich anzuziehen. Falkenau schubste ihn die Treppe hinauf und drängte ihn in ein Gemach, in dem drei halbbekleidete Mädchen sich bei Wein und Kartenspiel die Zeit vertrieben. Stotternd bat er um ein Versteck. Die drei brachen in unbändiges Gelächter aus, als sie die Geschichte begriffen und die nackten Männer, zitternd vor Kälte und um Haltung bemüht, aus der Nähe besahen.

Auch vor dem Haus hörte man die Knechte. Durch die Butzenscheiben war der Frauenwirt zu erkennen, der gestikulierend mit ihnen sprach. Ulrich und Wendel wurden in den Weidenkorb geschoben, der gerade als Tisch gedient hatte. Die Frauen setzten sich, als wäre nichts geschehen. Sie kicherten, tranken und fingen zu streiten an, als die Büttel den Raum betraten.

Die Männer blieben stehen und schauten sich um, als hätte man sie auf den Mond versetzt. Die Spiegel verwirrten sie. Die Puderdosen und Flakons verströmten Düfte wie aus Tausendundeiner Nacht. Die galanten Bilder erregten die Sinne, und die rundlichen und spitzen Brüste lockten.

Ulrich und Wendel begannen zu schwitzen, als ein Bursche sich auf den Deckel setzte und mit den Beinen zu schaukeln begann. Die Damen wieherten vor Lachen. Ulrich mußte niesen, der Parfümduft im Korb reizte ihm die Schleimhäute.

Im selben Augenblick nieste auch ein Mädchen und hörte nicht mehr auf, weil Ulrich nicht aufhörte. Die drei Mädchen erstickten fast, so erheiterte sie der Spaß. Schließlich niesten alle drei.

15

Hipler schämte sich. Ein Mann in einem Wäschekorb! Und in diesem Haus!

Draußen wurde die Tür aufgerissen und an die Wand geknallt. Der Frauenwirt betrat den Raum und brüllte ein unflätiges Wort. Er war für die Einhaltung der Ordnung und den Schutz der auf der Straße mit roten Schleifen kenntlich gemachte achtzehn Hübscherinnen verantwortlich. Fluchend und hinkend war er den Männern gefolgt. Jetzt krakeelte er in der Stube herum, die ungebetenen Gäste sollten sich sonstwohin scheren, das sei kein Haus für Landstreicher und Stadtknechte; wer hier Rechte genösse, müsse zahlen oder Gast des Rates sein. Die Bewaffneten zogen mit ihm ab.

Zum Nachtmahl erreichten die Freunde ihr Quartier. Hipler brach gleich wieder auf. Bald war er vor der Burse angelangt, dem Haus der Studenten, die sich keine eigene Wohnung leisten konnten und in großen dunklen, schlecht geheizten und schmutzigen Sälen hausten. Obwohl es eine Aufsicht gab und die Hausordnung aus strengen Vorschriften bestand, herrschte ein infernalischer Lärm. Undefinierbare Dünste schlugen ihm entgegen.

Hipler wurde von jungen Leuten aus einer Gruppe begrüßt, die erregt über den Prozeß und seinen vermeintlichen Ausgang sprachen.

Einer rief ihm entgegen: „Eh dir's ein anderer sagt, Gevatter, ich habe um ein Faß gewettet, daß du zu Kreuze kriechst. Denn was nützt dir die Ars dictandi, die gottverdammte Humanistengelehrsamkeit samt Vergil und Cicero, das Volk will ein Autodafé, und die Kirche will's auch!"

Die Gespräche verstummten. Alles wandte sich Hipler zu. Der trat vor den Ofen und legte die Hände an die Kacheln, um sich aufzuwärmen. Er überlegte und rieb sich mit einer Hand die Stirn, wie er es immer tat, wenn er nachdenklich war. Er antwortete nicht.

„Der Tanz mit den Paragraphenfressern wird anstrengender als der mit dem Bäckermädchen sein", krächzte ein Pockennarbiger, der sich ebenfalls an den Brotbänken herumgedrückt hatte, den Maria aber hatte abblitzen lassen.

Hiplers Abenteuer im Zunfthaus war rasch bekannt geworden; es war nicht leicht, zum großen Meisterfest geladen zu werden. Und er hatte niemandem verraten, wie er in den Festsaal gekommen war.

Aus der entfernten Ecke rief jemand aus zerschlissenen Decken heraus: „Jedenfalls wird sie's wärmer haben als wir!"

Der Magister stieß sich vom Ofen ab und reagierte böse. „Wenn wir nicht zeigen, wie das Recht zur Hure gemacht wird von Mönchen und Pfeffersäcken, ist unsere Wissenschaft keinen Pfifferling wert."

Ein paar lachten.

Einer knurrte: „Scheiß auf ihr Hexenrecht, aber wundere dich nicht, wenn man dir die Fackel an den Hintern hält! Angeblich gibt es Zeugen."

Von allen Seiten prasselten jetzt Bemerkungen auf Hipler ein.

Hipler trat weiter nach vorn. Es war so, als hätte er auf ein Stichwort gewartet. „Die Zeugen? Die sind gekauft!"

„Beweis es", nahm ihn ein Älterer beim Wort.

Hipler fuhr herum. „Da müßte ich mehr bieten können als der Erzbischof. Sie werden beschwören, daß sie den Teufel in flagranti ertappt haben."

„Larifari", griff ihn der Ältere an. „Der Pfaffe war nicht der einzige, der nach ihr gefingert hat. Wie willst du wissen, daß sie keine Hexe ist?"

Es wurde still.

„Ich lag mal bei einer, die hatte auch die Hölle im Leib", sagte einer, vor Lachen prustend.

Niemand beachtete ihn. Immerhin hatte jeder schon mal im Unerklärlichen das Wirken der bösen Geister gefürchtet und seine Kreuze gemacht. Von Hexen wurde in jeder Spinnstube erzählt. Hipler wußte, daß das die entscheidende Frage war. Er liebte das Mädchen und glaubte nicht an die Beschuldigung. Er wollte sie retten. Dazu brauchte er das Gesetz. Und das Gesetz wurde von Menschen für Menschen gemacht. Er hatte einen Plan und entwickelte ihn und suchte seine Kommilitonen mit Leidenschaft dafür zu gewinnen. Und sie gaben ihre Zustimmung. Was kann schon passieren, dachten einige. Schlimmstenfalls ist es ein Bubenstreich. Pater peccavi, Vater, ich habe gesündigt - vergeben, vergessen. Die Bakkalaurei und Magister hatten die Erlaubnis erlangt, bei der am frühen Morgen stattfindenden peinlichen Einvernahme zugegen zu sein.

Aufgewühlt trennte sich Hipler von seinen Gefährten und ließ sie eifernd zurück. Er wußte, daß er von der ersten Bewährungsprobe seines Lebens stand, und hatte nichts hinter sich als die Kenntnisse der Bücher, die Wissenschaft. Und die Studiosi. Aber da zweifelte er schon.

Er schlief wenig. Im Traum hatte er gegen ein Fabelwesen zu kämpfen, dem er die Köpfe abschlug. So viele er abschlug, so viele wuchsen neu. Er stand zu spät auf, fühlte sich wie zerschlagen. Er hastete mit dem Freund über knirschenden Schnee durch noch leere Straßen zum Lochgefängnis. Auch für Ulrich hatte Hipler die Erlaubnis für die Teilnahme erwirkt, obwohl der kein Bakkalaureus war. Sie stolperten fünfzig Stufen hinab und kamen gerade zurecht.

Die Prozedur fand in einem Spitzbogengewölbe mit meterdicken Mauern statt. Zwischen zwei Pfeilern war ein Vorhang angebracht, hinter dem auf einem Podest, wie bei einem Schauspiel, die zugelassenen Gäste saßen, etwa fünfunddreißig insgesamt: Kleriker, weltliche Beamte, Studenten. Einige Dutzend Fackeln und ein Kohlefeuer spendeten trübes Licht und ließen die Schatten des Henkers und seiner Gehilfen, die mit dem Ordnen der Instrumente beschäftigt waren, gespenstisch durch den Raum geistern. In der Luft hing Hustenreiz verursachender Rauch. Es stank nach verbranntem Horn und nach Pech. An den Wänden schimmerte es feucht. Die Gäste unterhielten sich halblaut. Der vernehmende städtische Richter, ein Herr von Spengler - Hexen-Spengler, wie ihn die Studenten nannten, oder einfach Quak, weil er klein und dicklich war wie ein Frosch und bei jeder Gelegenheit ein ähnliches glucksendes Geräusch von sich gab - befahl dem Büttel, die Beklagte hereinzuführen. Es hatte den Anschein, als habe er getrunken, obwohl er bemüht war, sich geradezuhalten.

Maria Mohler erschien, bleich, mit aufgelöstem langen Haar, das über eine schmutzige graubraune Schaube fiel. Auf einen Wink Spenglers wurde die Schaube abgenommen, darunter trug das Mädchen ein leinenes Hemd. Beifall wurde auf den hinteren Bänken laut. Empört schauten sich die Ehrengäste nach den mit den Füßen scharrenden Studenten um. Der Richter ließ sich nicht aus der Ruhe bringen, verlas die Personalien und den Grund der Anklage und forderte die Delinquentin zum Bekennen auf, damit erspare sie sich die peinliche Prozedur, und die Wahrheit käme ohnehin heraus. Das geistliche Gericht habe ihm den Fall überstellt und sei von ihrer Schuld überzeugt. Wolle sie nicht gestehen, bliebe bei der Schwere der Anklage und der Wucht der gegen sie sprechenden Indizien nur das Gottesurteil. In diesem Falle werde sie gebunden ins Wasser geworfen, ihr Schicksal läge in des Allmächtigen Hand. Es wurde nun offensichtlich, daß er die Nacht über getrunken hatte, denn die Zunge versagte manchmal. Einer der Studenten pfiff bei einem Versprecher auf zwei Fingern. Spengler ignorierte es.

In Marias verquollenem, von den wirren blonden Haaren bedecktem Gesicht zuckte es, als wolle sie weinen, dann aber richtete sie sich aus ihrer gebückten Haltung auf und antwortete auf die zweimal wiederholte Frage des Richters, der in seinem schwarzen Talar mit den langen Ärmeln tatsächlich wie ein auf Beute lauernder schwarzer Frosch vor ihr stand, leise: Nein, sie sei unschuldig, das wisse der Herr, und er werde ihr beistehen.

Jetzt war der Richter in seinem Element. Sie möge sich nicht noch mehr versündigen, rief er mit ausgestrecktem Arm. Der Name des Herrn in ihrem Munde sei eine Lästerung. „Quak", tönte es von den hinteren Bänken, „quak, quak." Hipler schaute empört auf Ulrich von Falkenau, der der Anführer der Quakmacher war, und zischte ihm zu, er solle sein Maul halten, er verderbe alles, die Büttel warteten nur auf ein Zeichen, sie alle hinauszuwerfen.

Der Richter aber wurde durch den Fürsprecher abgelenkt, der auf einer Bank in der Nähe der Angeklagten saß und einwandte, solange sie nicht schuldig gesprochen sei, dürfe ihr niemand den Namen des Herren verwehren. Mehr den Zuschauern als dem Richter zugewandt, fragte er, ob das Urteil vielleicht schon beschlossen und die Verhandlung hier eine Farce sei.

Auf den hinteren Bänken gab es frenetischen Lärm. Spengler rief in den Tumult, dies sei kein Kolleg, er werde den Keller räumen lassen. Buhrufe antworteten ihm. Die Rufer wurden von den einsichtigeren Kommilitonen, allen voran Hipler, niedergezischt.

Es war der einzige Auftritt des Fürsprechers, der ihm Beifall einbrachte. Ansonsten hatte der Herr, ein städtischer Schreiber ohne Adelstitel und Vermögen, viel zu sehr Respekt vor dem mächtigen Anhang Spenglers und den möglichen Folgen allzu großer Teilnahme für das Mädchen. Während des Verhörs hielt er sich zunehmend zurück. Der Beifall der Studenten hatte ihn erschreckt. Seine Verteidigung war lendenlahm und lief darauf hinaus, zu betonen, daß es so, aber auch anders gewesen sein könnte. Er dachte an den für ihn einzig möglichen Erfolg, das Gottesurteil, und sprach seiner Klientin Mut zu, als der Henker herantrat.

Hipler hätte nach vorn laufen und das Mädchen schützen mögen. Er hörte die Stimme Spenglers wie durch eine Nebelwand, fern, ganz fern. War das wirklich, was um ihn herum geschah? Was mochte sie ausgestanden haben?

Dreieinhalb Wochen hatte sie, an Händen und Füßen gefesselt, in einem Loch gesessen, hatte geschrien und die Heiligen beschworen, wurde immer wieder befragt und mit Menschen, die sie nicht kannte, konfrontiert, war endlich verstummt, hatte auf alle Fragen geschwiegen, dumpf vor sich hin brütend. Sie sah nichts, hörte nichts, verstand nichts mehr.

Der Henker, Hipler erkannte trotz der Kapuze am hinkenden Gang in ihm den Frauenwirt, gab seinen Gehilfen ein Zeichen, die Eisen ins Feuer zu legen. Es wirkte fast menschlich, als er die Delinquentin, die sich nur schwer aufrecht halten konnte, am Arm stützte und zu einer Bank geleitete.

Hipler bemühte sich um einen Blick des Mädchens. Maria bemerkte ihn nicht.

Er dachte daran, wie er sie am Stand besucht und bewundert hatte. Sie konnte mit Pferd und Wagen umgehen wie ein Fuhrmann. Und beim Wasserholen, beim Brotverkauf blieb sie nie eine Antwort schuldig. Sie scheute sich nicht, Mist zu fahren, und verstand es sogar, ein Schwein in den Rauchfang zu hängen. Dabei hatte er sie bei einem Mysterienspiel auch schon als Maria Magdalena gesehen.

Noch einmal versuchte Spengler, die Angeklagte zu einem Geständnis zu bewegen.

„Schau dir die Instrumente an", sagte er. „Bekenne, und du verspürst keinen Schmerz. Sag: Ich bekenne ..."

„Ich bekenne ...", wiederholte Maria tonlos.

„Ich bekenne, daß ich Pater Antonius ...", drängte der Richter.

„Erleichtere dich. Es ist gleich vorbei ..."

„Ich bekenne, daß ich Pater Antonius ..." Marias Stimme versagte.

Alles wartete darauf, ob sie weitersprechen würde. Hipler verspürte ein Stechen in der Herzgegend. Hatten sie es wirklich geschafft? Aufgeregt massierte er die Stirn. Sie durfte nichts sagen. Sie durfte nicht bekennen. Sonst war sie verloren.

Spengler trat dicht an sie heran, redete auf sie ein: „... angesichts der Heiligen Jungfrau Maria mit meinen Hexenkünsten ... Vollende, vollende es!"

Es war, als wollte er sie beschwören. „Du bist schuldig!"

Schuldig! hallte es in Hipler nach. Schuldig, toste es in ihm, und er glaubte, das Dröhnen zersprungener Glocken zu hören; es füllte den Raum und wurde zum Glockensturm.

„Nein!" schrie das Mädchen.

Der Richter fuhr erschrocken zusammen.

„Ich bin nicht schuldig; nicht schuldig. Du bist der Teufel, und die auf den Bänken da ..." Sie streckte die gefesselten Hände aus und wies auf die Priester und Mönche.

„Ketzerin!", heulte einer von ihnen. „Auf den Holzstoß mit ihr!", ein anderer. Die Studenten buhten, pfiffen und trampelten mit vereinter Kraft. Jetzt beteiligte sich auch Hipler.

Vergeblich bemühte sich der Richter um Ruhe. Aufgebracht gab er dem Henker ein Zeichen, die Prozedur zu beginnen. Maria, in eine Art Ekstase geratend, ließ die verschiedenen Grade der Folter, anfangs immer wieder schreiend: „Ich bekenne nicht", schließlich einen Psalm singend, über sich ergehen. Als die Daumen- und Zehenschrauben und die Spanischen Stiefel abgenommen worden waren, Blut auf den Steinfußboden sickerte und ein Knecht erst zu den Ruten, dann zur Peitsche griff, wurde sie still. Sie zuckte nur, wenn der Gehilfe des Henkers sie traf. Das Kleid fiel in Fetzen herab; rote Striemen bildeten sich auf der Haut. Ihr Kopf war vornübergesunken.

Spengler war entschlossen, auch die Pommersche Mütze, die den Kopf zusammenpreßte, den Gespickten Hasen, über den die Gepeinigte gezogen werden sollte, den Halskragen und die Dornenkrone anzuwenden; je länger die Angeklagte schwieg, um so aufgebrachter wurde er. Nicht nur die zehn Gulden für eine überführte Hexe, und das war nicht wenig, sein juristisches Ansehen stand auf dem Spiel.

Maria wurde mit zusammengeschnürten Händen in die Höhe gezogen. Immer schwerere Gewichte wurden an die Füße gehängt. Sie war jetzt fast nackt. Ihr trotz Haft, Kälte, Nässe, Hunger noch immer makelloser Körper war den lüsternen Blicken der Zuschauer ausgesetzt.

„Hexe", flüsterte ein feister Dominikaner vor Hipler. „Sie hat noch den Teufel im Leib."

Im Keller war nur das Knistern des Kohlefeuers, das Knarren der Winde zum Emporziehen und das Stöhnen der Delinquentin zu hören.

„Rede, rede", herrschte sie der Richter an. „Erleichtere dein Gewissen und sag, daß du nächtens ausgeflogen, daß du an Sabbatfeiern teilgenom-

men, mit dem Teufel gebuhlt und ihm beigewohnt hast. Sag es, sonst laß ich dir die Brust mit dem Eisen zwicken."

Er gab ein Zeichen. Der Henker nahm die glühende Zange aus den Kohlen. Ein Knecht riß die letzten Fetzen Stoff vom Leib des Mädchens.

Hipler sprang auf. „Halt!" schrie er, sich fast überschlagend vor Zorn. „Halt!"

Lange hatte er warten müssen, hatte den Mut des Mädchens bewundert, hatte gedacht, daß Jesus von Nazareth nicht mehr gelitten haben konnte, daß dies in seinem Namen geschah, daß es mit dem Recht nicht Stimmen konnte, das auf solche Weise zu Geständnissen kam. Er hatte sich zurückgehalten, um nicht alles zu verderben. Wenn er sich äußerte, mußten seine Argumente hieb- und stichfest sein, mußten die des Richters widerlegen und die Rechtsbeugung offenkundig werden lassen. Darauf hatten er und seine Kommilitonen sich eingestellt. Sie warteten auf die Fahrlässigkeit, auf den Rechtsbruch wie auf das Manna vom Himmel. Jetzt war es soweit. Jetzt hatte Quak verspielt. Jedenfalls glaubte das der Magister, der hier seinen ersten Prozeß führen und gewinnen wollte.

In den erstaunten Protest des Richters hinein platzte er mit dem Ruf: „Ihr beugt das Recht, Herr von Spengler!"

Das Vorgehen war so unerhört, daß Bewegung im Raum entstand. Der Richter vergaß die Arme herunterzunehmen, die er gegen das Mädchen erhoben hatte, um ihr die Qualen des Jüngsten Gerichts mit würgenden Fingern auszumalen. Ein Dominikaner sprang auf und hob das Kreuz gegen Hipler. Der aber ließ sich nicht beirren.

„Ihr habt der Delinquentin Hexenflug und Sabbatfeier unterstellt, bezichtigt sie des Beischlafs mit einem Inkubus", sagte Hipler heftig. Er mußte seinen ganzen Mut zusammennehmen.

„Wißt Ihr nicht, daß der Malleus maleficorum, auf den Ihr Euch stützt, in dieser Sache die Bulle des Papstes Innozenz des Achten gelten läßt, in der von beidem nicht die Rede ist. Hättet Ihr den Hexenhammer wirklich studiert, müßte Euch die voranstehende Bulle aufgefallen sein."

Das war eine Herausforderung. Spengler wurde rot vor Zorn.

Leidenschaftlich fuhr Hipler fort: „Klagt Ihr in der einen Sache falsch an, steht auch das andere auf tönernem Fuß!"

Dem Richter verschlug es die Sprache. Der Henker wiegte bedächtig den Schädel, nickte vor sich hin, als wollte er sagen, noch einer, der mir bald vor die Zange kommt, hinkte ohne Aufforderung zum Feuer zurück und legte das Instrument wieder hinein. Hipler war ihm dafür dankbar. Er glaubte eine Regung in Marias Gesicht zu entdecken, ein Zeichen des Erkennens, der Freude. So hatte sie ihn einmal angesehen, als er ihr bei einem Regenguß half, den Brotstand und die Körbe mit Wecken und Brezeln ins Haus zu tragen. Es machte ihn kühn bis zur Verwegenheit.

Er rief: „Ich beweise, daß die Delinquentin unschuldig und der Prozeß eine Verleumdung ist!"

Ulrich von Falkenau blickte seinen Gefährten bewundernd an, er grölte: „Rechtsbrecher! Scharlatan! Quak, quak, quak!"

Nicht nur der Richter, auch der Fürsprecher war konsterniert über diesen noch nie dagewesenen Eingriff in ein Verhör. Beide unterhielten sich leise über den Mann; sie kannten ihn nicht.

Hipler hatte sich gründlich vorbereitet. Er hatte die einschlägigen Akten, Verordnungen, Rechtsbücher studiert und entschiedene Widersprüche zwischen dem seit 1489, seit zwanzig Jahren also geltenden Hexenhammer, der 1483 erlassenen päpstlichen Bulle, dem seit fünfhundert Jahren geltenden und immer noch nicht außer Kraft gesetzten Canon episcopi und der Rechtssammlung des Bischofs von Worms feststellt. Auf das abweichende Malefizrecht und die lautstarke Unterstützung durch die Kommilitonen hatte er alle Hoffnungen gesetzt. Er wollte Unrecht durch Recht überwinden, durch das geschriebene und festgelegte Recht.

Wieder spürte er Beklommenheit, als er sich im Blickpunkt der erregten Versammlung sah. Es war anders als im Kolleg, in dem Sinn und Unsinn sich spielerisch verwoben und die rhetorische Leistung im Vordergrund stand. Hier spürte er die Feindschaft wie den Dolch an der Kehle. Hier ging es zuallerletzt um die theoretische Erörterung. Hier ging es um einen Menschen, der ein paar Schritt entfernt an einem Hanfstrick hing. Hier ging es um den eignen Kopf. Das wußte er in diesem Augenblick.

Spengler sagte gelassen: „Offensichtlich seid Ihr einer jener Heißsporne, die von der Alma mater ein wenig ..." Er hatte sich gefaßt und kostete die folgenden Worte, schmeckte ihnen förmlich nach, ließ sie auf der Zunge zergehen. „... ein wenig verwöhnt worden sind. Zeigt Euch. Tretet näher. Tretet ganz nah heran. Eine Leuchte der Wissenschaft, wie's scheint. Eine Koryphäe, soso. Ich bewundere Koryphäen; sie haben den Mut, sich selber im Wege zu stehen. Kommt, kommt. Euer vielversprechendes Talent, Eure Rechtskenntnis können dem Fall nur von Nutzen sein. Wenngleich das Leben, das Leben ..."

Er beendete den Satz nicht, lachte nur. Mit einemmal schien er hellwach und nüchtern zu sein. Die außergewöhnliche Ruhe des Mannes irritierte Hipler, machte ihn unsicher. Es war still geworden im Keller, als sich der Magister nach vorn drängte, langsam, Schritt für Schritt, als benötige er eine Galgenfrist. Er hatte den Handschuh geworfen und mußte den Kampf zu Ende führen.

Spengler betrachtete ihn spöttisch, fragte schleppend: „Da Ihr so bewandert seid, wie ich höre, wißt Ihr sicher, daß Zauberei ..." Er bereitete die Wirkung seiner Worte vor. Ließ sich Zeit, ging um seinen Kontrahenten herum. Es war, als wollte er ihn in seinen Bannkreis schlagen. Dann fuhr er

schließlich fort: „... Ketzerei ist und die Schädigung des Menschen durch den Menschen mit Hilfe von Dämonen mit außergewöhnlichen Verfahren, der Folter nämlich, und außergewöhnlichen Bestimmungen ..." Zum erstenmal hob er die Stimme. „... außergewöhnlichen, sage ich, zu verfolgen und zu richten ist, mit dem Ziel, die Malefikanten zu vernichten. Zu vernichten, versteht Ihr! Selbst Reue ist da kein Milderungsgrund."
Die letzten Worte sagte er voller Haß.

Auch Hipler zwang sich zur Ruhe, obwohl Aufregung und Empörung seine Stimme trübten, und erwiderte: „Im Pönitential, seiner Sammlung, sagte Burchard von Worms, daß der Verkehr elfischer Weiber mit Männern, daß Nachtfahrten nichts als Aberglaube sind. Für strafwürdig hält er den bloßen Glauben daran."

„Was?" fuhr der Richter auf. „Wollt Ihr mich vielleicht unter Anklage stellen, verehrter Kollege, denn ich glaube an den Verkehr", sagte er hämisch grinsend und gefährlich leise.

Und wieder mit normaler Stimme: „Euer Burchard ist fünfhundert Jahre tot, und Regino von Prüm, den Ihr ebenfalls anführen könntet, noch länger. Aber die Feinde der Kirche sind lebendiger denn je. Der Teufel wütet wie niemals zuvor. Und item: Bestreiten die Herren die zaubrische Beeinflussung? Antwortet! Rasch, rasch!"

Er hat sie also gelesen, dachte Hipler. Er kennt sich aus. Ich habe ihn unterschätzt. Die Erregung ging mit ihm durch, als er sich vor die Delinquentin stellte.

Er griff wieder an: „Den Ulrich Molitoris werdet Ihr kaum für tot erklären können, da er sein Werk 'De laniis et phitonicis mulieribus' erst vor ein paar Jahren geschrieben hat. Wenn er das Hexenwesen auch nicht bestreitet, spricht er doch von der lebhafte Täuschungen vorspiegelnden Phantasie. Der gesunde Menschenverstand ..."

„Gesunder Menschenverstand, meint Ihr", unterbrach ihn der Richter. Jetzt fühlte er sich sicher. Jetzt stand er auf festem Boden. Jetzt hatte er das Spiel gewonnen.

„Ja", sagte Hipler und wußte, daß er sich auf dem Rückzug befand. Er schrie es fast und schaute auf Maria, die bei diesem Disput immer noch, und wie es schien, ohnmächtig an der Decke hing. Warum unterbrach der Richter das Verhör nicht und ließ sie herunter? Warum quälte er sie so?

„Nach dem gesunden Menschenverstand ist dieses Mädchen keine Hexe. Und keins der Kennzeichen für Hexen trifft auf sie zu."

„Gut", sagte Spengler. „Gut, gut. Euer gesunder Menschenverstand zweifelt wohl nicht nur an diesem Prozeß?"

Hipler ahnte nicht, daß ihn der Richter in die Enge trieb.

Er ließ sich hinreißen und taumelte dem Abgrund seiner Unbestechlichkeit entgegen.

„Sie ist das Opfer einer Intrige, eines schmählichen Betrugs. Es gibt keine Hexen. Auch Erasmus und Reuchlin und Thomas Morus treten gegen den Irrsinn der Hexenverfolgung auf."

„Bravo", rief plötzlich ein Bursche auf der letzten Bank, der sich bei den Rechtsdisputen weder durch Mißfallenskundgebungen noch durch Beifall hervorgetan, der während des ganzen Verhörs beharrlich geschwiegen und voller Teilnahme auf das Mädchen geschaut hatte. „Bravo", rief er noch einmal.

Die Atmosphäre war zum Zerreißen gespannt. Hipler blickte kurz auf - er kannte den durch seine Kleidung als Theologen gekennzeichneten Rufer nicht - und führte zu Ende, was er mit hektischer Leidenschaft begonnen hatte. Immer noch den Beifall des Rufers, seinen ersten Beifall auf offener Szene, im Ohr.

„Ich kenne das Mädchen, und ich kenne den Pater Antonius. Und ich weiß, daß man kein Dämon sein muß, um seine ..." Er suchte nach dem passenden Wort. „... seine Fleischeslust in Versuchung zu führen. Er schaut jedem Weiberrock nach. So wie er Maria Mohler verführt hat, hat er viele verführt."

Jetzt ist er zu weit gegangen. Jetzt war er im Garn. Es bereitete ihm physischen Schmerz. Es wurde so still, daß er seinen eigenen Atem hörte. Selbst die Studenten wagten nicht mehr zu lachen. Hipler spürte die aufsteigende Hitze wie das Feuer des Scheiterhaufens. War er schon festgebunden? Sein Hemd begann am Körper zu kleben. Aufrecht hielt ihn nur noch der Trotz.

Der Richter ließ die Maske spöttischer Überlegenheit fallen und reagierte kalt, eiskalt. „Gesunden Menschenverstand nennt Ihr das, wenn man die Kirche und ihre Diener verleumdet, wenn man Mißtrauen und Zweifel, ja, Zweifel sät!" Die letzten Worte brüllte er. Es klang, als keifte ein altes Weib. „Ihr wißt, daß ich auch Euch unter Anklage stellen könnte, trotz Eurer Rechtsgelehrsamkeit. Der Malleus maleficorum böte die Handhabe dazu."

Jetzt triumphierte er. Jetzt war er sich seiner Stärke, seiner Macht bewußt und kostete es aus. Er drehte seinen Kopf ein wenig und fragte unbestimmt in den Raum; jedermann wußte, es war auf die Studenten gemünzt: „Ist noch jemand hier, der seine Zweifel äußern möchte. Ich höre zu!"

Niemand antwortete.

Hipler dachte: Bevor der Hahn kräht, hast du mich dreimal verraten. Keiner seiner Kommilitonen stand auf. Der Magister fühlte sich entsetzlich einsam auf seinem Platz.

„Nur munter, nur zu, die Herren Rechtsgelehrten. Nur Mut, nur Mut. Ich halte gern ein Kolleg. Wer glaubt, daß das Recht gebrochen wird?"

Ein hektisches Flüstern lief durch den Raum.

„Ich", sagte da jemand, und Spengler fuhr wie von der Natter gebissen herum, wandte sich voll dem Sprecher zu, dem Bravorufer, dem Studenten in der Tracht eines Klerikers. Der stand da, nicht sehr groß, fast schmal, die Bibel in den Händen, als hielte er sich daran fest. Nur seine Augen fielen auf, sie schauten schwermütig, vorwurfsvoll. Der Blick fixierte den Richter und ging durch ihn hindurch.

„Ein Theologe", meinte Spengler sarkastisch. „Ich wüßte nicht, worüber ich mit Euch streiten kann."

„Ich zweifle", flüsterte der Bursche, heiser vor Aufregung, „ich zweifle an Euch und an diesem Prozeß!"

Jetzt geriet Spengler doch aus der Fassung und sah den Fürsprecher hilflos an. „Wollt Ihr mich aus der Bibel widerlegen", fragte er und wies mit einem Kopfheben auf das Buch in der Hand des Theologen. Er hielt es für Ironie. Niemand lachte.

Der Student veränderte weder Stimme noch Haltung, war ganz konzentriert. „Das will ich", sagte er. „Euer Hexenhammer kümmert mich nicht. Er ist Wahn und Unverstand. Was mich kümmert, ist das Wort des Herrn", er blickte auf die Bänke vor sich und schien jeden einzelnen der Besucher anzusehen, „... des Herrn, dem Ihr alle verpflichtet seid. Ich beweise, daß Ihr seine Worte verdreht, daß Ihr Unrecht tut, die Gesetze willkürlich schafft und auslegt und sie zu Eurem Nutzen mißbraucht. Es gibt keine Hexen und Zauberer. Selbst der Teufel ist Menschenwerk."

Jetzt explodierte Spengler; es war seine einzige Rettung. „Bei allen Heiligen", rief er. „Ist denn hier alles verwirrt. Ich disputiere nicht kanonisch mit Euch, Pater Weißnichtwer. Dies ist ein weltliches Gericht. Sucht Euch Partner, wo Ihr wollt, nicht hier. Haltet Eure Konsilien in Euren Kneipen ab. Verschont mich damit." Er drehte sich zu Hipler um. Die Maske scheinbaren Wohlwollens verschwand. „Schert Euch auf Euren Platz und vergeßt nicht, was ich gesagt habe", schrie er, „wer die Verhandlung noch einmal stört, wird hinausgeführt."

Auf ein Zeichen von ihm postierten sich die Büttel in der Nähe der Studenten. Hipler verließ mit gesenktem Kopf den Raum, er wagte nicht mehr, zu Maria Mohler hinzusehen. Er spürte die Niederlage wie ein Halseisen, das ihm die Luft zum Atmen nahm, fühlte sich an den Pranger gestellt. Niemand von seinen Gefährten folgte ihm, nur der Theologiestudent schloß sich an.

Hipler erfuhr, daß er Thomas Müntzer hieß. Er blieb den ganzen Tag mit ihm zusammen und trank. Trank mehr, als er vertagen konnte. Thomas versuchte ihn aufzurichten. Hipler verspürte keinen Trost. Seine Gedanken waren bei dem Mädchen und im Folterraum.

Der Richter hatte die Delinquentin mit eiskaltem Wasser übergießen und nach erneuter Ohnmacht wieder und noch einmal zum Leben bringen lassen, hatte ihr wieder und wieder vorgehalten, wessen sie seiner Meinung nach schuldig war. Auf die stereotype Frage, ob sie dämonischen Verkehr, die geplante und ausgeübte Verführung des Paters Antonius und ketzerische Sektiererei zugebe, antwortete sie endlich kaum hörbar mit Ja. Spengler ließ sie vom Strick nehmen, abreiben, neu bekleiden und in die Zelle tragen. Die peinliche Einvernahme war beendet. Bevor sie weggeschafft wurde, hielt ihr der Richter fast väterlich einen Becher mit Wein an die Lippen. Und Maria trank.

- - -

Die Verbrennung der Mohlerin fand am folgenden Tage statt. Die Behörden hatten den neben einem prächtigen Steinbrunnen mit dem Drachentöter Sankt Georg errichteten Holzstoß von Knechten umstellen lassen. Sie waren bemüht, die Prozedur schnell zu beenden. Im Rat hatte es keine einhellige Meinung gegeben. Die klerikale Partei hielt unnachgiebige Härte für angebracht und setzte sich durch.

Auch Hipler und sein Zimmergefährte waren auf dem Platz. Falkenau war erst vor Tagesanbruch nach Hause gekommen und hatte dem Freund gestanden, er habe sich nicht unter seine Augen getraut. Hipler hatte ihn nur angesehen und nichts entgegnet.

In der Menge gärte es, als Maria auf einem Karren, mit einem weißen Umhang bekleidet, herangefahren wurde. Sie lag auf dem Stroh und rührte sich nicht. Mancher suchte einen Halm von ihrem Lager als Talisman zu ergattern; andere warfen Holz auf den Scheiterhaufen. Trotz der frühen Stunde schien die halbe Erzbischofsstadt Halle auf den Beinen zu sein.

Der für die Hinrichtung verantwortliche Beamte trieb die Knechte an. Maria wurde vom Wagen gezerrt und durch den Schneematsch zur Treppe geschleift, die auf das in der Nacht gezimmerte und gemauerte Gerüst mit dem Holzstoß führte. Auf den Stufen glitt sie aus und fiel. Ihre Mutter drängte sich durch die Absperrkette der Knechte und suchte sie festzuhalten. Andere schoben sich vor, um die Verurteilte sehen zu können, um sie anzufassen. Flüche auf die Dominikanerpater, die überall den Teufel sahen und selbst in seiner Haut steckten, wurden laut.

Hipler suchte in Marias Nähe zu gelangen, verzweifelte Gedanken im Kopf; er hörte im Tumult der aufgebrachten Menschenmenge immer wieder das Geräusch von splitterndem Glas und den Ruf: „Verbrennt die Hexe!"

Er vernahm Bruchstücke des Liedes, das sie gesungen hatte:

„Ich sitz auf einem Stein
und denk, es kann nicht sein.

Mein Liebster mich nicht mehr mag,
nun klag ich's dem Stein, ich klag ..."

Das Armesünderglöcklein begann zu läuten. „Ora pro nobis!" tönte es von irgendwoher. Doch durch das Tosen hörte er:

„Die Sonn' scheint nicht mehr hell.
Der Bach fließt nicht mehr schnell.
Die Vöglein singen nicht mehr.
Mein Liebster, ich gräm mich sehr..."

Der Verantwortliche rief dem Henker und seinen Gehilfen etwas zu. Maria wurde gepackt und an einen Pfahl gebunden. Unaufhörlich sprach ein Geistlicher auf sie ein und hielt ihr sein Kreuz entgegen. Das Mädchen reagierte nicht mehr.

Als der Henker die Fackel angezündet hatte und sie an den Holzstoß hielt, lief Hipler vom Platz. Diesmal folgte ihm Ulrich, er holte ihn ein und wußte nicht mehr zu sagen als: „Verdammtes Pack."

In einer Seitenstraße begegneten sie einem Kommilitonen, dessen Gesicht war blutüberströmt, seine Kleidung zerrissen. Er lief vorüber und keuchte: „Weg! Weg! Verschwindet bloß! Sie behaupten, Ihr habt einen Aufstand geplant."

Hipler und Falkenau sahen sich an und beschleunigten die Schritte. Vor dem Haus ihrer Wirtin stand eine Menschenmenge. Es war zu spät. Die Freunde machten auf dem Absatz kehrt und drückten sich in einen Torbogen; zwei Bewaffnete, im Zwielicht des nebligen Morgens kaum zu erkennen, hasteten vorbei.

Quak hat nicht nur gespottet, dachte Hipler. Jetzt geht es um Leben oder Tod.

Falkenau begann zu lamentieren. Der Freund zog ihn in den Hof hinein. „Greine nicht", fuhr er ihn an. „Wir müssen abhauen, wie wir sind. Wenn's durch die Mauer nicht geht, muß es über sie sein."

Falkenau suchte sich zu fassen, indem er seine Nase schneuzte. Er dachte nach. „Potz Pfaffendreck und Teufelskot!" fluchte er. „In seiner eigenen Scheiße soll er ersticken, der Erzschelm von Magdeburg, der Hurenbischof. Die Falkenaus schafft er nicht. Da ist eine Tür, Amalienfriedhof, efeuberankt. Hab sie benutzt, wenn ich Branntwein holte aus Merseburg für die Mosch. Hier gibt's das Höllenzeug ja nicht. Und der Zoll ist scharf hinterher."

So kamen sie aus der Stadt, stapften über reifbedeckte Wiesen und hartgefrorene Äcker, brachen durch Gestrüpp und Unterholz, gelangten ans

Ufer der Saale und folgten dem kürzesten Weg zur Grenze des Erzbistums Magdeburg. Um die Zollstelle machten sie einen Bogen. Nach drei Stunden waren sie auf kursächsischem Gebiet und ruhten erschöpft an einem Kreuzweg aus. Auf einem Meilenstein lasen sie: Leipzig, Halle, Erfurt, Wittenberg.

„Jetzt mag uns der Teufel helfen oder der liebe Gott", spottete Falkenau. „Ich gäb meine Seele für'n Dach überm Kopf."

Es nieselte und schneite. Ihre Kleider waren feucht, ihre Finger klamm. Hipler war mit seinen Gedanken bei der Mohlerin und reagierte nicht.

Falkenau redete mit sich: „Am meisten dauert mich der Schnaps, der unter der Matratze liegt. Den könnten wir gebrauchen, so beschissen, wie alles ist. Aber verhungern werden wir nicht." Damit zog er eine Wurst aus dem Wams, brach sie in der Mitte durch, gab Hipler seinen Anteil, setzte sich auf den Richtungsstein und begann zu essen.

Trotz der widrigen Umstände verzog Hipler das Gesicht, als er den vor Nässe triefenden Freund so seelenruhig sitzen und kauen sah. Seit Jahr und Tag hatte Ulrich der Wirtin eingeredet, daß es in der Küche nicht mit rechten Dingen zugehen könne, hatte sich erboten aufzupassen und nach jeder durchwachten Nacht zwei fette Ratten auf den Tisch der Freifrau gelegt, von denen er meinte, daß es Freßteufel oder verhexte Ketzer seien; sie suchten nach Nahrung und würden niemals satt. Unter seinen Kommilitonen war bekannt, daß er einen Pfennig bezahlte je Stück, wenn er zufällig einen Pfennig besaß. Daß die Teufel nur die besseren Sachen nahmen, auch Branntwein tranken und die Flasche wieder verkorkten, fiel der entsetzten Dame nicht auf. In diesem Augenblick jedenfalls sorgten die Dämonen dafür, daß die Freunde satt wurden.

Als er den Wurstzipfel in den Mund gesteckt hatte, griff Ulrich von Falkenau zu den Würfeln, die er bei sich trug, schüttelte sie zwischen den Händen und fragte: „Wollen wir die Zahl entscheiden lassen oder den Wind? Irgendwo müssen wir gehen, sonst frieren wir fest."

Sie einigten sich auf Leipzig und marschierten los. Falkenau lamentierte zwar, aber im Grunde nahm er es leicht und freute sich, so billig davongekommen zu sein. Das Schuldgefängnis hätte ihm weniger behagt. Auch Hipler hatte sich damit abgefunden, mit Hose, Wams, Schaube, einem Degen und einem fast leeren Geldbeutel auf der Straße zu stehen.

2. Kapitel
Die Flucht

In der Herberge „Zum Schwan" fanden sie ein bescheidenes Quartier und lebten zwei Wochen lang fast sorgenfrei. Ihre Hoffnung, in der weltoffenen Messestadt bleiben zu können, erfüllte sich nicht. Vom Erzbischof lief ein Ersuchen ein um Auslieferung der, so hieß es im Schreiben, gefährlichen Aufrührer. Der wegen seiner humanistischen Gesinnung bekannte Dekan der Rechtsfakultät gab ihnen einen Wink und vierundzwanzig Stunden Zeit. Sie beschlossen, nach Prag zu gehen. Die hunderttürmige goldene Stadt lag weit, unerreichbar weit für den Erzbischof. Und wenn sie sich als Hussiten ausgäben, meinte Falkenau, könnte der geistliche Herr mit einer Armee anrücken, sie fänden immer einen Unterschlupf. Allerdings besaßen sie keinen Pfennig. Und der nächste Kaufmannszug, dem sie sich hätten anschließen können, sollte, aus Aachen kommend, erst in einer Woche im niederländischen Kaufhof sein. Zu spät für sie.

Zu spät oder zu früh? Wie oft hatte sich der Magister dem Schicksal anvertrauen müssen, dem blinden Zufall, der göttlichen Allmacht, der Vorherbestimmung. Wie oft hatte er sich aufgelehnt gegen den Magier, der Menschen wie Figuren auf dem großen Spielbrett setzte, dem es gleichgültig war, ob er die eine oder andere Figur opferte, ob er dieses oder jenes Spiel gegen den Widersacher verlor. Es gab immer ein neues Spiel, immer einen anderen Sieger. Und die Figuren, die auf dem Brett und die neben dem Brett, die geschlagenen und die nichtgeschlagenen, zählten ja nicht. Aber er wollte zählen, wollte nicht nur Figur, wollte Spieler und Gewinner sein.

Schon als Kind hatte er bei einer Niederlage darüber nachgedacht, warum er Prügel einstecken mußte, warum er die bunten Glaskugeln, die Spielsteine verlor, warum der Gegner stärker war. Und die Suche nach dem Warum, nach dem Grund der Niederlage, war eine heilsame Lehre, ein immer besser treffendes Schwert; sie machte ihn stärker, machte ihn unverwundbarer, gab ihm Selbstvertrauen und nahm ihm die Furcht. Manchmal hatte er als Kind ein Spiel umgeworfen oder die Steine durcheinandergebracht, manchmal sich vor einem Stärkeren versteckt, aber das lastete dann wie ein Makel auf ihm. In solchen Augenblicken flüchtete er zu einer alten hohlen Weide an einem Tümpel unterhalb des Neuensteins. Ihr vertraute er sich an. Eigentlich auch nicht ihr, sondern der Fee, die - wie es hieß - durch diese Weide in ihren gläsernen Palast unter dem stillen, dunklen und tiefen Wasser stieg. Er wußte, daß sie gut war, da sie ihn anhörte, was sonst niemand tat, da sie ihn verstand, sie mußte ihn verstehen, denn sie strich ihm mit den sanften Fingern des Windes übers Haar, da sie ihm half, er kehrte getröstet und mit gestärktem Selbstvertrauen zurück.

Das Reden und Anhören wurde im Laufe der Jahre zu einer Gewohnheit, die er mit zunehmendem Alter, wenn keine Fee und keine Weide in der Nähe war, mit sich selber trieb. Wer ihn so ertappte, wie manchmal Ulrich von Falkenau, glaubte wohl, daß er mit fremden Zungen oder mit unsichtbaren Partnern sprach - und bekreuzigte sich. Dabei ging er nur mit der eigenen Unvollkommenheit ins Gericht. Wahrlich, er stellte hohe Ansprüche an sich. Und wo er sie nicht erfüllte, wartete unerbittlich der Pranger peinigender Selbstvorwürfe auf ihn.

So war es bei der Mohlerin. Obwohl er nichts dafür konnte, belastete ihn der Gedanke, er habe sie ihrem Schicksal überlassen und sich heimlich und feige und bei Nacht und Nebel davongestohlen. In der quälenden Beschäftigung mit dem Getanen und Ungetanen, mit dem Möglichen und Unmöglichen wünschte er sich manchmal den gleichen Tod als Strafe für sein Versagen. Manchmal aber erblickte er auch ein Licht im ungeordneten Gedankenwald. Und auf dem argen Weg der Erkenntnis glaubte er die gute Fee zu hören, die aus den Wipfeln der windbewegten Bäume zu raunen schien, die Waffe müsse dem Gegner angemessen sein. Für diesen Gegner sei sein Schwert zu stumpf. Er gewann die Einsicht, daß man die Stelle suchen mußte, an der ein Gegner verwundbar ist. So löchrig die Gesetze waren, mit den Sprüchen der Alten und humanistischer Gelehrsamkeit war kein Feuer zu löschen. Die Scheiterhaufen loderten vom Haß der Mönche bergehoch; die Fackel des Henkers war mächtiger als beschriebenes Pergament. Und Recht durch Recht überwinden zu wollen bedeutete nichts anderes, als den Teufel durch Belzebub zu ersetzen. Was also sollte man tun?

Die Freunde zogen nach Prag. Wenigstens der Himmel schien Mitleid mit ihnen zu haben und schenkte ihnen tagelang trockene Füße und Sonnenschein. Dafür ging der Wind durch Mark und Knochen. Da sie Hunger hatten, sprachen sie nicht viel. Hipler dachte oft an Maria. Manchmal fiel ihm der Kleriker wieder ein. Die Kühnheit seiner Gedanken erschreckte ihn und zog ihn an. Er fühlte sich verbunden mit jenem, der so augenscheinlich bewies, daß das Gebäude der Sancta ecclesia morsch und faul und fest in römischen Händen war. Nicht für den Menschen, hatte er gesagt, für sich selber sei die Kirche da. Und war es nicht so? Auch das Recht diente jenen, die es auslegten. Ob der andere davon gekommen war? Zum Teufel mit der Schwarzmalerei. Noch hatte er seinen Degen, noch hatte er seinen Kopf.

Ulrich von Falkenau wurde von anderen Gedanken bewegt. Die Straßen waren steinig und steil, nur manchmal durch Knüppeldämme befestigt.

Brücken waren selten und die Furten nach den Regenfällen tiefer als erwünscht. Der Wald schien undurchdringlich zu sein. Des Ritters Laune besserte sich nicht, wenn er sich die Zukunft vor Augen hielt, eine Zukunft ohne Frau von Mosch, ohne Speisekammer, ohne Branntwein und ohne Gerauf; er wurde trübsinnig, wenn er an den Degen dachte, der jetzt beim Wechsler lag. Ein Falkenau ohne Waffe; er spürte die Schande wie ein Brandmal. Nur eins tröstete ihn, obwohl es eigentlich nichts Tröstliches war, daß der große Magister und Rechtsgelehrte Wendel Hipler jetzt ihm auf der Tasche lag, da er gänzlich außerstande schien, einen einzigen Pfennig mit anderem als mit Rechtskniffen und Paragraphenkenntnissen zu verdienen. Das Geldeinnehmen überließ er nun ihm.

Ulrich übertrieb natürlich, aber das Übertreiben war seine Lust, wenn er dem Freund die Brotlosigkeit der Wissenschaft und der freien Künste und den Erfindungsreichtum eines Landstörzers unter die Nase rieb. Er sagte Dinge, die er nie gesagt hätte, wenn er beim Betteln nicht der Erfolgreichere gewesen wäre. Die Entdeckung Amerikas ignorierte er; die Erfindung des Schießpulvers war Teufelsdreck, denn es brachte die Falkenaus und den Ritterstand auf den Hund; und die Schwarze Kunst des Johann Gutenberg hatte seiner Meinung nach nur Verwirrung in die Köpfe getragen und die Menschen unzufrieden gemacht. Er freute sich diebisch, wenn der Gefährte auf den Leim kroch und widersprach. Dann fing er noch mehr, noch erbitterter zu streiten an. Das Streiten beruhigte ihn.

Auf diese Weise gelangten sie nach sieben Tagen in das Gebirge, in die Gegend von Altenberg. Immer dichter wurde der Wald, immer seltener wurden die Felder; dafür waren ab und zu Gruben, Schächte, Wassermühlen und weidende Kühe zu sehen. Einmal hatte Ulrich das Melken probiert, aber es gelang ihm nicht.

In einem Weiler vor der Grenze wollten sie die Nacht verbringen; sie schauten sich nach einer Schlafstätte um, nach einem Schuppen oder Stall. Aber der Hunger plagte sie so, daß Ulrich allen Ernstes vorschlug, einen reisigen Händler zu überfallen, der ihnen begegnet war. Hipler redete es ihm aus und schlug vor, betteln zu gehen. Sowenig ihm das behagte, es schien unvermeidlich zu sein.

Falkenau gab nach. Von einem Landsknecht hatte er gelernt, wie man einen Buckel oder ein schiefes Maul machen kann und wie man Mitleid mit einem epileptischen Anfall erweckt. Außerdem konnte er blind durch die Gegend tapsen und ein Bein nachziehen, daß es aussah, als sei es mit einem Bindfaden festgemacht. Darauf einigten sie sich endlich.

Schon vor der ersten Tür fing ein Köter zu bellen an; im Handumdrehen bellte es aus jedem Gehöft. Die Meute des Wilden Jägers schien unterwegs zu sein. Drohende Gesichter schauten aus ölpapierverklebten Fenstern; Sensen und Mistgabeln wurden aus windschiefen Ställen geholt. Einer legte sogar die Armbrust an und schoß hinterher, als Ulrich eine unflätige Bemerkung hinüberrief. Die Freunde nahmen ihre Beine in die Hand.

Hungrig, müde, fluchend setzten sie ihre Wanderung fort, stolperten über Steine und Wurzelwerk und trafen lange nach Anbruch der Dunkelheit in Altenberg ein. Doch die kleine Tür im großen Tor öffnete sich nicht, weil man sie für Bettler und Landstörzer hielt. Falkenau ließ seiner Wut freien Lauf und schlug sein Wasser an der Stadtmauer ab.

Im benachbarten Geising waren sie besser dran, weil sich Hipler, der noch einen Degen besaß, als Schreiber der Bauhütte ausgab. Im Mondlicht hatten sie ein Gerüst und einen im Bau befindlichen Turm bemerkt. So gelangten sie in die Stadt und ahnten nicht, daß sie vom Regen in die Traufe kommen würden und die Verwicklung, die ihnen bevorstand, ärger als die gerade erlebte war.

Aus einer Schenke am Marktplatz schimmerte Licht. Die Freunde hörten Musikfetzen, hörten trunkenen Lärm und sahen die bewachten Wagen eines Kaufmannszuges vor dem Fachwerkbau stehen. Nach kurzer Beratung, bei der Falkenau die Bedenken Hiplers in alle Winde blies, traten sie über die Schwelle in den Schankraum, in dem Bergknappen und Gesellen des Pochwerkes, reisige Knechte und Kaufleute saßen und aus zinnernen Kannen tranken.

Die beiden suchten sich ein freies Eckchen, bestellten, was Küche und Keller boten, und fielen heißhungrig über gebratene Würste mit Eiern her. Mit dem letzten Bissen kam Falkenau der Gedanken, sich über die Hofmauer zu empfehlen. Hipler kalkulierte schweren Herzens den Verlust seines Dengens ein.

Indessen waren die Tischnachbarn aufmerksam geworden; sie betrachteten mißtrauisch die geflickten Hemden und zerrissenen Wämser, die zerstückelte Schaube Hiplers. Falkenau rülpste, öffnete die Hose, verschaffte sich so Erleichterung, er grapschte nach dem Brot, das der Gefährte nicht gegessen hatte, und spülte es mit einer halben Kanne Bier in sich hinein. Endlich war er satt und zu einem Gespräch oder Spielchen bereit.

Mit dem letzten Schluck Falkenaus kam der Wirt und hielt die Hände auf. Und Hipler kramte verzweifelt in den Taschen, er fand natürlich nichts. Resignierend legte er den Degen auf den Tisch. Doch Falkenau schob ihn entschlossen beiseite.

Die Forderung des Wirts ignorierend, bestellte er plötzlich ein Faß Bier, hieb einen vorsorglich mit Kieselsteinen gefüllten Beutel auf die Platte, zog ihn wieder zurück, als der Mann danach greifen wollte und rief in den Raum, heut sei ein großer Tag und das müsse gefeiert werden.

Der Wirt zögerte zwar; der Beifall der Gäste irritierte ihn jedoch und veranlaßte ihn, das Spundloch zu öffnen. Das Bier floß in Strömen und heizte die Stimmung an.

Falkenau kletterte auf den Tisch, rief einen lateinischen Satz, dessen Unsinn nur Hipler begriff, hob seinen Humpen, trank auf sich selbst und forderte auch die anderen dazu auf.

Dann begann er seine Geschichte zu erzählen, die er teilweise den Schilderungen des Giovanni Boccaccio entlehnt hatte, der in Halle sein Lieblingsautor gewesen war; um die Lehrbücher hatte er einen Bogen gemacht. Die andere Hälfte der Erzählung stammte von den Mädchen aus dem Freudenhaus.

Falkenau war in bester Stimmung, als er seine Odyssee zu schildern begann. Wie er sich so als Bastard eines Erzbischofs zu erkennen gab, ausgesetzt und verlassen, von einer Amme gerettet und aufgezogen, eine Pilgerreise unternehmend, um die Verfehlungen des Vaters zu sühnen, und nach Irrfahrten heimgekehrt, begann eine Gruppe Knechte, durch eine hölzerne Barriere von den übrigen getrennt, leise zu murren. Falkenau beachtete das Warnungszeichen nicht. Er schwelgte in Seeräuberfahrten und Haremserinnerungen, deren Details ihm Beifall einbrachten. Hipler versuchte ihn vom Tisch zu ziehen, doch es gelang ihm nicht.

Die Reisigen unterbrachen Falkenau immer öfter, wenn er seinen angeblichen Vater mit unflätigen Bemerkungen abtat. Er steigerte sich von Schluck zu Schluck und war gerade dabei, die Hexenverbrennung nach Rom zu verlegen und seine Rolle als Anwalt Marias herauszustreichen, als sich einer der Reisigen erhob und, die Schemel beiseite fegend, mit glasigen Augen angestolpert kam. Er war vornehmer gekleidet als seine Gefährten und offenbar ihr Anführer. Ohne ein Wort zu sprechen, packte er den Ritter an den Beinkleidern, die zu rutschen begannen. Falkenau hielt sie krampfhaft fest.

Der Anführer grollte: „Spuck's nur aus, du Ketzer, ich werde dich aufspießen wie eine Sau. Wiederhole, was du über Rom und den Erzbischof zu schwätzen weißt."

Es war so still geworden im Raum, daß man das Schnarchen eines Fuhrknechts hören konnte. Auch Hipler hatte sich erhoben und suchte den Mann vom Tisch zu drängen. Der Zorn des Fremden richtete sich augenblicks gegen ihn.

„Zieh, du Ratte", grölte er. Und hatte plötzlich einen Degen in der Faust, einer seiner Kumpane hatte ihn herübergeworfen. Auch Hipler griff zur Waffe.

Im umnebelten Hirn des Freundes schien ein Gedanke zu kreisen. „Der Heilige Vater ist ein Arschloch", sagte er und goß dem Anführer den Inhalt seines Humpens über den Schädel.

Irgend jemand lachte.

„... ein Arschloch", wiederholte Falkenau, „und soll auf einem Holzstoß krepieren."

Der Anführer keuchte vor Wut und wollte sich wieder auf Falkenau stürzen. Hipler schlug ihm die Waffe aus der Hand. Da sprangen seine Begleiter auf, zogen ebenfalls vom Leder, drängten in geschlossener Front heran. Der Anführer bückte sich und suchte den Degen wiederzubekommen. Die Bergleute stellten ihm Schemel in den Weg.

Falkenau zeigte einen Fetzen Tuch. „Diese Reliquie der seliggesprochenen Frau von Mosch habe ich aus dem heiligen Schrein im Petersdom geklaut", rief er aus. „Ich spucke drauf! Ich spucke auf den Mantel des Großinquisitors, der Jan Hus auf dem Gewissen hat!"

Er tat es und entfachte einen Aufruhr, der das Lokal „Zum Zinnwäscher" in wenigen Augenblicken in ein Trümmerfeld verwandelte. Die Reisigen und ihr Anführer, eine Gesandtschaft des Erzbischofs von Mainz, suchten an die Freunde heranzukommen. Die Bergleute erhoben sich und verstellten ihnen den Weg. Ein Wort gab das andere. Ein Schlag forderte den nächsten heraus. Tische kippten. Kannen polterten. Von Schemeln wurden die Beine abgeschlagen. Ein Faß rollte herum. Eine Bierlache breitete sich aus. Falkenau fiel vom Tisch, geriet zwischen die Beine eines Erzbischöflichen und hatte auf unerklärliche Weise den Degen des Anführers in der Hand. Hipler hieb und parierte, was das Zeug hielt, und schlug seinen Zorn aus sich heraus. Während er den Mainzern heimzahlte, was ihm der Magdeburger angetan hatte, staunte er darüber, was der zur Reliquie erhobene Lappen vom Fenstervorhang ihrer Wirtin, den der Freund zum Schneuzen und Schuheputzen benutzt hatte, für magische Kräfte besaß.

In der Zeit, in der man einen Liter trinkt, war alles getan. Die Gesandtschaft hatte auf ihren Pferden das Weite gesucht. Falkenau war im Besitz eines Degens und hatte als Held des Tages bald einen ordentlichen Batzen beim Würfeln auf die Seite gebracht. Obwohl er nichts weniger als hussitisch war und selbst gern von Leibeigenschaft, Fron und Abgaben gelebt hätte, trank er fleißig auf den Reformator und die Taboriten und war schließlich so voll, daß er auf das Lager getragen werden mußte. Der Wirt persönlich hatte es ihm gerichtet; von der Zeche war keine Rede mehr.

Niemandem war der Knecht aufgefallen, der um die Wagen des Kaufmannszuges strich, als die Erzbischöflichen im „Zinnwäscher" den Streit vom Zaune brachen. Mit Freibier und guten Worten machte der sich im Laufe der Nacht an die Fuhrknechte heran. Gegen Morgen war er verschwunden.

Bei Tagesanbruch zogen die Gefährten mit den Kaufleuten, die zwei Fußknechte gebrauchen konnten, nach Teplitz hinab. Hipler und Falkenau hatten Helme und Hellebarden bekommen und liefen am Ende des Zuges, der aus fünf leinenbespannten Rollwagen, zehn Zugpferden, drei berittenen Kaufherren, fünf Fuhrleuten, fünf Reisigen und zwanzig Knechten bestand.

Nach vier Tagesmärschen wollten sie in der Hauptstadt des Königreichs

Böhmen sein.

Vor dem Preis lag der Fleiß. Unzählige Male mußten sie in die Speichen greifen und die Wagen aus verdeckten Löchern ziehen, mußten mit starken Ästen die Abfahrt bremsen und bei strömendem Regen eine umgekippte Fuhre verladen. Am ersten Abend fielen sie in einer Tepiltzer Herberge mit blutigen Händen und zerschlagenem Körper auf das Stroh. Wäre nicht Hipler gewesen, Falkenau hätte das Weite gesucht.

Nach ein paar Stunden schon wurden sie von Fluchen des Anführers der Knechte geweckt. Bei Fackellicht wurde der Abmarsch vorbereitet. Zwei Knechte waren so betrunken, daß sie nicht auf den Beinen stehen konnten. Sie wurden wie Lumpenbündel auf einen Wagen gepackt.

Es war die gleiche Schinderei wie tags zuvor. Die beiden Freunde stöhnten und fluchten wie die anderen auch und hatten keinen Blick für die urwüchsige Landschaft. Immer wieder gab es einen Halt, hier war ein Stamm aus dem Weg zu räumen, dort ein Loch zu füllen oder ein angestauter kleiner Teich zu durchwaten. Die Sachen am Leib wurden trocken und wieder naß, die Stiefel quietschten bei jedem Schritt.

3. Kapitel
Der Überfall

Nach kurzem Mittagsaufenthalt passierte der Zug das Höllentor, eine unübersichtliche Gegend, die im dichter werdenden Nebel mit ihren kaum erkennbaren gewaltigen Felsbögen und den hohen und düsteren Tannen tatsächlich wie der Eingang zu einer anderen Welt aussah. An einer von Findlingen gekennzeichneten Kreuzung trafen sich vier Wege, sie führten ins Böhmische, außerdem zum Bistum Meißen, nach Kursachsen und auf Reichsgebiet.

Als der Zug das Tor hinter sich gelassen hatte, war die Straße gesperrt. Gefällte Bäume lagen herum. Pferdegetrappel war zu hören. Geharnischte Reiter mit geschlossenen Visieren preschten heran, zügelten die schnaubenden Pferde und zogen blank. Ein Gepanzerter warf einem Kaufherren den Eisenhandschuh ins Gesicht. „Hölle und Tod!" schrie er. „Nieder mit allen Pfeffersäcken. Macht Ihr den Ritter arm, er zahlt's Euch heim. Fehde, Fehde sag ich an!" Von den Seiten fielen Schüsse. Armbrustbolzen schwirrten durch die Luft. Zwei der Fuhrleute fielen von den Böcken herab. Die Pferde rissen sich los und gingen durch. Die unkenntlichen Räuber, etwa fünfzehn Männer ohne Wappen und Feldzeichen, schienen überall zu sein. Die Kaufleute fielen nach heftiger Gegenwehr. Die Troßbegleiter verkrochen sich im Wald oder wurden zusammengehauen.

Falkenau tötete einen der Angreifer mit seiner Hellebarde und entkam. Hipler wurde in einen Zweikampf verwickelt und von hinten niedergeschlagen. Nach einer halben Stunde war alles vorbei.

Hipler lag wie tot im Unterholz. Er war vom stumpfen Ende einer Streitaxt getroffen worden und bemerkte nichts davon, daß die Räuber Kisten und Kästen durchwühlten und auf Packtiere verluden, was ihnen wertvoll erschien.

Ein hagerer Ritter mit bleichem, eingefallenem Gesicht öffnete das Visier und winkte den schielenden Knecht heran, der in Geising für ihn spioniert hatte, riß einem getöteten Kaufmann die goldene Kette vom Hals, warf sie dem Mann entgegen und rief: „Nun pack dich und laß dich hangen, wo du willst. Oder tritt in meine Dienste, aber dann steht der Baum mit der Schlinge auch schon bereit!"

Der Magister, der den Hauptmann nur kurz gesehen hatte, ahnte nicht, daß er ihm wiederbegegnen sollte.

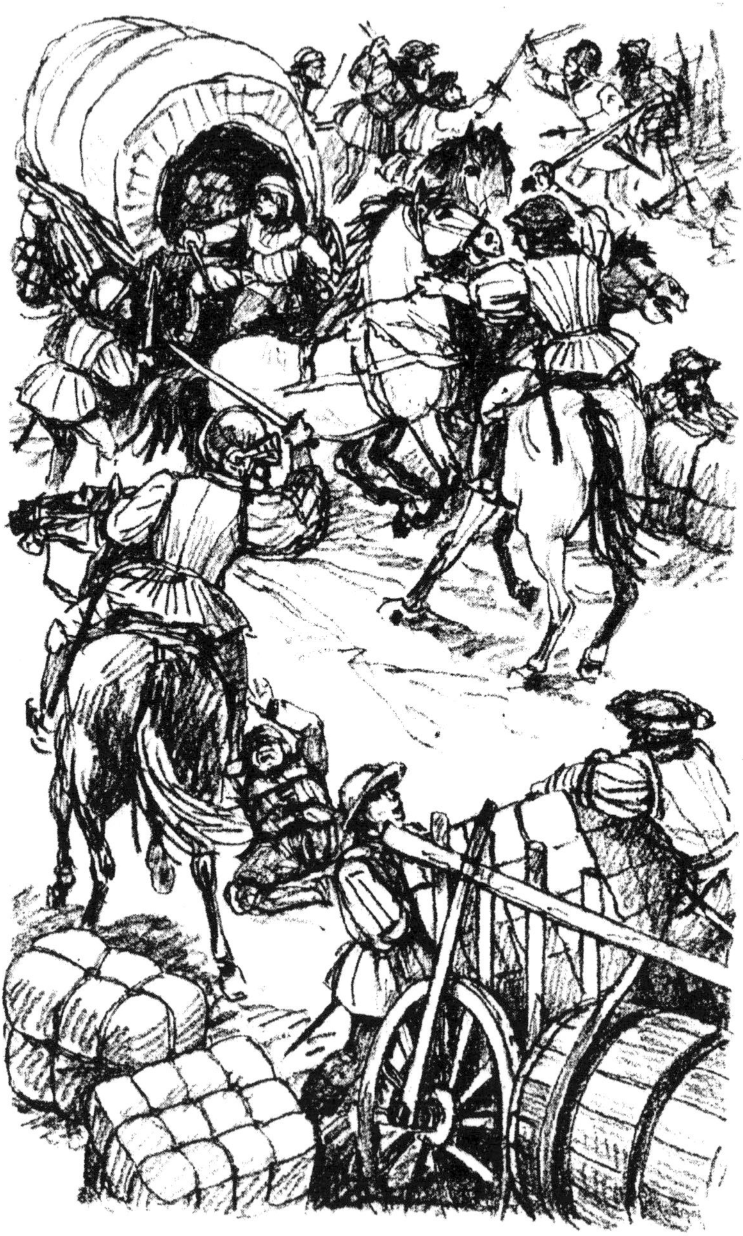

Als Falkenau mit der Dunkelheit zurückkehrte, um den Freund zu suchen, fand er ihn nicht. Dafür entdeckte er einen lebenden, stöhnenden Kaufmann unter dem Wagenrad und half ihm, soweit das möglich war. Er stolperte eine Stunde lang herum und suchte zwischen umgestürzten Wagen und Truhen. Dann band er den Kaufmann auf den Sattel eines Pferdes, dessen Leinen sich im Gestrüpp verfangen hatten. So zog er nach Prag und später mit den Goldstücken des Geretteten in seine Heimat zurück.

Wendel Hipler wurde in einer elenden Hütte wach. Im flackernden Licht des Herdfeuers erkannte er ein Gesicht. Die großen Augen des Mädchens schauten ihn an. Seidiges braunes Haar fiel über die Ohren herab. Die Brauen hoben sich kaum ab von der dunklen Haut. Die aufgeworfenen Lippen formten ein Wort, das sie mehrere Male sprach. Hipler verstand es nicht. Vielleicht träumte er nur. Es war, als sänge ein Höllenchor in seinem Schädel das Tedeum. Das Gesicht verschwamm. Die Konturen lösten sich auf. Mit einemmal glaubte er das geflüsterte Wort zu verstehen: pro mortuo - hallte es um ihn. Er fühlte sich aufgehoben und hoch und höher getragen. Er spürte eine Wärme in sich, als habe er die Strahlen der Sonne getrunken, und es war ihm, als flöge er unaufhaltsam auf sie zu und stürzte, stürzte in ein unendliches Meer. War er tot?

Das Mädchen versuchte ihm den Rest des selbstbereiteten heilkräftigen Kräutertranks einzuflößen, aber er bemerkte es nicht; er nahm nichts an. Sie wischte die fiebrige, schweißnasse Stirn ab.

Als Hipler nach vierundzwanzig Stunden eines totenähnlichen Schlafs endlich zu sich kam, sah er das Mädchen wieder neben sich, von dem er geträumt zu haben glaubte. Sie trug einen Rock aus grob gewebtem dunklem Tuch und ein helles Leinenhemd. Mit dem Blick tastete er die Umgebung ab, entdeckte, daß er auf einem pritschenähnlichen Gestell unter seidenen Decken lag. Auf dem verrußten Herd stand Kupfergeschirr. Auf einer Bank und einer schmucklosen Truhe lagen kostbare Waffen. Die Luft war würzig und aromatisch wie in einer Apotheke oder in einem fürstlichen Frauengemach. Hipler kam sich wie verzaubert vor. Unwirklich war alles, seltsam widersprüchlich, scheinbar traumhaft fern. War er in den Händen seiner Feinde? Seiner Freunde? Warum hatte man ihn leben lassen? Wohin hatte man ihn verschleppt? Durch ein geöffnetes Fenster erkannte er Baumwipfel und aufgeschichtetes, geklaftertes Holz. Ein Meiler! Er war im Haus eines Köhlers. Sollte das der Anführer der Räuber gewesen sein? Einer der Beteiligten?

Hiplers Blick fiel auf das Mädchen an seinem Lager. Sie hielt einen silbergefaßten Spiegel in der Hand und betrachtete sich darin, eine Perlenkette um den Hals, ein edelsteingeschmücktes Diadem im Haar. Sie kokettierte mit ihrem Spiegelbild, betastete die Perlen, die auf der von Wind und Wetter gegerbten Haut lagen wie auf einem Kissen aus Samt. Sicher hatte sie niemals in ihrem Leben eine Kette oder einen Ring gesehen. Und nun dieser Schatz! Geschmeide aus den berühmtesten Goldschmieden Europas. Glitzernder Tand in diesem Wald. Aber er lebte. Er atmete. Er fühlte, hörte, sah. In diesem Augenblick gab es nichts Wertvolleres für ihn. Er begriff die Fragwürdigkeit des Besitzes wie niemals zuvor. Als sich das Mädchen zu ihm umdrehte, schloß er die Augen. Sie ging leise hinaus.

Nach einiger Zeit hörte er sie mit einem Mann sprechen, der einsilbig Antwort gab. Er verstand, daß man ihn gefunden und hierhergebracht hatte. Auch die Gegenstände im Raum waren nach dem Abzug der Räuber in die Köhlerhütte geschafft worden. Das Mädchen machte dem Mann Vorwürfe, daß er nicht zum Vogt gegangen war. Der Mann, offensichtlich ihr Vater, verteidigte sich. Was er auf seinem Boden fände, sei sein Eigentum, der Boden habe schon seinem Großvater gehört. Vielleicht könnten sie in die Stadt. Vielleicht sollte er wieder heiraten. Das Mädchen reagierte unmutig. Der Vater lachte plötzlich, sagte etwas, was Hipler nicht verstand, fügte hinzu, der da drin sei ein Vornehmer; der werde sich mit einem Fußtritt bedanken, wenn man ihn erinnere, daß sein Leben keinen Pfifferling wert war. Danach Stille.

Hipler dachte an Ulrich und hatte das Bedürfnis hinauszugehen, um zu erkunden, was aus dem Freund geworden war. Als er aufstehen wollte, wurde ihm schwindlig. Er fiel auf das Lager zurück. Durch die halbgeöffnete Tür sah er den Mann, bullig und nur mit einer Hose bekleidet, den Oberkörper der Wintersonne ausgesetzt. Er war dabei, auf einem Kahlschlag geklaftertes Holz zu schichten. Ein Meiler brannte noch, ein anderer war ausgebrannt und zusammengefallen. Holzkohle lag zum Abholen bereit. Das Mädchen packte sie in Körbe. Ihr Vater war stark wie ein Pferd und arbeitete, als wollte er in sieben Tagen eine Welt erbauen.

Hipler schloß wieder die Augen und wartete. Er wartete, daß irgend etwas geschah. Nach einiger Zeit war Pferdegetrappel zu hören. Worte flogen hinüber, herüber, es ging um Glas und Erz. Zwei Gesellen luden Holzkohle auf den Rücken mitgebrachter Lastpferde. Plötzlich ein Pfiff, ein erstaunter Ausruf, als ob einer den Waldgeist gesehen habe. Das Mädchen lachte. Aber es klang nicht echt. Ihr Vater erklärte, daß das die Mitgift sei. Der Bursche rief, da wolle er Freier spielen.

Als sie abgezogen waren, schimpfte der Vater. Der Ring sei ihr Verhängnis, er müsse in die Stadt; die Sachen sollten keine Nacht mehr unter seinem Dach sein. Eilig holte er den Esel aus dem Stall und belud ihn mit den Kostbarkeiten. Er erklärte, er sei anderentags gegen Mittag zurück.

Allein mit dem Mädchen, öffnete Wendel Hipler die Augen. Sie kauerte sich unbefangen auf den Boden, lächelte und reichte ihm einen gefüllten Becher. Er trank den Malvasier und fühlte seine belebende Kraft, er lächelte zurück und tastete nach ihrer Hand.

Wieder formten ihre Lippen einen Namen; er hörte Kathrin. Sie wies auf sich. Offenbar glaubte sie, er käme von sonstwoher und verstünde sie nicht. Auch er nannte seinen Namen. Kathrin staunte, daß er nicht anders sprach als sie. Der Magister erkundigte sich nach den Umständen seiner Rettung und erfuhr, was er vermutet hatte. Sie hatte den Vorfall beobachtet und ihn auf ihrem Rücken durch den Wald geschleppt, schließlich den Vater geholt.

Hipler ließ sich einschenken und trank. Er tunkte das duftende, noch warme Brot in den Wein, nahm ein Stück Ziegenkäse und glaubte, nie Besseres gegessen und getrunken zu haben. Das Mädchen erkundigte sich, wer er sei. Hipler hörte das Rauschen des dunkler werdenden Waldes und wünschte sich, niemals fortgehen zu müssen. Er sagte, er sei ein Magister, fügte hinzu, er sei wie ein Blatt im Wind, mal hier und mal dort, und er wisse nicht, wohin es ihn treibe. Auch der Wind und die Blätter hätten ihr Ziel, meinte das Mädchen, zog sich unbefangen vor ihm aus und legte sich auf ein Bärenfell in der Nähe. Er fragte, ob es Bären gäbe. Jetzt nur wenige, erklärte sie; das Fell sei von ihrem Großvater. Sie zog eine Leinendecke über sich. Die Decke war alt, verwaschen, ausgeblichen. Der Leib war jung. Hipler spürte sein Blut.

Er schlief nicht. Er konnte nicht schlafen. Auch das Mädchen machte die Augen nicht zu. Das ab und zu aufflackernde Herdfeuer warf Glanzlichter auf ihr Haar. Hipler lauschte auf die Geräusche des Waldes und vermochte sie nicht zu deuten. Er riet und riet falsch. Das Mädchen lachte leise, einen Laut in der Kehle, der seltsam lockend war. Sie erkannte das Röhren des Hirsches, das Heulen des Wolfs, den Uhu, den Kauz. Auch den Nachtmahr erwähnte sie und rückte heran, als verspüre sie Angst. Der Mann dachte an ein anderes Mädchen, aber das Bild Marias verblaßte.

Hipler brauchte nur die Hand auszustrecken, um die Rundungen ihres Leibes zu ertasten. Die Nacht war voll Musik; Düfte formten sich zu Bildern; Bilder wurden Klang. Er fühlte sich verbunden mit dem Meiler, dem Hirsch, dem Wald; er fühlte seine Wurzeln in dieser Erde, und es war, als hätte er seit einer Ewigkeit den Pflanzen die Heilkraft, den Steinen das Leben, den sanft sich wiegenden Bäumen die unendliche Ruhe abgelauscht. Er hatte das Bedürfnis, eins zu sein mit allem, was ihn umgab, auch mit dem Mädchen an seiner Seite; guten Tag zu sagen, du hast auf mich warten müssen, jetzt bin ich hier. Ich will wachsen und reifen, will leben mit dir, für immer und für diesen Augenblick. Als er sich über sie beugte und seine Lippen ihre Lippen berührten, erschauerte sie. Er schob das Hemd des Mädchens zurück und folgte den Linien des Körpers, bis die Brüste sich ihm entgegenwölbten. Schon als Kind hatte er den herbsüßen Duft wilden Thymians in der Küche seiner Mutter geliebt, jetzt umgab er ihn wieder; er war zu Haus und wußte, das er aufbrechen mußte, irgendwann. Mit ihr? Vielleicht mit ihr.

Am folgenden Morgen suchte er die Stätte des Überfalls ab, um Ulrichs Schicksal zu ergründen, doch es gab keine Spuren mehr. Die Toten waren verscharrt, die aufgebrochenen Ballen und Truhen in die Speicher des Grundherrn geschafft. Der Magister wußte, daß es für die Köhlersleute um Kopf und Kragen ging, wenn jemand von der beiseite geschafften Beute erfuhr. Er beeilte sich auf dem Rückweg. Die Furcht um das Mädchen verdrängte die trüben Gedanken an den Freund.

Schon vom Rand der Lichtung bemerkte er, was geschehen war. Die aufgebrochene Tür hing in den Angeln; das Fenster war herausgerissen. Auf der Bank lag das Hemd des Mädchens. Der Magister trank den übriggebliebenen Wein aus dem Fäßchen, den Malvasier, bis er nicht mehr zu denken brauchte.

Als er seinen Weg fortsetzte, begleitete ihn der Zorn. Zorn auf den Herrn dort oben, der den einen mit Gunst überhäufte, den anderen in den tiefsten Sumpf verstieß, Zorn auf die Gesetze der Menschen, die den Armen schuldig werden ließen. Im Amt in der Stadt erfuhr Hipler, daß der Köhler beim Verkauf der Beute an den Falschen geraten war und einem Halsgericht entgegensah. Hipler suchte vor allem das Mädchen zu entlasten; sehen durfte er es nicht. Auch über das Schicksal seines Freundes brachte er nichts heraus.

Je näher er der böhmischen Hauptstadt kam, um so besser waren die Straßen; vor Melnik waren sie gepflastert und durch Gräben vom Acker getrennt. Hipler kam rasch voran. In der Tasche klimperten Pfennige, die Ulrich gewonnen und mit ihm geteilt hatte, sie stimmten ihn wehmütig, sorgten aber für seinen Unterhalt.

Bettler und Gaukler, Musikanten und Mönche, wandernde Handwerksburschen und entlaufene Landsknechte kreuzten seinen Weg. Da karrten Fronbauern Steine zur Burg; dort pries ein Hausierer schlechte Feuerzeuge als ewige Flamme an; ein Kleriker wollte ein gestohlenes Amulett teuer verkaufen; eine Dirne versprach Hipler das Paradies.

4. Kapitel
Die Transmutation

Und dann die Stadt. Die Abendsonne stieg von den Bergen hinab und setzte die Dächer von Kirchen und Palästen in Brand, feurige Netze über dem Straßen- und Gassengewirr. Ein durchsichtiger Schleier hüllte mit zunehmender Kühle die Brücken, Wälle, Mauern, Bastionen, die Mühlen und Sandbänke und die schwerbeladenen Schiffe auf der Moldau ein. Rauher Männergesang erreichte den Wanderer, der wie verzaubert von den bewaldeten Höhen stieg. Die Stimme eines lachenden Mädchens erklang und erhob sich wie ein Amselruf.

Prag! Mit ihren fünfzigtausend Einwohnern schien sie ihm gewaltig, diese Stadt, groß und schön wie das biblische Babylon. Während er seinem Ziel zustrebte, dem Hof der Fugger, vermeinte er das Stampfen der Heere zu vernehmen, die vor achtzig Jahren den Kelch der Freiheit und der Unabhängigkeit und Brüderlichkeit über die Grenzen getragen hatten. Er ahnte die Ströme von Blut, die von diesen Hügeln geflossen waren, und hörte die Wipfel der Bäume von der Botschaft des Hussitenkönigs Georg von Podiebrad raunen, der bei den Herrschern Europas für ewigen Völkerfrieden geworben hatte.

Prag! Schon in Halle hatte er Erstaunliches über einen Saal der Burg gehört, in dem selbst Turniere stattfinden konnten. Nun sah er, daß die Wirklichkeit die Vorstellung übertraf. Und da waren Dutzende von Kirchen, Klöstern, Palästen. Da waren schwingende Freitreppen und prächtige Portale mit in Stein gehauenen Fabelwesen und Kreuzigungsszenen, mit Märtyrern auf endlosen Reliefs. Da war das Altstädter Rathaus mit der Wunderuhr, aus der mit dem Glockenschlag ein Knochenmann mit Sanduhr und Sterbeglöcklein trat, ein Hahn flatterte empor, ein Geiziger wachte über den Beutel, ein Eitler hielt sich den Spiegel vor, selbst die Bewegung der Sonne um die Erde wurde von komplizierten Mechanismen nachgeahmt. Da war die Bethlehemskapelle, in der Jan Hus gepredigt hatte, aber auch das Elend der Bettelmönche und Tagelöhner, das beklagenswerte Schicksal der Alten und Siechen, da war das ganze pralle Leben in seiner Widersprüchlichkeit. Vor dem Schönen öffnete der Magister die Augen, als erblickte er das Urbild der platonschen Ideen, vor dem Unrat in den Gassen, dem Jammer in Spitälern und an Kirchentüren erschrak er.

Die Faktorei war im Teinhof untergebracht. In diesem Ungeldhof wurden Waren erzeugt, feilgeboten, eingelagert und verzollt. Hier wurde den nach Prag reisenden Händlern gegen eine Gebühr Schirm und Schutz gewährt. Hier wickelten die Fugger ihre Geschäfte ab, betreuten die nach Polen und Ungarn ziehenden Kaufmannsgeleite, boten auf Messen Erzeugnisse an, kauften Rohstoffe und Fertigprodukte und führten sie aus, verlegten und gruben der Konkurrenz das Wasser ab, bestachen und kauften sich Einfluß, verborgten Geld und nahmen Zinsen darauf.

Hipler hatte von Leipzig aus seinen Vater über die Ereignisse in Halle unterrichtet und wollte das erbetene Geld über die Faktorei beziehen. Es wurde in Hohenlohe bezahlt; in Prag traf die Anweisung ein. Sein Vater hatte als Kanzler der Grafen von Hohenlohe mit den Augsburgern zu tun gehabt und war des Lobes voll über ihr neues System, das die Menge der Waren erfaßte und den Preis, das übersichtlicher und genauer als jede andere Buchführung Geldgeschäfte über große Entfernungen möglich werden ließ.

Als der Magister vor der reichverzierten Holztür stand, die zu den Räumen des Unternehmens führte, brannte im Kontor noch Licht. Kaufleute in Reisekleidung und Bewaffnete gingen ein und aus; deutsche und tschechische, polnische und ungarische Laute drangen an sein Ohr. Hinter einer Barriere saßen Schreiber und nahmen bei trübem Funzelschein Warenposten auf oder hakten sie ab. Da war von Papageien die Rede und von Edelsteinen, von Leder, Seide und Tuch, von Gewürzen aus Indien und Afrika, von Spießen und Hellebarden, Rüstungen und Handbüchsen, Salpeter für die Pulverherstellung und Zinn. Kisten und Kästen, Truhen und Säcke wurden über einen Flur in einen Lagerraum geschleppt oder draußen auf Wagen verstaut.

Vergeblich suchte Hipler sich bemerkbar zu machen. Niemand hörte auf ihn. Niemand hatte Zeit. Hoffnungslos überflüssig stand er herum. Die hinter ihm liegenden Ereignisse wurden wieder lebendig. Für die gewichtigen Männer hier, die ihre Schauben wie Purpurmäntel trugen, hatte er sein Leben riskiert. Zorn erfüllte ihn.

Aus einem Raum flutete plötzlich das Licht vieler Kerzen und Kandelaber, als sich eine Tür öffnete. Die Wände waren holzgetäfelt. Zwischen zwei Fenstern stand ein gewaltiger, mit Schnitzereien versehener Schrank; gegenüber eine Kredenz. Gemalte Bilder fielen auf. Es blinkte vor Silbergeschirr und Glas. Ein vornehm gekleideter Herr sprach mit einem zweiten, der zu jedem Satz unterwürfig mit dem Kopf nickte und etwas auf einen Zettel schrieb.

Hipler ging hinein. Der Schreiber wies ihn zurecht, doch Hipler ließ sich nicht beirren, er brachte sein Anliegen vor und schilderte erregt, was in den böhmischen Wäldern vorgefallen war.

Der Vornehme wuchtete die massige Gestalt herum, beglückwünschte ihn zu seiner Rettung, forderte ihn auf, das Erlebte zu Protokoll zu geben, schwor, den König persönlich um strengste Untersuchung und Verfolgung zu bitten, und kümmerte sich selbst um die Sache des Magisters. Die Anweisung war nicht da. Hipler erhielt ein Lager für die Nacht und zwei Gulden Schadenersatz. Hände wurden geschüttelt, Freundlichkeiten gesagt; Trost wurde ausgesprochen, dann war er allein. Auch hier hatte er nichts über Ulrich von Falkenau in Erfahrung bringen können.

Am Morgen des folgenden Tages suchte er das Carolinum auf und ließ sich in der Rechtsfakultät immatrikulieren. Falkenaus Name war nirgends aufgeführt.

Die zwei Gulden waren bald verbraucht. Wieder verspürte der Magister Hunger und sann über Geld und Geldesdinge nach. Die Ratschläge des Gefährten fielen ihm ein. Um sie zu verwerten, brauchte man ein Naturell wie Ulrich von Falkenau. Und das hatte er nicht. Er wohnte in der Burse und fühlte sich wie ein Schiffbrüchiger, der in einem morschen Kahn ohne Kompaß über einen Ozean rudern muß. In Halle hatten sich dreihundert die Krippen streitig gemacht, hier waren es dreitausend. Sie bettelten und stahlen, flanierten und prahlten, suchten die Weinkeller und Bierstuben heim, buhlten um Bürgertöchter und bändelten mit der Obrigkeit an.

Um satt zu werden, stellte sich Hipler mit dem Suppenteller vor der Almosenküche für die ärmsten Kommilitonen an. Um ein paar Pfennig zu verdienen, krächzte er im Kirchenchor und bei Leichenbegängnissen mit und verdingte sich als Träger in der Faktorei. Ein sprechendes Werkzeug, so hätte ihn sein Vater getadelt. Niemals war Hipler so unzufrieden mit sich gewesen; niemals hatte er so mit seinem Schicksal gehadert. Alles in allem, es reichte zum Leben, zum Studieren reichte es kaum. Dreimal hatte er nach Hohenlohe geschrieben, doch die Antwort ließ auf sich warten. Wenn es möglich gewesen wäre, hätte er sich um einen Dienst beim Teufel bemüht, vorausgesetzt, der Teufel hätte in barer Münze und in Erkenntnis gezahlt. Mit einem Beutel voll Pfennigen und einer Antwort auf die Frage zum Beispiel, warum er die Menschen mit der Satansfratze schrecken konnte, wenn er im Abenddämmer durch die Höfe des Neuensteins gelaufen war. Graf Albrecht jedoch, sein Spielgefährte der Kindheit, hatte ein sanftes Duldergesicht mit Heiligenschein gezeigt, hatte Küchenschaben ins Gesindeessen geworfen und den Mägden Schlangen ins Bett gelegt. Und jede dachte, daß es der Satan gewesen war.

Es war ihm von da an eine Lehre gewesen, zuerst und immer hinter die Stirn und hinter die Dinge zu schauen. Ja, das Gute strebte er an, aber das Böse hielt die Fallstricke für ihn bereit. Die Neugier, das Böse aus dem Bösen zu begreifen, und der Drang, Gutes zu tun und wie der Ritter Fürchtmichnicht gegen alle Drachen und Bösewichter zu Felde zu ziehen, beherrschten den Magister mehr denn je. Er wäre von einem Thron hinabgestiegen, um einen Bettler aufzuheben. Er wäre in ein Pesthaus gegangen, um nicht den Makel der Gleichgültigkeit auf sich zu laden. Er wäre lasterhaft geworden, um sich selbst zu erproben. Er zwang sich, in der Kälte ohne Barett zu gehen. Um der physischen Schwäche Herr zu werden, lebte er drei Tage lang von einem Krug Wasser und einem Kanten Brot.

Am dritten Tag traf er Sabellicus. Und die Begegnung war folgenschwer, denn der Mann, der sich einen Humanistennamen zugelegt hatte, der sonst Georg Zabel hieß und sich auch Faust der Jüngere nannte, fühlte sich wie der Arzt, der einen Gehenkten stiehlt, um in seinem aufgeschnitten Leichnam an einem wackligen Brettertisch die Seele zu entdecken. Hipler hätte bedenkenlos assistiert.

Sabellicus galt bei den einen als Gelehrter, bei den anderen als Scharlatan. Im Carolinum hieß es, daß er Famuli verbrauche wie ein Schreiber Tinte und Papier. Dennoch fand sich mancher, der für ihn arbeiten wollte, auch Hipler.

Das Haus auf der Kleinseite, unterhalb der Burg, in der Alchemistengasse, war leicht zu finden. In seiner Nähe roch es nach allem möglichen, vor allem nach Pulver und Mist. Es war Nacht; die Straßen waren leer.

Fast am Ziel vernahm Hipler ein Donnern, das sich unablässig verstärkte. Es klang, als habe ein Sturmwind die Dächer des häuserreichen Prag mit einem Male abgedeckt und auf einen Haufen zusammengekehrt. Blitze zuckten aus Türen und Fenstern des Alchemistenhauses, Schwefelgeruch erfüllte die Luft.

Niemand von den aufgeschreckten Nachbarn wagte sich an die Unglücksstelle heran. Auch die Stadtknechte hielten sich fern. Ihr Anführer rief, wer immer im Hause sei, möge sich zeigen. Er rief ein zweites, ein drittes Mal. Endlich tauchte ein vierschrötiger Mann mit bulligem Nacken und groben Zügen auf und erklärte, man möge seinen Famulus auf den Friedhof schaffen. Er sagte es mürrisch und scheinbar ohne Bewegung; sein langer Gelehrtenmantel war zerfetzt; auf Stirn und Wangen klebte Blut.

Als die Bewaffneten das Haus betraten, fanden sie kaum ein Möbelstück an seinem Platz. Es schien, als habe ein Kampf der Giganten getobt. Tische, Bänke und Schränke waren umgestürzt. Mörtelstaub bedeckte den Boden. Seltsame Instrumente lagen umher. Was vom Famulus des Sabellicus übriggeblieben war, klebte an Decke und Wand.

Der Gelehrte gab auf Befragen an, es sei beim Experimentieren mit besonderen Stoffen passiert. Ob dieser Stoff nicht der Teufel gewesen sei, erkundigte man sich und zitierte die Beobachtung zweier Zeugen, die sich wie Hipler auf der Straße befunden und angeblich gesehen hatten, daß teufelsähnliche Wesen auf einer leuchtenden Wolke aus den Fenstern geflogen seien. Sabellicus lachte.

Am folgenden Morgen hieß es, man habe den Gelehrten aus dem Carolinum gejagt. Er halte seine letzte Vorlesung. Das Auditorium war voll wie nie. Die Studenten drängten sich vor dem Katheder, knufften und balgten sich um einen freien Platz auf den Bänken oder am Boden, standen zwischen den Pfosten der Tür bis auf den Gang hinaus und erwarteten ein Spectaculum. Die Famuli der Universität drangen mit ihren Anweisungen nicht durch. Stadtknechte sperrten den Vorlesungsraum schließlich von den übrigen Teilen der Universität und von der Straße ab. Hipler war rechtzeitig dagewesen und hatte einen Platz in der vordersten Reihe erwischt.

Als Sabellicus erschien, gab es frenetischen Lärm. Tintenfässer flogen durch die Luft. Der Gelehrte lächelte. Nahm den Beifall und den Angriff gelassen hin, hob nur ein wenig die Hand. Hipler spürte die plötzliche Stille und die Spannung im Raum körperlich.

Sabellicus trat vor das Katheder und sprach über die römischen Komödiendichter Terentius und Plautus, als sei nichts geschehen. Er hob ihr vorzügliches Latein hervor, das sich vom Küchenlatein der Bacchanten unterscheide wie ein Schinken von einer Saudecke, machte eine Anspielung auf die seit fünfhundert Jahren tote Nonne Roswitha von Gandersheim, die Texte übersetzt und den heidnischen Wein mit christlichem Tugendwasser gemischt habe, und kam zum Schluß, die griechische Kunst sei mit den römischen Nachahmern eng verbunden; alles Spätere käme von diesem Stamm und sei nur ein Gleichnis. Es begann im Raum zu brodeln wie vor dem Ausbruch eines Vulkans. Als er behauptete, die verloren geglaubten Komödien der Römer in einer alten Handschrift entdeckt zu haben, rief es von irgendwo, die habe ihm sicher der Teufel verschafft.

Der Gelehrte, der mit dem Rücken zum Schreier stand, wandte sich um und fischte aus der Menge der etwa dreihundert Zuhörer mit einem einzigen Blick den Störenfried heraus. „Warum nicht der Teufel. Wenn er die Wissenschaft fördert und die Erkenntnis, mag auch der Teufel mein Famulus sein." Beifall und infernalisches Geschrei. Die Zuhörerschaft spaltete sich in zwei Parteien, wobei die feindliche langsam die Oberhand gewann. Einige Rufer forderten Sabellicus' Abgang, sein Verschwinden aus der Stadt, ein hochnotpeinliches Ketzerverhör. Die beiden Gruppen waren bereit, zu den Waffen zu greifen und die Fehde im Raum auszutragen.

Der erste Schreier, ein Bursche mit diamantverziertem Degen und im Seidenwams, schwang sich auf den Rücken eines Kommilitonen und rief: „Dann laß dich vom Bösen schützen, du Teufelsknecht. Wenn nicht ein Wunder passiert, fährst du zur Hölle heut nacht!"

Es wurde schlagartig still. Jetzt war es soweit. Jetzt war das Ereignis da, auf das alle gewartet hatten, denn Sabellicus hob ein wenig die Hand, machte ein paar Schritte, schaute den Burschen an, fixierte ihn und sagte leise: „Ein Wunder?"

Es war durch den ganzen Saal zu hören.

„Spürst du nicht, wie du dich veränderst, wie du wächst und größer, immer größer wirst?"

Der Bursche schnaufte nur. Wollte sich bewegen, konnte nicht. Sabellicus zwang ihn, auf die Hand zu sehen. Alles war Spannung und Konzentration. Man hörte das Klappen eines Fensterflügels. Irgend jemand schneuzte sich. Ein anderer zischte ihn aus. Sabellicus erhob sich zu voller Größe. Und man erkannte, daß er bisher wohl gebückt gelaufen, daß er größer als angenommen war. Auf Wendel wirkte die Erscheinung im Talar mit dem ausgestreckten Arm vor dem durch die Bleiglasscheiben flutenden farbigen Licht wie ein alttestamentarischer Prophet, sie strahlte etwas Zwingendes aus, Sicherheit und Kraft. Der Magister glaubte den Gedankenstrom des Mannes zu spüren, so nahe saß er ihm.

Sabellicus flüsterte: „Du bist nicht mehr, was du warst ..."

Man hörte Atmen, Stöhnen, raschelndes Papier. Die Blicke wurden magisch angezogen von dieser Hand.

Der Magister dachte: Ich glaube es nicht, begreife es nicht. Kannst du Menschen zu Marionetten machen? Sie unter deinen Willen zwingen? Bist du ein so großer Magier, daß sie tanzen, wenn du die Hand ausstreckst. Irgendwo gibt es eine geheime Tür, aber ich kenne sie nicht. Wenn du es schaffst, was du vorzuhaben scheinst, will ich dein Leibknecht sein, solange du mich gebrauchen kannst. Dann werde ich mehr bei dir lernen als in allen gelehrten Büchern der Welt. Dann will ich die Flammen eines Scheiterhaufens löschen und einen Köhler und seine Tochter vor dem Rad bewahren.

Der Bursche im Seidenwams schien zu fühlen, daß er unabwendbar in den Bann des Mannes vor ihm geriet. Er versuchte sich aus der Umklammerung zu lösen, versuchte aufzubegehren, doch es gelang ihm nicht.

„Du hockst da wie ein Reiter", sagte Sabellicus leise. „Aber du bist kein Reiter. Steig ab."

Der Bursche stieg von seinem Kommilitonen herunter. Sein Widerstand wurde schwächer und schwächer.

„Du bist ein Esel, der laufen möchte. Lauf zum Katheder, stell dich an die Raufe und friß?!"

Der Bursche trabte in grotesken Sprüngen nach vorn, stellte sich an das Katheder und schob ein beschriebenes Pergament ins Maul. Einige lachten.

„Halt", rief Sabellicus.

„Die Manuskripte nicht. Du bist ein Esel, der sowieso nichts davon versteht. Setz dich und lehre deine Weisheit: iah, iah!"

Sabellicus befand sich in der Mitte eines Kreises, der größer wurde. Er wirkte wie ein Tierführer, der eine Nummer einstudiert. Der Bursche setzte sich auf einen Stuhl und schrie: „Iah, iah!"

„Danke", sagte Sabellicus. „Ich sehe, wie gelehrt du bist. Vielleicht sollte ich dich in einen Hund verwandeln, weil du ein Herr sein willst. Aber ich finde, daß du mit Arsch und Bregen am meisten einem Schwein entsprichst. Laß dich auf alle viere nieder und hau ab, denn für Schweine ist in diesem Studienzimmer kein Platz."

Der Bursche schaute ihn mit trüben Blicken an, ging in die Knie und tastete mit den Händen den Boden ab.

„Lauf!" brüllte der Gelehrte plötzlich und gab dem Verwandelten einen Tritt. „Ich prophezeie, daß du, bevor der Zeiger ums Blatt gelaufen ist, in einem Stall landen wirst. Vergiß nicht, daß du grunzen mußt, wenn man dich fragt. Du bist ein Schwein, ein Schwein, ein Schwein!"

Der Bursche hoppelte, wälzte sich grunzend und quiekend aus dem Raum. Niemand regte sich; niemand sagte ein Wort.

Sabellicus schien in sich zusammenzufallen. „Noch jemand, der ein Wunder sehen möchte?" fragte er.

Niemand meldete sich.

„Die Vorlesung ist beendet", knurrte der Gelehrte und entfernte sich.

Die Studenten wagten nicht, ihm zu folgen. Die auf den Gängen standen, bildeten eine schweigende Gasse. Manche blieben im Auditorium und tauschten Meinungen aus. Andere wollten erfahren, was aus dem Schwein geworden war.

Hipler hörte, daß städtische Knechte den Burschen eingefangen und in den Turm gesperrt hatten.

An der Tür zum Zimmer des Rektors entdeckte der Magister am selben Tag einen Zettel, auf dem der Gelehrte bekanntgab, daß der Platz für einen Famulus durch besondere Umstände frei geworden sei. Hipler nahm sich vor, ein zweites Mal zur Kleinseite zu gehen.

Zwei Bewerber warteten vor dem Haus. Die Prozedur ging rasch. Jedem legte Sabellicus eine einzige Frage vor: „Wie schnell wirst du sein?"

Der erste sagte: „Schnell wie ein Pferd."

Sabellicus entgegnete: „Dann wirst du den Hafer mehr lieben als das Geschirr."

Der zweite erklärte: „Schnell wie der Wind."

Sabellicus antwortete: „Vielleicht wirst du in andere Richtungen wehen."

Der dritte war Hipler. Er hatte eine andere Frage erwartet.

„Ich weiß nicht", sagte er endlich. „Ich bin schnell wie der Gedanke, der mich erkennen läßt. Langsam, weil ich nicht weiß, wie ein Mensch ein Schwein werden kann. Schnell, weil ich begreife, daß jemand wie Ihr mächtige Gönner haben muß."

Sabellicus lachte und schüttelte ihm die Hand. Die anderen schickte er weg.

„Was du nicht weißt, kannst du lernen", sagte er. „Wie schnell du lernst und die Gedanken auf die große Weide führst, liegt bei dir. Ich hoffe, du lernst viel und betrachtest die erworbene Weisheit als Bezahlung, da ich Dukaten nur leidlich zu bieten habe. Auch beim Goldmachen wird man nicht reich, wie du erfahren wirst."

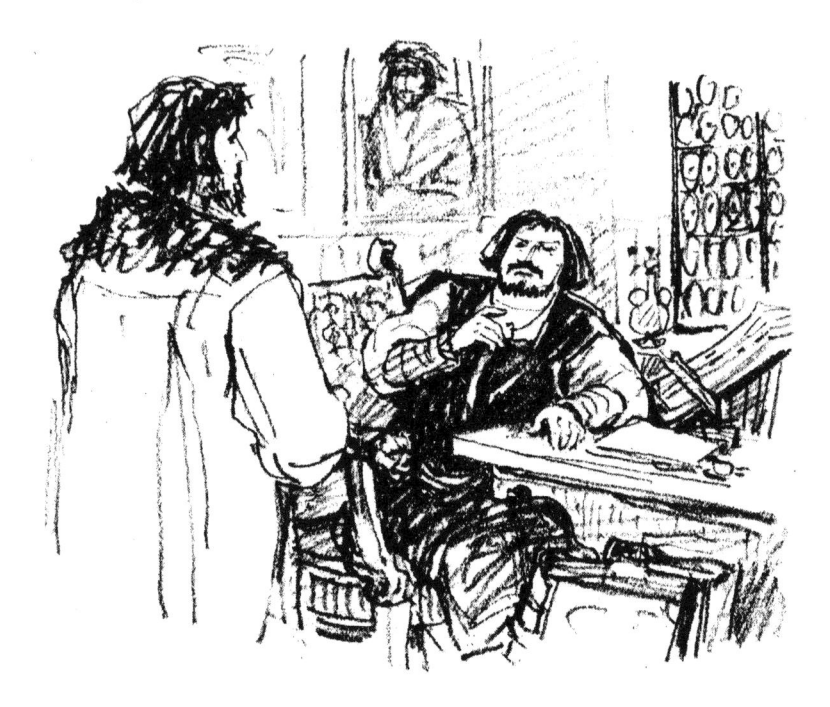

Hipler begriff sehr bald, daß die Stufen, die zur Weisheit führen, unendlich sind. Mit Magie hatte seine Tätigkeit nichts zu tun, mit dem Löschen von Scheiterhaufen noch weniger. Er wohnte zwar nicht mehr in der Burse, sondern bei Sabellicus, aber die Vorteile wogen die Nachteile nicht auf, denn die Grillen des Gelehrten plagten ihn bis in die Nacht. In Bottichen rührend, dachte er oft genug an die in Bamberg angenommene Halsgerichtsordnung, an Provinziallandfrieden und Lehnsrecht. Und in seiner Bodenkammer sah er bei trübem Funzellicht das filtrierte und kalzinierte, destillierte und sublimierte Große Elixier vor sich, von dem ein Tröpfchen genügte, Blei, Eisen und Kupfer in Gold umzuwandeln.

Tatsächlich aber hatte er meist mit anderem zu tun. Hätte er es nicht im Namen der Wissenschaft getan, er wäre lieber verhungert, als in den Lumpen seines Vorgängers auf die Straße zu gehen. Aber die Kleidung erwies sich als erforderlich.

Von früh bis spät war er damit beschäftigt, die Saniterbänke des Sabellicus auf einer Moldauhalbinsel zu bedienen. Bis tief in den Sommer hinein zog er mit Pferd und Wagen durch die Stadt und klapperte die Lieferanten ab, um Dung, Kot, Urin aufzuladen. Es gab Abmachungen mit der Alma mater und mit Palästen, Klöstern, Spitälern und Armenhäusern, mit dem Teinhof und mit der Burg. Wenn er sich auch bei seinen deutschen Kommilitonen den Namen Pißdoktor verdiente, es kümmerte Hipler nicht. Persönlich sagte es ihm niemand; nicht einmal die Großsprecher mit den lockeren Degen wagten sich an ihn heran. Die Sache mit dem Schwein hatte Aufsehen erregt, und ein Strahl der Hochachtung für Sabellicus, ein Schatten der geheimen Furcht vor ihm fiel auch auf seinen Famulus.

Hipler baute Saniterbänke, als habe er sich in seinem ganzen Leben nur für die Anlage vor Salpetergärten interessiert. Er fuhr Blut und Tierkadaver heran, mischte mit kalkhaltigen Stoffen, lud die Erde von Schlachthäusern, Mooren und Teichen auf und wieder ab, brach ab und zu in Friedhöfe ein und fuhr auch hier mit Erde wieder heraus, er schichtete Mauern auf, gab immer wieder Kalk, Schutt und Seifensiederasche dazu und begoß das Zusammengetragene wie ein guter Gärtner von Zeit zu Zeit mit Jauche oder Urin. Er tat es geduldig und wartete. Er konnte leben und Vorlesungen besuchen und hoffte mit jedem Tag, der großen Offenbarung, wie man die Welt verändern und das Gutsein lehren kann, ein Stückchen näher zu sein.

Langsam begriff er, daß seine Tätigkeit für den Gelehrten lebenswichtig war. Er sorgte dafür, daß dem Magier und Alchemisten kein intriganter Kleriker oder von religiösem Eifer gepackter weltlicher Beamter in die Quere kam. Salpeter war Schießpulver; Schießpulver war Macht. In einem Jahr bildete sich so viel des begehrten Stoffes, daß er aus der Erde ausgewaschen werden konnte. Sechs Kilogramm Salpetererde brachten ein Kilogramm Salpeter ein. Hipler entdeckte, daß auch ein Magier den geheimen Lüsten und der Verführung durch Geld, Macht, befriedigte Eitelkeit verfallen ist. Und das Pulver, das er förmlich aus den Gossen kehrte, das in dunklen Nächten abgeholt wurde, hatte sicher mit dem Tod des Vorgängers, bestimmt nichts mit einer besseren Welt zu tun, in der der Geringste neben dem Höchsten - so urchristlich wollte er es - von der gleichen Tafel essen kann.

Sabellicus liebte das Geld und zählte es regelmäßig, wie Hipler eines Abends durch einen Türspalt beobachten konnte. Sabellicus liebte die Macht, und ein Herzog schickte ihm versiegelte Schreiben; eins davon fand Hipler vor dem verbotenen Raum im Keller, den er noch niemals betreten hatte. Sabellicus kultivierte die Eitelkeit und rühmte sich seines Lateins oder seiner Belesenheit. Aber Sabellicus war auch anspruchslos. Seit er die Universität nicht mehr besuchte, schien er kaum noch zu essen, und was da in einem küchenähnlichen Raum, in dem es nach Schimmel roch, manchmal bereitet wurde, erinnerte an Hundefraß. Unangenehm war, daß er auch seinem Famulus diesen Fraß zumutete. Außerdem war es ihm gleichgültig, was er auf dem Leibe trug. Eines Tages hatte ihn Hipler in einem sackähnlichen Gebilde erlebt, das dazu gedient hatte, einen Leichnam vom Richtplatz heimlich zum Keller des Gelehrten zu transportieren. Und die Frauen endlich waren ihm ein Greuel, abgesehen von einer entlaufenen Nonne, verhutzelt und schieläugig, die wöchentlich einmal zum Abnehmen der Beichte kam; so nannte es der Gelehrte. Sie betete die halbe Nacht, jedenfalls glaubte das zunächst der Magister, der nicht begreifen konnte, was ein Mann an ihr bemerkenswert hätte finden sollen, doch wenn sie vor Tagesanbruch das Haus verließ, wirkte sie verändert. Einmal hatte sie schließlich den Buckel vergessen, und ihr Gesicht glänzte von Schönheitswässern und Spezereien. Sie war höchstens achtzehn.

Hipler hatte inzwischen das Geld vom Vater erhalten und hätte den Dienst quittieren können. Doch er tat es nicht; er blieb. Der Magier bot ihm an, sein Gehilfe zu werden und die Rechtsgelehrsamkeit den Leuten zu überlassen, die den Herren in den Hintern kröchen, um zu sehen, ob Paragraphen darin verborgen seien. Hipler sagte nicht ja, nicht nein. Er wurde nach und nach mit gewichtigeren Aufgaben betraut.

Der Schwarzkünstler schien ohne Schlaf auszukommen. Und da er sich selbst keine Erholung gönnte, gönnte er sie auch seinem Famulus nicht. Ununterbrochen pfropfte er ihn mit Erklärungen, Anweisungen, Ermahnungen voll.

„Eines Tages werde ich dich in die Mysterien einweihen", verhieß er dem Magister, wenn er ihm wieder mal einen Dukaten schuldig geblieben war. Zunächst jedoch ließ er ihn Bücher abschreiben: Dschâbir, Avicenna, Averroes, Kleopatra, Paracelsus, Agricola. Dem Magister schwirrte der Kopf. Namen und Begriffe tauchten auf, die er nie gehört hatte. Zahlen und Symbole vermengten sich mit Analysen und Prophezeiungen. Wirkliches und Unwirkliches flossen ineinander.

Eines Nachts führte ihn Sabellicus in den Keller mit dem mächtigen Kreuzgewölbe. Hipler staunte über die Vielzahl der Einrichtungen und Instrumente. Da waren Öfen und Bottiche, Pressen und Waagen, Trichter und Scheidebecher, Stative und Metallscheren, Tiegel und Zangen, Rührhaken, Dreifüße, Mörser, Hasenpfoten. Oft kannte er die Art der Gegenstände und ihre Verwendung nicht einmal. An den Wänden hingen Tabellen mit chemischen und astrologischen Symbolen.

Der Magister sah jetzt, was mit der Lauge geschah, die er von der Moldauhalbinsel geliefert hatte. Zum erstenmal stellte er selbst Pulver her. Die Lauge wurde eingedampft, unter Zusatz von Essig abgeschäumt und in hölzernen Bottichen auskristallisiert. Es mußten mächtige Herren sein, die Sabellicus förderten; die Einrichtung war etliche Gulden wert.

Der Gelehrte sagte wie beiläufig, er bekäme Besuch und es könne sein, daß ihm der Famulus assistieren müsse.

In der folgenden Nacht hörte Hipler einen Reiter vor dem Tor. Er war neugierig und schlich ans Fenster. Der Fremde war in einen dunklen Mantel gehüllt. Im Mondlicht glitzerten die Spangen der Schnallenschuhe. Das Gesicht war durch ein Barett verdeckt. Sabellicus öffnete, begrüßte den Besucher ehrerbietig und führte das Pferd in den Stall. Hipler erinnerte sich der Bemerkung eines Kommilitonen, daß um Mitternacht der Teufel zu Sabellicus käme. Natürlich glaubte er nicht daran, auch die Nonne kam um diese Zeit. Nach einer Weile hatte Hipler den Mann vergessen.

Er kehrte zu seiner Kerze zurück, schlug das Buch wieder auf und vertiefte sich von neuem in das Werk, das von berühmten Persönlichkeiten handelte, die ein gewaltsames Ende gefunden hatten. Sie sollten beseitigt werden, weil das Retten der einen der Untergang der anderen war. Hipler fühlte sich mit ihnen verbunden, weil sie der Meinung waren, daß ihr Acker nicht in fernen Himmeln lag, und weil sie den Kopf nur vor jenen beugten, die mehr Blut und Schweiß vergossen hatten. Obwohl es von Mord und Brand und Gift auf diesen Seiten nur so wimmelte, faszinierte ihn das Buch.

Plötzlich polterte jemand die Treppe empor, riß die Tür zu Hiplers Zimmer auf und keuchte: „Steh auf! Der Narr will den Stein der Weisen. Ich muß ihm eine Lektion halten, sonst hält er sie mir." Sabellicus war aufgebracht. Hipler hatte ihn noch nie so erlebt.

„Ich brauche dich", flüsterte der Magier. „Er will den Stoff, mit dem er die Welt beherrschen kann. Er will Dynamis. Ich habe es nicht."

Hipler spürte seinen Atem.

„Sie wollen nur Macht, Macht, Macht und Gold." Sabellicus packte seinen Arm und zog ihn aus dem Bett. „Ich werde ihm Gold ins Maul stopfen, daß er kotzen muß. Ich kenne das Geheimnis der Transmutation." Er sagte es ehrfürchtig, als sei es ein Zauberwort.

Hipler schaute ihn ungläubig an. Generationen von Alchemisten hatten sich darum bemüht. Berge von Schriften waren verfaßt worden. Niemandem war es gelungen.

Als er mit Sabellicus den Keller betrat, war Hipler von einer seltsamen Unruhe erfüllt. Unwillkürlich erinnerte er sich eines Bildes, das er als Begleiter seines Vaters auf einer Reise nach den Niederlanden gesehen hatte, die Höllenvision des Hieronymus van Aken aus Hertogenbosch. Da war es wieder, das Erlebnis, das Bild: traumhafte Verquickung von Tier, Mensch und Natur, Zeugungs- und Zerstörungskraft, Aufschrei der Farbe, der Form, unendliches Suchen nach einem nicht sichtbaren Ziel. Irgendwo in der Hölle ein Menschengesicht, grübelnd, zweifelnd, erkennend und wieder verwerfend, sich immer wieder den Versuchungen und Verführungen, der Wirklichkeit und ihren Rätseln stellend, dem Genuß und der Reue, dem einfachsten Bedürfnis und dem höchsten Anspruch, der quälendsten Frage und der ausgelassensten Sinnlichkeit. Die phantastische Transmutation alles Lebenden.

Sabellicus schaute ihn an, eindringlich, beschwörend, fern, er nickte ihm zu, als wollte er sagen, wenn du mich jetzt nicht verstehst, wirst du mich niemals verstehen, ich habe Angst. Meine Macht ist der Geist, die Natur; seine Macht ist der Degen. Das ist der Unterschied.

Hipler begrüßte den Besucher, der in einer Ecke stand, mit einer Verbeugung. Der Fremde bemerkte ihn nicht. Der Magier mischte Flüssigkeiten in einem Becher und kippte das Getränk in sich hinein. Seine Gestalt straffte sich; seine Augen bekamen Glanz. Oft hatte er Hipler von den geheimnisvollen Wirkungen des Stechapfels, der Alraune, des Bilsenkrauts erzählt.

Sabellicus' Züge veränderten sich, erinnerten eben noch an den Kopf aus der Höllenvision, wurden plötzlich zur Grimasse des zur Monstranz erhobenen Frosches einer schwarzen Messe. Und wie ein Frosch hüpfte Sabellicus im Schein der Fackeln, der Ölfunzeln und im Nebel feuriger Dämpfe auf seinen Famulus zu. Hipler schreckte zurück.

„Achte auf ihn", zischte der Magier. Er wies mit den Augen auf den vornehmen Gast, der aufmerksam vor einer Phiole stand, in der eine farbige Flüssigkeit brodelte. Der Mann war verwachsen. Die Gesichtszüge unter dem in die Stirn gezogenen Barett waren weich, weibisch fast.

Es klopfte. Es klopfte ein zweites Mal, lauter, drängender. Die Mauern dämpften den Lärm. Der Vornehme winkte ab, als Sabellicus öffnen wollte, er ging selbst.

„Achte auf ihn", wiederholte Sabellicus. „Achte auf beide. Wenn einer zum Degen greift, stoß zu. Da ist ein Dolch, da eine Axt. Sie werden spurlos verschwinden. Sie werden vornehm, vornehm, ihrem Rang gemäß, in die Hölle ziehen …"

Er kicherte bei dem Gedanken, verschluckte sich; das Lachen schüttelte ihn.

Dann wieder beschwörend: „Er müßte zehnmal sterben für jeden, den er gefoltert hat. Ich zeig dir den Stein der Weisen dafür."

„Den Stein der Weisen für einen Mord?" fragte Hipler empört.

„Das ist der Lauf der Welt", zischte der Adept. „Ich hab sie nicht gemacht." Aus seinen Worten klang Haß.

Vor der Tür waren Schritte zu hören.

Mit dem Vornehmen betrat ein hochgewachsener Mann den Keller. Das Gesicht schmal, kantig, bleich, abgezehrt fast; ein verwilderter Bart bedeckte das Kinn. Der Ankömmling trug einen Bauernkittel und eine Leinenhose, er hielt sich respektvoll hinter dem anderen, den er Herzog nannte.

Der Herzog wischte Instrumente und Tiegel von einer Bank und setzte sich. Er wandte sich an den Magier: „Nun zeig deine Kunst. Ich bin's satt, den Beteuerungen zu glauben. Ich will Erfolge sehen, sonst ziehe ich meine Hand von dir ab. Du weißt, was dann passiert. Betrüger oder Teufelsdiener, Galgen oder Holzstoß, am Ende ist's gleich." Er lachte hämisch.

Sabellicus blieb ruhig. „Ich brauche Zeit."

„Du hattest sie", knurrte der Verwachsene. „Hattest mehr als genug, hattest alles, was du für deine schwarzen Künste brauchst. Ich habe ein Königreich der Alchemie in deine elenden Mauern gebracht."

„Ich habe Pulver geliefert."

„Ach was, ich will den Stoff, von dem du gefaselt hast, der Mauern wie Spielkarten knickt, Türme wie Schiefertafeln zerbricht. Du hast ihn gehabt, du willst uns betrügen darum ..."

„Nein", unterbrach ihn Sabellicus. „Ich habe ihn nicht, noch nicht. Mein Famulus ..."

So also war es gewesen. So war sein Vorgänger getötet worden. Ein Schauer überfiel den Magister. Auch heute ging es um Leben und Tod.

„Du wirst ihn finden", sagte der Herzog.

„Nein", erklärte Sabellicus. „Es ist nicht reif."

„Denk an den Galgen", fuhr der Besucher auf. „Ich werde dich in den Turm werfen lassen. Noch diese Nacht holen dich meine Knechte ab. Du kommst nicht aus der Stadt."

„Ihr werdet etwas haben", murmelte der Adept. „Ihr werdet den Stoff haben, der euch reich und mächtig macht. Aus schwarzer Asche wird die goldene Blüte ..." „Narr, verdammter Narr", fiel ihm der Herzog ins Wort. „Du willst Gold machen. Das haben viele versucht. Wenn ich es blinken sehe, will ich dich in Gnaden aufnehmen. Wenn nicht ..."

Sabellicus trank wieder aus seinem Becher. Seine Stimme klang heiser, als er sagte, er habe den Samen gefunden, der Metalle wachsen läßt, der das reifste, das Gold, erzeugt.

Hipler hielt den Atem an. Er verstand nicht alles, was der Adept sagte und tat, begriff nur, daß er belebte und unbelebte Natur von gleichen Prinzipien geleitet sah, daß er Männliches und Weibliches verschmelzen wollte. Er ahnte aber auch, daß Sabellicus sich seiner Sache nicht sicher war. Das Ereignis verwirrte Hipler. Die Fackeln und Ölfunzeln machten ihn warm. Die durch den Raum ziehenden Dunstschwaden umnebelten seinen Sinn. Es war ihm, als hörte er Stimmen und Geflüster, obwohl die Gäste stumm und wie gebannt auf den Alchemisten sahen. Ein undefinierbares Licht tropfte aus den Ecken heraus. Klänge umwebten Hipler. Auch die Besucher schienen Ähnliches zu empfinden; sie schauten sich unbehaglich um.

Sabellicus war überall. Während er mit Feuer, Metallen und scharfen Wassern hantierte, mit gläsernen Kolben und irdenen Behältern umging, mit Waagen, Zangen und Löffeln maß und abnahm, während er mischte und rührte, sprach er fortwährend vor sich hin.

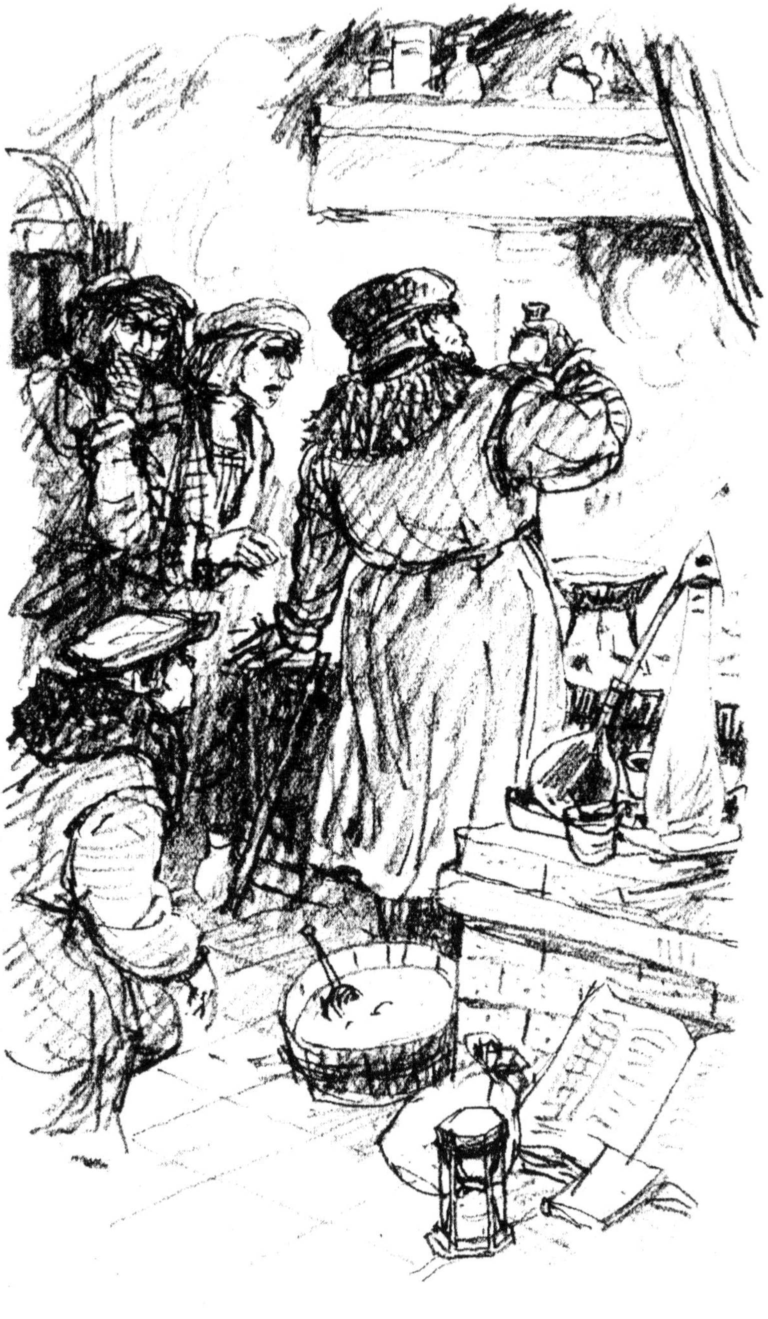

Die Zeit verging. Sabellicus sah nicht mehr, was um ihn herum geschah. Er bemerkte nicht, daß die Besucher herangetreten waren. Er hörte nicht, daß der Verwachsene ihm zurief, er möge sich beeilen, sonst habe er Seilers Töchterlein auf dem Hals. Sabellicus arbeitete wie im Rausch. Immer wieder hörte Hipler die Worte Mars, Saturn, Mond. Mond war Silber, Sonne Gold. Dem Magister, der nur ab und zu eine Handreichung zu machen hatte, fiel auf, daß Sabellicus nicht die üblichen Verfahren der Transmutation, die Schwärzung, Weißung, Gilbung der Metalle, betrieb. Nach Auffassung der Alchimisten kam es beim Prozeß der Goldgewinnung wie bei der Färbung von Wolle und Leinen auf die richtige Farbe an. Es hatte sogar den Anschein, daß Sabellicus manches Überflüssige tat.

Er konzentrierte sich endlich auf ein scharfes Wasser, das er Königswasser nannte.

Sabellicus wurde aufgeregt. Hipler spürte, daß eine entscheidende Phase kam. Da stand das Königswasser und wurde eingedampft. Sabellicus murmelte und hantierte ununterbrochen, flüsterte heiser:

„Der schwarze Rabe fliegt.
Das Blut des Drachen kocht.
Das Herz der Erde pocht.
Der Gelbe bei der Weißen liegt."

Immer hektischer wurde sein Gebaren. Im Königswasser war nichts zu entdecken. Er trat zurück und hob beschwörend die Hand:

„Gebäre, gebäre! Sonne glüht.
Öffne dich, Leib.
Erde ist trächtig.
Vermählt euch, Metalle. Blume blüht!
Mann oder Weib -
Isis ist mächtig."

Er geriet in eine Art Exstase.

„Der Rote leckt das Blut.
Der Mond in Wolken zieht.
Erkalte, Sonnenglut.
Koralle, sing das Hochzeitslied."

Die Luft wurde immer weniger erträglich. Beißender Rauch und die Dämpfe des Königswassers erfüllten den Raum, machten das Atmen schwer, drückten die Kehle zusammen, fraßen sich in den Rachen hinein, brannten in den Augen. Der Herzog hustete und erbrach sich. Sein Begleiter griff zum Dolch und stürzte sich auf den Adepten.

„Hölle und Tod", schrie er. „Willst du uns ausräuchern, du Lump, dann krepier zuerst!"

Es wurde ein Flüstern daraus. Er rang nach Luft, erreichte Sabellicus nicht.

Der Adept krächzte: „Türen auf, Fenster auf!"

Hipler griff zur Axt. Holz splitterte, Glas klirrte. Stoß zu, stoß zu, hörte er in Gedanken die Forderung des Sabellicus. Er hat hundert Tode verdient. Ihm tränten die Augen. Er stellte sich dem Begleiter des Herzogs entgegen. Hörte wieder: „Hölle und Tod", hörte den Fluch zum drittenmal. Wo hatte er ihn schon einmal gehört? Kannte er die Stimme nicht? Die Köhlerhütte, der Wald, der Überfall. Der Ritter war es. Er mußte es sein. Oder war er es nicht?

„Gold! Gold!" schrie Sabellicus. „Das Große Elixier!"

Er befand sich in einem Freudentaumel, tanzte durch den Raum. „Gold! Gold! Gold!"

Der Vornehme kämpfte gegen die Übelkeit an und kroch auf allen Vieren näher. Der Ritter preßte ein Tuch vor das Gesicht und machte einen Schritt nach vorn. Auch Hipler wollte sehen. Da lag etwas auf dem Boden des Tiegels, etwas Salzartiges, etwas, was vorher nicht da gewesen war. Und es schimmerte. Sabellicus untersuchte es.

„Gold!" schrie er wieder. „Es ist Gold!"

Der Vornehme stand einen Augenblick wie vom Donner gerührt.

„Mehr", flüsterte er. „Mehr davon! Ich werde dich zum Grafen machen und dir Häuser und Schlösser erbauen. Ich werde dir eine Kapelle stiften. Mehr davon. Mehr! Mehr! Mehr!"

- - -

Es war die letzte große Vorstellung des Adepten in der Stadt. Am folgenden Tage, als die Knechte kamen, um den Schwarzkünstler an einen sicheren Ort zu bringen, an dem er unter Kontrolle stand, war das Haus auf der Kleinseite leer. Auch der Famulus war nicht mehr da. Bei Nacht und Nebel hatten sie das Weite gesucht. Sabellicus hatte Hipler vor seiner überstürzten Flucht den Rat gegeben, gleich ihm die Sachen zu packen.

„Schnell wie der Gedanke wolltest du sein", hatte er gesagt. „Dann beeil dich, Magister. Hol ihn aus dem Stall, den Gedanken, treib ihn mit der Peitsche und hetz ihn zu Tode, daß du vor den Schimären des Herzogs an der Grenze bist. Der Gedanke, der dich erkennen läßt, ist jetzt ein besseres Pferd, als ich dir jemals geben kann. Ich hab das Gold in den Tiegel gelegt, in Königswasser aufgelöst und wieder zum Vorschein gebracht. Zehn echte rheinische Gulden, ein halbes Vermögen. Aber das Gold, das ich geopfert habe, ich hab es wiederbekommen, verstehst du, Famulus. Ich habe es zum erstenmal wiederbekommen. Ich hab es umgewandelt. Es ist meine Transmutation. Auch in Wahn und Täuschung liegt das Samenkorn der Erkenntnis, Famulus. Aber nun geh, sattle das zweite Pferd im Stall. Der Herzog verzeiht nicht. Und wenn er den Meister nicht findet, ist der Gehilfe dran. Geh! Ich wünsche dir Erkenntnis, soviel du tragen kannst. Iß und verdau, doch verdirb dir nicht den Magen daran. Unsere Wege trennen sich!"

Am Abend passierte Hipler die Grenze. Drei Tage nach dem Ereignis kam er in Erfurt an. In der Reichsstadt, deren Universität zu den berühmtesten Europas gehörte, gab er sich den Wissenschaften hin. Die Lehrer schwelgten in klassischen Versen. Homerische Kunst und aristotelische Bildung verbanden sich mit Dantes Düsternis und Petrarcas Heiterkeit. Die Seeluft der Entdecker und Weltumsegler wehte herein. Auch bei den Künstlern sah er sich um. In den Malerwerkstätten standen Hochzeit und Bauernkirmes statt der Heiligenporträts; da waren Landschaften, die nach Erde rochen, nach Brot und Wein; da saugten Schmetterlinge den Honig aus Blütenkelchen; da waren Männer zu sehen, die den Meisterbrief statt eines Adelsprädikats in der Lade bewahrten. Bei den Buchführern erstand der Magister Mutianus, Hessus, Erasmus, Reuchlin. Und ein Werk des Thomas Morus begegnete ihm zum zweitenmal.

Ohne sich stören zu lassen, verschlang Hipler die Erzählung des Portugiesen Hythlodeus, der den berühmten Amerigo Vespucci begleitet hatte. Er las, bis die Kerze heruntergebrannt und der Weinkrug ausgetrunken war. Er hatte Mühe, sich die Wunderwelt der Weitgereisten vorzustellen, sich vorzustellen, daß diese Welt erschaffbar war. Er sehnte sich mit heißem Herzen nach einem Zauberstab, nach Herakleskräften, nach dem Geheimnis der menschlichen Transmutation, bei der die taube scholastische Divinitas abgelöst wurde von der lebendigen Humanitas der Männer, die das Wissen und die Weisheit der Antike aus dem Schlaf der Jahrhunderte erwecken und der Natur die Geheimnisse entreißen, der Männer, die nicht nur erbauen, die nützen wollten. Das Werk warf mehr Fragen auf, als es Antworten gab. Und die Fragen quälten ihn. Konnte das alles, wovon Hythlodeus sprach, mit friedlichen Mitteln geschehen? Konnte Rom tolerant gegenüber Andersdenkenden sein, ein Philosoph den König ersetzen? Konnte Macht durch Weisheit gebrochen werden und das Land denen gehören, die es bebauen? Hipler hatte solche Gedanken nie gehört. Fern, allzu fern ist dieses Land, dachte er.

„Was soll man dazu sagen", las er, „daß die Reichen Tag für Tag von dem Verdienst der Armen nicht nur durch privaten Betrug, sondern mit staatlichen Gesetzen abzwacken?" Dabei hörte er in Gedanken Kanonenschüsse und Trommelklang. Irreales vermischte sich mit Realem. Er dachte an den Prozeß in Halle, an den Überfall und an die Köhlerhütte, an Prag und an Sabellicus. Hatte Hythlodeus nicht recht, wenn er der Ansicht war, daß dort, wo alle an alles das Geld als Maßstab anlegten, keine gerechte und glückliche Politik möglich ist? Das Interesse der Allgemeinheit ist in Gefahr, wo der einzelne sich nimmt, was allen zum Sattsein und zum Glück verhelfen kann.

Hipler schreckte vor der Erkenntnis, die ihn plötzlich wie ein Hammer traf. Das Samenkorn des Aufruhrs wucherte schon in ihm. Um Gerechtigkeit üben zu können, müßte allen alles gehören, müßten die Güter gemeinsam sein. Und die Herren wären überflüssig? Er wagte nicht weiterzudenken und legte das Buch aus der Hand. Doch er las wieder und wieder darin. Es übte eine geheime Verführung aus. Er fand Anregung, Bestätigung und heiligen Zorn.

Innerhalb eines Jahres gelang es Hipler, den Doktor beider Rechte zu erwerben. Nun wollte er das Leben mit Fäusten packen.

Nachdem die Bemühungen gescheitert waren, in Thüringen eine Anstellung zu finden, nutzte Hipler eine Gelegenheit, die ihm der Dekan der Rechtsfakultät vermittelt hatte, und folgte dem Ruf nach Heilbronn.

Auf dem Wege dorthin besuchte er den Neuenstein. Sein Vater war von Geschäften in Anspruch genommen und fragte nicht viel. Hipler kam es so vor, als ob der Mann da vor ihm, der Kanzler in seinem prächtigen Kleid, manchmal nicht zuhörte, wenn er von seinen Freuden und Leiden sprach. Soviel er erklärte, der Vater lächelte nur und gab ihm Geld. Ein einziges Mal packte er ihn beim Schopf und fuhr ihn derb-freundschaftlich an, mit einem Bademädchen könne man über die Liebe reden, mit einem Pfarrer über das Jenseits, mit einem König über alles, was dazwischen liegt. Und wenn er dies nicht beherzige, verstünden ihn weder Pfarrer noch Bademädchen und er riskiere, daß er wie Jesus Christus ans Kreuz genagelt werde.

Hipler war enttäuscht, daß er keine gemeinsame Sprache mit dem Vater fand, der die Wohlfahrt der Grafen mehr als die Wohlfahrt der Bürger und Hintersassen betrieb. Er brach früher auf als geplant und traf kurz vor Ostern 1510 in der Freien Reichsstadt ein.

5. Kapitel
Vor dem Richtblock

Ein wichtiger Abschnitt seines Lebens lag hinter Wendel Hipler. Er war siebenundzwanzig Jahre alt, hatte andere Länder bereist, hatte sechs Jahre in Krakau, Halle, Prag und Erfurt studiert, war Doktor beider Rechte, steckte voller Energie und Tatendrang, wollte den verstorbenen Stadtschreiber möglichst rasch ersetzen und die Geschäfte des Rates der Stadt Heilbronn so führen, daß er den Beifall seiner Auftraggeber und das Vertrauen der Bürger fand. Er glaubte, daß beides möglich wäre.

Die Reichsstadt lag wie eine Frucht in einer kostbaren Schale. Eine Ebene voller Korn, Hügel mit Rebstöcken und Obstgehölz, Wälder voller Wild, ein Fluß, der den Marktständen Netze mit silbriger Beute spendete, Salzbergwerk und Gerberei, Leinenherstellung und Wollproduktion, Papierfabrik und Brauhaus. Dazu Türme und Mauern, prächtige Kirchen, skulpturengeschmückte Patriziergiebel. Auf dem Marktbrunnen, aus dem der Rat bei festlichen Gelegenheiten Wein fließen ließ, stand ein bronzener Herakles. Das Territorium der Reichsstadt war umgeben von württembergischem, kurpfälzischem, hohenloheschem und kirchlichem Gebiet, in den Grenzen lebten dreißigtausend Einwohner. Es war ein kleines Schlaraffenland, ein Schlaraffenland für die Ehrbarkeit, für die Herren, die hier Privilegien besaßen. Der neue Schreiber wollte, daß es für alle so werden sollte.

Er stürzte sich mit Eifer in seine Obliegenheiten, saß vom ersten Hahnenschrei bis zum Mitternachtsruf des Wächters über Büchern, Akten und Protokollen, ergänzte und führte fort, was sein Vorgänger begonnen hatte, lernte von ihm und fing manches anders an und wurde nach und nach mit der Amtsführung, den Lebensgewohnheiten und der ganzen Person des hingerichteten Beamten vertraut. Er entdeckte, daß er jung und ungeduldig gewesen sein mußte, fand am Ende amtlicher Eintragungen und langer Schriftsätze Bemerkungen wie: „Muß alles schreiben und machen, die anderen trinken und lachen." Hipler vernahm erstaunt die Warnung des Stadtschultheißen, er möge sich an jenem kein Beispiel nehmen, und erfuhr endlich, was man verschwiegen hatte, daß der Mann nach angeblicher Unterschlagung städtischer Gelder hingerichtet worden war. Er hörte wohl auch, daß er Feinde im Rat gehabt hätte. Und fand die Wahrheit nicht heraus. Am Ende der Stadtchronik, in der noch der Federkiel seines Vorgängers lag, bemerkte er eine Radierung und entzifferte mühsam, was ausgelöscht werden sollte: „Sie haben ihr Spiel gewonnen. Hilf mir, Gott, ich bin unschuldig." Hipler überfuhr ein Schauer, als er es las. Er wußte nun, daß es Ratsintrigen und einen beschäftigten Henker in der Reichsstadt gab.

Zum Nachdenken hatte er keine Zeit. Der neue Schreiber wurde als Gesandter zu Fürsten und Städten geschickt, mußte Prozesse führen und die Hochzeiten der Ratsmitglieder richten, schrieb die Geschichte der Stadt und war für die Lateinschule verantwortlich. Auch der Druck von Büchern und Flugblättern ging durch seine Hand. Hipler kam sich vor, als habe man ihn in einen See geworfen, dessen Ufer er nun mit allen Kräften zu erreichen suchte; doch je länger er schwamm, desto weiter wichen die Ufer zurück.

Er hatte das Haus seines Vorgängers übernommen, ein Gebäude in einer Seitenstraße, die zum Markt führte; er fand kaum Gelegenheit, sich in der Wohnung mit der großen Diele und den sechs Räumen einsam zu fühlen. Wenn er die Akten beiseite legte, fiel er todmüde in das Bett mit den geschnitzten Putten. Eine mürrische alte Magd sorgte für ihn. An eine Hausfrau dachte er nicht; es waren zu viele da, deren Gunst er genießen konnte, und so entschied er sich für keine.

Eines Nachts schepperte die Türglocke heftig. Die Magd öffnete und suchte die Störenfriede abzuweisen. Hipler schlüpfte in Hose und Hemd, um nach dem Rechten zu sehen. Zwei Bewaffnete standen da. Der Anführer forderte ihn zum Mitkommen auf. Auch sein Vorgänger war so abgeholt worden! Wirre Gedanken überfielen ihn. In Augenblicken blätterte er die Chronik des letzten Jahres auf: Amtsstunden, Reisen, Prozesse, Begegnungen, Feiern. Er war sich keiner Schuld bewußt.

Schweigend erreichte der Trupp das Wirtshaus „Zum Ochsen", ein verräuchertes Lokal in der Nähe des Viehmarkts; Viehhändler, Bauern und Reisende mit kleinerer Börse verkehrten hier. Schon von weitem hörte man Lärm. Ein Fenster splitterte. Ein Mann stolperte aus der Tür. Zwei Knechte in den Hohenloher Farben verfluchten den Wirt und die Stadtverwaltung und beschimpften die Gäste. Sie waren erst zu bändigen, als sie von sechs Männern an Armen und Beinen gehalten wurden. Dann erfuhr Hipler, worum es ging.

Böse berichtete einer der beiden, man habe, weil der Öhringer Henker an einer Seuche oder etwas anderem krepiert war, einen Schwerverbrecher hierhergebracht, um ihn köpfen zu lassen. Der Verurteilte habe mit Hilfe des Teufels und seiner Heilbronner Kumpanei das Weite gesucht. Der Hohenloher zierte sich nicht und redete, wie er dachte. Für die Beleidigung schlug ihm der Anführer der Stadtknechte die flache Klinge über den Schädel. Der Mann stöhnte und verschluckte einen Fluch. Wahrscheinlich fürchtete er, nach seiner Rückkehr ähnlich wie der entflohene Gefangene behandelt zu werden.

Auf erneutes Befragen brachte Hipler heraus, daß die Hohenloher sich verspätet und erst nach Toresschluß um Einlaß in die Stadt gebeten hatten. Sie konnten den Verurteilten also nicht im Gefängnis abliefern, wie es verabredet war. Das zuständige Ratsmitglied befand sich vermutlich - so drückte es jemand unumwunden aus - zur Mitternachtsmesse im Frauenhaus. Daraufhin wollten die Hohenloher die Nacht im „Ochsen" verbringen. Der Wagen mit dem Gefangenen, ein Fahrzeug für Schweinetransporte, wurde auf dem Hof abgestellt. Vom Wirt erfuhr Hipler, am Tisch der Hohenloher hätten drei Böckinger gesessen und mit den Knechten gezecht. Einer von ihnen sei selber Wirt und hieße Rohrbach. Einerseits auf den eigenen Vorteil bedacht, andererseits ängstlich, bat der Bierzapfer, für seine Auskunftsfreudigkeit möge der Stadtschreiber beim Rat ein gutes Wort für ihn einlegen, er habe die Absicht, sein Haus zu vergrößern; der edle Herr Sekretarius - so nannte er ihn - solle jedoch um Gottes willen nicht verlauten lassen, wie er zum Namen des Übeltäters gekommen sei. Der Rohrbach sei ein grauslicher Mann; ihm sei nichts heilig, und sein Anhang sei groß, weil er mit der Obrigkeit nichts im Sinn habe und sie bei jeder Gelegenheit madig mache.

Hipler kehrte nach Hause zurück und sattelte sein Pferd. Am Böckinger Tor erfuhr er vom Posten, daß gerade vier angetrunkene Bauern die Stadt verlassen hätten. Nun wußte er Bescheid. Er überquerte den Neckar und zügelte sein Pferd erst in Böckingen vor einem Fachwerkbau mit vorkragendem Obergeschoß, das ihm der Ochsenwirt genau beschrieben hatte. Durch verschlossene Fensterläden schimmerte Licht.

Er zögerte hineinzugehen. Im Grunde wußte er nichts. Wenn der Mann ein Verbrecher war, mußte er auf alles gefaßt sein. Wenn er nicht hier war, machte er sich und den Rat lächerlich. Außerdem war das Sache der Stadtknechte.

Bevor er zu einer Entscheidung kam, öffnete sich die Wirtshaustür. Vorsichtig schaute ein Mann heraus; er konnte Hipler nicht sehen, weil er auf der anderen Seite der Straße, von einem Gebüsch verdeckt, im Dunkel der Kirche stand. Der Mann winkte zurück. Drei Gestalten tauchten auf. Hipler zog sein Pferd ins Mondlicht.

„Holla", rief er und trat näher. „Ich nehme an, das ist ein Wirtshaus. Ich dachte schon, ich müßte nach Heilbronn ..."

Er wurde von dem Burschen unterbrochen, der aus der Tür geschaut hatte. „Es wird nichts ausgeschenkt", sagte der. „Und übernachten könnt Ihr hier nicht."

Hipler stand vor den Männern und erkannte, daß einer von ihnen Teile einer Kette und eines Rings am Handgelenk trug. Man hatte ihn also an den Wagen gekettet. Und die Burschen hatten die Stäbe durchgesägt. Nun brauchten sie einen Schmied und wollten zu ihm gehen.

„Seid Ihr der Wirt?" fragte er den Sprecher.

„Ich bin Jesus von Nazareth", entgegnete der Angesprochene spöttisch. „Und das sind meine Apostel."

Hipler tastete nach dem Degen: „Wenn Ihr Jesus seid", erwiderte er ruhig, „habt Ihr gerade ein Wunder vollbracht, denn der Mann da neben Euch sollte eigentlich im 'Ochsen' sein."

Die vier erstarrten. Hipler bemerkte, daß zwei von ihnen fliehen wollten. Der dritte, sicherlich Rohrbach, rührte sich nicht. Hipler zog den Degen.

„Zwingt mich nicht, ihn zu gebrauchen", sagte er. „Ich bin Heilbronner Schreiber. Und der Mann gehört ins Gefängnis der Stadt."

Rohrbach lachte. „Steckt Euer Spielzeug ein. Man verletzt sich, eh man sich's versieht."

„Glaubt Ihr?"

Hipler richtete die Waffe gegen ihn. Der Wirt kümmerte sich nicht darum, er kratzte sich nur den Schädel.

Hipler sagte: „Ich bin gewillt, den Mann mitzunehmen."

„Versucht es! Ich bin gespannt, ob Ihr's schafft."

„Ihr deckt einen Schwerverbrecher. Wißt Ihr, welche Strafe darauf steht?"

„Keine", entgegnete Rohrbach. „Ihr werdet uns nicht anklagen, da Ihr diesen Ort nicht verlaßt."

Ohne daß es Hipler bemerkt hatte, war er von den Bauern eingekreist worden. Sie hatten Messer in der Hand. Einer von ihnen trug eine Peitsche und knallte der Stute des Schreibers damit übers Hinterteil, sie galoppierte wiehernd davon. Hipler begriff, daß es um Tod und Leben ging. Plötzlich hörte er Räderknarren und Pferdegeschnauf. Sollte er um Hilfe rufen? Sollte er den Ort mit seinem Geschrei zusammentrommeln? Doch bevor Hilfe da wäre, hätte man ihn niedergestochen. Die Bauern drängten ihn langsam ins Haus. Unversehens befand sich Hipler im Schankraum. Den Degen hielt er wie einen Stachel nach vorn. Der Wirt entfernte sich, trat plötzlich an ein Faß und zapfte Bier.

„Warum sollt Ihr nicht einen Becher mit uns trinken, bevor Ihr zur Hölle fahrt", sagte er. „Jeder Galgenvogel hat einen letzten Wunsch. Trinken wir auf das Recht!"

Er nahm einen tiefen Schluck und forderte die anderen zum Mithalten auf. Hipler rührte den Becher nicht an.

„Auf der Lateinschule hat man mir Spitzfindigkeiten beigebracht, lieber Herr. Zum Beispiel die: Wenn zwei das gleiche Recht wollen und anderer Meinung sind, muß einer unrecht haben. Teufel noch mal, aber welcher? Soviel ich weiß, der, der dem Richter was in die Hand drückt. Ist es nicht so?"

Rohrbach lachte wieder.

Hipler kam sich verloren vor. Niemand wußte, wo er war. Niemand würde ihn suchen. Er antwortete nicht. Rohrbach schien das auch nicht erwartet zu haben.

„Der, den Ihr hier seht ...", er wies auf den Mann mit dem Eisenring, „... hat seinem Richter nichts in die Hände gedrückt. Mit den Grafen von Hohenlohe hätte er schwerlich mithalten können." Er schnaufte verächtlich. „Und also hackt man ihm eben die Rübe ab, weil ein hochedles Gericht und ein hochedler Graf und sein verfluchter Kanzler es so wollen."

Hipler fuhr auf. Daran hatte er nicht gedacht, daß die Bestätigung des Urteils durch die Hände seines Vaters gegangen war.

Der Wirt platzte in seine Gedanken hinein mit der Schlußfolgerung: "Dabei hat er nichts als sein Recht verteidigt und das Recht seiner Vorfahren und das Recht der Gemeinde. Zum Teufel mit den Herren, die Recht zu Unrecht machen. Zum Teufel mit Euch, die Ihr die Geschäfte der Herren betreibt. Und da Ihr nun wißt, daß er unschuldig ist - erinnert Euch der Prämisse - müßt folglich Ihr schuldig sein. Darum müssen folglich wir Euch die Rübe putzen, weil Ihr ein Mordgehilfe, ein Heilbronner Aasgeier seid und weil Bruder Veit Euer Leben fordert."

Jetzt mischte sich der Hohenloher ein. „Ich will kein Blut", sagte er. „Soll er gehen."

Rohrbach überlegte. „Er wird die Stadt auf uns hetzen. Und vier Schlingen aus vier Paragraphen drehen. Einer, der Unrecht in Recht verwandelt, und das ist sein Amt, ist schlimmer als ein Galgenknecht, der nur den Hanf zu drehen hat."

Hipler war inzwischen wieder gefaßt. Obwohl er Angst hatte, konnte er den Zorn nicht verdrängen, den Zorn über sich selbst, den Zorn darüber, daß er blindlings vorausgesetzt hatte, ein Verurteilter müsse schuldig sein. Er dachte plötzlich - ausgerechnet jetzt fiel es ihm ein - daß im Idealstaat des Thomas Morus die Straffälligen öffentliche Arbeiten verrichten, daß sie zu nützlichem Tun angeregt werden und die Einwohner dieses Landes vor allem die Ursachen zu ergründen trachten, aus denen heraus die Untäter zum Dieb, Betrüger, Totschläger geworden sind. Er wußte nicht einmal, was der Mann verbrochen hatte, und wollte ihn zum Block schleifen. Hatte er in einem einzigen Jahr in Heilbronn soviel von seiner Streitbarkeit verloren, daß er als Ratsschreiber und Advokat ein Advokat des Rates geworden war?

„Erzähl's ihm", wandte sich Rohrbach plötzlich an den Hohenloher. „Stopf ihm sein Recht ins Maul, daß er noch einmal kotzen kann, bevor er in die Grube fährt."

So erfuhr Hipler die Geschichte des freien Bauern Veit Schütz aus Öhringen, der seine Kühe, Schafe, Ziegen, Schweine auf Gemeindeland geweidet hatte. Das Gebiet wurde den Öhringern von den Hohenloher Grafen streitig gemacht. Veit kümmerte es nicht; er nutzte sein Recht, wie es üblich und überliefert war. Der Kanzler, Wendels Vater, schickte Knechte. Veit schlug sie mit Gleichgesinnten, sensenschwingend, mistgabelbewaffnet, in die Flucht. Er wurde festgesetzt, vor das Niedergericht gebracht und auf Haus- und Landfriedensbruch, Diebstahl und Gotteslästerung verklagt. Die Richter und Schöffen vergaßen, daß sie die richterlichen Tugenden Gerechtigkeit und Weisheit, Stärke und Maßhaltung beschworen hatten, und ergriffen die Gelegenheit, dem Grafen gefällig zu sein. Kühe, Schafe, Ziegen, Schweine, selbst die Hühner - es klang wie eine Farce, aber Hipler wußte, daß es üblich war - wurden als Zeugen zugelassen und vernommen und, da sie nicht um Hilfe gemuht und geblökt, gemeckert und gegrunzt hatten, ebenfalls angeklagt und zum Tode verurteilt. Nur die Pferde entgingen dem Massaker; sie mußten Fronarbeit leisten. Die gefiederten und vierbeinigen Angeklagten wurden enthauptet und vom Gericht verspeist.

Obwohl er von solchen Urteilen gehört hatte, verschlug es Hipler die Sprache. Und sein Vater hatte mitgewirkt? Wieder, wie schon bei seinem kurzen Besuch auf dem Neuenstein, spürte er die Kluft, die zwischen ihnen bestand.

Unwillkürlich stand er auf, steckte achtlos den Degen ein, schritt aufgewühlt durch den Raum. Schändlich! Er schämte sich für den Vater und fühlte sich verpflichtet, wiedergutzumachen. Wie sagte Morus: „Da sind die Edelleute. Selber müßig, leben sie wie die Drohnen von der Arbeit anderer, nämlich von der der Bauern auf ihren Gütern, die sie bis aufs Blut aussaugen, um ihre persönlichen Einkünfte zu erhöhen!" Er konnte diesen Satz auswendig. Mit erschreckender Deutlichkeit wurde ihm bewußt, daß es nur ein einziges Mittel gab, dem Recht zum Recht zu verhelfen: das Privateigentum aufzuheben, den Besitzenden den Besitz zu nehmen und am Reichtum aller alle teilhaben zu lassen. Wie aber sollte das geschehen? Er sah keinen Weg. Hipler erschauerte. Längst hatte er die Gefahr vergessen, in der er selber schwebte. Das Problem bewegte, beschwerte ihn so, daß er Veit anfuhr: „Warum habt Ihr Euch die Dokumente nicht zeigen lassen. Wenn sie nicht da sind, haben die Grafen keinen Anspruch auf das Gemeindeland. Und ich fürchte, sie sind nicht da. Ihr hättet Grund, die Neuensteiner anzuklagen."

Die Männer im Raum betrachteten ihn erstaunt. Bevor sie sich äußern konnten, waren Geräusche zu hören. Irgend jemand polterte die Treppe herab. Ein älterer Mann erschien, eine Ölfunzel in der Hand, und beschwerte sich über den Lärm. Rohrbach beruhigte ihn. Offenbar war es sein Vater. Hipler hätte jetzt gehen können, aber er blieb. Er dachte nicht mehr an Flucht.

Als der Mann verschwunden war, wandte er sich an den Wirt. „Hier könnt Ihr ihn nicht lassen. Im 'Ochsen' weiß man, daß Ihr mit ihm zusammen wart. Ich weiß es von Amts wegen auch. Ich könnte Euch raten, das Urteil anzufechten beim Obergericht. Aber ich rate es Euch nicht. Die Grafen bieten mehr. Und ein Vetter ist bestimmt als Richter dabei. Am Ende habt Ihr doch nicht recht und alles zugesetzt."

Er bedachte sich einen Augenblick.

„Bringt ihn so weit wie möglich, denn das Urteil ist rechtskräftig und kann vollstreckt werden. Es läuft euch hinterher. Am besten, ihr begleitet ihn, denn man kann euch nun alle belangen. Ich werd's einrichten, daß ihr zwei Tage Vorsprung habt."

Und dann sagte er noch: „Mein Vater ..." Er wußte nicht weiter, fuhr dann entschlossen fort: „Mein Vater hat das Urteil unterschrieben. Ich möchte's tilgen. Laßt mich wissen, wo Ihr seid, und wartet ab. Vertraut mir, obwohl ich das kaum erwarten kann. Aber Ihr habt keine Wahl. Ihr müßt mir vertrauen. So wie Ihr dasteht, hilft Euch nicht mal der liebe Gott."

Eine halbe Stunde später ritt Hipler auf dem gleichen Weg zurück, erfüllt von den Erlebnissen dieser Nacht, von peinigenden Gedanken wie von Hornissen verfolgt, unzufrieden mit sich und dem Rat, mit den Rechtsbräuchen im Hohenloher Land und über das Mittun seines Vaters bei dem Galgenvogelstreich.

Als er vor dem Böckinger Tor das Käuzchen hörte, dachte er plötzlich, wenn der Totenvogel schreit, werden auf dem Friedhof frische Gräber aufgeworfen. Zum Teufel mit dem Aberglauben, zum Teufel mit dem Altweibergewäsch! Doch die Unruhe, die ihn erfüllte, begleitete ihn bis in sein Schlafgemach.

Am folgenden Tage ging er wie üblich seinen Verrichtungen nach. Die Ereignisse des vergangenen Tages warfen ihre Schatten. Er nahm sich - was schon lange nicht mehr geschehen war - die Ratschronik vor und studierte besonders die Seiten, die sein Vorgänger angekreuzt hatte; dabei fielen ihm immer wieder die gleichen Namen, bestimmte Käufe von Häusern und Weinbergen, Fernhandels- und Verlagsgeschäfte, Klagen und erfolgreichere Gegenklagen der in diesem Zusammenhang genannten Familien, darunter die des Schultheißen und des Ratsherrn für Untaten auf; immer häufiger wurde von Teuerung und dem plötzlichen Tod verarmter Kaufleute und Handwerker gesprochen, es sah aus, als hätte der Tod vornehmlich an gewisse Türen geklopft. Meistens ging es in diesem Zusammenhang um verlustreiche Geschäfte mit Wein, Wolle, Waid und Korn. In Hipler festigte sich der Verdacht, daß solch Ableben nicht so ganz zufällig war. Bestimmte Verbindungen gab es auch zu den Herren von Hohenlohe. Selbst sein Vater wurde einige Male genannt. Bevor er mit seinen Vermutungen jedoch zu Ergebnissen kam, besuchte ihn der Ratsherr für Untaten, der mit Erstaunen bei sich registrierte, daß der Schreiber Namen und Fakten aus der Stadtchronik herausschrieb. Der Ratsherr erkundigte sich nach den Ereignissen der Nacht. Hipler berichtete, ohne jedoch den Böckinger zu nennen. Wie konnte er ahnen, daß der Ratsherr besser unterrichtet und ein Kommando von Häschern gerade vergeblich aus Böckingen heimgekehrt war. Wegen dieser so peinlichen Affäre, wie es sein Vorgesetzter formulierte, wurde der Schreiber nun unverzüglich zum Ochsenwirt geschickt, um ein Protokoll aufzusetzen; immerhin sei man den Hohenlohern verpflichtet, wolle keinen Streit. Als Hipler in sein Amtszimmer zurückkehrte, war der Zettel mit den Aufzeichnungen verschwunden. Von diesem Augenblick an wußte er, daß er in ein Mahlwerk geraten war, aus dem es kein Entrinnen mehr gab.

Hipler wälzte sich schlaflos auf seinem Lager. Ging da nicht eine Tür? Näherten sich da nicht Schritte? Er hatte Angst. Zum erstenmal in seinem Leben hatte er Angst.

Er konnte zum Neuenstein fliehen. Er konnte sich im Schatten seines Vaters verstecken. Nein, das konnte er nicht. Er fühlte sich seinem Vater seit gestern, seit er den Bauern Veit vor dem Block bewahrt hatte, so wenig verbunden, wie er sich dem Kinderharnisch verbunden fühlte, in dem er mit den Grafensöhnen Georg und Albrecht die Kräfte gemessen hatte. Sein Vater, der Kanzler von Hohenlohe, hatte getötet, hatte leichtfertig ein Urteil unterschrieben und nicht daran gedacht, daß ein Mensch keine Küchenschabe ist. Wenn der Verurteilte noch lebte, war das nicht seines Vaters Verdienst.

Niemals vorher hatte sich Wendel Hipler über sein Leben Rechenschaft abgelegt. In dieser Nacht, in diesen Stunden tat er es. Er erkannte aber auch, daß alles so sein mußte, wie es gewesen war. Trotz aller Irrtümer und Kreuzwege blieb er sich selber treu. Und wartete. Doch die Büttel kamen nicht. Auch als der Hahn dreimal gekräht hatte, waren sie noch nicht da.

Wie jeden Tag betrat Hipler pünktlich das Rathaus, wie immer begann er seinen Dienst. Da sich nichts ereignete, fing er an zu hoffen, daß seine Befürchtung grundlos gewesen war. Was konnte man ihm denn vorwerfen? Er wollte der hinkenden Schimäre Recht ein neues Hufeisen verpassen, mit dem Blasebalg der Humanität ein wenig Schmied spielen und das erlöschende Feuer schüren. Er wollte keinen Vorteil für sich, wahrhaftig nicht. Er wollte keine Anerkennung und keinen Dank. Sogar sein Leben hatte er riskiert.

Als er in den Abendstunden im Begriff war, auf seinem Gaul die Stadt zu verlassen, um in Weinsberg der Klage des Obervogts wegen einer Zollgeschichte nachzugehen, legte der Posten am Tor plötzlich die Hellebarde quer und forderte ihn zum Absteigen auf. Im selben Augenblick wußte Hipler, was die Glocke geschlagen hatte, und sprang vom Pferd. Aus dem Torhäuschen tauchten weitere Knechte auf und umstellten ihn. Hipler wurde aufgefordert, sich zu ergeben. Er suchte die Waffe zu ziehen. Oft war es auf diese blitzschnelle Reaktion angekommen; er hatte es so geübt, daß es fast ohne sein Zutun geschah, er hatte gar nicht die Absicht, sich durchzuschlagen. Der Postenführer sprang auf ihn zu und setzte ihm den Dolch auf die Brust. Von hinten spürte Hipler die Spitzen zweier Hellebarden. Eine davon ritzte ihm die Haut.

Er reagierte jetzt kaltblütig, schnallte den Degen ab, ließ ihn fallen und erkundigte sich ironisch, ob man ihn des Raubmords am Bürgermeister beschuldigte, weil er wie ein Untäter behandelt werde. Der Postenführer lachte nicht. Seine grobschlächtigen, blatternarbigen Züge wirkten im flackernden Fackelschein maskenhaft starr. Hipler stellte ihn sich mit einer Henkerkappe vor und sah nur noch die Augen, den freßlustigen Blick eines Reptils. Der Mann forderte ihn barsch auf, den Rand zu halten. Er zog den Mund schief nach unten; es war seine Art, sich lustig zu machen. Dann band er dem Schreiber die Hände zusammen.

Hipler wurde in das Gefängnis gebracht. Als man ihn die Stufen in das feuchte, muffige Stadtverlies hinunterstieß und er im Fackellicht die Ratten auseinanderstieben sah, dachte er an Maria Mohler. Ein schmalbrüstiger Gefängniswärter mit kranker Gesichtsfarbe kettete ihn an und entfernte sich.

So also ist das Ende, dachte Hipler, das also bleibt von allen großen Zielen. Ist es da nicht besser, keine zu haben? Ist es da nicht einfacher, hinter der Fahne zu ziehen, statt sie selber zu tragen? Ich wäre ein prächtiger Bürgermeister oder Kanzler geworden, wenn ich beide Augen zugedrückt und beide Hände aufgehalten hätte. Warum mußte ich wider den Stachel löcken?

Im Geräusch stetig fallender Wassertropfen, das ihm bald in den Ohren dröhnte wie ein Wasserfall, sann Hipler über die Wege des Schicksals nach, die aus einem Angeklagten einen Ankläger machten und umgekehrt. Sicher wußte man längst, was in Böckingen vorgefallen war. Vielleicht hatte man ihm eine Falle gestellt. Vielleicht glaubte man, er wolle das Geheimnis der radierten Chronik lösen. Er hatte es ja wirklich lösen wollen.

Am folgenden Tage kam der Wächter die Treppe heruntergeschlürft und brachte ihm Brot und Wasser. Hipler suchte ein Gespräch anzuknüpfen, aber der Bursche grunzte nur. Hipler drückte ihm einen Gulden in die Hand, der Wächter nahm ihn an. Am zweiten Tage holte der Mann einen Apfel aus dem Wams. Hipler aß ihn gierig. In seinen Gedärmen rumorte es, als habe jemand Kieselsteine darin versteckt. Der Wächter steckte die Fackel in einen in die Wand eingelassenen Ring, hockte sich auf den Boden, zeigte die Zahnstummel und blickte auf den Gefangenen. Er hielt seinen Kopf schief und zeichnete mit der Hand ein niedersausendes Schwert in die Luft, dabei lachte er einfältig.

„Du brauchst dich nicht zu fürchten vor mir. Das Schwert hat noch Zeit. Einen Monat, zwei Monate, vielleicht sogar drei. Sie haben mich Ratte geschimpft, weil sie den Gulden bei mir gefunden haben. Und ich soll dir nichts bringen. Ich bring's dir doch. Du bist auch eine Ratte, obwohl du vornehme Kleider trägst. Wir sind alle Ratten. Was haben sie bloß gegen Ratten, die Leute. Weißt du, wie possierlich sie sind. Sie klettern den Arm hinauf. Und ich spreche mit ihnen. Wie jetzt mit dir. Sie pfeifen. Sie antworten. Ich verstehe sie. Wahrhaftig, ich verstehe sie."

Hipler schüttelte sich. Hauste er nicht wirklich wie eine Ratte in einem Rattenloch?

"Was wirft man mir vor?" flüsterte er.

Der Wächter polkte in seinen Zähnen herum. „Du weißt es nicht?" erkundigte er sich ungläubig. „Die Vöglein pfeifen's in ihren Kästen, die Vöglein mit den goldenen Eiern, die Ratsherren mit den scharfen Krallen, daß du ihnen die Köpfe abdrehen willst."

„Was will ich?" fuhr Hipler heftig empor.

Der Wächter erschrak. Er sprang auf und riß die Fackel von der Wand.

„Wenn sie mich mit dir reden hören, ketten sie mich an."

Es war niemand zu sehen, aber er lief die Treppe hinauf.

„Was soll ich getan haben?" rief Hipler hinter ihm her.

„... Aufruhr", sagte der Mann leise. „Du willst die Köpfe der Ehrbarkeit, du willst sie aufspießen wie der, der vor dir hier gelegen hat. Sie wollen dir dafür den Hals kitzeln."

Auf dem obersten Absatz angelangt, drehte er sich um und rief: „Wenn du mir dein Hemd schenkst - das bringt Glück -, werde ich meinem Schwager sagen, daß er dich gut im Nacken rasieren soll. Er kennt sich aus mit dem Schwert."

Am vierten Tage von Hiplers Gefangenschaft erschien ein Patrizier und ließ ihm die Ketten abnehmen. Er erklärte, daß er die Stadt unverzüglich zu verlassen habe. Im übrigen hätten die Grafen von Hohenlohe einen Boten gesandt; sein Vater habe das Zeitliche gesegnet.

6. Kapitel
Laster, Lügen, Lustgefühle

In der Kapelle lag Hiplers Vater aufgebahrt, im Rittersaal feierte Albrecht von Hohenlohe ein Fest. Hipler war allein, als er nach Passieren der Torwache die Bronzetür zur kleinen Schloßkirche mit den allegorischen Figuren Glaube, Liebe, Hoffnung aufklinkte. Kerzenlicht flutete ihm entgegen. Ein Hauch von verbranntem Wachs, von Räucherwerk und welkenden Blüten hing im Raum. In der Zugluft flackerten die zahllosen Flämmchen, die den im gold- und silberdurchwirkten Kleid aufgebahrten Mann dort vor dem Altar, seinen Vater, umgaben. Schatten regten sich in den Ecken, schienen zur Spitze der hohen, schmalen Fenster emporzusteigen, zu entschweben.

Hipler trat an den Eichensarg mit den geschnitzten Palmenwedeln, den Heiligen und Aposteln heran; sein Vater hatte ihn schon zu Lebzeiten anfertigen lassen und sollte sich manchmal hineingelegt haben. Hipler spürte durch die Beinkleider die Kühle des Katafalks. Seine Hand berührte das seidene Leichentuch. Er brauchte sie nur auszustrecken, um das schmale, faltige Gesicht zu streicheln; er tat es nicht. Die Augen des Toten waren geschlossen, aber sie schienen ihn anzusehen. Öffneten sie sich nicht? Waren die Lippen immer noch ein gerader, fester Strich? Hörte es sich nicht an, als raunte eine Stimme neben Ihm?

Hipler fröstelte in der Nachtluft, die durch die geöffnete Tür hereinwehte. Sprunghaft entfernten sich seine Gedanken und kehrten immer wieder in diese Kapelle, an diesen Katafalk zurück. Niemals hatte er sich diesem Manne so nahe gefühlt; in seiner Kehle würgte es. Und niemals war er so weit entfernt wie jetzt, als er bemerkte, daß sein Vater in den gefalteten Händen eine Lilie und das vergoldete Wappen derer von Hohenlohe hielt. War er nicht selbst ein Stück dieser Kapelle, dieses Schlosses, dieser Grafschaft?

„Ich bleibe nicht", flüsterte Hipler. „Ich hab dir zu erklären versucht, was ich entdecken möchte, aber du hast mich ausgelacht, hast auf das Schwert gewiesen, auf das Gold der Kanzlerkette, hast gesagt, daß dies die Säulen sind, daß darauf Recht und Unrecht ruhen wie ein Dach. Du wirst noch in deiner letzten Ruhestätte von beidem umgeben sein. Ich werde meinen Weg ohne dich gehen. Aber du hast mich vor dem Henker gerettet. Es ist furchtbar, daß du sterben mußtest, damit ich leben kann."

Er beugte das Knie und lehnte die heiße Stirn an das kühle Seidentuch. So nahm er Abschied.

Er wurde in die Gegenwart zurückgeführt durch ein Geräusch, durch einen klagenden Ton. Es klang wie Weinen. Hipler erhob sich und schaute sich um.

Er entdeckte ein Mädchen, zusammengekauert vor dem Chorgestühl. Sie schaute den Toten an. In dem sanften, von langen roten Haaren bedeckten Gesicht mit den mandelförmigen Augen schimmerte Angst, schimmerte Erstaunen. Die Lippen bewegten sich. Er hob sie behutsam empor und führte sie aus der Kapelle. Es war Beate, die Schwester des Grafen, vor Wochen aus einem Stift heimgekehrt. Niemals zuvor hatte sie einen Toten gesehen. Das Sterben war ihr von den Stiftsdamen, denen sie ihre Weltkenntnis verdankte, als etwas Schönes beschrieben worden. Nun erfuhr sie, daß es ein Aufhören aller Zärtlichkeit, aller Hoffnungen und Wünsche war. Der Kanzler war der einzige gewesen, der sich außer der Kammerfrau um sie gekümmert hatte, weil er wohl geglaubt hatte, es dem alten Grafen schuldig zu sein.

Im Palast, inmitten betrunkener Zechkumpane, umgestürzter Krüge und verstreuter Speisereste, ließ der jüngere der gräflichen Brüder die Würfel rollen. Er würfelte gerade dreimal die Sechs, als der Jugendgefährte den Saal betrat. Er schaute ihn mit glasigen Augen an und stand schwankend auf, einen Becher in der Hand, den er dem Gast überreichte. Albrecht reckte und dehnte sich in seinem geschlitzten, papageienbunten Seidenhemd, breitete die Arme aus und drückte Hipler an die Brust. Er stieß krachend mit dem Gefährten an.

„Wir trinken auf ihn", sagte er und deutete mit dem Kopf in die Richtung, in der er die Kapelle vermutete. „Er soll eine Himmelfahrt haben, wie's lang keine gab."

Wieder hob er das Gefäß.

„Weiß der Teufel, er hat's verdient, daß wir ihn mit Saus und Braus geleiten. War ein besserer Hohenlohe als ich."

Er trank wieder und bemerkte lallend, daß der Tod sich vom Leben dadurch unterscheide, daß man auf nichts mehr trinken könne; also müßten die Lebenden für die Toten anstoßen, und das könne man nicht mit Heulen und Zähneklappern tun. Bruder Georg habe ihm in den Wein gespuckt und sich in den verfluchten Turm mit dem verfluchten Pfaffen zurückgezogen, um aus der Todesstunde des Kanzlers Rückschlüsse auf das verfluchte Wohlergehen der Grafschaft zu ziehen. Stockend fragte er und klammerte sich dabei an Hipler an, ob er auch wie sein Brüderlein glaube, daß dies ein Fest für eine Sauhatz sei. Er wartete die Antwort nicht ab.

„Schade, daß er kein Ritter war. Er hätte den Stand zu Ehren gebracht. Er war ein Fuchs."

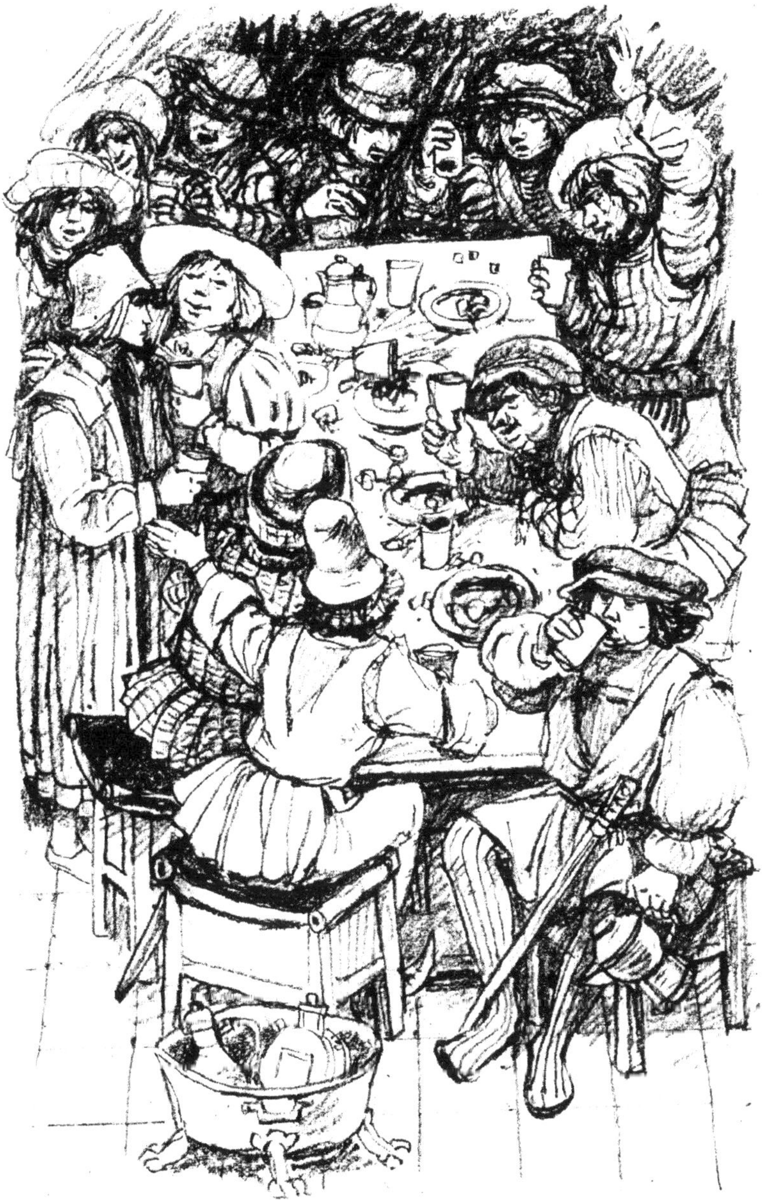

Einer der Kumpane mischte sich grunzend ein. „Dafür kriegt er nun Fegefeuer, sechshundertsechsundsechzig Jahre, dreimal die Sechs; meine dreihundertvierundzwanzig dazu."

Aufgedunsene, feiste, trinkfröhliche Gesichter umgaben Hipler. Spitzenverzierte Hände streckten sich ihm entgegen. Er mußte sie schütteln, mußte den Becher füllen lassen, mußte Bescheid geben und anhören, was aus heiseren, krächzenden Kehlen kam. Er mußte dieses Fastnachtsspiel für einen Toten, der sein Vater gewesen war, über sich ergehen lassen.

Endlich floh er und suchte in finsteren Sälen den Bruder Albrechts, den Herrn vom Neuenstein. Er entdeckte Georg über astronomischen Instrumenten und astrologischen Tabellen. Von einer schmalen, kühlen Hand wurde er feierlich empfangen. Er glaubte in den düster blickenden Augen eine Regung von Mitgefühl zu entdecken, und irrte sich wie immer, wenn er diesem absonderlichen Fanatiker begegnet war, der die Geheimnisse der Zukunft entschleiern wollte und darüber die Gegenwart vergaß. Auch jetzt dachte Georg nicht an den Kanzler, als er auf eine Tafel mit den Aufzeichnungen des demutsvoll im Hintergrund wartenden Mönchs Ambrosius wies und dann auf Hipler sah.

„In seiner Todesstunde erscheint ein Stern, der Hohenlohe günstig ist. Ein Stern im Widder. Du bist ein Widder?"

Ambrosius reagierte unmutig. Hipler hatte den Eindruck, daß er sich selbst in das Blickfeld rücken wollte, als er die Schicksalslinien des Verstorbenen und des Hauses Hohenlohe in verwirrenden Kreisen und Linien miteinander verwob. Hipler dachte, ich werde deinen Bannkreis nicht verletzen, Mönch. Einst war ich hier zu Hause, aber das ist lange her. Ich bin es nicht mehr. Wieder angekommen an den Stätten seiner Kindheit, wurde Hipler plötzlich klar, daß seine Tage auf Neuenstein gezählt waren. Er irrte sich, irrte sich deshalb, weil es im Testament seines Vaters eine Verfügung gab, daß er nur dann in den Besitz des väterlichen Eigentums, der Mühlen, Teiche, Wälder und Dukaten, gelangen sollte, wenn er das „den hochwohllöblichen Herren von Hohenlohe verdankte Gut zu Nutz und Frommen der Grafschaft und in ihren Diensten" verwalte. So stand es da. So sollte er zu seinem Glück gezwungen werden, weil sein Vater Erasmus, Reuchlin und Morus für ein Unglück hielt.

Während der Kanzler mit Pomp und Geleit vor der herrschaftlichen Gruft beigesetzt wurde, dachte der junge Hipler über die starrsinnige Haltung des Mannes nach, der ihm mit Erbe und Eigentum an die Grafschaft ketten wollte.

Als der Sarg der Erde übergeben war, wurde es ihm bewußt, daß es der Verstobene schon in seiner Vorstellung so erlebt hatte. Alles hatte er geordnet; alles hatte er bezahlt und verfügt. Um seine Läuterungszeit im Fegefeuer abzukürzen, sollte einen Monat lang jeden Tag die Messe gelesen werden, sollte eine Begine an seinem Grabe beten, sollten zwanzig Jahre lang an seinem Todestag Bittgottesdienste stattfinden.

All dies ging Hipler durch den Kopf, als er durch die Zeremonien und Festlichkeiten schritt, die mit dem Leichenbegängnis verbunden waren. Seit Menschengedenken, seit dem Tod des alten Grafen, hatte man nicht solch kostbares Sargtuch, so große Kerzen, so viele Träger und Begleiter, so viele Klageschwestern, so zahlreiche Speisen, so teure Weine gesehen. Selbst das prachtvolle Grabdenkmal mit dem in Stein geritzten Sankt Georg hatte der Vater selbst in Auftrag gegeben; es wurde schon am Tag nach der Bestattung aufgestellt. Hipler hatte das Gefühl, daß sein Vater leibhaftig zugegen war. Es war unheimlich, zu erleben, wie ein Spectaculum abrollte, das ein Toter mit gebrochenen Augen und starren Fingern aus dem Grab heraus zu regeln schien. Auch er, auch der Sohn, war eingeplant, ein Rädchen in einem Räderwerk, das nach dem Willen des Vaters lief und weiterlaufen sollte.

Drei Tage nach dem Begräbnis ließ ihn Georg rufen und eröffnete ihm, er wolle den Letzten Willen des Vaters respektieren und den Sohn zum Nachfolger machen.

Das Gespräch fand im Turmzimmer statt, das mit seinen kabbalistischen und chiromantischen Zeichen und obskuren Geräten an die Werkstatt eines Adepten erinnerte und bei Hipler die Erinnerung an Sabellicus beschwor.

Auch der Pater war zugegen, stand vor dem Pult und las in der aufgeschlagenen Heiligen Schrift, dem einzigen Gegenstand, der außer einem Rosenkranz des Mönchs und einem kleinen silbernen Kruzifix an die Sancta ecclesia gemahnte. Ambrosius schien unbeteiligt an den Dingen zu sein, die zwischen Georg von Hohenlohe und Wendel Hipler verhandelt wurden, er achtete in Wirklichkeit aber mit allen Sinnen darauf, was hinter ihm geschah. Er mochte Hipler nicht, und das spürte man, er beherrschte jedoch die Kunst, die Wünsche seines Herrn zu befolgen, bevor sie ausgesprochen waren. Das machte ihn unentbehrlich, und er wußte davon und baute seine Fähigkeiten aus.

Hipler hatte das Angebot erwartet und seine Ablehnung überlegt. Dennoch schaute ihn der Graf fassungslos an. Nicht im Traum hatte er an einen solchen Verzicht gedacht. Es gab keinen Grund, ein Amt abzulehnen, das Reichtum und Ehrungen versprach. Ratheischend blickte er zum Mönch hinüber; Ambrosius rührte sich nicht. Wiederum legte Hipler seine Gründe dar, holte weit aus und sagte, er könne nicht wie sein Vater regieren. Die Zeit habe die alten Sitten überholt, und er fühle sich nun mal in einer Ritterrüstung nicht wohl. Die eisernen Arm- und Beinschienen seien unnützer Plunder, die Schwerterwelt sei eine schöne Erinnerung. Die Geschütze, die Burgen und Städte in Asche legten, die neuen Ideen, die wie ein loderndes Feuer wärmten, seien stärker und gewichtiger als das schärfste Schwert.

Auf Georg wirkte seine Erklärung wie eine Herausforderung. Er fühle sich persönlich getroffen, entgegnete er. Schlüssel der Erkenntnis und jeglicher Macht seien immer noch Schwert und Gold, das sei so und bleibe so.

Hipler hörte die Maxime des Vaters heraus und erwiderte, er habe eine Hexe sterben sehen, die keine Hexe war; er habe einen Wissenschaftler gekannt, der nur um ein Haar dem Henker entgangen sei; er pfeife auf Schwert und Gold und wolle Wahrheit und Gerechtigkeit.

Da er glaubte, alles gesagt zu haben, schwieg er und empfand so etwas wie Hochachtung vor sich selbst; immerhin hatte er ein Vermögen vom Tisch gefegt, falls Georg kein Einsehen hatte und ihm sein Erbe überließ.

Da geschah etwas Ungewöhnliches. Ambrosius schien zu schlafen und wieder zu erwachen. Er gab unverständliche Laute von sich, die sich zur Sprache formten; seine Stimme klang fistelhaft hoch. Sein birnenförmiges Gesicht mit den vorquellenden Augen wurde leichenblaß. Hipler hatte es so bei Sabellicus gesehen, wenn er aus einer bestimmten Flasche trank. Gespannt beugte sich Georg vor, er tat nichts, um den Mönch aus seinem entrückten Zustand zu reißen, er bemühte sich im Gegenteil darum, den erstaunt reagierenden Hipler zum Schweigen zu bringen.

Ein Windstoß öffnete die Fensterflügel, die krachend an die Wand schlugen, Glas splitterte; die Kerzen wurden bis auf eine ausgeblasen. Nachtkühle wehte herein. Hipler, der nicht gesehen hatte, wie die Fenster geöffnet worden waren, zuckte zusammen. Der Mönch sagte etwas, bewegte jedoch die Lippen nicht. Vielleicht sagte es ein anderer, aber es war niemand sonst im Raum.

„Schwert und Gold", hörte Hipler, „du entgehst beidem nicht."

Die Gesichtszüge des Mönchs schienen sich zu verändern und die Züge des Kanzlers anzunehmen. Selbst die lange, aufrechte Gestalt - war das wirklich noch Ambrosius - erinnerte daran. Narrte ihn ein Spuk? Die Erscheinung regte sich, flüsterte mit verzerrter Stimme: „Auch das Schwert kann der Wahrheit dienen ..., das Gold der Gerechtigkeit ..."

Die Gestalt schien sich in Nebel aufzulösen, schien davonzuwehen. Die Stimme entfernte sich. Alles verschwamm vor dem inneren und äußeren Auge des Advokaten. Das war doch, unendlich weit, die Stimme des Vaters?

„Das Schwert ist ein Gleichnis ..." Die Worte waren kaum zu verstehen. „Es kann deine Waffe ..., dein Richter sein ... Das Gold ist ein Gleichnis, es kann dich reich machen ... oder arm. Alles Irdische ist ein Gleichnis ... und die Wahrheit ein Traum ... Träume, aber zaudere nicht ..."

In Hipler klang das Erlebte noch an den folgenden Tagen nach. Er wußte, daß es Trug war, ein Gaukelspiel der Phantasie. Wußte er das Wirklich?

Vernunft und Aberglauben lagen so sehr im Widerstreit, daß manchmal diese, manchmal jener die Oberhand behielt. Von nun an begegnete er den

Argumenten Georgs zugänglicher. Lag es nicht bei ihm, sein Amt zu nutzen? Konnte nicht ein Kanzler hundertmal mehr als ein Stadtschreiber tun? Der Graf beschwor ihn, die Regierungsgeschäfte zu übernehmen und sie im Sinne der gemeinsamen Ideale, im Sinne ihrer mit griechischer Weisheit, römischer Tugend und christlichem Glauben ausgestatteten Jugendhelden, zu führen. Er hörte freundlich zu, als Hipler von Thomas Morus sprach. Er betrachtete ihn lange und entgegnete nichts.

Hipler nahm den Stuhl des Vaters ein. Sein erster Besucher war Albrecht. Direkt und ohne Umschweife wie ein Jäger, der ein Huhn schießen will, packte er seine Sache an. Er sagte, wie vertraut die Beziehung zum alten Kanzler gewesen sei; nun wolle er dem Sohn und Nachfolger nicht minder freundschaftlich gegenüberstehen. Georg hielte ihn knapp, aber das Leben böte sich nur denen, die freigiebig nach allen Seiten verstreuten, und er sei nun mal kein verdammter Frömmler, Geisterseher und Asket. Im übrigen, wer viel gebe, werde reich beschenkt; und er wolle mit Hipler durch alle Beschwernisse und Fährnisse gehen. Damit hielt er den Beutel auf.

Hipler verschloß die Geldtruhe, die er gerade geöffnet hatte, und legte den Schlüssel auf den Tisch. Der Graf hielt es für ein Spiel, das er mitspielen mußte, lamentierte über Tugenden, die Untugenden geworden seien, und zählte seine angeblichen Verpflichtungen und ihre Kosten auf. Pferde, Dirnen, Gelage nannte er sein kleines Fegefeuer; das große seien die Schulden. Fürs erste seien tausend Gulden genug.

Hipler lachte über die Unverschämtheit und ließ sich trotz aller Attacken nicht umstimmen; er brachte Gründe für sein Verhalten vor. Nach langem Hinundhergerede begriff Albrecht, daß der alte Kanzler in ebendiesem Augenblick zum zweitenmal gestorben war. Spielerisch zog er den Dolch aus der Scheide, setzte ihn Hipler an die Kehle und fragte dabei - es klang wie ein Scherz -, was er für fester halte, seine Prinzipientreue oder einen ziselierten Damaszener Stahl. Er glaubte, Hipler endlich überzeugt zu haben, zog mit dem Dolch den Schlüssel zu sich heran, öffnete die Truhe, nahm einen Beutel, schlug dem Jugendgespielen derb auf die Schulter, verkniff sich das: „Wir werden uns schon verstehen" - und verschwand.

Natürlich informierte Hipler Georg, den Herrn vom Neuenstein, noch am selben Tag. Und der ältere Graf sah keinen Grund, dem Bruder gegenüber tolerant zu sein. Er führte mit Albrecht ein Gespräch, in dessen Verlauf eine Zinnkanne, zwei prächtige Humpen und drei Venezianer Gläser durch die Butzenscheiben flogen und auf dem Misthaufen landeten. Danach bat Albrecht niemals wieder um Geld.

Dennoch stimmten die von Hipler aufbewahrten Kassenbelege selten mit dem Vorhandenen überein. Soviel er prüfte und rechnete, die Differenzen hörten nicht auf. Hinzu kam, daß ihn oft ein nie gekanntes Unwohlsein befiel. Er führte es auf die bis in die Nacht dauernden Arbeiten am Pult, in

Vorrats- und Waffenkammern zurück und suchte, wenn er bis zur Erschöpfung über Büchern, Akten und Briefen gesessen hatte, die Wälle und Bastionen auf, um mit der Nachtluft die inneren Nebel zu vertreiben, die ihn manchmal wie ein Leichentuch einzuhüllen schienen. Vergeblich. Die Nebel wichen nicht. Er taumelte an manchen Tagen wie ein angeschossener Falke umher und erreichte nicht einmal sein Schlafgemach. Diejenigen, die ihn ins Zimmer trugen, meinten oft, er sei tot, und bekreuzigten sich. Andere glaubten, als ehemaliger Famulus eines Geisterbeschwörers sei er mit dem Teufel im Bund und seine Seele werde zu höllischem Treiben entführt. Manche dachten ganz einfach, er habe seine Nase zu tief in die Händel des tollen Albrecht und in das Turmzimmer des finsteren Georg gesteckt; nun werde ihm übel vor soviel Unflat und Büberei. Das geschah meistens an Tagen, an denen Geldeingänge zu erwarten waren. Der Heilbronner Arzt, den er konsultierte, wußte keinen Rat.

Eines Tages entdeckte Hipler, daß er nach einem solchen Ausflug ins Überwirkliche, wie Georg es nannte - der hielt ihn für begnadet -, den Schlüssel zur Schatzkammer nicht wie üblich an seinem Gürtel fand. In der Geldtruhe fehlte ein ungewöhnlich hoher Betrag. Es war das vierte- oder fünftemal, daß so etwas passierte. Hipler, der trotz gelegentlicher Anfechtungen nicht an den Teufel, nicht an übernatürliche Kräfte glaubte, wußte nun, woran er war.

Da er vermutete, daß der Dieb ihm einen Schlaftrunk einflößte, so war der Kreis der Verdächtigen klein. Davon ging er aus, als wieder einmal Steuern und Abgaben zu entrichten waren und Pächter und Amstleute die gräflichen Truhen gefüllt hatten. Am Abend dieses Tages gab er sich unbeschwerter als sonst und trank, so schien es, aus vollen Kannen.

Während er den anderen zuprostete, achtete er darauf, wer mit den vor ihm stehenden Kannen und Bechern in Berührung kam. Er beobachtete die um den Tisch versammelten Edlen, die Ritter und Anführer, den Pater, die Verwalter der Arsenale. Beate und ihre Kammerfrau kamen von vornherein nicht in Betracht. Er glaubte auch nicht, daß die Köche oder die Pagen den Mut besaßen, seinen Schlüssel zu entwenden und wieder zurückzubringen. Sosehr er sich bemühte, so aufmerksam er seine Blicke schweifen ließ, es fiel ihm nichts Ungewöhnliches auf. Wollte der Schuldige gerade heute auf seinen Fischzug verzichten? Hatte jener bemerkt, daß er seinen Wein in leere Behälter fließen ließ? Hipler erhob sich, nachdem die Damen die Tafel verlassen hatten, und begab sich schwankend und Entschuldigungen stammelnd in sein Zimmer. Angezogen und mit dem Degen in der Hand legte er sich auf sein Bett und wartete. Wer immer der Schuldige sein mochte, er würde ihn gebührend empfangen. Wenn er kam!

Lange lag er und horchte auf die allmählich verstummenden Geräusche im Schloß, auf die spärlicher werdenden Zurufe von Knechten und Mägden, auf das Fensterschlagen und Türenknallen, auf das Hundegebell, auf die Schritte im Flur.

Es mußte nach Mitternacht sein, als sich jemand an der Tür zu schaffen machte. Hipler lag mit angehaltenem Atem. Die schwere bronzene Klinke bewegte sich, wurde leise heruntergedrückt. Ein Türflügel öffnete sich. Dielen knarrten. Erschrocken blieb der Eindringling stehen. Als er vom Bett keinen Laut vernahm, ging er weiter. Schritt für Schritt tastete er sich heran. Hipler umspannte den Degengriff mit aller Kraft. Das Zimmer war nur vom Mondlicht leicht erhellt.

Als der in einen kapuzenartigen Umhang gehüllte und bewaffnete Mann sich anschickte, den Schlüssel zu ertasten, sprang der Kanzler auf und setzte dem verdutzt zurückweichenden Fremden die Degenspitze auf die Brust.

„Hast du den falschen Schutzengel ausgesucht"; knurrte er böse. „Dein Pülverchen war harmlos wie Öhringer Kuchenmehl."

Der Fremde schnaufte, warf sich beiseite, verhedderte sich in seinem Mantel und stolperte.

„Bleib stehen!" rief der Kanzler. „Und wenn der Teufel dein Auftraggeber ist, du wirst mir zur Schloßwache folgen."

Hipler bemühte sich, an den Mann heranzukommen, was in der Dunkelheit schwierig war, eine Truhe stand dazwischen. Der Flüchtende war schneller und erreichte vor dem Kanzler die Tür. Doch er fand die Klinke nicht, warf sich herum und suchte mit gezogenem Degen den Rückzug zu erzwingen. Hipler erkannte, daß der Dieb eine Maske trug. Er stieß zu. Der Fremde stöhnte und murmelte einen Fluch. Es gelang ihm aber, die Tür aufzureißen und auf den Gang zu laufen.

Hipler blieb hinter ihm. Der Mann schien sich auszukennen; er war an einer Biegung des Ganges, an der mehrere Seitenflügel zusammenstießen, mehrere Türen zu Auf- und Abgängen führten, wie vom Erdboden verschwunden.

Als der Kanzler in sein Zimmer zurückkehrte und eine Kerze anzündete, bemerkte er am Boden einen dunkelroten Fleck. Auch am Türgriff klebte Blut.

Am folgenden Morgen hoffte er, nur noch die Hand ausstrecken zu müssen, um den Schuldigen zeigen zu können. Niemand von den um den Tisch Versammelten wies die Spur einer Verletzung auf. Einer allerdings ließ sich nicht blicken, und es hieß, er habe sich in der Nacht an einem Eisengitter vor den Wehrgängen verletzt, der Schäfer sei geholt worden und habe die Fleischwunde versorgt. Albrecht Hohenlohe blieb an diesem Morgen im Bett. Hipler verließ den Raum und zog sich in die Kanzlei zurück. Ihm war übel vor soviel Unverfrorenheit.

Er wußte natürlich, daß er den Grafen nicht anklagen konnte. Wer hätte ihm geglaubt. Eher hätte man ihn selbst des Diebstahls bezichtigt.

Als er dem jüngeren Grafen nach einer Woche begegnete, war die Wunde am linken Oberarm noch umwickelt. Albrecht sah dem Kanzler finster entgegen.

„Ich habe einen Wahrtraum gehabt", sagte Hipler.

„Ich glaube, ich weiß, wo das Gitter ist, auf das Ihr gefallen seid. Was meint Ihr dazu?"

„Ich meine, daß du ein Lügner bist", erklärte Albrecht ungerührt. „Und wer Lügen verbreitet, möge die Zunge hüten. Ich habe gehört, daß man Zungen an Türen nageln kann."

Hipler ignorierte die Drohung.

„Euer Bruder möchte vielleicht erfahren, wo die Eisengitter sind, an denen man sich in diesem Schloß verletzen kann."

„Glaubst du, daß er deine wirren Träume für bare Münze nimmt", meinte Albrecht spöttisch.

„Die Münzen nimmt ein anderer", fuhr der Kanzler auf. „Einer, von dem man's nicht erwartet, Graf."

„Was kümmert's mich, was man erwartet, was nicht. Du gehst einen gefährlichen Weg, Kanzler. Der Neuenstein ist hoch. Was glaubst du, wie schnell man da hinunterfallen kann, ohne daß jemand weiß, ob es der Teufel oder der Zufall war."

Der Graf wollte sich entfernen. Hipler hielt ihn am Ärmel fest. Er glaubte immer noch, einen Trumpf gegen den anderen in der Hand zu haben. Er schlug einen Handel vor: Der Preis für sein Schweigen über den Vorfall sollte das Geständnis Albrechts mit Siegel und Unterschrift sein.

Albrecht lachte nur und riß sich los. „Wenn du Papier zum Arschwischen brauchst, nimm die Akten deines Vaters; da hast du genug für die Ewigkeit", sagte er und ließ den Kanzler stehen.

Er wußte sehr wohl, daß es Hipler nicht wagen würde, dem Bruder das unglaubhafte Ereignis mitzuteilen.

Im Davongehen wandte er den Kopf. „In Zukunft kannst du schlafen, Wendelin. Du solltest Georg nicht mit dem Quark behelligen. Er hat mehr Sinn für das, was in den Wolken liegt!"

Der Kanzler hoffte, daß die Unternehmungslust des jüngeren Grafen von nun an eingedämmt sein werde. Er ahnte nicht, daß der Graf sich so schuldig fühlte wie ein neugeborenes Schaf. Nur die Furcht vor dem Bruder hielt Albrecht davor zurück, den Kanzler mit Hunden vom Schloß zu jagen. Aber den Stoß mit dem Degen vergaß er nicht, und das Bedürfnis nach Vergeltung brannte in ihm.

Hipler arbeitete mit Leidenschaft, dabei entdeckte er bald, daß sein Vater, der welterfahrene und gewandte Kanzler, in gewissen Schubkästen manch kleine Geheimnisse verborgen hatte. Unter den nachgelassenen Papieren entdeckte er einen verschlossenen und versiegelten Brief, in dem er aufgefordert wurde, sich einer jungen Frau in Öhringen, einer gewissen Agnes, Tochter eines Schankwirts, anzunehmen.

Bevor er dazu kam, die Dinge zu untersuchen, tauchte sie selber auf. Sie erschien unter einem Vorwand, warf mit Blicken wie mit Angelhaken um sich und gestand ihm ohne Reue und Trauer, daß er einen zwölfjährigen Bruder besitze, der nun ebenfalls den Vater verloren habe, besser den Wohltäter, der einmal im Monat in einer Weinberghütte einen Dukatenbeutel unter die Pritsche hatte fallen lassen. Im übrigen sei sie verheiratet, habe einen eifersüchtigen Mann, und niemand wisse etwas von der Sache. Sie habe den alten Kanzler geliebt, obwohl er dreißig Jahre älter gewesen sei, und sie könne sich vorstellen, daß der junge Kanzler manches aufweise, was sie an den Vater erinnere; die Weinberghütte läge da und da; so käme alles auf natürliche Weise ins Lot; im übrigen müsse sie häufiger als einmal im Monat über Land.

Sie war etwas älter als Hipler und heizte dem Mann gehörig ein. Er wußte nicht recht, ob Agnes, die Keusche, Reine, der Verführung durch den Vater erlegen oder umgekehrt der Vater das erkorene Opfer war. Auf jeden Fall hatte er nun einen Bruder bekommen und durfte sich nicht zu ihm bekennen. So hatte es der Vater angeordnet. Sicher wollte er verhindern, daß die zur Schau gestellte Sittenstrenge nachträglich angezweifelt wurde.

Hipler machte der Frau klar, daß die Sünden der Väter nicht unbedingt die der Söhne seien. Im übrigen wolle er mit Geld tun, was mit Geld möglich sei, und für das Fortkommen des Burschen sorgen.

Nun endlich glaubte er den Vater ganz zu kennen. Wie wenig er wirklich wußte, erfuhr er, als er die abgelegten Bitten, Eingaben und Beschwerden, die frisierten Einnahmen und Ausgaben, die Unternehmungen und finanziellen Manipulationen der letzten Zeit überprüfte. Er begriff immer mehr, warum er als Sohn seines Vaters in Rats-, Gerichts- und Zunftstuben und in den Dorfgasthöfen nicht eben freundlich aufgenommen wurde. Trotz neuer Steuern waren die Hohenloher Kassen leer, die um die Hälfte beschnittenen Münzen nicht viel wert; das Gewerbe lag darnieder; in den Ställen krepierte das Vieh; die Straßen waren unsicher und schlecht; die Unzufriedenheit in Stadt und Land und selbst beim niederen Adel wuchs. Nur eine einzige Kunst hatte sein Vater meisterhaft beherrscht, die Kunst, ein Loch mit dem anderen zu stopfen und für jedes Übel einen Schuldigen zu finden.

Der Raub des Gemeindelandes, die Verurteilung des Veit Schütz, dies alles war Balthasar Hiplers Werk.

Die Grafen hatten mit blindem Vertrauen gedankt.

An das Böckinger Abenteuer wurde Hipler erinnert, als auf den langen Wegen der Gerichtsbarkeit an einem Herbstmorgen ein aus Heilbronn stammendes Schreiben auf seinen Tisch flatterte. Es betraf den Prozeß und die

Auslieferung des Schütz und seines Helfers Rohrbach; beide waren im Württembergischen gesichtet worden. Er beschloß, den Dingen auf den Grund zu gehen.

Noch am selben Tag suchte er die Richter auf und erfuhr, was er vermutet hatte. Er stellte das Verfahren ein, zog den Auslieferungsantrag zurück, entfernte die Richter von ihren Posten und zahlte den Geschädigten eine Abfindung.

Zum erstenmal fühlte er Befriedigung in seinem Amt, zum erstenmal glaubte er, ein Zipfelchen des Segels in der Hand zu halten, das ihn zum Land des Thomas Morus führen könnte.

Drei Tage nach seinem spektakulären Eingreifen in die Amtsführung der Gerichte tauchte in seiner Kanzlei ein ärmlich gekleideter Mann auf, der sich als Protokollant im Öhringer Rathaus zu erkennen gab und ihm seine Dienste anbot. Seit Jahr und Tag habe er dem Vater die Treue gehalten, nun wolle er seine Beflissenheit dem Sohne erweisen; es ginge ihm nicht um Geld, das Notwendige habe er; wenn der Kanzler jedoch glaube, seine geringen Kenntnisse seien der Belohnung wert, wollte er sie sich durch erhöhte Aufmerksamkeit verdienen.

Hipler hatte inzwischen erfahren, daß die Amtsenthebung der Richter bis in den Rat der Stadt hinein die Gemüter aufgewühlt hatte; eine Petition war verfaßt worden und sollte den Grafen vorgelegt werden. Jeder fürchtete, der nächste zu sein. Hipler hatte auch erkannt daß sein Vater ein großes Ohr gehabt haben mußte, das in jeden dunklen Winkel horchte, und er hatte begriffen, welchen Verwendungszweck die in einem Geheimschriftstück aufgeführten Summen gefunden hatten, deren Empfänger als Boten gekennzeichnet waren; ihre Tätigkeit hieß Botendienst. Mit diesen ihm unwürdig erscheinenden diplomatischen Finessen seines Vorgängers wollte er nichts zu tun haben, darum setzte er den Mann vor die Tür. Das Geheimdokument verbrannte er.

Er ahnte nicht, daß der Besucher, der so bescheiden sein Ohr angeboten hatte, keineswegs erfolglos nach Hause ging. Auf dem Wirtschaftshof begegnete er dem jüngeren Grafen, der gerade mit einer Meute kläffender Hunde und einer Horde tobender Gefährten von einer Rotwildjagd heimkehrte.

Albrecht rief dem Ratsschreiber, der ihn ab und zu auf die flügge gewordenen Stadtschönen aufmerksam machte und manchmal eine Begegnung herbeiführte, ausgelassen entgegen: „Nun, du Federfuchser, wen hast du diesmal angeschwärzt? Aber das Kalb von Kaufmannstochter, das du mir zugetrieben hast, ist eine Tracht Prügel wert. Eher will ich eine Wildsau besteigen als diesen Alabasterleib, wie du ihn nennst. Sie ist eine Furie und scharf wie ein Jagdmesser. So hat sie mir zugesetzt. Und am Ende Verse zitiert, weiß der Teufel von wem. Verse! Kotz Pech und Schwefel!"

Er lachte gellend, klopfte sich mit der freien Hand vor Vergnügen auf den Schenkel und sprang vom Pferd. Seine Begleitung war inzwischen zu den Ställen getrabt.

Der andere hielt die Hand auf und sagte dreist: „Das letztemal hab ich den Wein besorgt, gnädiger Herr. Ihr schuldet mir einen Gulden, bitte schön."

„Ach, geh zum Teufel", knurrte Albrecht. „Sei froh, daß du für mich in die Tasche greifen darfst. Seit der stinkende Geizkragen von Advokat die Truhen meines Bruders bewacht, weiß ich kaum noch, was ein Gulden ist. Außerdem hast du von seinem Vater ein Haus zusammengeramscht. Ich weiß doch, wie du dazu gekommen bist. Und jetzt fließt er weiter, der goldene Bach."

„Fließt nicht, bitte schön", sagte der Schreiber bedrückt.

Albrecht schaute ihn ungläubig an und pfiff durch die Zähne. „Ein Fuchs, ein Fuchs", flüsterte er. „Hätt' ich mir denken können, daß er dich nicht in seine Karten sehen läßt."

Er dachte einen Augenblick nach, trat ganz dicht an den Schreiber heran und schaute sich vorsichtig um, ob ihn jemand hören könnte. Dann sagte er rasch: „Du weißt, daß ich dich schätze. Ich hab's dich spüren lassen."

„Meistens mit der Gerte, mit Verlaub." Der Öhringer hielt den Kopf schief und grinste einfältig.

Albrecht erwiderte lauernd: „Du kannst mit meiner Gunst rechnen, wenn du ...", er sucht nach den passenden Wort, "mal etwas mehr tust als sonst ..." Er zögerte. „Du weißt schon, was ich meine. Es wäre ein Jammer, solch Talent nicht zu nutzen. Sag mir, was der Kanzler treibt und welchen Ruf er genießt, was die Ehrbarkeit auszusetzen hat und wie die Zünfte zu ihm stehen. Sperr deine Ohren auf, wo jemand sein Mütchen an ihm kühlen will. Wenn du's geschickt machst, findest du zwei oder drei, die ihm ans Leder möchten. Die Straßen sind unsicher, und der Erlauchte reitet allein. Am Anfang genügt es, ein bißchen die Satteltaschen auszufegen und den knochigen Arsch zu behandeln. Du verstehst?"

Er lachte hämisch, als er sich die Szene vorstellte, griff in seine Geldkatze, die er um den Bauch gebunden trug, entnahm ihr mit spitzen Fingern einen halben Gulden. Der Schreiber schaute gierig auf das Geld, schüttelte jedoch den Kopf. Albrecht legte die Münze wütend zu den übrigen, suchte, brachte schließlich zwei Gulden zum Vorschein und hielt sie dem Öhringer hin. Der Schreiber wandte sich verächtlich ab und wollte gehen.

Albrecht fluchte. „Willst du ein Vermögen dafür?"

„Immerhin kann's sein, daß er uns die Ärsche versohlt. Wenn's hoch kommt, schickt er uns den Henker auf den Hals."

„Verdammter Feigling", schimpfte der Graf. „Du sollst meine Großmut noch auf dem Totenbett in Erinnerung haben."

Albrecht nahm fünf Gulden aus der Geldkatze und warf sie dem Mann vor die Füße. Der Schreiber bückte sich schweigend und sammelte die Münzen auf. Albrecht trat mit dem Fuß nach ihm. Den anderen bekümmerte es nicht sonderlich; er war es gewohnt. Er biß auf die Münzen, um ihre Echtheit zu prüfen, und sagte, indem er spöttisch die Kappe vor dem immer noch Erbosten zog: „Vergelt's Gott, Euer Gnaden. Ich werde Euch in mein Gebet einschließen in alle Ewigkeit, bitte schön."

Er verbeugte sich tief und entfernte sich rückwärts, schaute sich aber ab und zu um, ob nicht eine Pfütze im Wege war.

„Hab nie gewußt, daß du beten kannst", röhrte Albrecht hinter ihm her.

„Und ich hab nie gewußt, daß fünf Gulden ein Vermögen sind", echote der Schreiber.

So trennten sie sich. Ein paar Wochen später mußte der Kanzler in Geschäften über Land. Albrecht wußte davon, und so erfuhr es der Öhringer. Als Hipler seine Sache geklärt, von seinen Mühlen- und Teichpächtern Geld eingetrieben und den Abt des Dominikanerklosters von Sankt Ulrich ermahnt hatte, nicht allzu kriegerisch gegen säumige Schuldner vorzugehen, machte er sich auf den Heimweg. In einem Waldstück, an einer unübersichtlichen, schluchtartigen Stelle, bemerkte er ein Hindernis. Ein Baumstamm lag quer. Hinter sich hörte er Axthiebe. Holz splitterte. Eine Baumkrone stürzte zu Boden. So war auch hinter ihm der Weg versperrt. Aus dem Dickicht brachen drei vermummte Gestalten, spieß- und armbrustbewehrt. Hipler drückte seinem Pferd die Sporen in den Leib und suchte in den Wald zu entkommen, aber das verfilzte Unterholz hielt ihn fest. Inzwischen waren die Männer heran und suchten ihn vom Sattel zu stoßen. Hipler gelang es, seinen Degen zu ziehen. Der Anführer der Räuber forderte ihn barsch auf, sich zu ergeben. Der Kanzler dachte nicht daran. Einer suchte in seinen Rücken zu gelangen, stolperte jedoch und fiel. Hipler sprang vom Pferd, schlug mit einem gezielten Hieb das Tuch vom Gesicht des Mannes, riß das halbe Ohr dabei ab und setzte dem Überraschten die Spitze des Degens auf den Bauch. Er erkannte den Schreiber, der jammernd die Hand an den Kopf preßte, um das Blut zu stillen. Mit wenigen Sätzen waren die anderen im Gebüsch.

Hipler, mit dem Mann allein geblieben, brauchte sich nicht lange zu bemühen, die Hintergründe des Überfalls herauszubekommen. Der Schreiber sprudelte sie heraus wie ein Wasserfall, als er begriff, daß ihm das Leben geschenkt werden sollte.

Als Hipler Albrecht den Vorfall vorhielt, leugnete der frech, der Anstifter gewesen zu sein.

„Kanzler, Kanzler", brummte er, „du hast, bei Gott, eine lebhafte Phantasie. Das ist nicht gut für einen, der ein Land im Zaume halten soll. Kann sein, du nimmst eines Tages die Essen der Bauernkaten für bewaffnete Reiter und eine Wagendeichsel für eine Feldschlange, die den Neuenstein bedroht." Er lachte gellend, wie es seine Art war, und entfernte sich.

Hipler wußte, daß dies nur ein Aufschub war. Albrecht würde nicht rasten und nicht ruhen, ihn zur Strecke zu bringen. Wenn er ihm in den nächsten Tagen und Wochen begegnete, wurde er das Gefühl nicht los, von einem Geier betrachtet zu werden, der ein Lamm schlagen will. Nun fühlte er sich zwar nicht als Lamm, aber die freundliche Grausamkeit, mit der Albrecht ihm zu verstehen gab, daß jedermanns Stunde schlägt und auch ein Kanzler besser daran tut, den irdischen Obrigkeiten gefällig zu sein, verwirrte und verletzte ihn. Manchmal, wenn er über einem Schriftsatz saß, fühlte er unversehens den Blick Albrechts auf sich gerichtet, spürte er dessen lächelnden Haß. Er forschte nach der Ursache dieser plötzlichen Empfindung und stellte fest, daß der gemalte Mann zwischen Tür und gekacheltem Ofen, der verstorbene Krafft von Hohenlohe, die gleichen lauernden Augen, das gleiche Grinsen zeigte. Da er das Bild nicht entfernen durfte, stellte er sein Schreibpult so, daß ihm der goldgerahmte Herrscher nur beim Verlassen des Raumes seine Verachtung bezeugen konnte. Damit war die stumme Kontroverse aber nicht beendet. Das Gemälde wirkte mit fast magischer Kraft wie ein Dolch in seinem Rücken. Er suchte nach einem passenden Platz für sein Pult, aber der Blick folgte ihm, wohin er auch zog. Schließlich bat er Georg um ein zweites Zimmer, weil er noch zwei Schreiber beschäftigen müsse.

Oft genug sehnte er sich nach der geistigen Geborgenheit der Alma mater zurück, in der es immer neue Welten, neue Horizonte zu entdecken gab, während der Neuenstein nur den Maulwürfen und den Speckjägern Zuflucht bot. Er wollte mit einem Kanzlerhut und einem Federkiel die Menschen glücklicher machen und saß nun hier und trieb für die Hohenloher die Steuern ein. Wie schwer war es, ein Ideal zu finden, wie noch viel schwerer, es in eine Welt zu pflanzen, über der der lebendige Gott mit einem Rauschebart im Himmel thronte und unter dessen Augen der Henker in seinem Namen brennende Fackeln an Holzstöße hielt. Wendel wurde sich immer klarer darüber, daß er auf diesem Berg, auf diesem Neuenstein, in immer größere Widersprüche geriet. Er mußte sie lösen, mußte seinen Weg weitergehen. Hic Rhodus, hic salta, dachte er. Ich bleibe. Und wenn es sein muß, springe ich.

Eines Tages entdeckte er, daß sein Vater mit einem Sebastian Brunner, einem Kaufmann in Wimpfen, der hohe Beträge gegen höhere Zinsen verlieh, zu tun gehabt hatte. Es überraschte ihn nicht. Der alte Kanzler hatte die Hand aufgehalten, wo es etwas zu holen gab. Und die Schätze im Boden waren kein kleines Geschäft.

Als Brunner nun seinen Adlatus entsandte, um angebahnte Verhandlungen fortzusetzen, sagte Hipler nein. Es fiel ihm zwar schwer, denn die

Grafschaft brauchte Geld, aber er hatte es satt, ein Loch mit dem anderen zu stopfen, und beschlossen, die Bodenschätze selbst abbauen zu lassen.

Er sandte Beauftragte aus und warb in verschiedenen Teilen des Reiches, vor allem in Sachsen, auch im Salzburgischen, Bergleute an. Nach Berechnung und Prüfung der Unterlagen wurde ihm jedoch klar, daß sich das Projekt nur mit Hilfe Brunners realisieren ließ. Die offene Feldschlacht mit dem Kaufmann fand in Wimpfen statt.

Brunner lebte mit seiner Tochter Angela, mit Bediensteten, Schreibern, Aufsehern und Verwaltern in einem palastähnlichen Gebäude am Markt. Ein Bild, das nach seinen Anweisungen gemalt worden war und das er von seinem Schreibpult vor Augen hatte, zeigte ihn als einen Mann in der Blüte der Jahre mit pelzbesetzter Schaube, die linke Hand auf einem Totenschädel, in der rechten die Nelke, Sinnbild ewigen Lebens, auf einem Hügel stehend, seine Stadt hinter sich. Daß sein Sohn Domherr war, schien folgerichtig, denn der Kaufmann legte Wert darauf, sowohl die Mächtigen dieser Erde bei Laune zu halten, als seine Unwandelbarkeit im Glauben zu demonstrieren. Tatsächlich gab es nur einen einzigen Gegenstand, der ihn wirklich interessierte, das Stückchen Metall, das die Bilder gekrönter Häupter trug. Nicht daß es ihm darauf angekommen wäre, es in Schüben zu verwahren, im Dunkeln zu verbergen, im geheimen zu zählen. Sein Geld arbeite auch für ihn, erklärte er manchmal. Aber es arbeitete nicht nur, es führte Krieg. Seine Landsknechte waren die Wagenladungen, die Europa durchzogen; seine Geschütze waren die Niederlassungen und Unternehmungen, die Fürsten in Schach hielten; seine diplomatischen Mitarbeiter und geheimen Kuriere waren die ungeheuren Summen, die er verlieh. Sebastian Brunner war stark, obwohl er selten persönlich in Erscheinung trat.

Er empfing den Kanzler von Hohenlohe in einer Haltung von Abgeklärtheit, Wohlwollen und Toleranz. Seine Tochter stand neben ihm. Fast wie ein Junge gekleidet, war sie im Gegensatz zu ihrem Vater schmal und grazil, sie hatte lustige Augen und schwarzes Haar. Sie reichte Hipler die Hand, wie sie es im Stift für adlige Mädchen gelernt hatte, in dem sie nach kostspieliger Fürsprache drei Jahre gewesen war. Aber das Hoheitsvolle lag ihr nicht. Insgeheim schüttete sie sich aus vor Lachen. Der Vater hatte ihr jedoch eingeschärft, den Mann zu umgarnen. Also hatte sie das Silber aus dem Schrank geholt und das Wappen geputzt, das der letzte Besitz eines total verschuldeten Ritters gewesen war. Hipler war indessen viel zu sehr von ihr angetan, um einen Blick für den goldenen Löwen übrig zu haben.

Brunner setzte ihn so, daß sein Blick bei Tisch auf das sonnenbeschienene Porträt mit dem Totenkopf fiel. Angela bestritt die Unterhaltung und spielte die vom Vater verordnete Rolle so gut, daß der Besucher immer wieder, als er schon lange mit dem Kaufmann beim Wein zusammensaß, ihr Bild vor sich sah und ihre Stimme hörte. Auch der Wein gehörte zu den

Verbündeten Brunners, denn er trank viel und vertrug noch mehr. Es war wohl richtig, was ein bösartiger Konkurrent behauptet hatte, mit Hilfe des Alkohols habe der Kaufmann sein halbes Vermögen gewonnen.

Nachmittag und Abend vergingen, ohne daß die Kontrahenten sich nähergekommen wären. Weit davon entfernt, erbost zu sein, stieg des Kaufmanns kühle Bewunderung für den Gesprächspartner, der sein erstes großes und eigenes Unternehmen mit Zähigkeit und Beharrlichkeit, wenn auch - zu Brunners Bedauern - im Interesse der Grafen von Hohenlohe vertrat. Beide beharrten auf ihren Positionen, und beide stellten es dar, als wollten sie dem gemeinen Nutzen dienlich sein. Hipler allerdings bezweifelte, daß es dem Kaufmann um die Wohlfahrt seiner - wie er sich ausdrückte - städtischen Hintersassen ginge. Brunner verteidigte sich.

„Wie, Doktor", rief er emphatisch aus, „wollt Ihr sagen, ich suche den eigenen Vorteil, wenn ich Stollen in die Erde bohre, um Erz zu fördern." Er spielte seine Entrüstung echt.

„Ich riskiere mein Geld, spiele mit dem Leben der mir Anvertrauten und habe keine Ahnung, was zutage kommt. Unten ist's dunkel wie in der siebenten Hölle, und der Teufel hat die Hand im Spiel. Was wie Gold, Silber und Blei aussieht, kann eine Wasserader sein. Da ist heute eine Knappschaft eingemauert. Morgen fällt der Förderkorb hundert Meter tief. Nein, nein, Kanzler, wollt Ihr den Gewinn haben, tragt auch das Risiko! Tragt es ganz! Tragt es ohne Erfahrung und ohne Kenntnis des Sachverhalts! Ihr könnt gewinnen. Ich schätze jedoch, Ihr verliert, aber was macht das, wenn es um die Wohlfahrt aller geht."

Hipler wollte ihn unterbrechen, Brunner ließ ihn nicht zu Wort kommen, er kreiste ihn von allen Seiten ein.

„Ich weiß, ich weiß, was Ihr sagen wollt. Sicher will ich meinen Anteil an der Sache. Am meisten jedoch werden die Hintersassen der Grafen davon haben, die Ihr, mit Verlaub, auf die Straßen treibt. Sie werden den Tag segnen, da Ihr mit mir ins reine gekommen seid. Meine Schächte sind besser als ihre Fron. Sie haben ein Dach über dem Kopf und müssen nicht mehr von Früchten des Waldes leben. Die Bettler werden zu Steuerzahlern. Das nützt auch Euch. Und es nützt der Landwirtschaft, die mit gutem Werkzeug besser produziert, und den Zünften. Es nützt jedermann. Entweder Ihr macht's allein, und dann macht Ihr nichts. Oder Ihr macht's mit mir. Dann unterschreibt!"

Er wies auf einen vorbereiteten Vertag, ergriff ihn, hielt ihn demonstrativ in die Höhe.

„Alles hängt von den paar Buchstaben auf diesem Fetzen ab."

Brunner hatte sich auf sein Gegenüber eingestellt, offenbar las er in den Gedanken des Kanzlers wie in einem aufgeschlagenen Buch, denn wieder kam er einem Einwand Hiplers zuvor.

„Natürlich kann man auch Gold und Silber finden, das Verderben der Menschheit, ich bestreite es nicht. Ich lese es von eurer Stirne ab, daß ihr das denkt. Aber lirumlarum, Kanzler, Eisen, Kupfer und Blei sind nicht minder gefährlich, wenn Ihr Stichwaffen und Schießprügel daraus macht. Und wenn's die Metalle nicht gäbe, würden die Menschen in zügelloser Wut aufgereizt mit Fäusten, Zähnen und Nägeln wie wilde Tiere übereinander herfallen. Nein, nein, macht die Natur nicht verantwortlich, wo der Mensch zuvörderst seine Makel trägt. Das wißt Ihr besser als ich. Stellt nur die Laster ab, den Zorn, die Grausamkeit, die Herrschsucht, die Habgier, vielleicht auch die Wollust. Obwohl ich bei der Wollust nicht sicher bin. Ich find's vergnüglich, bin schließlich kein Mönch. Es ist so, daß wir die Erze, die wir aus der Erde graben, weder zu den guten noch zu den schlechten Dingen rechnen sollen. Treffliche Männer brauchen sie gut, schlechte schlecht. Werden sie schlecht angewendet, sind sie noch lange kein Übel. Und welche guten Dinge sind nicht gleichermaßen in guter wie in übler Weise in Gebrauch. Kurzum, ich kenne Eure Ansicht und teile Eure Meinung, daß das Übereinanderherfallen, der schlechte Gebrauch der Dinge, ja sogar die Käuflichkeit, die Abhängigkeit vom Geld dem menschlichen Tun nicht förderlich sind. Wenn ich auch von Eurem Morus nichts weiß, ich habe von Platon und Aristoteles gehört. Aber ich bin Kaufmann, versteht Ihr, Kaufmann. Ich handle nicht mit Ideen. Ich handle auch nicht mit dem Krieg. Der Handel mit dem Krieg ist ein Geschäft mit dem Tod. Über meine Tische geht anderes Zeugs. Ich fürchte, wenn Ihr jetzt, ohne zu unterschreiben, geht, daß Ihr irgendwann einen nehmen müßt, der Kanonen aus Eurem Boden holt. Schon darum laßt mir das Recht des Abbaus. Si vis pacem, para bellum? Nein. Si vis pacem, para pacem! Ich halte von Kanonen nicht viel. Sie stören das Geschäft! Ich bin auf Eurer Seite, Kanzler, ich will den Frieden und die Wohlfahrt aller wie Ihr."

Er wischte sich die Stirn und nahm hastig einen Schluck, um die Kehle anzufeuchten.

Brunner hatte den Widerstand des Kanzlers mit dieser sophistischen Rede gebrochen. Er hatte ihn mit seinen eigenen Waffen geschlagen. Was er nun erläuterte, betraf Dinge, von denen Hipler wenig verstand. Der Kaufmann verblüffte den Kanzler allerdings, als er sachkundig von Keilhaue, Schlägel, Eisen und Feuersetzen sprach. Während Brunner laut über die Probleme der Erzförderung nachdachte, die Entwässerung zum Beispiel, die bei größerer Tiefe nicht über söhlige Strecken erfolgen konnte, während er ununterbrochen über Wasserräder, Treträder, Göpelwerke sprach und nach neuen Lösungen suchte, wurde Hipler durch Angela abgelenkt, die Brot, Fleisch und Wein auf den Tisch stellte. Ihr Vater bemerkte es nicht.

Neugierig betrachtete das Mädchen den Gast, der ihr in Mimik und Gestik seine Dankbarkeit zu verstehen gab und sein Unvermögen, den Redefluß des Kaufmanns zu bremsen.

Hipler aß und trank. Angela, die nicht wußte, wie weit die Angelegenheiten des Vaters gediehen waren, lächelte den Kanzler an. Hipler stieß vor Verlegenheit das Weinglas um. Sie sprang hinzu, um es aufzuheben. Auch er bückte sich. Es durchfuhr ihn wie ein Frühlingshauch, als er ihre Hand berührte. Er hielt sie fest und wußte nicht daß er es tat.

Der Kaufmann begann indessen, an Schaubildern, die er aus einem geschnitzten Schrank gekramt hatte, die Arbeitsweise von Hebewerken zu demonstrieren; sie konnten das Wasser aus vierzehn Meter Tiefe ableiten. Hipler ließ die Hand nicht los. Als Brunner Tretmühlen beschrieb, die das Wasser zwanzig Meter hoben, waren die beiden immer noch unter dem Tisch. Bei den Einzelheiten eines siebzig Meter erreichenden Pferdegöpels hörte Hipler ein Summen in sich wie von einem Bienenschwarm. Angela geriet aus der Fassung, weil ihr Verhalten in einem solchen Fall nicht geplant und vorbesprochen worden war. Merkwürdigerweise war ihr der Vorfall nicht unangenehm. Ihr Vater kam langsam zum Schluß; er pries eine von ihm selbst inspirierte Anlage, die mit drei aufeinanderfolgenden Hebewerken mit Pferdeantrieb Wasser aus hundertsiebzig Meter Tiefe heben konnte.

Hipler sagte immer nur: „Ja, ja" und schließlich gar nichts mehr. Und Brunner redete. „Zum Teufel, hat er sich davongemacht?" rief er plötzlich, als er den Gast doch vermißte.

Es überraschte den Kaufmann, als er den Mann und das Mädchen aus der Versenkung emportauchen sah. Angela strich die ins Gesicht gefallenen Haare zurück und entfernte sich. Hipler murmelte eine Entschuldigung. Brunner schaute mißtrauisch auf seinen Gast, dessen Bedenken mit einem Male aus der Welt geschafft worden waren. Dabei empfand Hipler seine Sinneswandlung keineswegs als eine Niederlage, eher im Gegenteil. Wenn das Herz spricht, schweigt die Vernunft. Die Grafen würden auf jeden Fall zufriedengestellt sein, da nun endlich Brunners goldene Quelle floß.

So wurde der Vertrag geschlossen, der dem Kaufmann als Sicherheit für den gewährten Kredit die zeitweilige Nutzung der geplanten Berg- und Hüttenwerke überließ. Einen Augenblick störte es zwar den Kanzler, als er bedachte, daß Hohenlohes Schulden um eben diesen Kredit, um zwanzigtausend Gulden, gewachsen war. Der Gedanke an das Mädchen jedoch, das er noch einmal sah, bevor er zu seinem langen Ritt in einen frostig-klaren Herbsttag aufbrach, vertrieb die Vorahnungen und stimmte ihn so heiter, daß er immer wieder übermütig in die Äste der Bäume griff und das welkende Laub auf die Erde flattern ließ; es erinnerte ihn an das Gold, das Brunner zu gewinnen hoffte.

7. Kapitel
Der Totentanz

Über ein Jahr lang hatte Georg den Kanzler ohne Protest regieren lassen. Es häuften sich Anzeichen, daß die Probezeit zu Ende ging. Oft hatte sich der Graf in den letzten Wochen nach dem Fortgang der Geschäfte erkundigt; manches erledigte er selbst. Hipler bezweifelte Georgs Sachverstand und glaubte, daß er eher nach Mondphasen, Sternhäusern und den Einflüsterungen des Paters als nach Notwendigkeit entschied. Weil er mit seiner Meinung nicht hinter dem Berge hielt, fuhr ihn Georg bei der Korrektur eines Steuerbescheides eines Tages an, der Kanzler möge nicht denken, daß er blind und närrisch sei; wenn er glaube, daß man sich im Wunschland des Morus befände, habe er nur in einem recht, Geld gäbe es bald auch in Hohenlohe nicht mehr. Und die Gulden des Kaufmanns, die noch auf sich warten ließen, seien wie die gebratenen Vögel im Schlaraffenland.

„Wir haben ihren Duft in der Nase", rief er aus. „Nur essen können wir sie nicht."

Er schlug die schwere eichene Kammertür zu, hinter der einst Hohenlohes Schatz in eisenbeschlagenen Truhen gelegen hatte, und meinte wieder versöhnlicher: „Ich dachte, daß du besser als dein Vater weißt, wo Barthel den Most holt, Wendelin. Du bist Doktor beider Rechte; er war es nicht. Und von den Doktoren sagt man: Nur der, das wißt, ist wirklich gelehrt, der die Bauern mit neuer Steuer beschwert. Du aber sinnst darüber nach, wie man den Roßmucken die Grafschaft in die Suppe schnitzeln kann. Die Öhringer tanzen mir auf der Nase herum. Und ein paar ritterliche Strauchdiebe führen sich wie Herzöge auf und machen mir Grundbesitz streitig. Du kannst fordern und fördern, was du willst, und den Leuten deinen Himmel anempfehlen. Aber du mußt die Landeshoheit zum Vorteil unserer Kasse betreiben. Wie du das tust, betrübt und bewegt mich nicht. Ich brauche nur Geld, und das nicht zu knapp, denn ich will Albrecht in eine Herrschaft mit einer schönen fetten Witwe setzen; was er hier anrührt; stinkt zum Himmel. Außerdem will ich meine Sammlung erweitern. Ich glaube, daß es nichts gibt, was höher zu werten ist als Kunst und Wissenschaft."

Georg glaubte, alles Nötige gesagt zu haben und führte Hipler zum erstenmal in ein Gemach, dessen acht Meter hohe Wände völlig mit Büchern, Gegenständen und Geräten bedeckt waren.

Mit weit schwingender Geste wies er auf seinen Besitz. „Das ist Hohenlohe", sagte er. „Das ist Schönheit. Ich lasse die schnöde Welt hinter mir, wenn ich diesen Raum betrete: die Last eines eitlen Gecken, der mein Bruder ist; die Bürde eines Amts, das ich nicht schätze; die Hinterlist, die mich umgibt. Was immer mich beschwert, ich vergesse es hier. Ich diene der Schönheit, Wendelin. Ich will, daß du mich hier verstehst. Das Gute, Wahre und Schöne, du findest es in diesem Raum. Ich habe dir zugehört, wann immer du von deinem Morus sprachst. Dies ist mein Traumland, Wendelin; die Wirklichkeit ist Lüge, Haß und Aasgeruch."

Mit zärtlichen Fingern strich er über einige Bücher mit ihren goldbedruckten Ledereinbänden, wies auf wertvolle Handschriften, von denen manche mit Miniaturen berühmter Meister geschmückt waren, holte die eine und andere heraus und entfaltete sie. Da waren Bucheinbände in edelster Goldschmiedearbeit. Daneben Kelche, Monstranzen, Reliquienbehälter und Deckelpokale aus blauem und grünem Waldglas, durchsichtig-weiße venezianische Schalen. Wendel sah Kuriositäten und Raritäten, wie sie schon die Kreuzfahrer mitgebracht hatten, neben Paramenten aus orientalischer Seide, neben Holzschnitten und Kupferstichen kostbare Gobelins.

„Du wirst mir dies herstellen lassen", sagte der Graf und wies auf die Wandbehänge. „Wie und wo du die Leute holst, ist mir gleich. Wie du sie festhältst, auch."

Erregt schritt er umher.

„Ich will ein Stundenbuch haben, das die Schönheit in Versen besingt. Auf dem Januarbild werde ich inmitten dieser Dinge stehen. Nichts ist mir zu teuer dafür, Wendelin. Wenn du einen Maler kennst, füttere ihn mit Gold."

Beschwörend sah der Graf den Kanzler an. Hipler bemerkte zum erstenmal, daß dessen Kleidung modisch geschnitten war, daß er wahrscheinlich Bildchen aus Rom, Venedig und Paris bezog, um den Beinkleidern den rechten Schick zu geben.

„Weißt du, daß ich hierfür sogar die Gebote übertreten würde", flüsterte Georg. „Aus der Klosterbibliothek des Paters habe ich mir vor drei Jahren Handschriften ausgeliehen, um sie kopieren zu lassen: Platon, Aristoteles, Homer, Ovid. Ich habe sie bis heute nicht zurückgebracht. Und für diesen schlafenden Eros habe ich hundertfünfzehn Dukaten gezahlt. Glaubst du, daß ich den Eros einer gewöhnlichen Dirne dagegen eintauschen möchte?" Er lachte geringschätzig.

Während der Graf salbaderte und den Eindruck eines Besessenen erweckte, der die Vorzüge seiner Krankheit preist, erinnerte sich der Kanzler plötzlich, daß Georg sich mit Pagen umgab, deren weiche Züge, schulterlange Locken und enge Kleidung von Albrecht spöttisch kommentiert worden waren. Lag hier der Grund für den geheimen Zwist?

Der Graf blieb vor zwei Heiligenbildern stehen. „Die haben mich ein Dorf gekostet", sagte er und wies auf die Tafeln von Veronese und Tintoretto.

Wie viele Dörfer in diesem Raum? fragte sich Hipler. Wie viele Bilder vom Schweiß der Hintersassen gemalt? Wie viele Steuergulden an einer Wand? Alles Schöne, Kuriose, Exotische der Welt für einen einzigen Mann.

Die Probleme des Landes lagen vergessen in dem Kunstschrank, der von Augsburger Tischlern, Silberschmieden, Malern, Drechslern, Bildhauern, Kupferstechern und Schlossern in fünf Jahren für zwanzigtausend Taler angefertigt worden war, viel Platz in den Schüben für die Beschwerden der Hintersassen. Neben Instrumenten, Spielbrettern, Toilettengegenständen auch noch eine Uhrensammlung.

Fasziniert stand Georg vor den Kostbarkeiten. Vornehmlich eine Uhr hatte es ihm angetan. Er wies mit dem Finger darauf, als sich zum Klang eines Glöckchens, das die Stunde anzeigte, ein Totentanz aus dem burgähnlichen Gehäuse herausbewegte; immer wieder derselbe Sensenmann geleitete Papst, Fürst und Ritter, Bürger und Bauer auf einem Kreis um einen Markplatz herum. „Sie hat mir eine Fehde eingebracht", raunte der Graf ehrfurchtsvoll.

Hipler überschlug, daß das, was ein Bauer in seinem ganzen Leben jemals auf dem Leib getragen hatte, zwanzig oder dreißig Röcke und Hosen vielleicht, oder ein paar Dutzend mit Roggen beladene Wagen, daß dies alles nicht einmal eine einzige Figur dieser sich immer noch drehenden goldenen Statuetten aufwog.

„Du siehst, wozu ich dich brauche", erklärte Georg plötzlich nüchtern, als handelte es sich um einen Pferdekauf, „warum ich nicht dulden kann, daß du den Roßmucken das Fliegen beibringst. Ihre Allmende brauchen sie doch nur zum Fressen und Saufen. Dies hier ist für die Ewigkeit. Mag es ein kleines Grafentum sein, dieses Land. Was du hier siehst, macht es groß."

Den Kanzler erfüllte Zorn. Sicher ging es um Kunst, auch um Kunst, aber mußte Kunst nicht den Menschen zur Einsicht bekehren, zum Handeln anregen, den Weg und das Ziel kennzeichnen? Hier war sie nutzlos wie ein Hundeschwanz und diente dazu, einem Grafen die Grillen zu vertreiben. Wenn es diesem Grafen schon gleich war, was mit den Hintersassen geschah, so wollte er, der Kanzler, dafür sorgen, daß Höfe und Äcker nicht noch mehr veröden und zur Wüstung wurden, daß die mit wachsendem Fernhandel sinkenden Einnahmen der Bauern nicht noch mehr von ihnen zu Bettlern machten. Hipler war bereit zu kämpfen, auch wenn Georg ihn für einen Narren hielt, der mit Platon und Morus auf den Lippen auf leerstehende Schweineställe und verlassene Pflüge wies.

Er holte ein Schriftstück aus dem Wams, das er vorsorglich eingesteckt hatte, orientierte sich und sagte ruhig: „Wir haben kein Geld. Und wir werden es auch nicht haben, denn die zwanzigtausend Gulden des Kaufmanns reichen nicht einmal für die angewachsene Schuld. Von zweitausend Hufen eines Vorwerks beim Neuenstein habt ihr letztes Jahr zweitausend Doppelzentner Getreide, eintausend Schweine, viertausend Hühner, zwanzigtausend Eier, vier Seidel Honig, viertausend Eimer Wein und fünfzehnhundert Schilling bezogen. Dieses Jahr war kaum die Hälfte noch möglich."

„Schaff neue Steuern!" rief Georg mürrisch.

„Wie denn", nahm der Kanzler den Faden auf, „wenn von hundert Höfen vierzig die Besitzer verloren haben oder leer stehen, weil sie verlassen worden sind. Auf den Fluren wächst Unkraut, Gras und Gebüsch. Viele Felder liegen brach ..." Er versuchte nicht mehr, verbindlich zu scheinen. Was gesagt werden mußte, mußte gesagt werden, und besser gleich als irgendwann.

„Du wirst etwas finden", meinte Georg. „Du hast mein Vertrauen!"

„Ich würde Euch schlecht dienen, wenn ich Euch nicht die Wahrheit sagte", erklärte Hipler.

„Und was schlägst du vor?"

„Daß man die Wüstungen besetzt."

„Besetze sie."

„Daß man die Fron vermindert."

„Und meine Felder?"

„Und ihre Abgaben? Wenn sie von Anfang an in das Joch gespannt werden, haben sie höchstens Lust, das Wasser auf Euren Feldern abzuschlagen."

„Du willst die Allmende, Wendelin. Du willst meine Grafschaft verschenken. Du bist mein Kanzler, vergiß das nicht."

„Ich bin Kanzler von Hohenlohe, Graf. Und weil ich es bin, vertrete ich Eure Interessen, auch wenn Ihr dies nicht seht. Wenn Ihr nicht wollt, daß aus dem Land eine Wüstung wird, sage ich Euch, daß Ihr diesen Bauern die Steuern erlassen müßt, wenigstens im ersten Jahr."

„Nein, nein, abermals nein!" schrie der Graf. „Wenn du so meine Interessen vertreten willst, bist du ein Scharlatan, der mit der Ware Aufruhr hausieren geht, ein Lügner, der an den Pranger gehört!"

Er war weiß vor Erregung. Hipler stand immer noch vor der Uhr mit dem Totentanz. Der Graf ließ sich hinreißen.

„Lieber werde ich die Bettler, die ihre Höfe im Stich gelassen haben und meine Straßen unsicher machen, auf den Block bringen, Mann für Mann. Meine Rechte gebe ich nicht preis!"

Das war kein Streitgespräch über das Schöne mehr und auch nicht die Erledigung von Staatsgeschäften, das war ein Zweikampf mit blanker Waffe.

Der Kanzler bebte vor Zorn. „Das könnt Ihr nicht wirklich meinen, gnädiger Herr, das nicht!"

Georg entgegnete laut: „Ich meine es!"

Wie um sich Mut zu holen, schaute er auf das Porträt seines Vaters, wiederholte: „Ich meine es!", wollte noch etwas sagen, wandte sich heftig um und stieß mit dem Degenknauf an die Uhr, an das kostbare Gehäuse mit dem Totentanz. Es fiel auf den Boden und zersprang mit einem klagenden

Laut des Glockenspiels. Dem Fürsten war der Kopf abgeschlagen. Tod und Bauer lagen Hand in Hand. Georg suchte sich mühsam zu beherrschen.
„Du kannst gehen." Er wandte sich ab.
Der Kanzler ging. Eine ganze Nacht lang saß er im Scherenstuhl und vergrub sich in Gedanken. Auch Georg hatte früher oft Platon zitiert. Was war geblieben vom „omnia sunt communia" ihrer Jugendjahre?
Was war geworden aus dem gelobten „Schutz und Schirm" für die Hintersassen: ein Land, in dem es Schutz und Schirm nur für die Toten gab. So sehr sich der Kanzler jedoch in Widersprüchen verstrickte, so sehr bemühte er sich, aus dem Circulus vitiosus herauszukommen, in den sein Vater geraten war: mehr Steuern, mehr Geld, um die Ansprüche der Grafen zu befriedigen; im Ergebnis Armut und neue Steuern und größere Armut.

8. Kapitel
Utopia ist weit

Tage- und Nächtelang ritt Hipler durchs Land, ließ den Pelzmantel, das Seidenwams und die Schnallenschuhe auf dem Neuenstein, trug Hemd und Hose aus Rupftuch, rindledernes Schuhwerk und kurzgeschorenes Haar, aß in Bauernschenken mit Speck gekochte Rüben oder Kraut, manchmal nur Käse und Roggenbrot; trank dazu Bier. Disteln und Stroh hatte Georg den Bauern anempfohlen, sie hatten nicht viel mehr, wie er sah. Sie schluckten die Wassersuppe, während es auf dem Neuenstein mit Pfirsich gespicktes Brathuhn und Gebäckfladen als Nachtisch gab. Während Ambrosius, der Pater, sagen konnte, sein Schlund sei eine Straße, durch die eine fette Gans watscheln könne.

Es störte den Kanzler nicht, wenn man auf dem Neuenstein über seine Ausflüge lachte, wenn Albrecht meinte, das dünne Bier habe ihn närrisch gemacht. Spott focht den Kanzler nicht an. Er kannte sich bald in den Sitten der Bauern so gut wie in den Neuensteiner Intrigen und Zügellosigkeiten aus. Als Kanzler und Sohn seines Vaters trat er selten auf. Und wenn er es tat, verschlossen sich Türen und Mäuler vor ihm. Bald wußte er, daß man den durch Fernhandel gefallenen Weizenpreisen eine stärker betriebene Viehzucht entgegensetzen konnte; auch durch den Anbau von Flachs und Hopfen, durch die Farbpflanzen Waid und Krapp waren Verluste wettzumachen. Der Pächter seines Hofes in Fischbach hatte im Sommer aus dem Verkauf von Kirschen nach einer einzigen Ernte dreißig Gulden erzielt, die gleiche Summe, die er für siebzig Doppelzentner Roggen von zehn Hektar Land bekam. Manchmal fühlte sich der Kanzler wie ein Bauer, wenn er durch die Landschaft ritt. Manchmal handelte er auch so.

Als Hipler eines Abends, unweit der württembergischen Grenze, den fröhlichen Lärm von Musikanten vernahm, beschloß er, die Nacht in diesem Dorf zuzubringen. Das zu erwartende Stroh störte ihn wenig, denn die Stimmung der Burschen und Mädchen, die mit frühlingsgrünen Blattgewändern den mit Stroh bekleideten Winter austrieben, steckte ihn an. Bald wurde er selbst in den Kampf einbezogen, bei dem der Winter mit Häcksel und Asche, der Frühling mit Blättern und Blumen um sich warf. Scheltend suchte der Winter das Weite. Der Tanz begann. Die Füße stampften, die Röcke flogen kniehoch, in das Kratzen der Fiedel und das schrille Zinkengetön mischte sich Burschengelächter und Mädchengekreisch. Es flossen Bier und Schweiß.

Plötzlich trat Stille ein, als ein Landsknecht mit von Wind und Wetter gegerbtem Gesicht den Musikanten, mit denen er vorher gesprochen hatte, ein Zeichen gab.

Einigen schien der Mann bekannt zu sein, sie grüßten ihn. Er stieg auf einen Baumstamm und sang mit rauher Kehle und drastischen Gebärden vom ergötzlichen Streit zwischen Mutter und Tochter, die zum Tanze wollten. Ei was, zum Tanz, sagt die Mutter, du bist vierzehn. Redet nur, redet nur, sagt da die Tochter, Ihr wart erst zwölf, als Ihr die Jungfernschaft verlort. Und wieder die Mutter: Nun, so nimm Liebhaber, soviel du willst; schweig jedoch, wenn du mich in den Büschen siehst.

Der Kehrreim war:

„Der Reif tat den zarten Vöglein weh,
daß sie nicht mehr sangen.
Nun hör ich sie wieder schöner als je,
und mich treibt der Minne Verlangen."

Hipler staunte über den Sänger. Er war schäbig gekleidet, aber wenn er sang, sah man den schäbigen Aufzug nicht mehr. Der Kanzler klatschte mit den anderen, er wäre auch gern mit den Mädchen über den festgestampften Boden gesprungen, hatte jedoch das Gefühl, argwöhnisch beobachtet zu werden. Vielleicht täuschte er sich auch, denn sooft er zu dem Landsknecht hinüberschaute, war der mit anderem beschäftigt, trank, lachte, schäkerte herum. Schließlich stieg er wieder auf den Baumstamm. Er schob den mit einer Hahnenfeder geschmückten Hut ins Genick und begann:

„Wovon willst du dich nähren,
du junger Edelmann.
Paß auf, ich will dich lehren,
sitz auf und trab zum Bann.
Ja, trab nur hin zum grünen Wald,
der Bauer kommt gewißlich bald.
Dann mach dich stracks heran!"

Die letzten Worte wiederholte er und betonte sie herausfordernd, er suchte den Vorgang in der Körperhaltung und mit den Händen wiederzugeben. Unentwegt schaute er Hipler an. Der Kanzler glaubte, er sänge nur für ihn. Einige der Umstehenden grölten manche Worte, andere sangen die Wiederholung der letzten Verse mit. Der Landsknecht, der besonders von einer abseits stehenden kleinen Gruppe angefeuert wurde, stieg vom Stamm herab, begann die zweite Strophe, schritt langsam im Kreise herum und schien dabei jeden einzelnen der etwa fünfzig Dorfbewohner anzusehen.

> *„Dann faß ihn doch beim Kragen,*
> *erfreu das Herze dein.*
> *Und nimm sein Pferd und Wagen,*
> *schau in die Taschen rein.*
>
> *Nur frisch drauflos und unverzagt,*
> *wenn er nichts hat, Gott sei's geklagt,*
> *schlag ihm den Schädel ein!"*

Diesmal sangen am Ende fast alle mit. Einige klatschten rhythmisch zum Takt der Musik. Der Sänger griff sich einen irdenen Krug und trank in durstigen Zügen. Er wischte sich den Schaum vom Mund, reichte mit einem Nicken das Gefäß zurück und setzte zur dritten Strophe an. Er hatte auf seinem Rundgang inzwischen den Kanzler erreicht, blieb vor ihm stehen und sang ihm spöttisch ins Gesicht:

> *„Doch dann heb dich von dannen,*
> *bewahr dein Leib und Gut,*
> *dann flieh die dunklen Tannen,*
> *halt dich in guter Hut.*
> *Sonst geht's dir, wahrlich, furchtbar schlecht,*
> *es nützt dir nichts dein gutes Recht.*
> *Groß ist der Bauern Wut!"*

In die letzten Worte fielen alle ein. Der Landsknecht war nicht mehr zu hören. Manche riefen ihm zwei, drei Stichworte zu, die bestimmte Lieder betrafen. Der Sänger schien darauf eingehen zu wollen, er bestieg eine Bank. Sofort trat Stille ein.

Er dachte jedoch nicht daran, weiterzusingen, schob seinen Federhut aus dem Genick in die Stirn und kratzte sich den Schädel. Plötzlich bückte er sich, nahm seinen Degen auf, den er vorher niedergelegt hatte, riß ihn aus der Scheide und warf ihn - Griff und Korb voran - dem Kanzler zu. Hipler, der nicht getroffen werden wollte und mit dem Degen umzugehen verstand, fing ihn im Flug und hielt ihn in Fechterpose.

Der Landsknecht lachte. „Nun, Bauer, ich staune, daß du damit umgehen kannst, es ist ein Wunder für einen, der so was nie in Händen hat, sing die letzte Strophe mit mir."

Alle schauten auf den Kanzler, der wortlos den Degen zurückgab und sich empfehlen wollte.

„Bleib stehen", rief der Landsknecht. „Sonst könnte man meinen, daß du kein Bauer bist. Sing lieber mit!"

Er gab den Musikanten ein Zeichen.

Hipler wandte sich ab, er wurde von den Umstehenden aber nicht durchgelassen.

„Mir scheint, du schlägst unsere Gastfreundschaft aus", sagte der Landsknecht gefährlich leise.

Hipler blieb stehen. Der Sänger sprang von seiner Bank und trat an ihn heran: „Wir beide!"

Die Musikanten begannen zu spielen. Der Sänger sprach langsam den Text, wiederholte ihn auch. Der Kanzler schwieg. Er war ratlos. Überlegte Ausreden. Dann sagte er: „Sing mit dem Teufel, wenn du willst."

Darauf der Landsknecht: „Dann also mit dir, Gevatter. Du erinnerst mich an den Edelmann. Und der ist mit dem Teufel verwandt."

„Ich bin nicht dein Edelmann", erwiderte Hipler. „Und ich hab auch nichts mit Aufruhr in Sinn."

„... mit Aufruhr", wiederholte der Landsknecht ironisch. „Hab ich von Aufruhr gesprochen? Du meinst vielleicht, das Sattelreiten ist ein frommes Spiel. Und die Bauern sollten den Betern und Kämpfern noch dankbar sein. Während die Roßmucken schwitzen, sorgen die geistlichen Sprücheklopfer dafür, daß die Seelen in den Himmel kommen. Und die weltlichen Sprücheklopfer tragen dazu bei, daß es bald geschieht. So ist das Menschengeschlecht harmonisch vereint."

Zornig schnallte der Landsknecht seinen alten, schmucklosen Degen um. Die Musikanten legten die Instrumente beiseite. Die Burschen und Mädchen und die älteren Dorfbewohner drängten heran.

Hipler sagte hastig: „Die Edelleute ändert man nicht mit Spieß und Morgenstern. Wenn Kopf und Hände des menschlichen Körpers Krieger und Beter sind, ich nehme deine Worte auf, müssen Handwerker und Bauern Füße sein."

„Dann werden die Füße womöglich und weiß der Teufel in eine andere Richtung gehen."

„Ich weiß, was du sagen willst. Und ich weiß, daß manche Füße einen besseren Kopf brauchen."

„Einen eigenen Kopf."

„Einen Kopf, der weiß, daß er nur mit seinen Füßen laufen kann."

„Ich laufe auch auf den Händen."

Einige lachten.

„Dann brauchst du vielleicht gar keinen Kopf. Aber die Kopflosen haben weder Ohren, zu hören, noch Augen, zu sehen. Ich meine jedoch, daß man den Leib nicht auseinanderreißen soll. Und deshalb bin ich dafür, daß die Füße versorgt werden und daß das Schuhwerk in Ordnung ist."

„Bundschuh", rief einer.

Hipler überhörte es. Er ertappte sich bei dem Gedanken, daß sie mehr recht hatten als er selbst, sagte trotzdem: „Wenn es mit den Füßen nicht stimmt ..." Er wandte sich an alle: „Wenn Ihr Not leidet, hat der Graf gleichsam die Gicht."

„Dann soll ihn die Gicht und der Teufel holen", rief ein Bursche aus der Menge unbeherrscht.

„Und wer soll Euch schirmen?" fragte Hipler.

„... scheren, meinst du, schaben und scheren", mischte sich der Landsknecht wieder ein.

Hipler ließ sich hinreißen. „Es ist wahr, wenn Ihr meint, vor Gott sind alle Stände gleich. Aber mit Aufruhr ändert Ihr nichts. Der Mutwillen der Herren ist eine Folge der Schwachheit des Menschengeschlechts. Wenn das Recht nicht nur zum Sakrileg der Begüterten wird, wenn jeder von Euch auf der Waage der Justitia seinen Batzen hat ..."

„Du vergeudest deine Worte, Junker Hochgelahrt", unterbrach ihn der Landsknecht. „Hier versteht man kein Latein und kein Kauderwelsch, und hier läßt man sich nicht mit gewählten Worten auf die Schlachtbank führen."

Er lachte laut auf. „Sollen wir das Übel ertragen, weil das Ertragen die Tugend des frommen Mannes ist? Sollen wir den Lohn dafür vielleicht im Paradies empfangen, während die Peiniger zur Hölle fahren? Lieber hätt ich's umgekehrt. Schlimmer als hier kann's nicht sein. Die Sünde der Mächtigen wider den armen Mann wiegt die Sünde des Aufruhrs auf, wenn Ihr schon disputieren wollt. Was ist denn ein Herr?"

Er hatte offensichtlich viel getrunken und achtete nicht mehr auf seine Worte. „Was denn? Ein Misthaufen, mit goldbestickten Tüchern bedeckt. Aber der Bauer weiß mit Misthaufen umzugehen. Erklärt das denen, die Euch geschickt haben. Und nun klappt das Visier auf. Sagt, wer Ihr seid!"

Hipler antwortete nicht. Er dachte an den Prozeß in Halle, an die verlorenen Hoffnungen des Sabellicus, an den Mann, der zum Hängen nach Heilbronn gefahren worden war.

Der Landsknecht lachte böse. „Vielleicht habt Ihr nichts mehr zu sagen. Ein Wundertäter, der fromme Sprüche und Heilslehren verkauft, die niemand gebrauchen kann. Ein Medikus, der die Herren gesundbeten will."

Vielleicht kann ich wirklich nichts entgegnen, dachte Hipler, sagte es aber nicht. Vielleicht hast du mir eine Niederlage beigebracht, und ich wage nur noch nicht, es einzugestehen. Ich bin der Kanzler dieses Landes und wollte den Füßen besseres Schuhwerk verschaffen und dafür sorgen, daß die Weistümer, die Rechte der Dorfgemeinden, wirkliche Rechte sind. Aber ich bin nicht mehr sicher, ob ich dies alles erreichen kann. Und ich glaube auch nicht, daß Ihr mich versteht.

Er ging und schaute sich nicht um. Er bestieg sein Pferd und verließ den Ort. Die Wege waren mondhell. Das Rauschen des Windes begleitete ihn. Aufgewühlt vom Erlebten, bemerkte er nicht einmal, wohin er ritt.

9. Kapitel
Liebe und Leid

Auf Neuenstein nahm alles den gewohnten Lauf. Georg behandelte den Kanzler mit kühler Freundlichkeit. Albrecht übersah ihn, selbst wenn er mit ihm sprach. Ambrosius kam nach dem Mahl häufig mit fettigen Händen und emsig gleitendem Rosenkranz - die Sünden des Unglaubens, der Unzucht, der Völlerei bedrückten ihn arg - und bemühte sich, die Geheimnisse des Sabellicus zu erfahren, vor allem die Einzelheiten einer obskuren Geisterbeschwörung, deren Zeuge Hipler einmal gewesen war. Der einstige Schüler des Magiers beschloß, den wachsenden Einfluß des okkulten Beraters auf Georg zu nutzen, und gab sich den Anschein, mit den dunklen Mächten im Bunde zu stehen. Er schlüpfte in die Haut des Sabellicus und eiferte dem Adepten nach. Und der Mönch, drängend, fordernd, versprechend, vertraute ihm seine Unwissenheit an, wollte in die letzten Mysterien eindringen und suchte ihn mit Silbertalern und Sündenerlaß zu bestechen. Hipler verschmähte zwar die Taler und den Erlaß, an den er nicht glaubte, verklärte aber seine Vorstellungen über das Aussehen einer gerechten Welt als Botschaften aus dem Jenseits, um sie dem Grafen schmackhaft zu machen. Einige Male nahm er sogar an den Séancen teil und ließ eine geheimnisvolle Stimme ertönen; von Sabellicus hatte er das Bauchreden gelernt. Ambrosius roch nach endlosen Versuchen und nächtelangen Sitzungen den taboritischen Pferdefuß und zog sich zurück. Der Kanzler begriff, daß er zu weit gegangen war.

Nur Beate genoß die Stunden, die sie mit ihm verbrachte. Ihm durfte sie sagen, was sie fühlte. Oft war es nicht mehr als ein Scherzwort an einem Tag, das zwischen beiden gewechselt wurde, aber es begleitete den Kanzler, und er lächelte noch, wenn der Anlaß vergessen war. Keiner von beiden ahnte, daß ihre Zusammenkünfte mit Eifer vermerkt wurden.

Albrecht hatte nicht vergessen, daß er dem Kanzler, wie er meinte, etwas schuldig war, und wartete auf seine Gelegenheit.

Zum drittenmal war es Herbst geworden seit Hiplers Regierungsantritt.

An einem windigen Nachmittag eilte der Kanzler nach unerquicklichen Briefen an hartnäckige Gläubiger und ränkesüchtige Ratsverwandte, nach seitenlangen Rechnungsprotokollen wieder einmal zu einem Teil der Bastion, an dem Beate ein Gärtchen mit fruchttragenden Spalieren, mit duftenden Blumen und wirksamen Heilpflanzen angelegt hatte; auch eine weinbespannte Laube war da. Manchmal hatte er hier mit dem Mädchen gesessen und hatte über die Weinberge, über das Flüßchen im Tal auf die Stadt geschaut.

Beate war siebzehn und längst kein Kind mehr. Hipler hatte es noch nicht bemerkt. Das Amt beschäftigte ihn; an eine Heirat dachte er nicht; da er viel unterwegs war, zog auch die Minne mit ihm übers Land. Beate aber kannte nur ihn, sie sehnte sich danach, mit ihm zusammen zu sein. Nur mit ihm beschäftigte sie sich in ihren Gedanken. Seine Ansichten und seine Pläne, seine Unmutsfalten und die Art, wie er nachdenklich die Nase rieb, die Lippen, die so schöne Worte sagten, dies alles trug sie mit sich herum; es erregte sie. Sie konnte nicht deuten, was sie empfand. Sie suchte seine Nähe, folgte ihm manchmal, versteckte sich wohl auch, um ihn zu beobachten.

Seit zwei Stunden saß sie nun hier, schaute auf das gelblicher werdende Laub, auf die Nebelfetzen im Tal und lauschte auf die Schritte des Mannes, der ihr versprochen hatte, gegen Abend hier zu sein. Sie wartete.

Als er endlich erschien, brachte sie kein Wort hervor. Es fiel ihr schwer, sich anders zu geben, als sie war. Sie trug ein Geheimnis mit sich herum und wollte es Hipler anvertrauen. Der Mann spürte es, doch etwas Unerklärliches warnte ihn, dem Mädchen die Bürde abzunehmen. Und so plätscherte das Gespräch dahin, drohte zu versiegen. Hipler drängt nicht.

Schließlich nahm sie ganz tief innen eine Hürde und zeigte den Entwurf einer Stickarbeit. Da war er selbst, einen Globus und die Waage der Gerechtigkeit neben sich; er beherrschte das Bild, während Georg mit einem geschwärzten Glas zu den Sternen schaute und Albrecht, nur von hinten zu sehen, zur Jagd ausritt. Sie erwartete sein Lob.

Hipler ließ sich Zeit. Er bewunderte ihre Geschicklichkeit, lobte den Sinn für Perspektive und Komposition und meinte endlich, halb Scherz, halb Ernst, daß Georg nicht einverstanden sein würde mit seinem Platz; er sei der Herr. Beate lachte, betonte, die Decke sei für ihn bestimmt, Georg habe noch nie etwas Vernünftiges getan, von Albrecht ganz zu schweigen. Wenn ihm die Decke gefalle und er sie annehmen wolle, könnte er ihr eine Freude machen.

Hipler bejahte es und erkundigte sich vorsichtig, ob sie wisse, daß er damit ihr Dienstmann sei. Auch beim Schenken müsse man prüfen und wägen. Es gäbe nichts zu prüfen und zu wägen, erwiderte sie unmutig. Er sei doch für die Wahrheit. Natürlich sei er dafür, rechtfertigte sich der Mann und fühlte eine Schlinge an seinem Hals. Aber es wäre nicht immer möglich, ja, ja zu sagen, nein, nein, wie es in der Bibel stünde. Er dachte an das Erlebnis mit dem Landsknecht, fragte sich in diesem Augenblick selbst, warum, zum Teufel, es nicht möglich sein sollte, mit der Wahrheit zu leben.

Schließlich erklärte er, die Wahrheit sei wie ein Brunnen, an dem ein Wanderer sich laben könne. Manchmal gehöre dieser Brunnen jedoch jemandem, und er nähme Geld dafür. Das Mädchen reagierte ungehalten. Ein schlechter Vergleich, sagte sie. Die Wahrheit ist der Brunnen, der allen gehört. Hipler wußte nicht weiter.

„Ich weiß, daß Ihr das auch so seht", triumphierte sie. „Nein, nein, mein Kanzler, die Wahrheit ist stärker als Lüge und Niedertracht."

„Das glaube ich auch."

„Na, seht Ihr. Wie wollt Ihr sonst regieren. Wie wollt Ihr einem Menschen sagen, was ihr empfindet für ihn."

„Ihr habt recht, aber ..." Hipler schwieg.

„Kein Aber, großer Mann. Ich habe Georg gesagt, daß ich nur den will, den ich lieben kann. Er sucht mich zu verheiraten, aber ich habe ihm die Wahrheit gesagt."

Da war das Unnennbare, das der Kanzler befürchtet hatte.

„Ihr habt ihm die Wahrheit gesagt?"

„Ich habe sie gesagt."

„Was habt Ihr ...?"

„Ich habe ihm gesagt, daß ich Euch mag."

„Das habt Ihr getan"; flüsterte der Kanzler bestürzt.

„Und Ihr mögt mich doch auch; Ihr habt so oft davon gesprochen."

Hipler suchte nach Worten. „Ich mag Euch, mag Euch als Kind."

„Aber ich bin kein Kind." Sie stand dicht vor ihm, löste die von Spangen gebändigte Flut ihrer im Abendlicht rotgolden schimmernden Haare, und der Kanzler erkannt erstaunt, daß sie wahrlich kein Kind mehr war. Sie legte ihre Hand auf seinen Arm und schaute ihn an. Sie war jetzt ruhig, schloß langsam die schmalen, etwas schräg gestellten Augen, öffnete vorsichtig den vollen weichen Mund und lächelte.

Hipler spürte es heiß über den Körper rinnen, aber es war nicht die Angst vor dem Mädchen. Er umfaßte sie behutsam, fuhr mit der Hand über ihr Haar und küßte sie, wie schon manchmal, auf die Stirn. Dann ließ er sie los. Im Gebüsch, das die Laube umgab, knackte es, als schliche ein Tier herum. Leise Schritte entfernten sich.

Das Mädchen öffnete die Augen und schien enttäuscht zu sein. Hipler zog sie aus dem Schatten des Laubdachs an den Rand der Bastion. Der Blick über Schloß und Landschaft erfüllte sie beide. Der Mann nahm ihre Hand. Die ersten Sterne waren zu sehen.

„Dort ist die Wahrheit", sagte er. „Die Wahrheit ist, daß ich die Sterne liebe, obwohl ich sie niemals erreichen kann."

Beate entgegnete nichts.

„Die Wahrheit ist, daß ich Euch liebe, liebte, solange Ihr, solange Ihr nicht erwachsen wart ..."

„Und nun nicht mehr?"
„Doch, nein, ja ..., wie soll ich es erklären ..." Er hatte sich verrannt.
„Aber die Sterne sind weit; ich stehe hier ..."
„Wir stehen beide hier. Wir stehen nebeneinander, aber ich stehe nach der Vorstellung dieser Welt unter Euch, bin nicht einmal Ritter."
„Ihr seid mehr!"
„Habt Ihr das Georg gesagt?"
„Ja!"
Hipler begriff in diesem Augenblick, daß ihn von diesem Mädchen und von diesem Schloß soviel wie von den Sternen trennte. Er wußte ahnungsvoll, daß seine Zeit auf diesem Berg zu Ende war. Nicht, daß seine Vorstellungen sich nicht erfüllt hatten, bedrückte ihn. Umgekehrt, was er befürchtet hatte, ereignete sich Schritt um Schritt.

Er sprach lange mit Beate. Er liebte sie nicht, nein, oder jedenfalls nicht so, wie man ein Mädchen liebt, das man begehrt. Eher mit jener scheuen Zurückhaltung, die den Gegenstand der Verehrung nicht berühren will. Er liebte das Bild von ihr. Wenn er an sie dachte, dachte er an ein Gemälde, das ein Wittenberger Maler angefertigt hatte. Es zeigte die vierzehnjährige Beate in festlicher Kleidung, in einem sammetartigen, kupferfarbenen Gewand; das aufgelöste lange Haar floß über die Schultern wie ein erstarrter kupferfarbener Wasserfall. Das ovale Gesicht wurde von einem Sonnenstrahl getroffen. Es war, als leuchtete die Sonne aus dem Bild heraus, als bräche ihr Licht aus diesen erstaunten Augen. Niemals hätte es der Kanzler gewagt, das Original zu berühren; es war vollendet in allem, was es an Sehnsucht und Empfindungen weckte. Und das Vollendete berührt man nicht mit leichtfertiger Hand. Wie konnte ein Mann, der nicht einmal ein Wappen besaß, eine gräfliche Krone in seinem Mantelsack bewahren. Und das Wichtigste, neben den verträumten Augen Beates hatte er in letzter Zeit häufig die wachen Augen Angelas gesehen.

Dies alles suchte er dem Mädchen verständlich zu machen. Doch als sie auseinandergingen, hatte sie nichts begriffen. Die Dinge waren zu einfach für sie, die Gefühle zu gegenwärtig, die Wahrheit zu unumstößlich. Hipler ahnte, daß der Schatten, den er seit langem neben sich spürte, bald heraustreten würde aus dem Vorhang, der ihn verbarg. Er war nicht abergläubisch, aber die Zeichen häuften sich. Die Entscheidung stand bevor, und der Kanzler hoffte, gewappnet zu sein.

Die Einzelheiten des Rendezvous und die Enthüllungen seines Gewährsmannes hatte Albrecht mit einem Gulden honoriert. Tatsächlich hätte er seine Geldkatze dafür gegeben, aber die Bescheidenheit des Besitzlosen ist die Macht dessen, der hat. Er hatte sich bald einen Plan zurechtgelegt, mit dessen Hilfe er Hipler in einen so tiefen Höllenschlund stürzen wollte, daß auch der hilfreichste Erzengel ihn nicht herausholen konnte. Dabei brauchte er nicht einmal selbst in Erscheinung zu treten.

Was zwischen den beiden wirklich vorgefallen war, interessierte ihn nicht. Es genügte, wenn sich Georg entrüstete, wenn es der Empörung über des Kanzlers Ungeschicklichkeit und Anmaßung den zündenden Funken gab. Die Spuren waren leicht zu verwischen. Und Verbündete fanden sich viele. Eine davon war die Gesellschafterin, die Albrecht nicht nur durch das gemeinsame Geheimnis nahestand. Der Weg über das Bett ist der kürzeste, wenn man jemanden mit Haut und Haaren besitzen will, war seine Devise. Und so handelte er, obwohl die Dame ihm nicht sonderlich gefiel.

In den nächsten Wochen begegnete Albrecht dem Kanzler freundlicher als zuvor. Er änderte seine Taktik, um jeden künftigen Verdacht von sich abzulenken. Er hörte zu, wenn Hipler beim Essen von seinen Plänen sprach, registrierte mit Vergnügen die heimlichen Blicke Beates, ihre stille Bewunderung für den Mann, stimmte Hipler oft sogar zu und wählte mit Vorbedacht Beispiele, von denen er wußte, wie kritikwürdig sie sein Bruder fand, wie sehr sie Ambrosius auf den Magen gingen. Ja, er nahm Hipler schließlich gegen die Öhringer Ratsherren, gegen Amtleute und Vögte in Schutz, die behaupteten, seit Hiplers Regierungsantritt wüchsen auf Hohenloher Boden mehr wirre Ideen als Korn und Mais.

An einem Sommernachmittag geschah es dann. Es war so heiß, daß die Mägde im Schloß nicht ohne Schuhwerk über die Katzenköpfe laufen konnten. Ambrosius hatte Beate die Beichte abgenommen und sie mit erbaulichem Geschwätz entlassen. Die Gesellschafterin wartete und nahm die junge Gräfin in Empfang, um mit ihr auszureiten. In der Schloßkapelle ließ sie ein Briefchen fallen, das Ambrosius bald darauf fand. Der Mönch, der den beiden nacheilen wollte, besann sich, als er die Schriftzüge Beates erkannte. Es war eine alte, nie benutzte Mitteilung für den Kanzler, gegen Abend an der bestimmten Stelle zu sein. Welche Stelle, wurde nicht gesagt, da es immer nur einen Treffpunkt, den Kräutergarten und die Weinlaube, gab. Unweit davon befand sich in einem Wirtschaftsgebäude die erst vor kurzem auf Beates Drängen eingerichtete Badestube. Nach dem Ausritt wollte sie dort ein Bad nehmen.

Manchmal badete auch Albrecht hier. Er weitete dieses Ereignis stets zu einer Badeorgie aus, bei der er so viel in sich hineinfließen ließ, wie unter ihm im Zuber war. Ab und zu empfing er auch Gäste in diesem Gemach. So war es nichts Ungewöhnliches, daß er den Kanzler durch einen Boten an ebendiese Stelle zitieren ließ, um mit ihm auf eine gute Sache anzustoßen.

Hipler fand sich zur erwarteten Stunde ein. Wo aber sonst trunkener Lärm zu hören war, herrschte an diesem Abend Friedhofsstille. Auch Knechte und Mägde waren nicht zu sehen. Hipler war zu sehr in Gedanken, um darauf zu achten. Er nahm die erwartete Begegnung mit Albrecht nicht sonderlich ernst, vermutete wieder eine jener Launen, deren Opfer er zu oft geworden war. Um sich keinem Vorwurf auszusetzen, beeilte er sich jedoch, den Wunsch des Grafen zu erfüllen oder besser, die Prozedur hinter sich zu bringen. Es war kurz vor dem Vesperbrot.

Als er die Tür zur Badestube öffnete, blieb er überrascht stehen. Im Raum befand sich niemand außer Beate. Sie war damit beschäftigt, dampfendes Wasser aus einer Kanne über den Körper laufen zu lassen. Sie stand nackt im Zuber. Heimlich betrachtete sie sich im Spiegel, der an einem hölzernen Schemel lehnte, und summte ein Lied vor sich hin, dessen Text Hipler oft gehört hatte.

„Die Minne ist ein klarer Quell.
Meine Sehnsucht fließt in das Meer.
Wenn ich ihn seh, ist jeder Tag hell,
wenn er fern ist, gräm ich mich sehr."

Hipler stand verloren in der Tür.

Beate bemerkte ihn nicht. Dann wurde ihm blitzartig klar, daß er in eine Falle getapst war wie ein sorgloser Bär. Die erste Regung war, davonzustürmen, die zweite sagte ihm, es sei zu spät. Die Tür klappte hinter ihm. Ich bin gefangen, dachte er.

Beate wandte sich um, sie erwartete die Gesellschafterin, rief ihren Namen, brach mitten im Wort ab, als sie Hipler in der Dämmerung des Raumes erkannte. Sie war verblüfft darüber, daß der, an den sie gedacht hatte, vor ihr stand, ein leichtes Rot stieg in ihre Wangen, wurde dunkler und dunkler.

„Ihr?", brachte sie hervor, sonst nichts. Sie griff nach dem Tuch, das die Magd zum Trocknen hingelegt hatte, und verbarg sich doch nicht dahinter. Sie bot sich dem Blick des Mannes und schämte sich nicht.

Hiplers Kehle war trocken. „Euer Bruder hat mich bestellt."

Die gegenüberliegende Tür wurde aufgestoßen. Georg erschien, eiskalt, blaß, die Züge verzerrt. Hinter ihm Ambrosius und die Gesellschafterin.

„Also doch", sagte der Graf. In der Hand hielt er den Zettel, den ihm der Mönch gegeben hatte.

Hipler wollte sich rechtfertigen. „Ein Irrtum, Graf ..."

Georg ließ ihn nicht zu Ende reden, fuhr ihn an: „Wagst du zu sagen, daß mich meine Augen täuschen. Du hast mein Vertrauen mißbraucht, du Wicht, schmählich, erbärmlich, feig. Ich werde dich in den Turm werfen und anketten lassen."

„Nein", schrie Beate, sie sprang aus dem Zuber, breitete die Arme aus und wollte sich vor den Kanzler stellen. Georg fegte sie mit einer Armbewegung beiseite; das Mädchen fiel.

Hipler wollte sie aufheben, sagte laut: „Euer Bruder ..."

„Und dieses hier", unterbrach ihn der Graf und fuchtelte mit dem Zettel vor den Augen des Kanzlers herum. Er zog seinen Degen. Beate, die sich wieder aufgerafft hatte, fiel ihm in den Arm.

„Ich war noch niemals hier", sagte Hipler. „Wenn Ihr mich anhören wollt ..."

„Du lügst", brüllte ihn Georg an, noch nie hatte er seine Beherrschung verloren, er stieß Beate zurück, die ihn fest umklammerte.

„Du lügst. Du willst um dein erbärmliches Leben flehen. Ich werde dich nicht anhören. Wie diese Gossenhure sich vor dich stellt, ist mir Beweis genug."

Er schob das wimmernde Mädchen von sich fort. Die Gesellschafterin hüllte ein Tuch um sie.

„Hast dir ein Wappen mit einer Buhlschaft erschleichen wollen, du Satansadvokat. Du bist nicht wert, daß man dir die Ehre des Schwerts antut. Verfaulen sollst du, verrecken und verderben im eigenen Kot ..."

Beate richtete sich wieder auf.

„Wenn du ihn anrührst, bring ich mich um ..."

„Schafft sie hinaus, zum Teufel, schafft sie hinaus. Ich werde sie mit ihm zusammen verfaulen lassen. Der Helfenstein, für den sie bestimmt war, nimmt sie ohnehin nicht mehr. Satanskebse, Lusthure, Badeweib ..."

Der Graf schien wie von Sinnen. Als sich der Kanzler vor das Mädchen stellte, hieb ihm Georg die flache Klinge über das Gesicht; über Stirn und Augen lief das Blut.

Beate sah es und wollte sich wieder dazwischen stellen. Georg stieß sie nochmals zurück. Hipler rührte sich nicht, er schaute den Grafen nur fassungslos an. Er war unbewaffnet und konnte nur noch mit einem Auge sehen.

Das Blut besänftigte den Tobenden. Er warf den Degen achtlos fort und rief der Gesellschafterin zu: „Schaff sie auf ihr Zimmer, Weib. Ich werde dafür sorgen, daß sie es nie wieder verläßt."

Georg wandte sich um und ging. Er sagte kalt in den Raum: „Bei meiner Ehre, Wendelin. Wenn der Hahn kräht und du bist noch in der Grafschaft, laß ich dich von den Hunden zerreißen. Dank's deinem Vater, daß du laufen kannst. Was er für Hohenlohe getan hat, wiegt dein Leben auf. Nun sind wir quitt."

Der letzte, den Hipler auf dem Schloß zu Gesicht bekam, war der Schäfer. Er versorgte seine Wunde und murmelte vor sich hin: „Wissen's alleweil besser, was recht ist, die Herren ..., wissen's alleweil besser ..."

Das einzige, was der Kanzler mitnahm außer dem Mantelsack, war ein Pferd. Und eine Wunde, die ihn daran erinnerte, wie vergänglich das Wohlwollen der Herren ist. Wie sollte er nachweisen, daß er Opfer einer infamen Intrige geworden war. Sollte er auf Georgs Großmut hoffen? Schon der Entwurf des Briefes ging in Flammen auf.

Das Land seiner Träume war sehr, sehr fern, als Wendel Hipler in dieser Nacht Hohenlohe verließ.

10. Kapitel
Die Mandragora

Ruhelos irrte Hipler durch Grafschaften und Fürstentümer und suchte eine Bleibe und suchte ein Amt. Er schrieb in Bamberg die Halsgerichtsordnung Johann von Schwarzenbergs ab, die Geständnisse ohne Zwang empfahl. In praxi ist es anders, dachte er und schrieb sich die Finger wund.

In Würzburg bot man ihm das Henkeramt an und erklärte, daß er mit Hängen, Köpfen, Ertränken und Rädern ein beträchtliches Vermögen erwerben könne; keiner zahle so gut wie der Erzbischof.

In Mainz endlich trug ihm ein Rat am Appellationsgericht, der sich rühmte, dreiundfünfzigmal die Bibel durchgelesen und jeden Monat das Abendmahl in Empfang genommen zu haben, eine Stelle als Fürsprecher bei seinen berüchtigten Hexenprozessen an; man sagte ihm nach, daß er der Jungfrau Maria nach jeder Hinrichtung eine Kerze entzünde.

Hipler blieb nirgendwo länger als eine Woche.

Auf seiner Irrfahrt fiel ihm manchmal sein eisntiger Gefährte Ulrich wieder ein, der es im Unglück besser verstand, die Nase oben zu tragen. In windigen Herbergen verfaßte Hipler Eingaben und Petitionen. Auf Märkten verdingte er sich als Abschreiber und Liebesbriefsteller. Manchmal wurde er gerufen, ein Testament zu verfassen oder einen Streit zu schlichten. Und den wegen Falschgewichts angeklagten Bäcker einer kleinen Stadt bewahrte er davor, mit der Wippe bestraft zu werden. Von der riesigen Torte, die er vom Beschuldigten bekam, lebte er eine Woche.

So verging ein halbes Jahr. Hipler hatte um den Ort, der ihn magisch anzog, immer wieder einen Bogen gemacht. Scham und falsches Ehrgefühl brannten in ihm und hinderten ihn, nach Wimpfen zu gehen. Wie sollte er erklären, was vorgefallen war? Was konnte er tun, den Makel zu tilgen? Manchmal war er drauf und dran, dem Kaufmann zu schreiben; jedesmal hielt ihn seine Scheu zurück.

An einem warmen Frühlingstag ritt er durch die Berge und Weingärten des Neckartals und beschloß, im gerade erreichten Weinsberg zu bleiben. Als er auf der Suche nach einem bescheidenen Gasthof war, sprach ihn am Untermarkt ein Bettler an. Hipler, sich kaum reicher fühlend, warf ihm ein Almosen zu. Dabei fiel ihm auf, daß dem Mann das Betteln schwerzufallen schien. Auch seine Ausdruckweise war ungewöhnlich. Außerdem trug er das zerschlissene Gewand eines Abts, das ihm nicht recht paßte. Wendel erkundigte sich danach. Der Mann begann zu lamentieren, er sei nicht der, für den man ihn halten müsse. Zwischen dem Satan und denen, die ihn austreiben wollten, gebe es keinen Unterschied, wie er in Wimpfen erfahren habe. Als Hipler den Namen der Reichsstadt hörte, beschäftigte er sich eingehender mit dem Fremden und stellte fest, daß er an beiden Händen schmutzige Verbände trug. Neugierig nahm er den Bettler zu einer Karaffe Wein in die Wirtschaft mit und erfuhr seine Geschichte.

Am folgenden Morgen hatte er den Mann überredet, mit ihm nach Wimpfen zu gehen, und geschworen, Gut und Blut daranzusetzen, dessen Sache zu führen. So kehrte er in die Reichsstadt zurück und klagte nach den Aussagen des ehemaligen Schneiders und Laienbruders Johann Jetzer noch am selben Tage die mächtigen Dominikaner an. Er hatte nichts zu verlieren und wagte dennoch viel. Das Risiko, das er einging, war so groß, daß er damit rechnen mußte, wie beinahe in Halle, auf die Anklagebank gesetzt zu werden. Trotz allem erschien er vor dem Gericht. Und wenn er gefragt worden wäre, hätte er sicherlich geantwortet, sein Motiv sei das Recht. Aber es war nicht das Recht oder nicht allein das Recht, es war Brunner oder, besser, seine Tochter Angela, die ihn nach Wimpfen zog. Der Prozeß konnte nach seiner Meinung den Makel tilgen, der auf ihm lag, seit er vom Neuenstein gejagt worden war. Brunner sah er vorerst nicht, denn er quartierte sich mit dem als Abt ausstaffierten Schneider in einem kleinen Gasthof ein.

Die gegen die Predigermönche vorgebrachten Beschuldigungen wurden von den zuständigen Behörden überprüft und die vermutlich Verantwortlichen für das Verbrechen zunächst einmal festgesetzt. Zustatten kam Hipler, daß die Ehrbarkeit manches an den Mönchen auszusetzen hatte, daß ihr der Fall sogar gelegen kam, den Brüdern eins auszuwischen.

Tag für Tag drängten sich Hunderte vor dem Gericht, um am Verfahren teilzunehmen oder um das Neueste zu hören.

Ein Marktschreier machte rasch eine Moritat daraus und enthüllte, wie vier Mönche des Wimpfener Klosters den schwachsinnigen Schneider und Laienbruder mit Erscheinungen und Versprechungen dazu gebracht hatten, die Wundmale des Herrn auf sich zu nehmen. Nacht für Nacht hatten sie ihr Opfer mit geheimnisvollen Stimmen aus dem Schlaf geschreckt. Schließlich war Jetzer bereit. Und die Brüder in den schwarzweißen Kutten glaubten, den barfuß gehenden Franziskanern, die sich auf ihren Ordensgründer Franz von Assisi und seine sieben Wundmale beriefen, damit den Rang abzulaufen. Jetzer fiel es jedoch schwer, die Wunden mit Asche und geriebenem Glas ständig zu erneuern. Als die Täuschung ruchbar wurde, wollten die Brüder das Opfer beseitigen. Der Schneider floh, da man ihm die eigene Kleidung abgenommen hatte, im Gewand des Abts, das er gerade flicken sollte.

Seine Aussagen und die Aussagen von fünfundzwanzig weitern Zeugen machten den Tatbestand klar. Bevor das Urteil gesprochen wurde, suchte der Prior des Klosters Hipler auf, um ihn für sich zu gewinnen und den Prozeß niederschlagen zu lassen. Die Versprechungen berührten Hipler wenig, die Drohungen schlug er in den Wind. Das Bild des Scheiterhaufens aber, auf dem die Mönche enden mußten, das Knistern der Henkerfackel, das Schreien der Opfer, das Wimmern des Armesünderglöckleins verfolgten ihn bis in den Traum. Hatte er nicht gegen Holzstöße kämpfen wollen? Nun setzte er sie selber in Brand. Nun klagte er selber an im Namen des Rechts.

Der Prozeß wirbelte diesseits und jenseits der Mauern viel Staub auf, drang auch in Brunners Arbeitszimmer. Der Kaufmann, der von Hiplers Streit mit den Grafen natürlich gehört hatte, erfuhr auf diese Weise, daß sich sein ehemaliger Geschäftspartner in Wimpfen befand, und lud ihn zu sich ein. Der Brief, den Hipler erhielt, enthob ihn der Befürchtung, einen Bittgang antreten zu müssen, denn dem „hochwohllöblichen ehemaligen Kanzler von Hohenlohe" würde man keine dunklen Pläne und Ziele unterstellen. Und so war es auch.

Brunner kam ihm schon an der Haustür entgegen, gewichtig, groß, jovial, und spielte gleich mit den ersten Worten auf den Prozeß und den Mut des Anwalts an. "Wenn ich Ideen zu verkaufen hätte", sagte er, „ich ließe mich nicht mit Euch ein, da verderbt Ihr das Geschäft. Ihr habt etwas, was imponiert: das Wissen um den Zusammenhang, Überzeugungskraft und, ja, Unbestechlichkeit."

Angela entdeckte Hipler vorerst nicht. Er dankte für die Einladung und sagte Höfliches. Brunner lachte, schnipste die Floskeln mit einer Handbewegung hinweg und schob ihn durch einen Flur in sein Arbeitszimmer.

„Ich verschenke keine Huld, liebwerter Herr. Und ich bin Euch nicht gram wie mein Sohn und Domherr, der zwar die Fratres nicht leiden kann, die Kirche mit Eurem Angriff jedoch, wie er es nennt, in den Grundfesten erschüttert sieht. Ich hab ihm gesagt, wer wen erschüttert. Er begreift es nicht. Kurz und gut, Ihr sollt mir helfen, und Ihr helft Euch damit selbst, denn gewonnene Prozesse sind des Anwalts Wappenschild. Ich möchte, daß Ihr gegen Georg von Hohenlohe prozessiert."

Hipler verbarg sein Erstaunen.

Brunner fuhr fort. „Ich nehme an, Ihr habt Gründe, dem Mann nicht gewogen zu sein. Ich fürchte, man sieht's!"

Er betrachtete die Narbe, die über Hiplers Stirn und Wange lief. Dann erläuterte er, was ihn veranlaßte, die Gerichte gegen den Grafen in Anspruch zu nehmen, nachdem ein Verständigungsversuch gescheitert war.

„Er hat den Kredit und will das ganze Bergregal und etliches dazu; das Unterschriebene erkennt er nicht an. Das erträumte Silber muß ihn verblendet haben. Macht ihm den Standpunkt klar. Laßt Paragraphen aufmarschieren, daß ihm das Faustrecht vergeht. Vergeltet Hinterlist mit Hinterlist, und wenn Ihr das Gewicht der Doktoren in reinstem Gold aufwiegen müßt."

„Er hat seine Freunde", entgegnete Hipler.

„Ach was, Freunde", polterte Brunner. „Sie sind wie er, und wo sie Geld wittern, verkaufen sie ihr Seelenheil. Sonst haben sie nichts. Das ist ihre Ware, und die hat ihren Preis."

„... einen hohen Preis", sagte Hipler zögernd.

„Dann handelt. Bei dieser Ware kennt Ihr Euch aus. Daß Ihr in kanonischem Recht bewandert seid, zeigt Ihr den Kuttenbrüdern gerade. Beweist, daß Ihr die Römer nicht minder kennt. Es muß einen Sinn haben, daß das Recht nicht mehr sächsisch oder schwäbisch unter der Linde gesprochen wird. Ich vertraue Euch."

„Wie könnt Ihr das?"

„Ich sagte es doch. Ihr seht das Ganze und sucht Euren Platz. Ihr habt weder Macht noch Geld, aber einen Kopf, wo andere eine Schnabelkanne haben. Man hat Euch gekränkt, und Ihr habt nichts vergessen. Ein einfaches Kalkül."

Er wies auf die Narbe. „Ihr sollt ihnen auf dem Feld begegnen, auf dem Ihr die Klinge mit ihnen kreuzen und sie schlagen werdet. Im übrigen wollt Ihr Euer Recht und den Besitz, den sie Euch streitig machen. Warum sollte ich Euch bei alldem nicht vertrauen?"

Es war erstaunlich, wie sehr Brunner traf, wie er sich zurechtfand auf den verschlungenen Pfaden, auf denen Hipler sein Feld zum Beackern suchte. Wie er Bedenken beiseite wischte, wie er kurz maß und sicher trennte, Mögliches und Unmögliches rasch abwägend, unbeirrt auf sein Ziel zuschreitend.

Dem Kaufmann ging es längst nicht mehr um Verlagsgeschäft, Handel, Kreditvergabe und Zinseinnahme; es drängte ihn, die Macht seiner in sieben Ländern aufgebauten Faktoreien zu erweitern, mit Bank- und Finanzaktionen zum Pfründner zu werden, mit Männern seiner Wahl sein Reich zu errichten, in dem er unumschränkter Herrscher sein würde. Hipler schien ihm geeignet zu sein, in den Reihen seiner Söldner einen Platz einzunehmen.

Der Prozeß war eine der Taten des Herkules. Wenn er ihn gewann. Wenn nicht – mußte man ihn abschreiben. Auch andere wollten Herkules sein. Vom Bergbau in Hohenlohe versprach Brunner sich Auftrieb und Gewinn für alles, was er sonst noch unternahm. Zehntausend Pfund Silber im Jahr, damit rechnete er immerhin, hätten ihn zum Herrn des Landes gemacht.

Hipler erfuhr durch Brunners Vertrauensleute in Hohenlohe, daß der Graf inzwischen einen Kanzler gefunden hatte, der, von Ambrosius ausgewählt, mehr von Theologie als von Rechtsgeschäften verstand und Georgs Anweisungen blindlings befolgte. Hipler feilte lange an dem Brief, der des

Kaufmanns Forderungen enthielt.

Georg reagierte sofort. Die alten Vereinbarungen beiseite schiebend, war der Neuensteiner nicht gewillt, das Eigentum an Bodenschätzen und das Bergregal - das Recht, Erz zu fördern und zu verhütten - an Brunner abzutreten; der kostenlose Anteil an gewonnenem Silber sei zu gering, der Preis für die Verkaufsquote zu hoch. Hipler begriff, daß Georg den Streit beenden wollte, wie er auf seinem Hoheitsgebiet bei Handels-, Markt- und Handwerksfragen verfuhr: per Dekret.

Wieder stellte sich Hipler an das Pult und schrieb. Seine Rechtsgründe wurden in einem zweiten Brief abermals verworfen, ihm selbst wurde beim Überschreiten der Landesgrenze mit Festnahme gedroht.

Hipler ließ sich nicht beirren. Er wandte sich im Namen Brunners mit einem langen Schreiben an das Reichskammergericht, dessen römische Juristen aus dem kaiserlichen Rat jedoch bald darauf auch die Bedenken Georgs zur Kenntnis nahmen. Und diese Bedenken wogen schwer. Der Neuensteiner konnte frohlocken, als er durch einen Vetter von der Annullierung der bestehenden Verträge erfuhr. Hipler gab trotzdem nicht auf. Er riet dem Kaufmann, die Entscheidung anzuerkennen und nicht auf Faustrecht oder Fehde zu bauen. Inzwischen nämlich trieben mehr als tausend Bergleute bei Öhringen Stollen in die Erde und suchten nach Silber, Kupfer, Zinn und Blei. Noch immer hatte man nichts Nennenswertes gefunden. Und der erste Kredit war verbraucht. Der Graf konnte nicht weiterbauen. Hiplers Rechnung ging auf.

Im Auftrag Brunners gewährte der Anwalt den von Georg angeforderten zweiten Kredit über zehntausend Gulden nur gegen das besiegelte und vom Reichskammergericht schließlich bestätigte Bergregal. Dies alles hatte Hipler, der die Öhringer Schwierigkeiten beim Abbau aus eigener Anschauung kannte, vorausgesehen. Der Kaufmann besaß am Ende mehr, als in den alten Papieren festgelegt war.

Georg wußte sehr wohl, wem er die Niederlage zu verdanken hatte, eine Niederlage mit eigener Unterschrift vor dem Reichskammergericht. Zum erstenmal kam es dem Grafen in den Sinn, daß sein Verhalten dem Kanzler gegenüber voreilig gewesen war. Er hatte Beate Hals über Kopf mit dem Grafen von Helfenstein verheiratet, der als kaiserlicher Beauftragter an des vertriebenen Herzogs Ulrich Stelle in Württemberg saß. Er hatte es in der Befürchtung getan, daß der Graf von der Liaison mit seinem Kanzler erfahren könnte, und wußte nicht einmal, was an der verfluchten Badegeschichte gewesen war. Vielleicht nichts? Wahrscheinlich sogar nichts. Und letzten Endes ist ein guter Kanzler mehr wert als eine Heirat, die nicht einmal Land einbringt. Da hätte er das Mädchen auch dem Habenichts geben können. Georg grollte mit sich und war unzufrieden wie nie zuvor. Die fehlenden Einkünfte ließen seinen Zorn auf den Kanzler, den er davongejagt hatte, mit jeder neuen Abrechnung wachsen. Er sah alle Schuld bei ihm.

Hipler wohnte im Hause Brunners und war Angela nah. Insgeheim bewunderte er das Mädchen, das anstelle der verstorbenen Mutter dem Haushalt vorstand, fünf Knechte und Mägde mit Aufträgen versorgte, Gäste betreute, Fuhrleuten die Ställe wies, Waren und Wagen inspizierte, den sechs Schreibern, Aufsehern und Verwaltern auf die Finger sah und neben alledem auch noch mit einem Korb zu den Brot- und Fleischbänken ging. Er beobachtete sie oft, half und packte zu, wenn Not am Manne war, und fand nach und nach eine Art, mit ihr umzugehen, die bei Außenstehenden den Eindruck hervorrufen konnte, sie nähmen einander nicht sonderlich ernst.

Hipler hätte sich wohl gefühlt, wenn die Erinnerung an die einstigen Pläne, wenn die alte Tatkraft, die alte Leidenschaft nicht immer wieder neu erregt worden wären. Er fühlte sich wie eine Raupe, die sich nicht entpuppen kann. Während er Buchstaben kritzelte und Zahlenkolonnen addierte, hörte er von Verschwörern, die durchs Land gingen und den Bundschuh auf einer Stange trugen, und er dachte über ihre Ziele nach, während er die Ziele des Sebastian Brunner verwirklich half.

Als dreizehn Mitglieder des Bundschuhs in Freiburg enthauptet wurden, legte er sich mit dem Domherrn an, der bei diesem Ereignis Gottes Finger sah. Und er ahnte, daß er wohl damals in Hohenlohe beim Frühlingsfest einem dieser Männer begegnet war, vielleicht sogar ihrem Hauptmann, dem immer wieder gejagten, immer wieder entkommenen Joß Fritz.

Wie lange war das her. Wie weit hatte er sich von diesen Illusionen entfernt. Und dennoch, wie sehr wünschte er sich, wie damals in Halle nach dem Hexenprozeß mit dem Theologen über das zu reden, was den Männern vorschwebte, die als Bettler, Hausierer und Landsknechte von Ort zu Ort zogen und die Bauern zum Widerstand mahnten. Nein, er wollte nicht mit ihnen ziehen. Er glaubte nicht, daß eine neue Welt mit dem Schwert zu errichten war. Das Schwert war wieder Unrecht. Und wie konnte man ein Unrecht mit dem anderen beseitigen. Trotz allem mußte es einen Weg geben, der zwischen den Gewalten zum unumstößlichen Recht aller Menschen auf Freiheit und Frieden führte.

Wieder frohlockte der Domherr, als die zweite Verschwörung des Joß Fritz, die sich vom Schwarzwald bis in das Elsaß ausbreitete, von einem Pfaffen, der das Beichtgeheimnis verriet, aufgedeckt wurde. So würde es allen ergehen, die ihr Mütchen kühlen möchten, griff er Hipler an, der für ihn mit dem oft geäußerten Gedanken vom Volkskaiser im eigenen Reich den Aufrührern gefährlich nahestand. Hipler jedoch leerte heimlich einen Becher darauf, daß Joß Fritz zum andern Male entkommen war. Aber das Scheitern all dieser Bemühungen bestärkte ihn im Glauben, daß es auf diesem Wege keine Lösung gab. Auch der Aufstand der Zünfte, den er 1509 in Erfurt selbst miterlebt hatte, bei dem das Rathaus gestürmt und ein paar

Fensterscheiben eingeworfen worden waren, hatte die Ärmsten am Ende nicht reicher gemacht. Man muß das Recht ändern, nicht die Gewalt verteilen, sagte er sich. Wie aber sollte das Recht geändert werden, wenn es in den Händen der Männer lag, die es zum eigenen Nutzen sprachen.

Eigentlich hätte alles so weitergehen können. Und der Kaufmann wollte es auch. Er bot Hipler die Stelle eines Beauftrgten in Antwerpen an. Der lehnte ab, vor allem Angelas wegen, aber auch der Aussicht wegen, immer nur an Warenlager, Zahlenkolonnen und Kontoauszüge, an manipulierte Preise und Wucherzinsen, an Geld und Geldesdinge gebunden zu sein. Er war jetzt vierunddreißig Jahre alt und hatte, wie er sich vor Augen hielt, noch immer nicht seinen Platz gefunden. Immer von neuem wurde er mit den Ideen seiner Studienjahre konfrontiert; die Bilanz war negativ.

Eines Tages entdeckte er bei einem Buchführer zum anderen Mal die Schrift des Morus, die mehr als in allem, was er gelesen hatte, den Gedanken und den Glauben an eine bessere Welt in ihn senkte; es war da immer noch das alte Samenkorn, das wieder zu treiben begann. Utopia mit seiner Hauptstadt Amaurotum war die Insel der Glückseligkeit. Wie aber gelangte man dorthin?

Was Brunner betraf, so wußte Hipler, daß er nichts außer dessen Tochter von ihm wollte. Was die Welt anging, war er sich weniger sicher. Die Schrift „Utopia" und ein Ereignis, das im Herbst dieses feuchtkalten Jahres 1517 viele Seelen wärmte und das Heilige Römische Reich Deutscher Nation erschütterte, veranlaßten ihn jedoch zu einem folgenschweren Schritt.

Am letzten Novembersonntag hörte er nach dem Abendbrot vom Leipziger Faktor Brunners, der nach Wimpfen gekommen war, daß ein kleiner Augustinermönch namens Martin Luther in Wittenberg mit seinen an der Schloßkirche angeschlagenen fünfundneunzig Thesen, mit seiner Kritik an Papst und Kirche, Ablaßhandel, Ämterschacher und Machtmißbrauch an Dinge gerührt hatte, die auch ihn bewegten. Die Wogen der Leidenschaft schlugen hoch.

Der Meinungsstreit der Parteien wurde erbittert geführt. Brunners Sohn verbrannte mit zitternden Händen das mitgebrachte Pam-phlet und schwor, dem Mönch, der die Kirche entzweien wolle, eigenhändig den Ketzerhals umzudrehen. Mit sich überschlagender Fistelstimme forderte er unaufhörlich den päpstlichen Bann. Dem Anwalt, der nach Meinung des Domherrn in Böhmen zum Taboriten geworden war, kippte er den Inhalt seines Weinglases ins Gesicht. Der Kaufmann verhinderte zwar die handgreifliche Auseinandersetzung, schlug sich auf Hiplers Seite, kritisierte die römische Bevormundung und die Ausdehnung des Kirchenbesitzes, fürchtete jedoch den entfesselten Zorn derjenigen, die nichts zu verlieren hatten, und bangte vor den unabsehbaren Folgen einer Reformation.

Der Domherr ging.

Am folgenden Tage zog Hipler aus und richtete sich in der Kirchgasse, in der Nähe des Untermarktes, eine Anwaltskanzlei und eine Wohnung ein. Er ließ die Fäden zum Hause Brunner jedoch nicht zerreißen, hoffte im Gegenteil, daß mit der räumlichen Entfernung die Nähe zu Angela wachsen werde. Noch immer war nichts entschieden.

Der Prozeß gegen die Dominikaner und den Grafen von Hohenlohe hatten den Namen des vierunddreißigjährigen Anwalts über die Stadtmauern hinaus bekannt werden lassen. Preise, Löhne und Steuern, die Rechtmäßigkeit von Privilegien, von Besitzrecht und Erbansprüchen und nicht zuletzt die Übergriffe der Herren beschäftigten ihn, er schrieb Protokolle und Schriftsätze, saß in Verhandlungen vor Niedergerichten und fürstlichen Appellationshöfen. Bei Wind und Wetter ritt er über Land und hatte keine Zeit, darüber nachzudenken, ob er mit seinem Leben zufrieden sei. Platon, Morus, Erasmus, Reuchlin rückten wieder in die Ecken der Regale zurück; an den aufsässigen Luther wurde er ab und an erinnert, aber er wähnte ihn tot. Er kannte die Dominikaner in Wimpfen und wußte, daß ihre Brüder in Rom nicht minder versucht hatten, den Mann als Ketzer zu verurteilen, der all den geistlichen Potentaten und Goldsäckelbewahrern seinen Fehdehandschuh ins Gesicht geworfen hatte. Sie brauchten Geld, um ihre Roben mit Edelsteinen zu schmücken, sie alle hatten ihren Ablaßhändler Tetzel, der die Schatzkammern füllte. Luther war ein mutiger Narr, aber eben ein Narr, der dies alles hatte ändern wollen. Nun lebte er wohl nicht mehr. Aber die kleinen Luthers gab es überall.

Hipler hatte Tag für Tag mit phantasievollen Sprücheklopfern und hoffnungsvollen Toren zu tun, die mit ihrem Narrenschiff, einer Nußschale gleich, über das unendliche Meer des Besitzenwollens und des Egoismus zogen und mit Buchstaben Ungeheuer zu töten trachteten. Es schien unmöglich zu sein, diesen Kampf zu gewinnen. Und dennoch wagten sie es, Mönche, Zunftmeister, Handwerksgesellen. Und Hipler stand diesen winzigen Sankt Georgs bei, wo immer es möglich war, oft genug ohne Hoffnung auf Erfolg, aber in der sicheren Anwaltsrobe. In manchen Augenblicken kam er sich wie der Drache vor, da er auch bei einer Niederlage Geld von seinen Auftraggebern nahm. Und nicht selten setzte er bei seinen Prozessen zu, wenn er zum Beispiel die als Hexen angeklagten Frauen unentgeltlich vertrat.

Hipler hatte nach und nach einen Bücherschatz zusammengetragen, um den ihn selbst das Reichsgericht beneidet hätte. Deutsche und römische Gesetzbücher, Land- und Stadtrechtsammlungen, bäuerliche Weistümer, kanonische und weltliche Rechtskommentare füllten die Bretter in seiner Kanzlei, die spartanisch mit einem Schrank, einem Stehpult, zwei Bänken, einem Stuhl und einem Tisch eingerichtet war, daß kein anderer Gedanke als eben der an Rechtsgrundsätze, Zivil- und Strafprozesse aufkam.

In Eurem Reich fehlt die Sonne, hatte Brunner einmal gesagt, als er ihn wegen eines verzwickten Vertrages aufsuchen mußte. Und tatsächlich fiel durch die zwei niedrigen Fenster mit den bleigefaßten Butzenscheiben so wenig Licht - die Kirchgasse war eng, die gegenüberstehenden Häuser waren hoch -, daß er manchmal am Tage Kerzen brennen mußte. Ihn störte es nicht. Und die es störte, vergaßen es über ihren Angelegenheiten bald. Hipler hätte sein Auskommen gehabt. Das allein aber ist auf die Dauer wohl wenig, wenn man einmal die Sterne betrachtet hat. Die Sonne fehlte. Hipler wußte es wohl.

Er hatte Angela lange nicht gesehen, es gab keinen Anlaß, Brunners Haus aufzusuchen. Manchmal traf er sie auf dem Markt, aber da war sie selten allein. Er hätte sich erklären können, fürchtete jedoch eine Abfuhr. Wer war er schon im Vergleich zu Brunner, der von seiner Tochter bewundert wurde. Was war dran an seiner winzigen Kanzlei, an den trockenen Akten, dem vergilbten Papier. Er konnte leben davon, aber es war ein Leben ohne Glanz und ohne Höhepunkte, ein langweiliges Leben mit Tinte, Federkiel und Streusand. Das erträumte große Abenteuer, das Verändern der menschlichen Gemeinschaft, das Leben, das ihm vorschweb hatte, als er für Maria Mohler in die Schranken trat und für Sabellicus die Saniterbänke bediente, war es nicht.

Vielleicht gab es solch Leben nur in Büchern und an der Alma mater? Vielleicht war die Wirklichkeit, die alltägliche, egoistische, engstirnige, kleinliche, hartherzige, unduldsame Wirklichkeit Gottes Wille und des Menschen Geschick? Warum, zum Teufel, aber suchten einige dieses Geschick zu ändern, nahmen den Feuertod auf sich, trotzten den Vögten und dem Henker? War er nicht zufriedener gewesen, als alles noch in ihm gärte? Als er nächtelang darüber reden konnte, ob der Zustand der Welt unwiderruflich war. Sehnte er sich nach der alten Wanderschaft?

- - - - -

Es war ein trüber Herbstabend, als Hipler beim Schein einer Unschlittkerze lustlos und abgespannt in alten Papieren blätterte und sich in Gedanken mit dem Mädchen Angela beschäftigte. Vor Stunden war er ihr auf der Straße begegnet. Sie hatte Andeutungen gemacht, die er nicht verstand.

Plötzlich klopfte es. Ungeduldig hieb der Besucher den bronzenen Löwenkopf ein zweites Mal an die Tür. Der Anwalt beeilte sich. Draußen stand ein Knabe: Stiefel, Seidenwams, Barett. Er bat um Einlaß und war schon im Flur. Hipler glaubte ihn zu kennen, kramte jedoch vergeblich in seinem Gedächtnis, denn der Fremde hielt sein Gesicht im Schatten. Die zierliche Gestalt erinnerte ihn an die Pagen auf dem Neuenstein. Sollte Georg einen Boten gesandt haben? Der Fremde schaute sich suchend um und betrat die Kanzlei, er riß dort das Barett vom Kopf, schüttelte den schwarzen Schopf und lachte über Hiplers verdutztes Gesicht. Angela!

Hipler war überrascht, daß er das Mädchen, an das er gerade gedacht hatte - es war, als hätte er sie mit seinen Wünschen herbeigehext -, hier im Zimmer vor sich sah. Und in diesem Aufzug. Und um diese Zeit. Er erinnerte sich plötzlich an Beate von Hohenlohe, an den tollwütigen Georg und seine Degenklinge. Wenn er sich auch nicht fürchtete, der Kaufmann würde ihm das heimliche Spiel nicht verzeihen. Aber welchen Grund oder Vorwand sie auch haben mochte, sie war hier, war zu ihm gekommen. Es war kein Spuk.

„Vater muß nicht erfahren, daß ich bei Euch war, er ist über Land", sagte sie, jetzt doch verlegen.

Sie wies auf die Kleidung. „Manchmal trage ich die alten Sachen meines Bruders; nachts ist es besser, ein Mann zu sein."

Sie schaute ihn unsicher an. „Ihr sollt mir helfen."

Hipler lächelte und zuckte mit den Schultern. „Wie kann ich einer Prinzessin helfen?"

„Ach was, Prinzessin. Habt Ihr nicht auch an Eurem Reich gebaut?"

Sie war zum erstenmal hier und schaute sich neugierig um. Hipler rückte ihr den Stuhl zurecht.

„... an meinem Reich? Dann bin ich ein Prinz, der nichts auf Gold und Geschmeide gibt, ein erstaunlicher Prinz, der sein Reich in seiner Vorstellung erstehen läßt, ein König der Phantasie. Ich weiß, daß Ihr Euch nach anderem sehnt ..."

„Wißt Ihr das wirklich?" Ihre Stimme klang plötzlich anders. „Wonach ich mich sehne, weiß ich selber nicht. Jedenfalls nicht nach dem, was ich habe; eher danach, was ich nicht habe. Wenn ich soviel erlebt hätte wie Ihr, wüßte ich besser, was ich will. So weiß ich besser, was ich nicht will."

Sie schlug den alten, leichten Ton wieder an. „Aber natürlich werdet Ihr mir nicht helfen, da Ihr wie Sankt Georg Drachen töten müßt. Ich habe keinen Drachen, den ich Euch bieten kann. Ich habe nur mich."

„Vielleicht bin ich kein Drachentöter, sondern Satanas", sagte Hipler. Er hatte plötzlich das Bedürfnis, sie an sich zu ziehen.

„Manchmal glaube ich ...", entgegnete sie unvermittelt, brach ab und fing wieder an. „Manchmal glaube ich, daß ich lieber den Satan als einen Heiligen nähme. Ich liebe Wagemut und Unternehmungslust. Und der, der mich will, kann auf dem Blocksberg wohnen, wenn er bereit ist, mit mir durchs Feuer zu gehen. Besser auf einer Ketzerkanzel ein ganzer Mann und guter Mensch als in einer Mönchszelle eine Schabe. Sagt's meinem Bruder nicht. Er wird mich eines Tages exkommunizieren lassen. Ich erspar es ihm noch ..."

Sie betrachtete seine Bücher, die Akten, das Pult.

„Ich weiß, daß Ihr auch so ein Ketzer seid. Ein Heide, der nach alten Göttern sucht. Da wären wir also zwei ..." Sie schwieg plötzlich.

Hipler hatte das Gefühl, vor einem tosenden Wasserfall zu stehen, so zischte, brauste und dröhnte es in den Ohren. Die widersprüchlichsten Gedanken stiegen wie Gischtfontänen vor ihm auf. Angela schien es zu spüren.

Sie sagte hastig: „Vater hat große Verluste gehabt; Ihr wißt es nicht. Er hat Pferde, Wagen und Schiffe verloren. Die Zünfte schließen sich zusammen gegen ihn. Außerdem ist er krank. Er will's nicht wahrhaben, aber das Herz läßt ihn im Stich. Er hat soviel Unglück gehabt in der letzten Zeit. Ich glaube, daß ein verborgener Sinn dahintersteckt. Es muß doch ein Mittel geben..."

„Ein Mittel gegen das Unglück?"

„Früher hat man eine Jungfrau geopfert ..."

„Ihr seid närrisch", unterbrach sie Hipler. „Es gibt kein Mittel dagegen. Und wenn es eins gäbe, wären wir unglücklicher als jetzt. Die Menschen würden um seinen Besitz wie wilde Tiere kämpfen; es wäre ihnen alles recht."

„Ach, Ihr ...", versuchte Angela sich gegen seine Meinung aufzulehnen.

Hipler ließ sie nicht zu Wort kommen. „Es ist schon so. Gegen Sturm und See hilft der liebe Gott, wenn überhaupt jemand hilft. Und gegen den Hunger helfen Vernunft und Recht. Und bei Krankheit ..."

„Ihr mit Eurem Verstand", sagte Angela aufgebracht. „Ihr wollt die Welt kurieren mit Eurem Verstand; gegen das Unglück aber seid Ihr auch nicht gefeit. Dabei habt Ihr Mixturen und Pulver ..."

„... nicht gegen das Unglück", sagte Hipler laut. „Außerdem wußte ich nicht, was ich mehr bewundern sollte an Sabellicus, den Gelehrten oder den Scharlatan. Ich weiß heute noch nicht, was hervorstechender war, die Lust zu betrügen oder die Lust, die Wahrheit zu finden. Ein Mittel gegen das Unglück hat er nicht gebraucht."

„Hört auf, Ihr überzeugt mich nicht. Und was reden wir, wenn man's probieren kann. Ihr habt von der Alraune gehört?"

„Alraune? Mandragora?" Hipler erinnerte sich, daß er selbst von Sabellicus danach geschickt worden war.

„... die Wurzelmännchen. Sie weinen wie Kinder, wenn man sie nicht bei Neumond badet und pflegt. Sie bringen Glück ..."

„Dann will ich sie suchen und noch öfter baden ..."

„Ihr lacht, aber ich hab's von einem Weiblein; sie hat die Pest überlebt ..."

„Laßt sie Euch von ihr geben."

„Sie ist tot."

„Dagegen hilft sie also nicht."

„Sie hilft überhaupt nicht, wenn man nicht daran glaubt."

„... mir also nicht."
„Aber mir, dem Hause Brunner ... Wenn man bei Neumond geht ..."
„Heute ist Neumond."
„Wenn man auf dem Galgenberg sucht ..."
Hipler verstand. Gestern waren nach vielen Eingaben und Versuchen, ihr Leben zu retten, die Dominikaner auf den Holzstoß gebunden worden. Er hatte der Prozedur nicht beigewohnt, aber den Tag über an das Ereignis in Halle gedacht. Die Wimpfener waren wie zu einem Volksfest auf den Berg gezogen. Zur selben Zeit wurde ein Dieb gehenkt. Ein günstiger Umstand für die Mandragora, denn nach der Sage sollte sie unter Galgen wachsen. Wenn man es so betrachtete und wenn man daran glaubte, war es eine passende Gelegenheit. Vor allem eine Gelegenheit, dem Mädchen behilflich zu sein. Er war nicht von der Wunderkraft der Mandragora überzeugt, glaubte auch nicht, daß sie die Wurzel finden würden, er hätte sie für Angela jedoch in diesem Augenblick in der Hölle gesucht. Und vielleicht half die Wurzel doch? Vielleicht half der Glaube an sie? Auf jeden Fall wollte er sich selbst helfen und endlich seine Gefühle gestehen.

Kurz vor Mitternacht zogen sie los. Hipler hatte dem Mädchen eine Schaube übergeworfen und sich selbst den Degen umgeschnallt. Gegen eine Handvoll Münzen durften sie das Stadttor passieren. Der Postenführer brummte verständnislos hinter ihnen her.

Sie hatten eine schmale Furt zu durchwaten und einen bewaldeten Hügel hinaufzuklettern. Auf der Kuppe lagen die Ruinen einer vom Blitz getroffenen und ausgebrannten oder im Krieg verwüsteten Burg; niemand wußte es genau. Seit Generationen rankten sich Geschichten und Sagen um diesen Platz, an dem sich die Richtstätte befand.

Im Gehölz war es dunkel und unfreundlich. Über die Lichtungen und Wiesen pfiff der Wind. Manchmal stand ein Wacholderbusch vor ihnen wie ein bewaffneter Knecht. Sie versanken im Laub und rutschten auf feuchtem Gras. Angela klammerte sich ängstlich an Hiplers Arm, wenn ihr ein nasser Zweig entgegenschlug. An Umkehr dachte sie nicht. Der Gedanke an die Glückswurzel spornte sie an.

Auf dem Hügel angekommen, ragten - so schien es Hipler - die Mauerreste der Burg wie riesige Särge vor ihnen auf. Nachtvögel strichen umher. Der Geruch des Autodafés hing in der Luft. Vom Scheiterhaufen war nicht viel zu sehen. Der Galgen mit dem Dieb stand so vor dem Vollmond, daß man meinen konnte, der Gehenkte hinge vom Himmel herab. In den Zweigen klagte der Wind, und das Käuzchengeschrei ließ Angela zusammenschauern. Die Furcht schnürte ihr die Kehle zusammen. Hipler beruhigte sie. Wenn er auch sicher war, daß sie nichts entdeckten, machte er ihr doch unaufhörlich Mut. Er suchte mit einer Laterne, die er vorsorglich mitgenommen hatte, den Boden ab, schaute in Senken und Erdspalten, unter

Gebüsch und Geröll, grub mit einer kleinen Schaufel die Erde um.

Er war nahe daran, das Abenteuer abzubrechen, da fand er tatsächlich etwas, was er vorsichtig aus dem Boden zog, eine Wurzel wie mit einem langen Bart, ein Stückchen Rettich oder weiß der Teufel was; er kannte es nicht, hatte es nie gesehen; es verströmte einen Modergeruch. War das die Mandragora? Die Beschreibung des Sabellicus lag allzu weit zurück! Mit einiger Phantasie war ein lachendes oder weinendes Gesicht zu erkennen. Hipler rief: „Ich habe etwas!"

Angela, die sich ständig in seiner Nähe befunden hatte und von der unheimlichen Atmosphäre so beeindruckt war, daß sie nicht suchen konnte, schaute ihn ungläubig an. Von der Menschenähnlichkeit der Wurzel beeindruckt, war sie rasch überzeugt. Sie ergriff seine Hand, ohne daß sie sich dessen bewußt wurde, und raunte ihm ins Ohr: „.... die Glückswurzel, unsere Glückswurzel; es ist kein Zufall, daß wir sie gefunden haben."

Hipler bezweifelte zwar, daß er eine Mandragora gefunden hatte, fühlte jedoch, daß er durch diesen Fund auf magische Weise mit dem Mädchen verbunden war, und umarmte sie.

Der Himmel bewölkte sich. Es begann zu regnen. Sie standen selbstvergessen und sahen die Gestalten nicht, die aus den verschütteten Kellern der Ruine gekrochen kamen, um den Leichnam des Gehenkten abzunehmen. Die Männer schnitten den Dieb vom Galgen, hielten ihn ungeschickt und ließen ihn fallen.

Der Tote rutschte in eine Sandgrube.

Hipler und Angela schreckten aus ihrer Versunkenheit. Sie traten aus ihrem Versteck. Das Entsetzen war gegenseitig. Die Räuber glaubten wohl, Geister zu sehen, und bekreuzten sich. Hipler war überzeugt, es mit der Bande zu tun zu haben, die die Gegend um Wimpfen verunsicherte.

Die Räuber wollten fliehen, sie mußten jedoch an der Stelle vorbei, an der Hipler mit Angela stand. Sie waren mit Stöcken bewaffnet und rückten bedrohlich näher, nachdem sie erkannt hatten, daß der Mann vor Ihnen aus Fleisch und Blut, also verwundbar war. Bevor sie über ihn herfallen konnten, hatte Hipler mit seinem Degen einen von ihnen am Bein verletzt, den anderen am Arm. Der dritte lief davon.

Mit einer Wurzel, die nun ihre Glückswurzel war, und mit zwei Räubern, die sich gegenseitig stützten und Hiplers Degen im Rücken spürten, kehrten sie nach Wimpfen zurück. Die Gefangenen wurden der Wache übergeben. Ihre Ergreifung war am Morgen das Straßengespräch. Der Rat der Stadt ehrte den Anwalt öffentlich.

11. Kapitel
Die Narrenhochzeit

Ein halbes Jahr später fand die Hochzeit statt. Es wurde ein Ereignis, das des Kaufmanns würdig war. Wenn er sich auch einen anderen Schwiegersohn hätte vorstellen können, einen, der dem Königreich Brunner das Wappen eines alten Namens verlieh, er stellte sich dem Wunsch seiner Tochter nicht in den Weg. Die Tüchtigkeit des Anwalts imponierte ihm, seinen Verstand rühmte er, und seinen Mut hatte die ganze Stadt erlebt. Brunner war nicht unzufrieden am Tag, als die Zeremonie abrollte. So einfach es sonst zuging im Brunnerhaus, die Hochzeit war die größte, die jemals in Wimpfen gefeiert worden war.

Die Straße war an diesem Maisonntag anno 1518 mit Buchsbaum und grünem Efeu geschmückt. Vom Hause des Kaufmanns bis zum Dom hatten die achtzig geladenen Gäste etwa zweihundert Schritte über einen Blumenteppich zu gehen. Zwischen den Häusern waren farbige Wolltücher gespannt. Auf dem Markt standen bereits am frühen Morgen Tische und Bänke. Die Knechte und Mägde Brunners hatten vollauf zu tun, die am Spieß gebratenen Ochsen zu zerlegen und die Fässer leer zu zapfen. Wer wollte, konnte sich an diesem Tage satt essen. Und das waren nicht wenige.

Seltsamerweise wurde Hiplers Name häufiger an den Tischen genannt. Der Kaufmann genoß trotz Fleisch und Wein nur wenig Sympathien. Mancher, der von ihm ruiniert worden war oder sich an Zinsen arm gezahlt hatte, spuckte in die Gosse, bevor er den Wein in die Kehle rinnen ließ. Einer, den der Anwalt aus dem Schuldturm geholt und selbst freigezahlt hatte, sprang auf ein Faß und feierte den Hochzeiter mit einem über den Marktplatz gegrölten Lied; andere fielen ein; sie wußte schon nicht mehr, worum es ging.

Als sich der festliche Zug auf den Weg machte, die Trompeten, Posaunen, Zinken, Claretten, Schalmeien und Pfeifen voran, brach die Sonne durch die bis dahin geschlossene Wolkenwand. Zum erstenmal wurden Hochrufe auf den Kaufmann und das Brautpaar ausgebracht. Brunner hatte es sich fünf Gulden kosten lassen.

Hipler trug über der weißen Kleidung einen schwarzen, mit Blumenmuster verzierten Mantel.

Auf dem offenen, fast die Schultern erreichenden dunklen Haar Angelas glitzerten die Perlen im Myrtenkranz. Die mit Edelsteinen besetzte Schleppe ihres langen Kleides wurde von acht Brautjungfern getragen.

Im Dom wurden sie vom Bruder des Mädchens empfangen. Der Domherr schaute seinen künftigen Schwager nicht an. Als die Plätze eingenommen waren, erschien der Weihbischof und setzte Hipler den Kranz der Braut auf das Haupt, während er den zeremoniellen Spruch sagte: „Der Mann soll sein des Weibes Kron, der Kopf, die Zier, der Herre schon. Das Weib verhalte aber sich gar freundlich, willig, minniglich."

Angela erbat von Wendel den Ring und erklärte getragen und feierlich: „Wie der Ring ist von gutem Gold, soll sein der Mann dem Weib gar hold, soll sie lieben und in Ehren seinen Stamm und Namen mehren."

Der Anwalt schob Angela den Ring auf den Finger. Der Bischof forderte beide auf, einander die Hände zu reichen. Dann nahm er die Vermählung vor.

Von der Empore ertönte vielstimmiger Gesang. Die Trompeten, Posaunen und Zinken, Claretten, Schalmeien und Pfeifen fielen ein. Wendel und Angela waren Mann und Frau.

Der Anwalt dachte in diesen Augenblicken: Hab ich nicht alles erreicht: ein einträgliches Amt, ein großes Haus und eine schöne Frau? Was mir noch bleibt, ist die Hoffnung, das Geschaffene zu mehren, es dem anzuvertrauen, dem ich auf die Welt verhelfen will. Ich fühle mich imstande, einen Grund zu bauen, auf dem ein ganzer Wald gedeihen kann.

Der Hochzeitszug trat in fröhlicher Laune ins Freie. Die Gäste lachten und warfen der zur Ehren des Kaufmanns Spalier stehenden Bürgerwehr Scherzworte zu. Das bevorstehende Fest machte die Stimmen heiter. Niemand glaubte, daß es ein Schatten trüben könnte.

Plötzlich ein Schmerzensschrei, Glas klirrte, ein Stein fiel zu Boden, Brunner hielt sich die blutende Stirn. Diesen Mann hatte er nicht bezahlt! Er bedeutete Tochter und Schwiegersohn weiterzugehen. Schweigsam und hastig erreichte der Zug das Brunnerhaus. Was für ein Omen, dachte Hipler.

Der Kaufmann machte nicht viel Aufhebens von dieser Geschichte, die Wunde war unbedeutend. Fast ein wenig überschwenglich gab er den Auftakt zur Feier.

Die Gäste begaben sich in den großen Saal, der rundum mit rotem Samt ausgehängt war. Die Herren und Damen hatten den Zwischenfall bald vergessen und waren des Lobes voll über das schöne Paar und über den Festverlauf. Nach dem Spruch auf die Hochzeitsleute forderte Brunner zum Umtrunk auf. Danach wurden die Speisen hereingetragen.

Es war eine Orgie der Augenfreude und Gaumenlust. Manche hatten zwei Tage nichts gegessen, um den Anstrengungen des Mahls gewachsen zu sein. Die Frau eines Zunftmeisters verbarg ein Beutelchen unter dem Tisch, in dem sie heimlich manches verschwinden ließ. Hipler wäre eine harte Verhandlung vor dem Niedergericht lieber gewesen als dieser Zungenkrieg, bei dem der Appetit mit dem ständigen Sinnenkitzel auf Kriegsfuß stand. Er wußte jedoch, daß er mithalten mußte.

Beim ersten Gang aß man Kapaunenstücke in gebackenem Speck, mit Streuzucker obenauf, außerdem in der eigenen Haut geröstete Wachteln, gleich danach gebackene Fasanen mit Orangen, anschließend glasierte Zwiebeln, Forellenschwänze mit Zitronenscheiben und Aale in Blätterteig. Bei diesem und beim zweiten und dritten Gang, bei dem es Burgen und Türme aus Trüffeln, Butterteig mit weichen Birnen, dunkles Fasanen-, helles Fischaspik, frische Trauben und spanische Oliven gab, wurden vierstimmige Madrigale gesungen und verschiedene Tischmusiken gespielt.

Als der vierte Gang gebracht wurde, stupste Angela ihren Mann in die Seite und wies mit dem Kopf auf die Tür. Sie verspürte Appetit auf Dinge, die man an dieser Tafel nicht genießen durfte. Am liebsten hätte sie sich mit ihrem Mann davongestohlen, aber das hätte ihr Vater niemals verziehen. Hipler lächelte und drückte ihre Hand.

Bauern aus einem nahe gelegenen Dorf tanzten unter Scherzen und Neckereien um den Tisch. Angela hatte das Essen eingestellt und tat nur noch so, als habe sie schwer wie alle zu kauen. Hipler, der im Mittelpunkt der Aufmerksamkeit stand und häufig Bescheid geben mußte, wenn jemand mit ihm anstoßen wollet, nahm die Umsitzenden nur noch durch wallenden Nebel wahr.

Irgendwann war man beim achten Gang angelangt, Austern, Orangen, Waffeln, Likör. Da auch vorher schon viel getrunken worden war, Malvasier, Burgunder, griechische Weine, Met, nannte der Weihbischof die zehn Jahre ältere Frau des Bürgermeisters plötzlich seine liebe Tochter und tätschelte ihr die Wangen. Und der Hauptmann der Stadtknechte fingerte an seiner erstaunten Nachbarin herum, einer Nonne aus dem Klarissinnenstift.

Manche der Gäste waren nach draußen gegangen, um sich mit einer Feder zu erleichtern; sie kamen mit neuem Appetit herein. Andere suchten der Wirkung des Alkohols mit gesalzenem Kürbis und saurer Milch vorzubeugen.

Nach dem neunten Gang wurde parfümiertes Wasser zum Händewaschen gereicht. Der Lärm war inzwischen so groß geworden, daß die Musik nicht mehr zu hören war, als es zum zehnten Gang kandierte Früchte, süße Gurken, Melonen, Mandeln und Pfirsiche gab.

Höhepunkt und Abschluß des Mahls war der große, hohle Baumkuchen, in den achtzig Zettelchen mit den Namen aller Eingeladenen eingebacken waren. Für jeden gefundenen Zettel gab es ein Geschenk. Fortwährend wurde Kuchen geschnitten. Eine ganze Stunde lang wurden von Brunner persönlich Armbänder, Ohrgehänge, Mützenspangen und Münzenketten unter ständigem Beifall für den Spender und entsprechendem Zinkengetön verlost. Als der Weihbischof danach das Gratias sprechen wollte, versagte ihm die Stimme; er lallte zusammenhanglos vor sich hin. Der Domherr mußte für ihn einspringen.

Endlich wurden die Tische weggeräumt, und der Saal wurde aufgewaschen. Unter Trommel- und Pfeifenklang kehrten die Gäste kurz vor Mitternacht in den Raum zurück. Hipler versuchte vor Angela eine Reverenz, umarmte sie, wie es üblich war, und tanzte mit ihr unter dem Beifall der Gäste im Kreis.

Bevor beide zu Brautgemach und Bett geleitet werden konnten, wo der Bräutigam sein Geschenk zu überreichen hatte - es war die mit einem Goldgespinst bekleidete, mit Perlen und Edelsteinen geschmückte Mandragora - trafen neue Gäste ein. Sie waren maskiert und gaben sich an der Pforte als Freunde des Bräutigams aus.

Als sie im Saal erschienen, brach die Kapelle mitten in einem Reigen ab. Einer der Maskierten, der Tod mit der Stundenuhr, sprang mit einem Satz auf die Tanzfläche, während ein anderer, ein gescheckter Narr mit einem Januskopf, mit Schellengeklingel durch die Runde lief. Eine Zigeunerin schüttelte ein Tamburin. Ein Bettler mit zerrissenem und geflicktem Wams hielt seine Kappe hin.

Die Gäste, die an eine neue Einlage des Hausherrn glaubten, spendeten Beifall. Einige griffen in den Beutel und warfen dem Bettler Münzen zu; andere steckten sie der Zigeunerin beim Vorübertanzen ins Mieder. Als der Tod die Stundenuhr hob, standen die Schauspieler, denn um eine Schauspielertruppe handelte es sich, wie erstarrt.

Jetzt betrat ein Magier mit sternbesticktem Hut die Szene. Die anderen drängten sich um ihn herum, während er mit Fistelstimme sang:

„Den Sternen dank ich meine Kunst.
Ich zeig euch, wie das Leben ist.
Denn Fürstengunst und Weiberbrunst ..."

Er spreizte sich, beugte den Rumpf nach allen Seiten, warf den Damen Kußhändchen zu.

„... verschaff ich mir mit Trug und List.
Ich bin der Horoskoperich!"

Einige Gäste lachten; andere klatschten.

Noch entdeckten nur wenige, was gespielt wurde. Brunner wußte, daß er die Komödianten nicht eingeladen hatte, und erkundigte sich nach den Umständen, unter denen sie ins Haus gelangt waren. Hipler wurde hellwach. Er ahnte, daß er selbst gemeint war.

Die Trabanten des Magiers sprangen wieder herum, bis sich der Sprecher mit einer Handbewegung Ruhe verschaffte. Er zog aus seinem weiten Mantel einen Fetzen Stoff, den er entrollte; darauf war nichts zu sehen.

„Wie klug ich bin, sagt diese Schrift."

Er zeigte das leere Tuch herum, wies mit dem Daumen darauf, bückte sich, suchte vergeblich etwas Lesbares, setzte umständlich eine Brille auf, fand jedoch nicht mehr als einem imaginären Floh, den er mit den Fingern zerdrückte. Einige Damen und Herren wollten sich ausschütten vor Lachen.

Der Magier fuhr fort:

„Ich weiß, wie man die Welt kuriert."

Er legte den Fetzen beiseite, ging pantomimisch mit Mörsern um, mixte und schüttelte Tinkturen, brachte sie zum Brodeln und Sieden, wurde fast zum Opfer seiner wilden Experimentierkunst, setzte schließlich eine gewaltige Klistierspritze an und drückte eine unglaubliche Menge Flüssigkeit in den imaginären Patienten hinein.

> „Hilft's Wasser nicht, dann sicher Gift.
> Ich hab so manches schon probiert!"

Jetzt lachte der ganze Saal.

> „Ich bin der Scharlatanerich!"

Brunner hatte von seinen Bediensteten inzwischen erfahren, daß die Komödianten geradewegs vom Neuenstein kamen. Flüsternd teilte er es Hipler mit.

Der Anwalt sah den Schatten Albrechts hinter der Szene und glaubte, sein gellendes Lachen zu hören. Des Grafen Haß mußte unversöhnlich sein, daß er nach so langer Zeit Geld für ein miserables Schauspiel und halbverhungerte Künstler ausgegeben hatte, die vielleicht nicht einmal wußten, wozu sie mißbraucht wurden. Sollte er einschreiten und dem gehässigen Spiel ein Ende machen? Er drängte sich langsam durch den Kreis der Gäste nach vorn.

Die Trabanten tanzten, sprangen durch Reifen und standen kopf. Es wurde geklatscht. Der Magier sorgte erneut für Aufmerksamkeit.

> „Das Fechten hab ich wohl gelernt."

Der Bettler kroch und humpelte durch den Raum und hielt seinen Beutel auf, so daß jeder den Doppelsinn der Worte begriff.

> „Doch lieber ist mir Geld und Wehr ..."

Er warf seinen Mantel ab. Darunter kam ein farbiges Wams mit verblichenem Glanz zum Vorschein. Er fingerte im Beinkleid herum, fand endlich eine Kette, die an die Amtskette eines Kanzlers erinnerte, und legte sie um den Hals.

> „Hab ich die Herren erst entfernt,
> dann bin ich selbst ein Herr, auf Ehr!"

Jetzt trat der Tod in Aktion, drängte sich durch die Reihen der Zuschauer und mähte mit raschen Bewegungen um sich herum. Das Gelächter erstarb.

> „Ich bin der Ritter Gernegroß!"

Jetzt begriffen auch die letzten, auf wen es die Maskierten abgesehen hatten. Der Stadthauptmann suchte seinen Degen, fand ihn aber nicht, er taumelte in den Kreis der Komödianten und packte den Magier beim Kragen. Vor Hipler öffnete sich eine Gasse. Auch Brunner trat heran. Es war ihm anzusehen, daß er nicht wußte, wie er sich verhalten sollte. Bei einem Hinauswurf der Gäste hätte es einen Mißklang gegeben. Ein starker Charakter fürchtet Anwürfe nicht und zahlt schon gar nicht mit gleicher Münze heim, so ähnlich dachte er. Einmal mußte ihnen der Atem ausgehen. Und was die Grafen betraf, da würde er, Brunner, am Ende der Gewinner sein. So demonstrierten sie nur ihre Ohnmacht.

Hipler empfand Ähnliches. Er stand jetzt ganz vorn, klatschte in der plötzlich eintretenden Stille leicht in die Hände und bedeutete den Magier weiterzuspielen. Der Hauptmann ließ den Angegriffenen los, blieb aber in seiner Nähe.

Der Komödiant schüttelte sich, als habe man ihm einen Eimer mit ciskaltem Wasser über den Pelz gekippt. Er wollte jetzt einen Grafen oder Fürsten darstellen, setzte sich pantomimisch auf einen Thron und fuhr unsicher fort:

„Dann stell die Welt ich auf den Kopf!"

Da niemand lachte, sprach er gleich weiter:

„Aus reich wird arm; aus arm wird reich."

Er versuchte dieses mit Geste und Mimik zu erläutern, doch als der Beifall ausblieb, gelang es ihm nicht.

„Die Roßmuck' trägt 'nen Herrenschopf -
und pißt aufs ganze Himmelreich!"

In das eisige Schweigen hinein platzte er mit angeblich bäurischem Gehabe und machte das Gesagte drastisch vor. Nur noch der Sohn Brunners, der Domherr, klatschte. Offenbar hatte er nicht begriffen, worum es ging; vielleicht wußte er es auch und freute sich über die Abfuhr. Der Weihbischof schnarchte im Hintergrund.

Der Magier sagte unsicher:

„Ich bin der Fant von Nirgendland!"

Hipler lächelte ironisch und sagte leichthin: „Weiter, weiter. Ich bin erpicht zu hören, wie Ihr Euren Helden enden laßt."

Dem Magier wurde bewußt, in welches Geschäft er sich eingelassen hatte. Statt jedoch den Mund zu halten, wie es klug gewesen wäre, setzte er wieder an. Er leierte die folgenden Verse aber schnell herunter.

„Hab ich ein Amt, na, Gottes Tod,
schnapp ich ein gräflich Schwesterlein ..."

Er versprach sich und machte ungerechtfertigte Pausen. Die Zigeunerin ließ ihren Rock fallen und entpuppte sich als flitterbekleidete Prinzessin. Der Tod oder Kanzler buhlte um sie. Alles geschah rasch und ohne Bemühen, die Zuschauer durch eine breit ausgemalte Verführungsszene zu erfreuen. Aus dem Bettler wurde mit einem Male ein Scharfrichter, der sich zwischen die beiden warf.

Das Publikum murrte. Rufe wie: „Abtreten!" wurden laut. Die Schauspieler standen um ihren Prinzipal, den Magier, wie gerupfte Hühner. Wahrscheinlich hatten sie noch keinen Pfennig gesehen und hofften, hier für ihre Kunst belohnt zu werden.

Der Magier flüsterte fast:

„Klappt's nicht, dann eß ich Kaufmannsbrot.
Gehört mir nicht das Schloß allein,
so will ich Kanzler aller Narren sein.
Ich bin der Narren Advokaterich!"

Er wurde bei den letzten Versen immer leiser und war offensichtlich froh, am Ende zu sein. Jetzt sollte der Narr auftreten, aber er tat es nicht. Niemand rührte sich. Alles schaute auf den Anwalt. Angela war bleich geworden und gab ihm die Hand. Hipler trat an den Magier heran und blickte in das unruhige, dick geschminkte Gesicht mit den zwinkernden Augen.

„Ich könnte Euch aus dem Saal werfen lassen", sagte er. „Denn jedermann weiß, was es mit diesem Text auf sich hat, den Ihr für eine Handvoll Kreuzer heruntergesprochen habt, ohne dabei mehr zu denken als ein Hund, der einen Knochen bekommen soll!"

Er war ganz ruhig.

„Vielleicht erwartet das Euer Auftraggeber. Vielleicht würde er sich ins Fäustchen lachen, weil er mich mit seiner stumpfen Klinge zum zweitenmal getroffen hat."

Der Prinzipal duckte den Kopf; sein Gesicht schimmerte feucht.

„Ich könnte Euch auch erzählen, wie man das Gift, das Ihr so mühselig in Verse gebracht und zusammengebraut habt, in einen Becher träufelt, um danach eine Schatulle zu plündern, oder auch, wie man eine Fehde anfängt, um eine Uhr zu kaufen, oder wie man eine Dienstmagd besticht, um einen

Kanzler davonzujagen."
Er wurde lauter. Seine Stimme schwankte.
Die Gäste im Saal schauten sich betreten an. Allen war klar, daß von den Hohenlohern die Rede war. Sollte man glauben, was der Anwalt sagte? Wollte er Gleiches mit Gleichem vergelten?
Hipler spürte die Unruhe, die ihn plötzlich umgab.
„Ich könnte dies alles erzählen", sagte er, „oder was man sonst in einem edlen Hause erzählt, die fromme Mär für den Gottesdienst." Er hatte sich wieder gefangen. „Was ich wirklich sagen möchte, ist etwas anderes."
Er betrachtete jeden einzelnen der Schauspieler, die dicke Prinzessin, den pockennarbigen Kanzler, den weichlichen Henker, den triefäugigen Narren und den Prinzipal. Er ging zu seiner Frau. „Was ich wirklich sagen möchte, ist, daß ich heute meine Hochzeit feiere ..."
Einer applaudierte; andere fielen ein.
„... daß ich mir nicht die Stimmung verderben lasse und daß ich bedauere, daß Euer Auftraggeber nicht selbst erschienen ist, um sein Geschenk zu überbringen."
Wieder Beifall.
Er zog einen Beutel aus dem Wams und warf ihn den Schauspielern vor die Füße.
Der Magier wollte antworten. Hipler ließ ihn nicht zu Wort kommen. „Nehmt's dafür, daß Ihr einige in diesem Saal zum Lachen gebracht habt."
Wieder Beifall. Der Trompeter blies das Signal: Jagd beginnt. Der Zinkenist fiel auf einen Wink Brunners mit einem Tanzlied ein. Hipler suchte sich noch einmal verständlich zu machen: „Und was ihr sonst noch bestellen könnt: Ich tu ihm Bescheid, eurem Auftraggeber. Ich zahl's ihm auf Heller und Pfennig zurück, was er verauslagt hat. Und nun bleibt, trinkt auf den Neuenstein oder wen ihr wollt. Ich hab noch niemals den Hund geprügelt, wenn der Herr hinter ihm stand."
Die Musik wurde lauter; der Tanz begann. Das Fest war gerettet. Hipler hatte durch sein Verhalten eher Freunde als Feinde gewonnen.
Aber die Fehde ging weiter.

- - -

In den Monaten nach der Hochzeit gab es alle Hände voll zu tun. Ein größeres Haus war einzurichten. Neue Klienten tauchten auf. Die Alraunwurzel, die Angela in einem Schränkchen verwahrte, schien der ganzen Familie Glück zu bringen. Hipler gewann die Prozesse wie beim Preisschießen auf dem Schützenfest. Sein Name bekam Klang. Er wurde in den Rat gewählt. Auch Brunner hatte seine Verluste wettgemacht. Sein Gesundheitszustand besserte sich.

Der Anwalt fühlte sich wie Ikarus, der sich der Sonne entgegenschwingt. Nein, wie Ikarus nicht. Oder wie ein Ikarus, der seine Grenzen kennt und sie nicht sprengen will. Das Land des Thomas Morus, das der Humanist Utopia nannte, war ein Land in den Wolken. Hipler war mehr und mehr davon überzeugt, daß keine Flügel kräftig genug sein würden, es je zu erreichen. Hatte er in Halle nicht gelernt, wie verderblich es ist, dem Henker die Fackel aus der Hand zu schlagen? War er in Prag nicht belehrt worden, wie zweischneidig die Sehnsucht des Humanisten nach Erkenntnis sein kann? Wurde sein Kopf in Heilbronn nicht durch einen Zufall gerettet, als er Justitia die Binde von den Augen riß? Brannte nicht immer noch die Narbe an der Stirn von dem argen Bemühen, Utopia in Hohenlohe zu entdecken? Es schien müßig, das Gute zu wollen, wenn das Böse allerorten bessere Münze war. Es schien närrisch, den Frieden anzustreben, wenn der Krieg bereicherte und Besitz oder Macht versprach. Mit dem Buhmann Vernunft ließ sich kein Sünder davon abhalten, die zehn Gebote zu brechen, wenn das Fenster im Nachbarhaus offenstand und des Nächsten Weib im Garten der Lüste mit nackten Lenden spazieren ging.

Das Paradies war ein hübsches Bild für die Narren, die sich trösten sollten, daß es im Irdischen ganz und gar unparadiesisch zuging. Und dennoch brauchte es wohl die Vernunft und jene, die dafür sorgten, daß diese Bemühungen um das Gute und Schöne und Nützliche und den ganzen Menschen Erfüllende und Beglückende nicht wie ein feiles Weib nur den Pfaffen und Fürsten gefällig ist, die diesem Weib ein buntscheckiges Mäntelchen umhängen.

Er, der Anwalt, konnte die Feuer nicht löschen mit seinem Recht und Humanisteneinmaleins, wie Ullrich von Falkenau gesagt hatte. Er konnte die Hexen und Schwärmer und Weltverbesserer nicht vor ihrem Schicksal bewahren, so gut er seine Mittel zu gebrauchen verstand. Er mußte sich der Macht und der Willkür beugen und mit ohnmächtigem Grimm hinter den Bütteln stehen, wenn ein Klient die Welt verfluchte, bevor er von ihr Abschied nahm. Er mußte sich trösten mit dem kleinen Utopia, dem kleinen Amaurotum, indem er manchmal eine hoffnungslose Sache übernahm oder einem Tagelöhner die Gebühren erließ.

12. Kapitel
Ein Gefährte taucht auf

Etwa ein Jahr war seit seinem Hochzeitstag vergangen, als ihn an einem Aprilabend ein später Besucher in seinen Betrachtungen störte.

Wie oft, saß Hipler über Akten und Unterlagen, die am folgenden Tag zur Verhandlung standen, und ließ sich auch durch Angelas freundliche Ermahnung nicht drängen, den Staub vom Pult zu blasen, wie sie sich ausdrückte, und die Kerzen zu löschen.

Der Gast war laut und ungebärdig, schlug immer wieder den Löwenkopf an die Tür und erklärte der keifenden Magd, daß er weit geritten sei und auf keinen Fall umkehren werde.

Irgendwie dachte Hipler an Ulrich von Falkenau, aber der Freund war ja tot.

Er wollte sich erheben, um selbst nach dem Rechten zu sehen, als die Tür aufgerissen wurde und ein Mann in abenteuerlicher Kleidung, mit dem Hinterteil zuerst, den Raum betrat. Während er nach draußen gestikulierte, das ungestüm beiseite gedrängte Mädchen beruhigte, stieß er mit seinem umgeschnallten Schwert die in der Tür befestigten Butzenscheiben ein, bemerkte es aber in seiner Erregung nicht einmal.

Hipler mußte trotz des Ungeschicks lachen, denn der Mann sah aus, als habe man ihn zehn Jahre in einem Burgverlies schmoren lassen. Die Beinkleider waren ausgebeult und geflickt; das Lederwams war speckig und zerfranst; das Hemd fehlte; der Brustharnisch war verrostet und alt.

Jetzt drehte er sich um und sagte: „Vielleicht lasse ich reden mit mir, aber ich wird's ihnen nicht verzeihen. Ich werde die hundsföttischen Grafen am Spieß braten lassen! Geld habe ich übrigens nicht, aber eine ehrliche Ritterhand. Wenn Ihr einschlagt, soll meine Burg im Odenwald Euer Zuhause sein. Wenn nicht, muß ich die Fehde austragen, aber ich habe nur einen Knappen, und er ist alt. Den habt Ihr dann auf dem Gewissen, denn es könnte sein, daß er vom Pferd fällt, wenn er die Hörner des Feindes hört."

Er ließ sich auf einen Schemel fallen. „Übrigens horcht er am Fenster und wartet auf meinen Befehl. Wenn Ihr den Prozeß nicht führen wollt, wird er hereinkommen, und wir werden uns hier auf den Feldzug vorbereiten und Euch so lange zur Last fallen, bis wir die Hohenloher ausgeräuchert haben oder Ihr Euch eines Besseren besinnt."

Hipler mußte an sich halten, um dem anderen nicht auf die Schulter zu klopfen. Er verbarg seine Rührung und zögerte das Erklären hinaus, noch war er sich nicht ganz sicher. Auch Ulrich hatte sich verändert. So heruntergekommen hatte er nicht einmal ausgesehen, als er in Halle seinen Degen, und was sonst noch von Wert war, auf Nimmerwiedersehen in die Truhen des Geldverleihers einlagerte.

Der Ritter bemerkte das zerbrochene Fenster und sagte erstaunt: „Habt Ihr auch einen Lehnsherrn, der Euch bis aufs Blut erpreßt, daß Ihr nicht mal die Scheiben bezahlen könnt? Die vermaledeiten Hohenloher haben einen Fetzen von Urkunde, den mein Großvater den Hennebergern unterschrieben hat, als Schuldvertrag an sie selbst anerkannt und traktieren mich mit ihrem unerhörten Ansinnen nach Dukaten. Soweit ich mich erinnere, ist seit Generationen keine Kupfermünze in der Truhe der Falkenaus gesehen worden. Nun wollen sie die Burg. Sie haben doch eine. Und bei mir würde es ihnen nicht mal gefallen; da klappert der Wind mit den Fensterläden, daß man nächtens meint, die Gerippe seien auferstanden."

Ja, das war Ulrich. Diese unnachahmliche Art, sich in der tiefsten Falle über den bösen Jäger zu beschweren und dennoch überzeugt zu sein, daß es ein Entkommen gab, besaß nur dieser Falkenau.

Hipler wollte sich zu erkennen geben, aber der Ritter lief im Zimmer umher und blickte mit unverhohlener Bewunderung auf die Regale mit den mehr als tausend in Leder und Pergament gebundenen Büchern.

„Habt Ihr das alles gelesen?" erkundigte er sich überrascht.

Hipler sagte leise: „Nein."

„Warum habt Ihr sie dann?" fragte Ulrich.

Hipler erinnerte sich plötzlich, daß der ehemalige Gefährte vermutlich nur das Dekameron des Giovanni Boccaccio von vorn bis hinter gelesen hatte. Das Schicksal mußte ihm übel mitgespielt haben. Die großen Zeiten der fahrenden Ritter und kleinen Burgbesitzer waren vorbei.

„Ich hatte da einen Kumpan ...", sagte Falkenau trübsinnig und schaute begehrlich auf das Weinglas inmitten der Akten, es war noch ein Rest darin. Mit einem Ruck wandte er sich um und starrte in die Dunkelheit, hinter der sich Hipler verbarg. „Er hieß Wendel. Einmal hat er eine Hexe verteidigt. Eigentlich war sie keine. Der Teufel weiß, was die Pfaffen zusammenbrauen. Der hatte das Zeugs, das hier steht, im Kopf."

Er schwieg wieder, erhob sich, trat an Hipler heran und betrachtete dessen vornehme Kleidung. Der Anwalt dachte: Hab ich mich wirklich so verändert, daß er nichts wiedererkennt, nicht den Klang der Stimme, nicht mal die Römernase, die er so oft geschmäht hat. Aber das Übertreiben versteht er immer noch.

Ulrich nickte. „Ihr lebt nicht schlecht. Ich dachte immer, da das Recht so im argen liegt, daß es den Anwälten nicht besser geht als mir. Man hat mir gesagt, daß Ihr mir helfen könnt. Ihr legt Euch mit dem Teufel an ..."

Irgend etwas dämmerte bei ihm, als er den Anwalt genauer betrachtete. Es machte ihn unsicher. Er forschte in den Zügen des Mannes vor ihm und überlegte angestrengt. Aber Hipler war ja tot für ihn.

Der Anwalt sprach so, wie er früher mit dem Gefährten umgesprungen war: „Den Teufel laß aus dem Spiel, du Schnappsack, denn der schätzt die Gesetze nicht. Außerdem solltest du wissen, daß die Sache rechtens ist, wenn eine Urkunde vorliegt ..."

„Ihr müßt was finden, eben, eben ..." Jetzt erst stolperte er über das Du, zog die Stirnfalten zusammen und kratzte sich den Bart. Sagte aber: „Der Kumpan, von dem ich gesprochen habe, würde mir einen Paragraphen drehen. Dafür verpfände ich mein Schwert ..."

„Das Schwert brauchst du noch, Ulrich von Falkenau. Außerdem kennst du die Rechte doch auch ..."

„Ich, die Rechte kennen?! Bleibt mir vom Leibe mit dem römischen Kram. Aber ihr wisst ..." Er war verwirrt.

„Ich weiß, daß du mindestens den Meister Giovanni gelesen hast", sagte Hipler. „Wenn ich auch zugebe, daß du vor allem die Freßgeister der Frau von Mosch bekämpfen mußtest."

Sie fielen sich in die Arme. Es wurde eine lange Nacht, nachdem der vor dem Fenster wartende Knappe in das Haus geholt worden war. Hipler erfuhr, wie Ulrich den Überfall im Böhmerwald in einem Gebüsch überstanden und die Studien in Prag bald satt gehabt hatte, als er an den Tod des Freundes glauben mußte. Und Ulrich hörte von Hiplers Auf und Ab und Auf.

„Potz Satansdreck und Pfaffenarsch", sagte er nach der dritten Flasche. „Mögen sie sich die Bruchbude unter den Nagel reißen, die Hohenloher Strauchdiebe. Ich bin sicher, daß ihnen bald der Dachstuhl auf die frommen Visagen fällt. Daß ich dich wiedergefunden habe, ist mir dreimal soviel wert wie der schönste gewonnene Prozeß. Sie können mich alle am Hintern lecken, der heilige römische Bulle und die Krähen vom Neuenstein."

Ulrich von Falkenau wohnte im Haus des Gefährten, solange Hipler die Akten einsah, die Unterlagen prüfte, die Fäden entwirrte, die zwischen der Burg der Falkenaus, den Grafen von Henneberg und den Hohenlohern gesponnen waren. Er wurde auch mit Angela gut Freund und machte sich nützlich, soweit es ging. Den Knappen hatte er heimgeschickt.

Vor allem kümmerte er sich um den Weinberg, der Hipler nach einem gewonnenen Prozeß zu einem günstigen Preis angeboten worden war. Den ganzen Herbst über, bis in den Winter hinein, hatte er mit dem Inspizieren des Faßkellers, mit Traubenlese, Keltern und Abfüllen zu tun. Da er es nicht nötig hatte, Freß- und Saufgeister zu vertreiben, fühlte er sich hemmungslos wohl und hätte es noch ein Jahr ausgehalten, wenn von seiner Burg nicht der Hilferuf gekommen wäre, die geringe Ernte den Gläubigern aus dem Rachen zu reißen. Zu allem Unglück mußte Hipler dem Freund auch noch mitteilen, daß es eine Frage des guten Willens der Grafen war, wann er die Burg seiner Väter zu verlassen habe. An den Ansprüchen der Gläubiger war nicht zu rütteln. Nur ein Kniefall vor Georg von Hohenlohe konnte vielleicht etwas retten.

„Dazu erklärt ein Falkenau sich niemals bereit", sagte Ulrich und zog in den Odenwald zurück.

Hipler mußte versprechen, bald einen Besuch abzustatten. Er ahnte nicht, daß in seinem Leben bald eine Wendung eintreten würde.

Vorerst jedoch änderte sich nichts. Die Tage flossen ohne Höhepunkte dahin und gaben ihm das Gefühl, angekommen zu sein. Alles geregelt und vorgeplant. Von seinen Ausritten und gelegentlichen Reisen abgesehen - er hatte jetzt einen Mitarbeiter, der aus Geldmangel vor dem Lizentiat auf der Strecke geblieben, aber tüchtig war -, lief das Gleichmaß der Ereignisse wie ein Uhrwerk ab. Geachtet, geschätzt, anerkannt, gehörte Hipler zu den Stützen des Wimpfener Rats. Mit Gewissenhaftigkeit führte er auch die Aufträge seines Schwiegervaters aus und fand im Laufe der Zeit ein Verstehen, das zwar nicht auf Neigung, aber auf gegenseitiger Wertschätzung begründet war.

Und dennoch war da etwas, was ihn beunruhigte, was ihn immer wieder über Akten, bei Ausritten und manchmal sogar vor einem Nieder- oder Appellationsgericht zum Nachdenken zwang. Luther war wieder da!

13. Kapitel
Die Rettung des Rechtlosen

Der Augustinermönch hatte es nicht aufgegeben, dem Hus nachzueifern und an seinem Scheiterhaufen zu bauen. Er hatte verkündet, daß die Ansichten des verbrannten Reformators nicht der christlichen Lehre widersprächen, daß auch Konzilien irren könnten. Dies alles hatte er einem Papisten, einem Professor aus Ingolstadt, bei einem Streitgespräch in Leipzig entgegengeschleudert. Wie sehr bedauerte Hipler, nicht dabeigewesen zu sein. Luther hatte dort die Obrigkeit aufgerufen, die Mißstände zu beseitigen und eine Nationalkirche zu schaffen. Er hatte es gewagt, sich vom Papst loszusagen, und geraten, die für Rom bestimmten Gelder zu verweigern und die Pfarrer und Bischöfe selbst zu wählen. Wie sehr war das dem Anwalt aus dem Herzen gesprochen.

Er hatte sich die Schriften „Von der babylonischen Gefangenschaft der Kirche" und „Von der Freiheit eines Christenmenschen" beschafft und sie weitergegeben. Der Domherr nannte ihn verächtlich Lutheraner und bedrohte ihn mit dem Bann. Hipler antwortete dem Bruder Angelas, er werde mit der Bannandrohungsbulle nicht anders umgehen als der Wittenberger; Luther hatte sie öffentlich verbrannt. Als der Mönch dann in Gefahr geriet, mit der Reichsacht belegt zu werden, die ihn hätte vogelfrei werden lassen, tauchten dem Anwalt wieder Bedenken auf. Die Domherren schienen mächtiger zu sein. Es war wohl unsinnig, zu hoffen, daß ein einziger Mönch imstande sei, gegen Rom und Fürsten zu bestehen. Es kam auf Verbündete an. Gab es einen Verbündeten, der auf der Suche nach Recht und Wahrheit war?

- - - - -

Eines Tages erschien Brunner nach längerer Zeit wieder einmal im neuen Haus in der Rittergasse. Er war aufgeregt, fahrig, unkonzentriert, schien mit gewichtigen Dingen beschäftigt.

Endlich gab er sich einen Ruck. „Ich hätte nicht gedacht, daß ich Rebellen in Schutz nehmen muß, aber ich muß wohl, denn sie fördern Silber für mich."

Danach schwieg er wieder.

Hipler konnte sich zusammenreimen, worum es ging. Er hatte von Schwierigkeiten des Kaufmanns gehört. Inzwischen hatte Brunner das Bergregal. Fast dreieinhalbtausend Menschen waren in den Gruben und Hammerwerken, den Schmelz- und Seigerhütten bei Öhringen tätig, unersetzbare Fachleute. Vor allem das Seigern, das Trennen der Kupfer- und Silbererze, die meist in vermischter Form vorkamen, erforderte eine Sachkenntnis, die nur ein kleiner Kreis erfahrener Arbeiter besaß. Wie man die unterschiedlichen Schmelzpunkte der Metalle ausnutzen kann, wußte nur, wer im Verhüttungsprozeß zu Hause war. Die Seigerhütte war das Herz des Unternehmens. Und hier hatten Zuträger einen Hort des Aufruhrs entdeckt. So wußte es Hipler. So hatte er es gehört.

Tatsächlich verhielt es sich anders.

Brunner sprach nicht über Details. Die für ihn unangenehmen Kleinigkeiten behielt er für sich. Daß ein Mann mit dem Namen Veit Schütz festgesetzt worden war und auf seine Aburteilung wegen angeblicher wiedertäuferischer Umtriebe wartete, erwähnte er jedoch. Schütz hatte sich seit zehn Jah-ren in fast allen Gruben des Reiches umgetan und war Brunners bester Mann.

Hipler stutzte, als er den Namen hörte. Irgendwo hatte er mit ihm zu tun gehabt. Brunner ging es jedoch nicht um die Wiedertaufe, sondern um den Fachmann. Seit der Mann im Turm saß, klappte nichts mehr, auch beim Fördern und Zerkleinern, Transportieren, Lagern und Umschlagen traten Schwierigkeiten auf. Die Verhaftung hatte den ganzen Betrieb in Unruhe versetzt. Der Kaufmann hatte Sorge. Er befürchtete, daß Hunderte von vierspännigen Fuhrwerken, die das Erz über zehn Meilen beförderten, nun nicht mehr fahren könnten, daß die im Jahr geseigerten fünfhunderttausend Pfund Kupfer und zweitausend Pfund Silber nicht mehr zur Verfügung ständen und die Schiffe nach Spanien, Frankreich und Italien vergeblich in Antwerpen warten müßten.

Nach und nach bekam Hipler heraus, daß dreihundert bewaffnete Knappen vor einem Monat Lohnverhandlungen erzwungen hatten, weil sie es nicht zulassen wollten, daß ihr mageres Einkommen immer wieder durch den Einzug alter Münzen geschmälert wurde, die Brunner durch neue, weniger Silber enthaltende, ersetzen ließ. Ein Pfennig war nach geraumer Zeit nur einen halben wert, und ein Wecken kostete doppelt soviel. Die Bewaffneten, an ihrer Spitze Veit Schütz, hatten den alten, besseren Pfennig oder zwei neue Pfennige verlangt.

Schütz hatte schließlich gedroht: „Die uns lange necken, werden am Ende selbst die Geneckten sein."

Um den Forderungen auszuweichen und den Aufruhr einzudämmen, hatte Brunner der Bestrafung der Rädelsführer zugestimmt, ohne das Ausmaß der Unruhe zu übersehen.

Nun aber fürchtete er noch viel mehr um sein Geld, denn im Verborgenen ging der Teufel des Widerstands, wie er sich ausdrückte, heftiger als vorher um.

Hipler wußte genug. Er begriff, daß die Beschuldigung als Wiedertäufer nur ein willkommener Vorwand gewesen war.

Brunner saß ihm aufgebracht und hilflos gegenüber und erklärte schließlich. „Ratten sind sie, Ratten. Sie sind undankbar! Ich habe ihnen statt der Schweinekoben Betten gegeben, dafür gesorgt, daß sie statt der gewohnten Grütze Fleisch auf dem Teller haben, daß sie die Fronpeitsche nicht mehr spüren. Sie sind frei und danken's mit Rebellion."

Er regte sich so auf, daß er rot wurde wie ein gekochter Krebs und sein Hemd aufreißen mußte, um Luft zu bekommen. Angela suchte ihn zu beschwichtigen. Hipler lief nach Wasser. Der Kaufmann wehrte die Hilfe unwillig ab. Er faßte sich bald wieder und rückte endlich mit dem Vorschlag heraus, um dessentwillen er gekommen war.

„Du kannst mir helfen", sagte er zu Hipler. Er schwächte das Gesagte wieder ab, indem er hinzufügte: „Du hilfst dir vor allem selbst, denn du wirst es weiterführen. Der Domherr kennt sich nicht mal in Himmelsdingen, geschweige denn in weltlichen aus."

Brunner sprach nur vom Domherrn, wenn er von seinem Sohn sprach.

Hipler wußte nach dieser Ankündigung, daß etwas Ungewöhnliches kommen mußte.

„Ich weiß, daß du in manchem anders denkst als ich", murmelte der Kaufmann, er klopfte auf seinem Bauch herum und betrachtete den Anwalt prüfend, „daß du auf das Manna vom Himmel hoffst, aber das geht mich nichts an. Jeder kann hoffen, was er will." Er begann seine Fingernägel zu säubern.

„Daß du einen gewonnenen Prozeß wie ein Almosen verschenkst und einem Sattelreiter Quartier gewährst, weil Ihr vor denselben Türen gefochten habt, geht mich auch nichts an. Ich misch mich erst ein, wenn meine Tochter zu leiden hat."

Er beschäftigte sich eingehend mit seiner Nase, ließ jedoch davon ab, als er eine Wespe vor sich in einer Honigschale entdeckte. Während er sprach, versuchte er sie zu erjagen. Es gelang ihm nicht. Und sein Ton wurde ärgerlich.

„Daß du aus mancherlei Gründen aber den Ruf genießt, ein Beschützer der Armen zu sein, ist etwas, was mir aus meinen Schwierigkeiten helfen kann." Er stand auf und wandte sich ab, um Hipler nicht ansehen zu müssen.

„Kurz und gut, ich hab mit den Grafen gesprochen; sie lassen dich in das Land. Deinen Besitz haben sie zwar konfisziert, aber den brauchst du nicht mehr, wie ich meine. Du könntest nach Öhringen gehen und den Dummköpfen in den Gruben und Hütten klarmachen, daß sie sich ins eigene Fleisch schneiden, wenn sie ihre Schwerter ziehen. Vielleicht sieht man dem Rädelsführer manches nach. Vielleicht rettest du seinen Kopf." Diesen Satz hatte er vermutlich nur gesagt, weil er wußte oder ahnte, daß er für den Anwalt der entscheidende war.

Brunner schwieg und setzte sich wieder. Hipler entgegnete nichts. Aber der Kaufmann drängte ihn nicht. Hipler hatte das unerträgliche Gefühl, im Kampfgetümmel allein zu sein. Immer wieder hörte er: „Vielleicht rettest du seinen Kopf." Beschwörend schaute der Kaufmann den Schwiegersohn an.

- - - - -

Der Tag war kühl und klar, als der Anwalt nach Jahren der Abwesenheit und des offenen Grolls zum erstenmal wieder in das Land einritt, in dem er geboren war und seine Jugendjahre verbracht hatte. Inzwischen war er ein Mann, und die Kinderträume lagen hinter ihm. Dennoch lebte er nicht ohne Traum; es berührte ihn schmerzlich, daß er so schwer zu verwirklichen war. Er betrachtete Bäume, Sträucher, Wiesen und Gehöfte, Berge und Wolken, Kirchtürme und Bäche, als müßte er ihnen guten Tag sagen. Er stieg ab und betastete die Rinde einer alten Buche, an der er vor langer Zeit gerastet hatte nach einer Jagd; er wußte es noch, weil eine Kerbe daran erinnerte.

Er trank aus einem Bach und ließ die Kieselsteine des Bachgrundes durch seine Finger gleiten, weil er hier Forellen gefangen hatte. War er wirklich daheim? Er war wach und träumte den Kindertraum, den Wind zu fangen, die Wolken einzuholen und in einem Faß den Regen zu sammeln, um ihn den Blumen und den Feldern zu geben; er träumte von einem großen Tuch, aus dem man die Saatkörner Wahrheit und Gerechtigkeit verteilen kann. Er träumte noch immer. Er spürte noch immer die Aufgabe. Er hatte es nie so klar gefühlt. Er war daheim.

Es hatte sich manches verändert in den Öhringer Bergen, seit er in den Höhlen Fledermäuse gejagt hatte. Die Landschaft sah anders aus. Das Wünschelrutengehen und das beharrliche Graben sorgten für Flecke und Runzeln im alten Gesicht. Zwerghalden erinnerten daran, daß mancher auf eigene Faust sein Glück zu finden hoffte. Niemand von den Kleinen besaß Geld und Geräte, um weit genug in die Tiefe gehen zu können. Allesamt suchten sie schließlich unter Brunners Dächern Schutz; sie alle aßen heute aus seinem Napf. Er kam wie der Allmächtige und brachte Glück und Unglück ins Land. Wohl mehr das Unglück; es wucherte allerorten und breitete sich immer weiter aus. Wie Hipler so durch die Landschaft ritt und sich seinem Ziel näherte, spürte er auf Schritt und Tritt, was es hieß, in Brunners Diensten zu stehen.

Schächte, bis zu siebzig Metern in den Boden getrieben; Wasserhebewerke mit Kehrrädern und tonnenschweren Ketten; aus der Tiefe heraufsurrende Fördereimer, dies alles war Brunners Welt. Aus Pochwerken dröhnte ohrenbetäubender Lärm. Weißhaarige Männer, ausgemergelte Gestalten, kaum älter als er selbst, trotteten müde zum Schacht; zwölfjährige Treckjungen begleiteten sie. War das die Ordnung der Dinge, von der er geträumt hatte?

Das Seigerwerk lag ein paar Wegstunden jenseits der Öhringer Gruben in einem idyllischen Tal. Hipler mußte sich als Beauftragter Brunners zu erkennen geben, um das Gelände betreten zu dürfen. Die Begleitung des Verwalters lehnte er ab. Der Mann schwätzte ihm die Ohren voll, nachdem er wußte, wer der Besucher war.

Verwirrend die Vielfalt der Öfen und Geräte. Wie in einem Uhrwerk vereinigten sich ungezählte Hände, Kraft und Geschicklichkeit. Vom Feuerschein beleuchtete Gesichter traten gedankenschnell aus dem Dunkel heraus und verschwanden wieder. Wortfetzen trafen Hiplers Ohr. Ein Krachen und Zischen umgab ihn, daß er an eine Schlacht erinnert wurde. War das der neue Krieg, der über Länder und Menschen entschied?

Vor einem ofenähnlichen Gebilde blieb Hipler stehen. Männer im Lendenschurz und mit Atemmasken gegen die Hitze, gegen Gase und Dämpfe hantierten hier. Ein Vormann erklärte ihm die Funktion des Bleifrischofens. Ein Seigerherd diente zum Abscheiden des silberreichen Bleis vom Kupfergestein. Hipler unterhielt sich mit dem Mann, erfuhr, daß er aus dem Mansfeldischen kam und dem Grundherrn davongelaufen war. Als er den Verwalter bemerkte, ließ er den Anwalt stehen.

Hipler erkannte bald, daß es ein Fehler gewesen war, im Namen Brunners aufzutreten. Es genügte nicht, vom Pferd zu steigen und nur mal so nach dem Rechten zu schauen. Man mußte wohl selbst den Schurz überstreifen, um den Leuten nahe zu sein. Sicher hatte es sich wie ein Lauffeuer herumgesprochen, was er hier trieb, denn der Mann vor dem Garherd, in dem Roh- und Schwarzkupfer zu Feinkupfer verarbeitet wurde, schaute ihn feindselig an. Als ihn Hipler befragen wollte, antwortete er nicht. Hipler erinnerte sich seines Auftrags. Er bemerkte nichts, was nach Aufruhr aussah. Wie sollte er jemanden ermahnen, von dem er nicht einmal den Namen erfuhr? Mehr und mehr wuchs das Gefühl, hier ganz und gar überflüssig zu sein.

Vor dem Treibherd, in dem aus silberhaltigem Blei Blicksilber gewonnen wurde, fiel ihm ein Knappe auf, der sich laut mit einem zweiten stritt. Als er näher kam, verstand er Satzfetzen, begriff den Inhalt des Gesprächs. Der erste lehnte es ab, noch einmal zehn Stunden hier zu stehen; er müsse am Sonntag nach Haus; und wenn sie den Veit freiließen, hätten sie den zweiten Mann. Der andere brüllte, wenn er so weitermache, könne er seine

Alte die ganze Woche vögeln, der Ersatz aus Falkenstein und Georgenthal sei unterwegs. Hipler wußte, daß der Aufseher log. Es gab für diese Tätigkeit keinen Ersatz.

Der Arbeiter verteidigte sich nicht mehr. Er war grau wie sein Metall. Er knirschte mit den Zähnen und spuckte aus. Der Aufseher schrie wieder, schalt ihn ein rebellisches Schwein, das ebenfalls in den Turm gehöre. Der Beschimpfte wurde weiß vor Zorn. Hantierte verbissen mit Hacke und Schöpfkelle, drehte dem Aufseher den Rücken zu und stieß ihn unabsichtlich beiseite, da er im Wege stand. Der riß sein Kurzschwert aus der Scheide, schlug dem gebückten Mann vor dem Ofen die flache Klinge über das Kreuz und brüllte ein unflätiges Wort.

Der Arbeiter zögerte, wollte sich erheben, besann sich aber und stieß den Pfropfen aus der Herdwand. Das glühendheiße Blicksilber schoß dem Aufseher entgegen und traf sein Bein. Er brüllte wie ein vom Bolzen getroffenes Tier, brach zusammen und krümmte sich vor Schmerz. Einige Männer trugen ihn hinaus.

Der Verwalter tauchte von irgendwoher auf. Der Arbeiter sollte in Ketten gelegt werden. Hipler trat für ihn ein und stellte den Vorgang als unglücklichen Zufall dar. Brunners Vertrauensmann wollte ihn jedoch nicht ohne Strafe davonkommen lassen, denn er führe auch bei heimlichen Zusammenkünften das Wort und sei der Busenfreund des eingesperrten Rebellen. Gegen den Schwiegersohn des Kaufmanns setzte er sich nicht durch, verfügte aber, den Mann mit einem Wochenverdienst auf die Straße zu jagen.

„Ich werde für Euch beten", knurrte der Betroffene. Er nahm Maske und Kappe ab. „Ich werde für Euch fortgesetzt beten, Meister, daß es Euch im Himmel wie mir auf Erden geht."

Er spuckte auf den Boden und wandte sich halb um, er sprach über die Schulter: „Vierzig Kreuzer, das sind zwei Brote und ein Pfund Schmalz. Lohn's Euch der liebe Gott, das Hundertfache hab ich herausgeholt."

Er entfernte sich ein paar Schritte und blieb wieder stehen.

„Vierzig Kreuzer, das ist auch ein Messer, du Schinderknecht. Wenn ich nicht Kinder hätte, würde ich das Messer vorziehen. In dieser Zeit ist es besser, zwei davon in der Hand zu haben als die zehn Gebote im Kopf."

Der Verwalter schickte den Aufseher hinter ihm her. Als sie ihn anfaßten, stieß er sie derb zurück.

„Ihr Aasgeier würdet eure eignen Kinder fressen, wenn's der Herr befiehlt", fuhr er sie an.

Hipler rief die beiden zurück.

Der Mann nickte ihm zu. „Laßt's lieber sein. Fast glaub ich, daß der beste Ort für unsereinen Turm und Richtplatz sind."

Er ging.

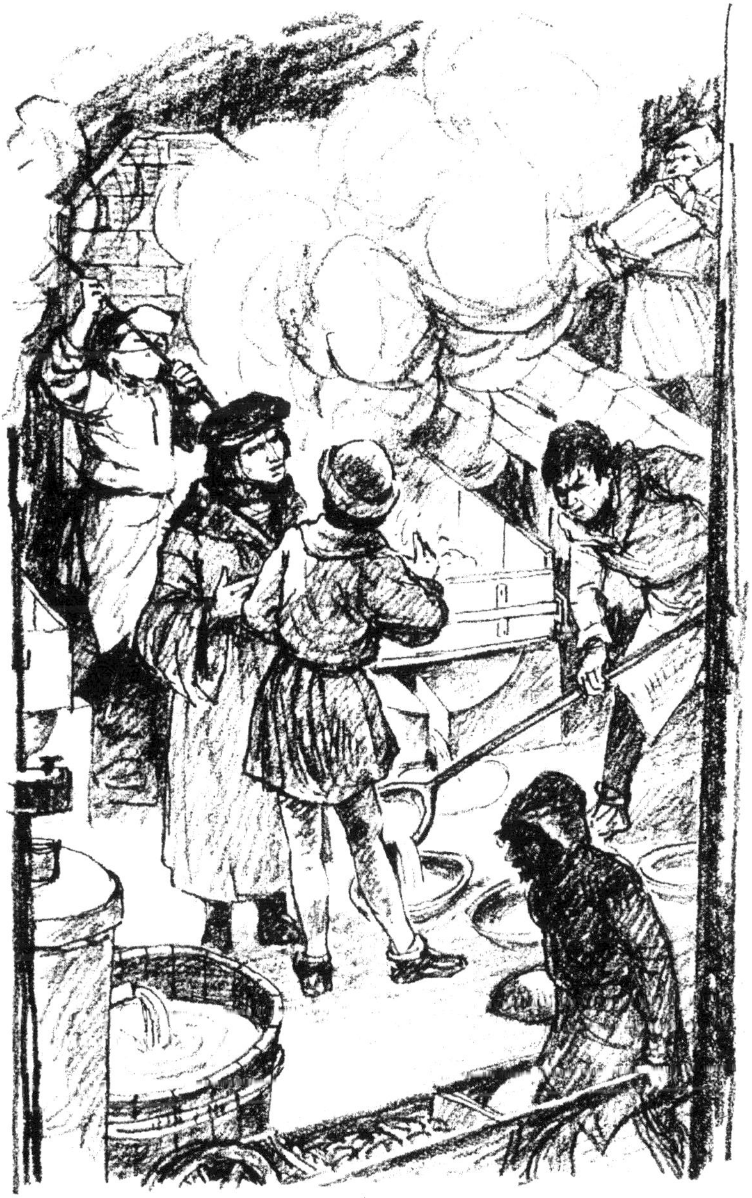

Hipler traf ihn in der Kanzlei wieder. Statt der versprochenen vierzig legte der Kassierer zwanzig Kreuzer auf den Tisch und erklärte: „Der Abzug ist für Suppe, Käse, Brot. Sei froh, daß man dich laufenläßt."

Hipler erfuhr von Karl, so hieß der Knappe, daß der Handel mit teuren Lebensmitteln ein zusätzlicher Verdienst des Kaufmanns war. Manchmal wurde anstelle des Lohnes nur Brot, Schmalz und Unschlitt ausgegeben.

Hipler verließ mit Karl das Hüttenwerk. Er nahm sein Pferd beim Zügel und ging zu Fuß, der andere neben ihm.

„Soll das Geschmeiß krepieren", brach es aus Hiplers Begleiter plötzlich heraus. „Früher ging's mir auch nicht besser, aber ich war mein eigener Herr. Hab den Gang in den Berg getrieben und das Geschürfte nicht dreimal gesiebt, bevor es auf die Waage kam. Ich hab's an die Hütte verkauft. Dann hat mir der Menschenschinder den Himmel versprochen, weil ich was vom Seigern verstand. Was ich bekomme, seht Ihr selbst. Und wie ich gelebt habe, na ja ... Tag und Nacht am Berg, auch sonntags nicht weg, Knochenarbeit und Madenfraß, und nackte Dielen für die Nacht. Hätt ich mir den Hals gebrochen, meine Frau hätt keinen Pfennig gehabt, hätt noch die Träger bezahlen dürfen. Mal hat sie auf der Halde gearbeitet, mal als Erzwäscherin ein paar Kreuzer verdient. Zum Sattwerden hat's gereicht, um einen silbernen Löffel zu kaufen, nicht. Dabei hab ich mit Veit in einem Jahr vierhundert Pfund von dem Zeugs aus dem Berg geholt. Der Himmel strafe die Herren! Er hat nicht mehr gewollt als ich, hat's nur mit dem Schwert gesagt. Nichts für ungut für die lange Rede, Ihr seid auch ein Herr ..."

Er wies mit dem Kopf hinter sich. „So einer wie die, vielleicht nicht so ganz. Aber ich hab's mir vom Herzen reden müssen, sonst wär ich erstickt daran. Nichts für ungut nochmals, ich werd nach Georgenthal gehen oder nach Schwaz. Und vielen Dank. Wenn Ihr nicht eingegriffen hättet ..." Er schwieg.

Hipler drückte ihm drei Gulden in die Hand. Karl schaute ihn an.

„Drei goldene Eier?" fragte er. „Irrt Ihr Euch nicht? Ich müßte dafür ein Jahr in die Hütte gehen. Ihr seid doch keiner, der für sich beten läßt. Wenn Ihr wollt, daß ich dem Verwalter eins aufbrenne, das tu ich umsonst."

„Nimm's als etwas, was dir Brunner schuldet", sagte der Anwalt und stieg in den Sattel. „Wenn du willst, werd ich ihn grüßen, den Veit. Ich sehe ihn bald."

Er gab seinem Pferd die Sporen und hörte nicht mehr, was der Knappe sagte.

Trotz allem hatte er ein schlechtes Gewissen. Drei Gulden, ein Almosen für ihn. Und er war Brunners Schwiegersohn. Hatte der Kaufmann nicht recht, wenn er spöttisch meinte, er wolle mit der einen Hand die Seligkeit kaufen und trüge mit der anderen zum Bestand der gottgewollten Ordnung bei, und die sei nun mal so, daß auch der Satan seinen Platz darin habe.

Er schaute kaum auf die Landschaft. Er preschte über Wiesen, über Felder, durch Wälder, um noch vor dem Abend auf der Aarburg zu sein. Dort saß ein Vogt und Steuereinnehmer Georgs. Dort war der Gefangene in einem Verlies untergebracht.

Es bereitete keine Schwierigkeiten, den eingekerkerten Veit Schütz zu sehen. Als Rädelsführer war er zum Tode verurteilt worden. Für ein Appellationsverfahren war es zu spät. In fünf Tagen sollte die Hinrichtung sein. Nur das Abschwören des Glaubens, das Schuldbekenntnis konnte ihn retten.

Hipler stieg mit einer Fackel in der Hand die glitschigen Stufen hinab.

Als er dem Mann entgegentrat, der auf fauligem Stroh vor einem meterdicken Mauerfenster lag, das die Umrisse der Gestalt nur schwach erkennen ließ, blitzte eine Erinnerung auf. Er kannte ihn doch, hatte ihn irgendwo gesehen, hatte irgendwann mit ihm zu tun gehabt vor langer, langer Zeit. Plötzlich war alles klar, er entsann sich der Akten, die er angelegt, der Wege, die er unternommen, der Vorwürfe, die er um jenen eingesteckt hatte. Ein Bild gewann Kontur, ein Fluß, ein Dorf, vier Männer, die ein Haus verließen, er selber im Gebüsch versteckt. Auch Veit erkannte ihn.

„Ihr habt Wort gehalten", sagte er schwach. „Ich werd meinen Dank nicht abtragen können. Das Licht ist aus ..."

Hipler erkannte die Wundmale an den Händen und Füßen, die Spuren der Folter, des Hungers. „Noch kann ich dich retten", sagte er und schaute sich um. Er war mit dem Gefangenen allein. „Wenn du widerrufst, um Gnade bittest ..." Er glaubte selbst nicht daran.

„Gebt Euch keine Mühe", sagte Veit leise. „Den Widertäufer haben sie verurteilt, den Knappen meinen sie. Ich war in Österreich und Ungarn und sonstwo im Reich. Ich kenne die Welt und finde sie herzlich schlecht. Nur zu und schnell vorbei."

Hipler hatte sich neben ihm auf den Boden gekauert und reichte Ihm den Wasserkrug, auf den Veit mit den Augen wies. Der Angekettete trank gierig.

„Wenn ich ein Messer hätt, ich würd's den Hohenlohern in die Schwarte bohren, dem Brunner auch."

Er versuchte sich auf die Arme zu stützen, fiel kraftlos zurück. „Ich werd sie nicht um Gnade anflehen. Gebt's auf, Magister oder Doktor, oder was ihr seid."

Zähflüssig tropften die Worte des Knappen. Hipler bemerkte, daß dem Mann das sprechen schwerfiel. Was mußte man ihm angetan haben. „Ihr seid ein Herr, und ihr versteht nicht, was ich sagen will. Ich glaub nicht an Gerechtigkeit wie ihr; ich such sie mit dem Schwert."

Seine Stimme wurde plötzlich fest.

„Wenn Ihr mir helfen wollt, nehmt meine Stelle ein, wenn ich nicht mehr bin. Aber das könnt Ihr nicht. Gott rette Eure Seele, aber Ihr vergeudet Zeit.

Betet, betet für mich. Betet, daß ich ohne Furcht meinen Kopf auf den Block legen kann."

Damit wandte er seinen Blick ab und reagierte nicht mehr. Hipler wußte, daß er ihn nicht überzeugen konnte. Er glaubte auch nicht an Gnade, da Georg jenen wieder in Händen hatte und mit dem neuen Urteil das alte vollstrecken ließ. Georg vergaß Niederlagen nicht.

Als er den Mann verlassen hatte, war er sicher, daß es nur eine einzige Rettung für ihn gab: Gewalt. Und so unmöglich dieser Gedanke für einen Anwalt war, er nahm Gestalt an, er verließ ihn nicht mehr. Hatte er als Kanzler nicht für Gerechtigkeit sorgen wollen? Hatte er das ungerechte Öhringer Urteil nicht revidiert, die Richter zum Teufel gejagt? War er nicht verpflichtet, neues Unrecht zu verhüten? Konnte Unrecht aber verhütet werden, wenn man es nur mit grimmigen Kommentaren versah, wenn man tatenlos neben dem Henker stand?

- - - - -

In den Stunden auf der Aarburg nistete sich ein gefährlicher Gedanke in ihm ein. Hatte er ihn nicht schon einmal gedacht? Mußte man das Recht nicht ändern, wenn es Unrecht war? Mußte man die Richter nicht ändern, wenn sie falsches Recht sprachen? Mußte man die Ordnung der Dinge, die Gesellschaft nicht umstürzen? Der Gedanke wuchs und wucherte und wurde auch von jenem Ereignis genährt, das ihn zutiefst aufgewühlt hatte. Der Wittenberger war vor wenigen Monaten, im April 1521, das Schicksal des Jan Hus vor Augen, auf dem Reichstag in Worms erschienen und hatte nicht widerrufen. Wohl zwanzigmal hatte Hipler das Flugblatt gelesen, das das Bekenntnis des schließlich Geächteten enthielt.

Er war drauf und dran gewesen, nach Worms zu fahren und dem Mönch beizustehen, ein Halsgerichtsprozeß hinderte ihn jedoch. Der angebliche Tod Luthers - es hieß nun zum zweitenmal, man habe ihn umgebracht - hatte ihn für eine Woche unfähig gemacht, seinen Pflichten nachzugehen.

Im Turmzimmer der Geleitsburg faßte der Anwalt den Entschluß, Veit zu befreien. Er hatte vier Tage Zeit. Der Delinquent sollte vor der Hinrichtung unter Bewachung nach Öhringen gebracht werden.

Hipler suchte Verbündete. Wer anders konnte ihm behilflich sein als jemand, der ähnlich dachte wie der verurteilte Veit oder wie jemand, der entschlossen war, es den Neuensteinern heimzuzahlen. Hipler machte sich auf den Weg zur Falkenburg.

Ulrich von Falkenau stimmte sofort zu, als er von der Absicht des Freundes erfuhr. Er fragte nicht lange nach Recht und Gründen, er klopfte ihm auf die Schulter und entwickelte im Handumdrehen einen Plan, die Aarburg zu stürmen.

Das war doch etwas. Da konnte man zeigen, daß das alte Ritterhandwerk noch galt.

Hipler dämpfte den Wagemut des Freundes, indem er sich erkundigte, wieviel Mann sie seien. Auf der Aarburg waren es fünfundzwanzig, und in diesem Felsennest hatte er nicht mehr als drei, vier Leute gesehen.

Da schwieg Falkenau und dachte nach. Dann rief er den Knappen, den Hipler kannte.

Mit seinem fleckigen Lederkoller und dem ungeheuren schartigen Messer im breiten Gurt wirkte der wie ein Raufbold.

Aber der Anschein täuschte. Er konnte keine Hühner schlachten; sie schauten ihn zu treuherzig an. So war er für gelegentliche Ausflüge in benachbarte Hühnerställe gänzlich ungeeignet. Und nun sollte er bei einem Überfall zu gebrauchen sein?

Auf einen Wink Falkenaus ergriff er das Fäßchen, das zwischen den Freunden stand, setzte es ohne Zögern und ohne Stöhnen an, trank in durstigen Zügen, nachdem er vorher mit den Zähnen den Hahn geöffnet hatte, und stellte es auf den Tisch; den Spundbolzen legte er obendrauf. Dann entfernte er sich, spannte eine Armbrust, entfernte sich noch ein paar Schritte mehr - Hipler befürchtete das Schlimmste, weil er in der Schußlinie saß -, visierte kurz und schoß. Der Bolzen fiel herunter. Während dieser Verrichtungen hatte er kein Wort gesagt.

Falkenau spreizte sich. „Das sind fünf", meinte er. „Und nun die anderen fünf."

Der Knappe Bertolt verließ den winddurchwehten Raum und kehrte nach einiger Zeit mit einem halbwüchsigen Knaben und einem nicht viel älteren Mädchen zurück. Ulrich schien sich mit seinen Hintersassen, wie er sie nannte, gut zu verstehen, denn er nickte nur mit dem Kopf. Darauf machte der Knabe mit aller Kraft das Heulen des Wolfes nach. Es klang so echt, daß es in der elenden Burgruine plötzlich an mehreren Stellen ängstlich zu bellen begann. Dann nahm er eine Schleuder und benutzte sie so geschickt, daß er damit das Brot zwischen den Fingern des Gastes traf. Ein zwischen Ulrichs Beinen sich rekelnder Köter schnappte danach.

Hipler war auf die Vorführungen des Mädchens danach nicht sonderlich erpicht, aber der Freund ließ seinen Einwand nicht gelten.

Das Mädchen sprang oder schwebte auf den Tisch und auf das Faß - Hipler hatte kaum bemerkt, wie sie hinaufgekommen war - und balancierte und tanzte so leichtfüßig darauf herum wie ein Schmetterling, setzte volle Becher auf die Stirn, hantierte mit Messern, warf sie in die Luft, fing sie wieder auf, daß Hipler einen erstaunten Ausruf nicht unterdrücken konnte. Er bedankte sich mit Geldstücken, und Ulrich lud alle zum Umtrunk ein.

„Hab ich zuviel versprochen?" fragte er stolz. „Wir beide sind zwanzig. Also nehmen wir's mit dreißig auf."

149

An diesem Abend wurde der Plan geboren, der zwei Tage später ausgeführt werden sollte. Den Beteiligten gebrach es nicht an Mut. Und List war seit jeher mehr wert als Kriegerzahl und Tapferkeit. Alles hing davon ab, wie viele Begleiter dem Delinquenten folgen würden und ob es dem Mädchen - sie hieß Jubilate, es paßte nicht zu ihr, aber am Sonntag Jubilate wurde sie vor dem Burgtor der Falkenaus in einem Korb gefunden -, ob es ihr gelang, die Aufmerksamkeit der Knechte auf sich zu lenken und sie zu bewegen, den in einer Korbflasche mitgeführten Wein zu trinken. Jubilate sollte das Kostüm einer Tänzerin und einen alten Königsmantel tragen; fahrendes Volk hatte beides auf der Burg vergessen.

Indessen wurden in Öhringen die Vorbereitungen zur Hinrichtung getroffen. Um das Ereignis zu einem Spectaculum werden zu lassen, das die Aufrührer warnte und den Unzufriedenen ein heilsames Lehrstück war, hatte der Graf befohlen, das Henkergerüst auf dem Marktplatz aufzubauen. Seit Tagen war an einem Podest gezimmert und geklopft worden. Nun war es fertig und mit schwarzen Tüchern verhängt. Ausrufer und Knechte liefen durch die Stadt und trieben alles, was Beine hatte, auf den Platz.

Der Tag war neblig und trüb. Es schien so, als wollte auch der Himmel den drei vermummten Gestalten helfen. Seit Stunden warteten sie an einem Hohlweg, von Bäumen und Büschen gedeckt. Hipler wurde fatal an das Böhmische erinnert, an den Überfall, dessen Opfer er selbst geworden war.

Das Aussehen der drei, besser zweieinhalb Männer, war abenteuerlich. Hipler wirkte mit seinen verrosteten Arm- und Beinschienen und dem stumpfen Schwert aus der armseligen Waffenkammer der Falkenaus wie ein Relikt aus der Zeit der Kreuzzüge. Aber er war sicher, so nicht erkannt zu werden, ein schwacher Trost, wenn er daran dachte, daß der geschätzte Anwalt einer reichen Stadt wie ein Strauchdieb auf Beute wartete und vielleicht wie ein Rebell am Galgen enden konnte.

Jubilate hatte in derselben Zeit nicht weit von hier den Troß erwartet. Ein Zuruf ergab den anderen; ihrem Kußhändchen folgte eine Einladung; ihre Künste wurden mit Beifall belohnt. Ein Dank für die Vorführung und Jubilates Neugier auf den Henker - vielleicht auch die Erwartung eines Schäferstündchens - veranlaßten den Troßführer, das Mädchen mitzunehmen. Den Trunk aus der Flasche lehnte ein Landstörzer und Kriegsknecht sowieso nicht ab. Und wenn er zwei davon haben konnte, nahm er drei. Besonders dann, wenn er hörte - so schmückte es die Gauklerin aus -, daß der Rebensaft von einem wahrhaftigen Bischof stammte.

Als der von Meile zu Meile munterer werdende Zug in der Nähe des Hohlwegs war, hatte sich das Mädchen bereits mit dem Gefangenen verständigt und die Tür des Schweinekobens aufgeschlossen, in dem er auf einem Strohbündel lag. Das Aufschließen war nicht einmal schwer, denn der Schlüsselverwahrer, ein dicker, mürrischer Knecht, vertrug keinen Alkohol, noch weniger das Schlafpulver darin. Er war entschlummert. Und für Jubilate war es eine Kleinigkeit, den mit einem Band am Hals befestigten Schlüssel zu entfernen und ordnungsgemäß wieder hinzuhängen. Der Knecht schnaufte nur und suchte die Fliege zu verscheuchen, die er an der Kehle zu spüren glaubte.

Am Hohlweg ging alles sehr rasch. Die Freunde erkannten, daß es nur vier Begleiter gab, die wie Mehlsäcke auf ihren Pferden hingen, und einen, der auf dem Wagen schnarchte. Ein Reisiger versuchte ein Lied zu grölen, kam jedoch über den ersten Vers nicht hinaus. Und der Troßführer lachte über einen Scherz, den er sich selber erzählte. „Ich habe noch nie so guten Wein getrunken", lallte er, drehte sich halb im Sattel, fiel fast vom Gaul und winkte Jubilate zu.

Wie auf ein vereinbartes Zeichen begannen die Wölfe zu heulen. Die Pferde spitzten die Ohren und wurden unruhig.

Der Troßführer brummte: „Müssen verdammt hungrig sein, die Tierchen."

Die Schleuder trat in Aktion. Die Pferde wurden getroffen und gingen durch. Der schlafende Knecht fiel vom Wagen und erwachte unsanft.

Ein von dem Knappen gefällter Baum stürzte den Abhang hinunter und versperrte den Weg. Die Gäule blieben mit zitternden Flanken stehen. Veit sprang aus dem Käfig und kroch den Abhang hinauf. Die Wölfe heulten immer noch.

Die massige Gestalt Falkenaus erschien auf der Höhe, er schrie den verdutzten Knechten, die nicht wußten, was ihnen geschah, mit Stentorstimme zu: „Ergebt Euch, Ihr seid umstellt!"

Die aber begriffen gar nichts, nicht einmal, daß sie gerade überfallen worden waren. Der Troßführer lallte: „Wölfe! Wehrwölfe!" und behauptete später, er habe einen mit einem Harnisch bekleideten grauen Wolf gesehen. Blitzschnell sei alles vorbei gewesen, erklärten alle übereinstimmend, den Gefangenen habe der Teufel befreit.

Tatsächlich hatten sich Veit und Jubilate bemüht, so rasch wie möglich den steilen Abhang zu überwinden. Sie waren von Bertolt mit einem Seil hochgezogen worden. Sie sprangen alle auf bereitgestellte Pferde.

Nach zwei Stunden hatten sie das Hohenloher Gebiet verlassen, am Abend waren sie auf Burg Falkenau.

Veit Schütz, der sich nach einem Mahl und am warmen Feuer bald wieder bei Kräften fühlte, sagte zu Hipler:

„In Böckingen habt Ihr mich laufenlassen, weil Ihr Angst hattet. Diesmal habt Ihr gewußt, daß ihr einen vom Bundschuh befreit. Ich seh's Euch an, Ihr habt das Gewissen mit feurigen Zangen traktiert. Möchte wissen, was Ihr für Gründe habt ..."

„Das Recht", sagte Hipler kurz.

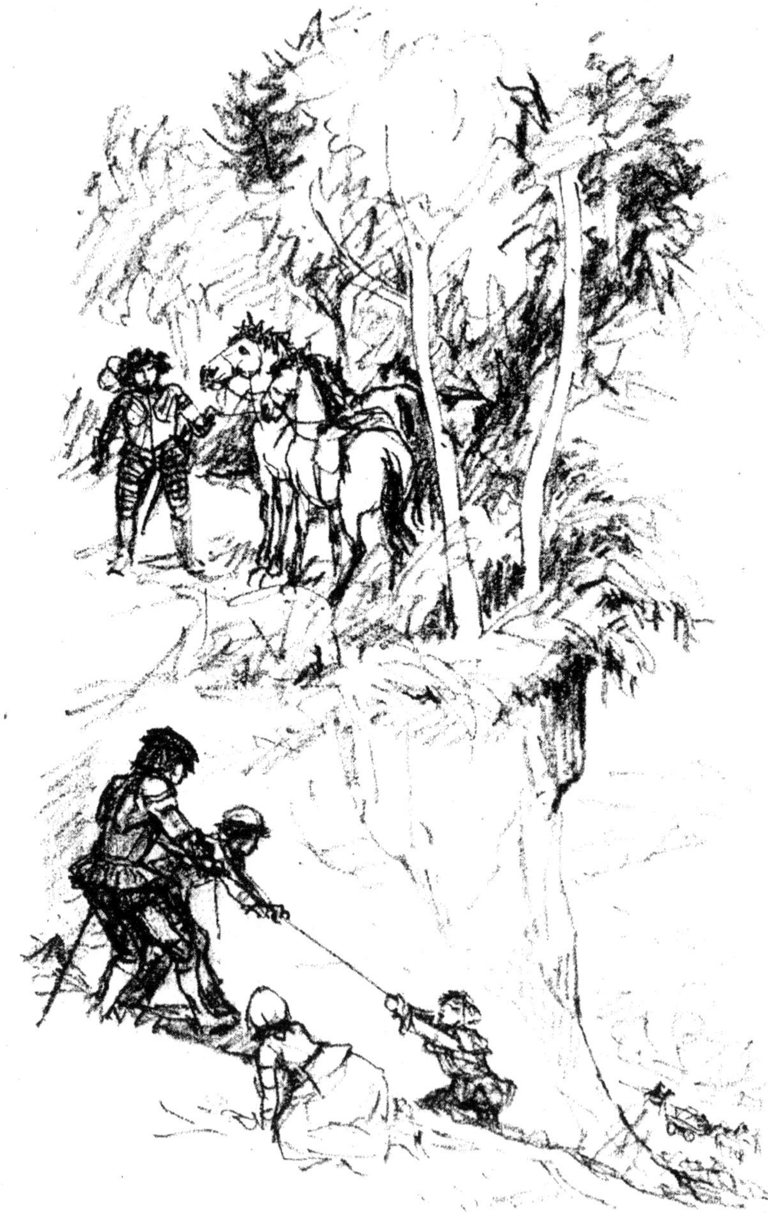

„Für das Recht habt Ihr Unrecht getan!"
Veit lachte.
„Wie dem auch sei, hier habt Ihr meine Hand. Ich will für euch das gleiche tun!"

14. Kapitel
Unter Aufrührern

Als Hipler nach Wimpfen zurückkehrte, berichtete er dem Kaufmann, daß alles in gewohnten Gleisen lief. Ein seltsames Unbehagen konnte er nicht unterdrücken, als er vor seinem Schwiegervater stand. Die Ereignisse im Hüttenwerk wirkten nach.

Die Zeit verging, und das Geschehene tauchte seltener in der Erinnerung Hiplers auf. Wenn er daran dachte, fühlte er sich manchmal, wie sich der Mönch - er sagte immer nur der Mönch, wenn er von Luther sprach - vor Kaiser und Reich gefühlt haben mochte, als er den versammelten Potentaten sein Dennoch entgegenwarf. Er, Hipler, hatte zwar wie in alten Zeiten mit Schwert und Harnisch Recht geübt, wenn auch das Faustrecht der Straße, aber einen Mann vor dem Block bewahrt. Das zählte mehr als die Tugendgelehrsamkeit. Es schien, als habe ihm das Schicksal mit diesem Veit einen besonderen Brocken auf den Acker gelegt.

Auch Luther war wieder aufgetaucht. Er mußte das Leben einer Katze haben, die stets auf die Pfoten fällt. Es hieß von ihm, er habe - auf einer Burg versteckt - die Bibel ins Deutsche übersetzt, er hielte den Gottesdienst deutsch ab. Nun war er nach Wittenberg heimgekehrt, hatte geflucht und die Bilderstürmer verteufelt, die das Vermögen der Kirche den Armen gaben. Er sollte immer wieder predigen, daß sich ein wahrer Christ vor Aufruhr hüten müsse; die Empörung sei Gottes Recht. Hipler begriff nicht. Hatte Luther sich zu einem Freund der Herren gemausert? Hatte man ihm so zugesetzt, daß er den eigenen Aufruhr vergaß? Sowenig er selbst vom Erfolg des Schwertgebrauchs überzeugt war, so sehr haderte der Anwalt mit dem Wittenberger, daß er der eigenen Sache untreu zu werden schien. Doch ging es ihm nicht ebenso?

An einem Apriltag wurde er auf die Probe gestellt.

Die Frühlingsstürme hatten die Vorjahresblätter von den Bäumen gerissen. Die Eisblumen an den Fenstern waren getaut. In den Gärten standen Krokusblüten. Im Haus in der Rittergasse wurde geputzt und gefegt. Ein Mönch kam vor die Tür und begehrte den Anwalt zu sprechen. Die Magd ließ ihn ein. Hipler empfing den Besucher, der die Kutte eines Bettelordens trug. Das Gesicht des Mannes war in die Kapuze gedrückt.

„Grüß Gott, Gesell", sagte der Fremde. „Was habt Ihr für ein Wesen?"

Eine ungewöhnliche Ansprache, dachte der Anwalt, der nicht wußte, daß es die Begrüßungsformel der Bundschuhleute war.

„Ich nehme an, Ihr wollt einen Zehrpfennig von mir. Oder sucht Ihr mich in meiner Eigenschaft als Anwalt auf, Pater?"

Der Mann lachte. „Ich komme zum Anwalt. Doch Anwalt ist heutzutage ein weiter Begriff. Und das Recht ist ein weites Feld. Es fragt sich, für wen Ihr Anwalt seid."

„Ihr seid ein seltsamer Vogel. Für wen schon? Für die Menschen und für den Herrn."

„Für welchen Herrn, da es deren so viele gibt?"

Hipler horchte auf. Er kannte die Stimme, und er kannte den Mann. Er wußte plötzlich, vor ihm stand Veit Schütz.

„Ihr", sagte er gedehnt. „Ich hätte nicht gedacht, daß Ihr das wagt. Auf Euren Kopf ist ein Preis ausgesetzt."

„Wenn man für den Herrn ist, muß man mancherlei wagen. Die Gottesfurcht ist keinen roten Heller wert. Und die in seinem Namen sprechen, denken meist an sich. Das habt Ihr auch gesagt!"

„Ich bin kein Verschwörer."

„Noch nicht."

„Ich werde es nie."

„Ohne Verschwörung paßt das Recht in ein Halseisen und auf einen Block. Ihr wollt doch das alte göttliche Recht?"

„... das neue!"

„... nicht das Recht der Wucherzinsen und der Fron?"

„Seid Ihr gekommen, mit mir zu streiten?"

„Ja, aber nicht hier."

Hipler ereiferte sich. „Ich habe keine Zeit."

Veit Schütz antwortete nicht.

„Ich habe ein Amt ..."

„Ja, ja, und ein Haus und mancherlei. Ihr habt es aufs Spiel gesetzt. Für manchen ist eine Kupfermünze ein Himmelreich. Und ihr ..." Veit war an das Pult herangetreten, hinter dem Hipler stand.

Der Anwalt entfernte sich, als er den Mann neben sich spürte. „Ihr habt recht, ich will's mir bewahren."

„Ihr hab Euer Leben riskiert."

„Noch einmal nicht." Hipler wandte sich ab, blickte durch das Fenster, sagte über die Schulter: „Ich könnte Euch angeben ..."

„Ich bin Euch ein Leben schuldig. Nehmt es denn hin."

Hipler fuhr herum, knallte ein Buch, das er mit sich herumschleppt hatte, auf das Pult. „Schreit nicht so laut. Man muß Euch nicht hören. Was wollt Ihr eigentlich?!"

Er fühlte sich mit einemmal unsicher.

Veit Schütz spürte es. „... das gleiche wie Ihr, ein besseres Recht."
„Und einen besseren Herrn, nicht wahr?"
„Ihr mögt die Grafen sowenig wie ich."
„Ich befehde sie mit dem Recht, nur mit dem Recht."
„Ihr dreht euch im Kreis. Ihr habt es gebrochen, als ..."
„Ich will meine Ruhe, verstehst du nicht." Der Anwalt stapfte im Zimmer hin und her. Er schaute den Mann in der Mönchskleidung nicht mehr an. Er flüchtete und wußte nicht wovor.
„Warum seid Ihr Anwalt? Warum seid Ihr nicht mehr Kanzler? Warum hab Ihr mich zweimal befreit? Ihr könnt Eurem Gewissen nicht davonlaufen. Ich kenne Euch besser als Ihr Euch selbst."
„Und was soll ich tun?"
„Ihr sollt eingeweiht werden. Ich hab meine Hand für Euch ins Feuer gelegt."

- - -

Zwei Tage später trafen sie sich in einer Schenke am Odenwald. Es ging hoch her in der Fuhrmannsherberge, in der Roßhändler und Knechte, vornehme Herren und Handwerksgesellen, Gaukler und Spielleute ihr Bier tranken. Ein Fremder fiel hier nicht auf. Der Mönch, der sich zu Hipler gesellte, war von weit her gekommen. Er sah müde aus, er suchte es zu verbergen. Seine Kleidung war vom Regen durchweicht; er beachtete es nicht.
„Laßt uns gehen", sagte er. „Uns bleibt nicht viel Zeit bis zur Dämmerung."
„Laßt uns erst essen", entgegnete Hipler kurz.
Nach dem Mahl brachen sie auf. Der Anwalt mußte es sich gefallen lassen, daß der Mönch ihm die Augen verband. Dann ging es über Stock und Stein. Der Boden war felsig. Der Wald wurde immer dichter. Es ging bergauf und bergab. Schließlich gelangten sie in eine Schlucht. Hipler spürte die Wärme eines Feuers in seiner Nähe. Auch Menschen waren da. Er hörte flüstern. Die Binde wurde ihm nicht abgenommen. Veit Schütz war nicht mehr neben ihm.
Inmitten des Raunens, Flüsterns, Rauschens - auch Wasser war in der Nähe - kam er sich einsam vor. Er wußte, daß viele Augen auf ihn gerichtet waren, doch nichts geschah. Er dachte vieles gleichzeitig. Er fürchtete eine Entscheidung, deren Tragweite er noch nicht kannte. Er hatte von Femegerichten gehört, ihren geheimen Treffpunkten, absonderlichen Satzungen. Wurde hier Gericht gehalten? Stand er vor einem Tribunal? War er Richter oder Opfer? Er spürte, wie ihm ein Tropfen von der Stirn rann. Er wartete, wartete.
Plötzlich hörte er eine Stimme. „Du darfst die Binde nicht entfernen."

Das klang nicht freundlich, auch nicht unfreundlich. Aber irgend etwas fiel Hipler auf. Hatte er die Stimme schon einmal gehört?

„Du stehst vor der geheimen Versammlung, Wendel Hipler", sagte wieder diese Stimme. „Du bist hier, weil der, der dich hergebracht hat, mit seinem Leben für dich bürgt. Du sollst eingeweiht werden, wenn es dein Wille ist. Du mußt schwören, daß alles, was du siehst und hörst, wie die Hostie im Schrein in dir verschlossen ist. Du mußt tun, was die geheime Versammlung von dir verlangt, und darfst dich nicht widersetzen, sonst hast du dein Leben verwirkt."

Dies alles wurde gleichmütig gesagt, ohne Erhebung und Erregung, so als hätte der Sprecher es schon oft vorgebracht.

Hipler hob die Hand an die Binde.

„Du darfst uns nicht sehen, bevor du dich entscheidest."

Hipler ließ die Hand wieder sinken.

„Noch kannst du deiner Wege gehen."

„Warum, zum Teufel, habt Ihr mich geholt!" fuhr der Anwalt auf.

„Weil wir denken, daß du der gemeinsamen Sache nützen kannst."

„Wer ist 'wir'?"

„Wir sind viele", erklärte die Stimme ruhig. „Hier sind wir zwanzig, in den Dörfern und Städten dreitausend, fünftausend, zehntausend, wer weiß. Du erfährst es wenn du zu uns stehst."

„Ihr seid Rebellen ..."

Der Mann lachte. Ein anderer ergriff das Wort.

„Natürlich sind wir Rebellen, wenn du's von der Warte Georg von Hohenlohes siehst, Aufrührer, Empörer, Ketzer, Teufelsknechte. Hast du das nicht gewußt? Wenn nicht, hörst du es jetzt. Vielleicht siehst du es auch. Manchmal sieht man besser, wenn die Augen verbunden sind. Wir tragen unterschiedliche Kappen, aber wir glauben, daß die Ordnung dieser Welt zu ändern ist. Und das verbindet uns. Kennst du die Prognosticatio?"

Hipler kannte sie. Er hatte sie selbst angeführt, um Georg von Hohenlohe zu überzeugen, daß seine Handlungsweise den Bauern gegenüber ein Fehler war.

„Wenn du sie kennst, weißt du, was ich meine. Der Astrologe Lichtenberg sagt, daß die Armen sich gegen die Reichen empören müssen. Die Besitzlosen sehen, daß das Schifflein Petri hin und her geworfen wird im Sturm. Sie sagen, daß man Kreuz und Schwert reformieren muß, und wollen einen Friedenskaiser. Nur das, aber immerhin."

„Ich weiß."

„Andere wollen nicht reformieren. Sie legen die Axt an den Ständebaum und möchten, daß der Bauer oben sitzt, daß er die Gulden verteilt."

„Und so wird es sein", rief ein dritter. Seine Stimme klang hell und scharf. „Der Bauer wird den Bundschuh putzen am Pfaffengewand, und den

Herrenrock wird er als Schnupftuch nehmen", sagte er erregt. „Der Baalspfaffe wird pflügen, und der Bauer wird vor dem Altar stehen." Er lachte.

„Da wird jedermann stehen", mischte sich eine vierte Stimme leidenschaftlich ein. „Jeder, der der Gnade teilhaftig ist. Die Pfaffen und Doktoren geben dem Volk einen gestohlenen Glauben, ein gefälschtes Gotteswort."

Man merkte ihm den Kanzelredner an. Vielleicht war es ein Prädikant.

„Mit der neuen Kirche wird sich die neue Ordnung ausbreiten. Und Christus wird unser Führer sein ..."

„Du mußt es uns jetzt nicht predigen. Und wir können auch nicht warten, bis er kommt", brummte neben dem Anwalt eine Stimme, die er kannte. Schütz war wieder da. „Wie müssen uns selbst erlösen."

Jetzt versuchten sich mehrere gleichzeitig verständlich zu machen.

„Aber die Bibel darfst du nicht verwerfen, wie der Luther sagt. Er geht voran."

„Möge er mit dem Schwert vorangehen und mit dem Schwert handeln, wie der Müntzer in Zwickau den Knappen gepredigt hat. Die die Bibel auslegen, besitzen alles und die anderen nichts."

Müntzer, Müntzer, dachte Hipler. Hab ich den Namen nicht schon gehört? Kann es der Theologe aus Halle sein?

In seine Gedanken hinein klang es schrill. „Wir brauchen keine Obrigkeit und keine Steuern!" - „Alles soll allen gehören."

Hipler konnte die Stimmen nicht mehr unterscheiden, bis Veit wieder zu hören war, er übertönte alle.

„Ruhe, Ruhe, Brüder. Es geht jetzt nicht darum, Artikel für das Programm zu schreiben und festzusetzen, was nach dem Aufruhr geschieht. Es geht um diesen da. Er hat das Recht, Fragen zu stellen. Wenn er's wissen will, kann ihm einer das Lukas-Kapitel auslegen und erläutern, daß das Volk gerufen wird, die gottlose Macht vom Stuhl zu stürzen, wenn sie die Gewalt des Schwertes mißbraucht. Aber nur dann. Mag er fragen. Da er Anwalt ist, wird er manches anders sehen."

Hipler war von der Unruhe angesteckt und entgegnete rasch: „Ich sehe das Recht, vor allem das Recht. Ich meine, daß die Frage danach am Anfang stehen muß. Ich meine das Recht zum Aufruhr."

Auf einmal trat Stille ein. Hipler hatte plötzlich das Gefühl, im Mittelpunkt zu stehen.

„Ums Recht, sagst du?" Das war wieder die erste Stimme. „Es geht ums göttliche Recht. Wenn du das verstanden hast, hast du alles verstanden, Wendelin." Die Stimme war etwas heiser; sie klang spöttisch, herausfordernd.

Woher kannte er sie bloß? Hipler suchte sich zu erinnern.

Da sagte der zweite Sprecher: „Ich war in Heilbronn, Brüder. Hab auf dem Markt ein Flugblatt gesehen. Die Reformatio Sigismundi. Der Anwalt wird sie gelesen haben. Und dann wird er wissen, daß das kranke geistliche Recht durch göttliches Recht überwunden werden muß."

Die erste Stimme fiel wieder ein. „Auch das weltliche Recht muß überwunden werden."

Und wieder Veit. Hipler hatte den Eindruck, daß er unmittelbar vor ihm stand: „Recht ist, was in der Bibel niedergelegt ist, was über allem menschlichen Recht steht."

„Und was", fragte Hipler erregt, „was steht über allem menschlichen Recht? Wer bestimmt es, kontrolliert es, setzt die Einhaltung durch? Ja, ich habe darüber nachgedacht und suche es auch, dieses Recht, vielleicht das göttliche Recht."

Er fühlte sich wie ein Blinder, der einen Regenbogen beschreiben soll. Er hörte zwar, aber er wollte auch sehen, wollte sehen, wer hier versammelt war und das Wort führte und eine neue Welt aus den Schmerzen der alten zu gebären hoffte.

Er riß die Binde von den Augen und schaute sich um. Zwei, drei Fackeln waren zu erkennen, ein niedergebranntes Feuer, Gesichter im Dunkeln. Er hörte aufgebrachtes Gemurmel um sich herum. Jemand sprang auf ihn zu und setzte ihm den Dolch auf die Brust. An der Stimme erkannte er ihn, erkannte, daß es der war, der zuerst gesprochen hatte. Und er kannte ihn auch so, die bullige Gestalt mit dem Gang eines Bären und der Geschmeidigkeit einer Katze. Das Gesicht vergaß man nicht, wenn man es einmal gesehen hatte: die hohe, vorgewölbte Stirn, die feste Nase, der breite, meist spöttisch verzogene Mund; die dunklen Augen, aus denen manchmal ein Heiliger, manchmal ein Raubtier zu blicken schien. Es war das kühne Gesicht eines Mannes, der das Kreuz nicht fürchtet, das er zu tragen hat. Obwohl es Jahre her war, erkannte Hipler den Böckinger Wirt.

Rohrbach ritzte ihm die Haut mit dem Dolch und sagte zornbebend: „Daß ich hier mit dem Messer stehe, ist göttliches Recht, Wendelin, das Recht, den gottgewollten Zustand herzustellen und die Gegner des göttlichen Willens, die Verräter, zur Hölle zu schicken. Nach göttlichem Recht gilt jeder Herrschaftsanspruch, solange der Träger den göttlichen Willen vollzieht. Verletzt er ihn, hebt er Gesetze auf, vergeht er sich gegen das für alle geltende Verbot wie du, schließt er sich selbst aus der Gemeinschaft aus und wird gerichtet, wie du gerichtet wirst in dieser Nacht."

„Nein", sagte Veit Schütz und stellte sich neben Hipler. „Du mußt ihn fragen, ob er schwören will."

Rohrbach schaute sich langsam um, schaute auf Veit und erklärte feierlich: „Er wird. Er wird, weil er nur so sein Leben retten kann. Sind wir dann sicher, daß er uns nicht verrät?"

„Wir sind sicher", sagte da einer, der an diesem Abend noch nicht gesprochen hatte. „Er hat seinen Beitrag geleistet, Jäcklein. Die Gulden, die

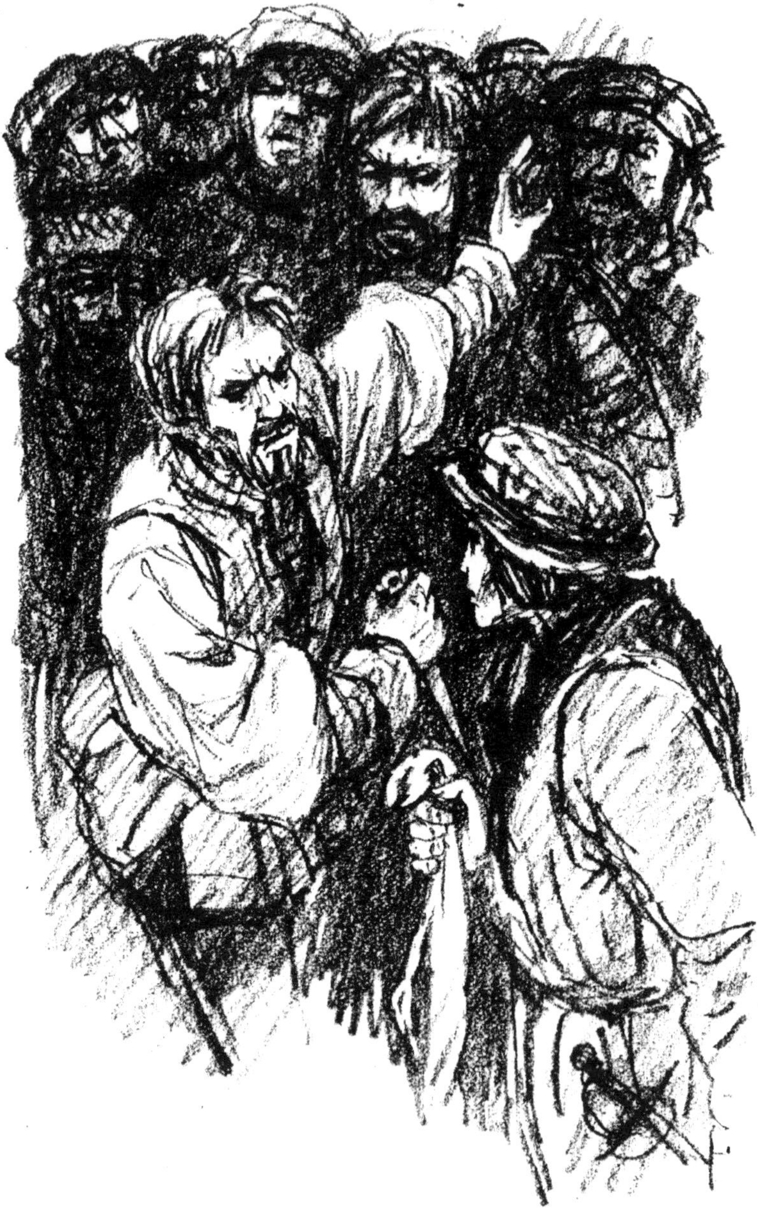

ich von ihm habe, sind in der Bundschuhkasse. Ich steh für ihn ein!"

Im Dämmerlicht der Fackeln war es für Hipler schwer, unter den zwanzig Gesichtern das des Sprechers auszumachen. Der Mann trat langsam heran. Es war der Knappe aus dem Hüttenwerk. Es war Karl.

„Ich werde für meine Überzeugung einstehen", sagte der Anwalt. „Und ich bin davon überzeugt, daß das alte Recht bei denen nicht in den besten Händen ist, die ihren alten Vorteil daraus ziehen. Ich schwöre." Er legte seine rechte Hand auf Rohrbachs linke Schulter - Rohrbach machte es ebenso -, und er schwor.

Nun also war es entschieden. Nun zog er aus mit Waffengewalt, das Reich des Thomas Morus zu errichten, vielmehr sein eigenes Reich. Denn Utopia, Nirgendland, war nirgendwo. Er aber wollte auf festem Boden bauen.

15. Kapitel
Die große Sache

Seinen Ruf als Anwalt hatte der Wind der Unzufriedenheit bis nach Frankfurt und Stuttgart getragen; selbst aus Nürnberg kamen Klienten in Hiplers Kanzlei. Und der vertriebene Herzog Ulrich von Württemberg schickte den Fuchssteiger, seinen Kanzler, um mit Vermittlungshilfe des berühmten Rechtsgelehrten auf Karls Großmut zu bauen. Die österreichischen Erblande verwalteten Ulrichs Besitz, und er wollte mit dem Teufel und mit den Bauern gehen, wenn er sein Land dadurch wiederbekam. Für Hipler bedeutete dieses Ansinnen kaum Geld, denn der Herzog war knapp bei Kasse, und viel vergebliche Schreiberei, weil sich das Haus Habsburg in Württemberg wohl zu fühlen schien.

Ritter und Vögte, Bürger und Ratsverwandte, Priester und Mönche, Hörige und Leibeigene drängten sich vor Hiplers Tisch. Er konnte die Flut der Aufträge nicht überschauen, mußte manches ablehnen. Drei Gehilfen beschäftigte er jetzt.

Er hatte ein Haus und wieder ein Haus und noch ein größeres Haus. Und er hatte eine Frau, die ihm vieles abnahm. Ohne Angela wäre er im Wust alltäglicher Verrichtungen erstickt. Sie hatte den Schlüssel zu allem, was es in Kisten und Kästen, Kammern und Kellern, Stuben und Ställen zu bewahren und zu pflegen gab. Zu seinen Gedanken aber hatte sie keinen Schlüssel. Er sah sie, grüßte sie, achtete sie, lag neben ihr und träumte seinen eigenen Traum.

Wieder war er von einem langen Ritt heimgekehrt und saß müde mit ihr beim Abendessen. Auf dem Fensterbrett schlug die Gefäßuhr aus vergoldetem Kupfer; ein Putto zeigte auf der mit Zahlenringen versehenen und sich drehenden Kugel die achte Stunde an.

„Sie schlägt zu schnell", sagte der Anwalt scherzhaft. „Die Zeit mit dir vergeht zu rasch."

Er fragte sich plötzlich im Stillen, ob er mit Angela glücklich sei. Er hatte darüber noch kaum nachgedacht. Lief sie nicht wie ein Schatten neben ihm, den er nicht mehr wahrnahm, weil man Schatten nur selten bemerkt und schon gar nicht ins Vertrauen zieht. Und doch hatte ihm dieser Schatten geholfen, hatte Mühen und Plagen ferngehalten und niemals Lohn verlangt. Angela hatte ein Kind geboren, einen Erben, den er selten, viel zu selten sah. Er mußte ihr sagen, mußte erklären, daß sie sein anderes Ich war. Vielleicht war es in einem Monat, vielleicht schon in einer Woche zu spät. Wenn die Glocken ertönten, wenn das Zierholdgeschrei erklang, gab es nur ein Gesetz, den Krieg. Sie sollte wissen, daß sie ihm Kraft und Sicherheit gab. Wenn er an alle dachte, dachte er auch an sie. Wenn er sich geborgen fühlte, fühlte er sich bei ihr geborgen. Und wenn er sich inmitten seiner Aufgaben und Probleme verloren vorkam, wußte er dennoch, daß sie da war.

Er betrachtete Angela, wie sie aufstand, sich niederbeugte. Wie lange habe ich sie nicht so gesehen? dachte er. Sie war nach sechs Jahren Ehe immer noch schön, begehrenswert.

Das Licht der Kerze, die auf einem Leuchter vor ihr stand, umschmeichelte die Brüste, die aus dem Ausschnitt hervorzudrängen schienen wie Blüten aus einem Kelch. Er fühlte das, was man fühlte, wenn man nach einem langen Winter plötzlich den Frühling entdeckt. So manche Nacht in zugigen Herbergen hatte er sich gesehnt, nach dem Madonnengesicht, das an eine Eva Cranachs erinnerte, Heilige und Verführerin, im Lächeln Verklärung und Leidenschaft. Angela trug einen seidenen, mit Edelsteinen und Goldspangen besetzten Gürtel und der gestickten Schrift: „Lös mich, doch verlaß mich nicht." Sie ließ das Gürtelende, an dem ein zierliches Täschchen mit Geld und Riechwasser befestigt war, durch die Finger gleiten und hielt es so, daß er den Duft verspürte, der von der Tasche ausging. Ihre Fingerringe und Armbänder glitzerten. Er wußte, daß sie geschminkt war und Schönheitsmittel benutzte, aber er verabscheute es nicht; es gehörte zu ihr wie die Farbe zu Cranachs Schöpfungsbild.

Manchmal erinnerte Angela ihn an einen Kolibri, manchmal an einen Schwan. Während der Kolibri mit spitzem Schnabel aus den Blüten den Honig saugt, läßt der Schwan die Dinge vorübergleiten, beherrscht das Revier jedoch mit kräftigen Schnabel und starkem Flügelschlag. Ein schlechter Vergleich! Sie war ganz anders. Wie war sie wirklich?

Während er sie so betrachtete, nestelte sie an ihrem Busenlatz herum, tat etwas, was sie noch nie vor ihm getan hatte, sie zog sich aus, legte wie im Traum die Kleider ab.

Das gelöste Haar ringelte sich über Brüste und Schultern. Sie machte zwei drei kleine Schritte, langsam und vorsichtig, sagte nichts.

Hipler, vor einer Stunde noch von Terminen, Fristen, Reformplänen erfüllt, kam sich wie in der Werkstatt eines Malers vor, der sein Modell betrachtet und Licht und Farben prüft. Das Schöne erfüllte ihn. Das Schöne war gegenwärtig und wurde zum Vollkommenen, zum Vollendeten. Wie oft hatte er sie so gesehen. Und dennoch, in diesem Augenblick kam sie ihm so vor, als sähe er sie zum erstenmal. „Komm", hörte er sie leise.

Hipler berührte sanft ihren Kopf.

Sie flüsterte: „Auf dem Blocksberg, auf der Ketzerkanzel, erinnerst du dich? Sie hat uns Glück gebracht, die Mandragora. Wenn du ein wirklicher Ketzer wärst, würde ich auch einer sein."

Ich bin es schon, du weißt es nur noch nicht, dachte er. Ich will dich nicht auf die Probe stellen. Ich kann es nicht, nicht jetzt, jetzt bin ich nur bei dir.

- - -

In den folgenden Monaten war Hipler noch seltener zu Hause. Immer wieder wurde nachts an die Tür geklopft und das Stichwort genannt. Immer wieder zog er danach sein Pferd aus dem Stall und suchte geheime Treffpunkte und Vertrauenspersonen auf. Manchmal wechselte er in einem Gasthof die Kleidung, trug einen Bart oder ließ das Pferd in einem fremden Ort. Auch nach Hohenlohe kam er wieder, niemand erkannte ihn. Und die Männer, denen er begegnete, warteten auf das Losungswort. Hatte er zunächst nur die Fäden zu entwirren versucht, so zog er sie nun selbst.

Als bei Stühlingen die Feuer brannten, erklärte er Angela, sie habe wahr gesprochen, als sie den Ketzer in ihm vermutete. Es käme mehr denn je darauf an, zueinander zu stehen.

Am folgenden Morgen ertönten die Glocken im Hohenloher Land. Auf den Neckarhöhen und im Odenwald leuchtete Flammenschein. Zehntausend zogen aus Dörfern und Städten zum Schüpfergrund. Auch Hipler brach auf. Am Tag danach holte Brunner Angela und ihren Sohn in sein Haus und ließ sie nicht mehr zurück.

Die Wachfeuer loderten nun schon die dritte Nacht. Vor den waldbedeckten Hängen um den Schüpfergrund stand Wagen an Wagen; sie waren zu einem Geviert zusammengeschoben. Inmitten dieser Festungsmauern, deren Türme und Bastionen aus Fässern bestanden, erhoben sich rasch zusammengenähte Leinwandzelte, Unterkünfte aus Pferdedecken über gekreuzten Astgabeln und Erdwälle mit Baumstammbalken und Reisigschindeln. Manche der Lagerinsassen hatten sich einen Wetterschutz unter dem Wagen gebaut.

Noch immer trafen kleinere und größere Gruppen schlecht bewaffneter Bauern, Tagelöhner und Gesellen ein, wurden vom Wachhabenden einem Fähnlein zugeteilt, stolperten über herumliegende Gerätschaften und zugedeckte Schläfer und suchten sich ihren Liegeplatz oder schürten das Feuer einer halberloschenen Kochstelle.

Es war still geworden im Schüpfergrund. Ab und zu drang ein Lachen, ein Fluch oder der Ruf der Posten in das Zelt Hiplers, der vor einer Kiste mit einer flackernden Unschlittkerze, vor Pergament und Federkiel saß und sich fröstelnd in seine Schaube hüllte. Der Kanzler des Hellen Haufens, von allen Hauptleuten und Bauernräten einstimmig auf diesen Posten gewählt, schrieb nach Mühlhausen, Baltringen, Memmingen, Leipheim und Wurzach und teilte den dort versammelten Herren und ihren Oberen die Kampfziele mit, um alle Einzelaktionen zu koordinieren und einem gemeinsamen Plan unterzuordnen.

Ein Mann betrat das Zelt, wandte sich aber zum Gehen, als er den Schreibenden sah. Hipler schaute auf.

„Lies das", sagte er.

Sein Besucher war Georg Metzler, der Oberste Feldhauptmann, ein Gastwirt aus dem Odenwald. Hipler hatte ihn zum erstenmal in der Schlucht gesehen, als er den Eid leisten musste.

Es war die Antwort an die Grafen von Hohenlohe auf deren Aufforderung, mit der gebotenen Ehrfurcht nach Hause zu gehen. Der Wind trieb einen Regenschwall durch das löchrige Zelt und ließ die Tinte zerlaufen. Der Kanzler zuckte mit den Schultern und reichte Metzler das Pergament.

Plötzlich besann er sich, forderte den Bogen zurück und zerfetzte ihn. „Warum soll ich ihm schreiben, was er längst schon weiß", sagte er. „Georg wird's merken, wenn die Bundschuhfahne auf dem Neuenstein weht."

Als Metzler ging, ließ sich Hipler auf dem Stroh nieder, benutzte als Kopfkissen das Sattelzeug, schaute in das Licht der heruntergebrannten Kerze, die immer kleiner wurde, immer heftiger flackerte und schließlich erlösch. Die Kühle der Aprilnacht kroch von den Zehenspitzen den Körper hinauf. Die feuchte Decke, die er über sich zog, wärmte ihn nicht.

Hipler schloß die Augen. Der Regen trommelte. Der Fetzen am Zelt-eingang schloß und öffnete sich mit jedem Windstoß. Die Gedanken des Mannes irrten umher, verliefen sich in der Vergangenheit, suchten einzudringen in eine Zukunft, die wie ein unbeschriebenes Blatt vor ihm lag. Wie wird es aussehen, das Land Irgendwo, das ich erschaffen will mit einem schlechtbewaffneten Bauernheer? Was erwartet mich auf dem Schloß, in dessen Mauern ich Homer studiert, mit dessen Siegel ich Verträge gültig gemacht habe? Wie mögen sie wüten, die Brüder, wenn sie erfahren, daß der Neuenstein das erste Angriffsziel ist? Daß hier das Zeichen gesetzt werden soll?

Der Kanzler wurde durch einen Regenguß geweckt. Kopfschmerz peinigte ihn. Die Anspannung der letzten Tage war zu groß gewesen.

Die große Sache ertrinkt in Alltäglichkeiten, dachte er. Das ferne Ziel verblaßt hinter wund gelaufenen Füßen und fehlendem Pergament. Das Jesuskind auf dem Fähnlein hat's nicht hindern können, daß der Regen die Herdfeuer löscht und die Lieder dämpft. Es ist Zeit zum Aufbruch.

Leise erklang in der Nachbarschaft ein aufsässiger Rhythmus und erfüllte den Mann unter der feuchten Decke mit Zuversicht. Ein Tanzlied war es, ein höfisches Lied mit einem neuen Text, einem Text, auf den Teufel, der das Land regiert, und auf den Armen, der den Teufel prellt. Irgend jemand sang ein paar Verse, ein anderer summte mit.

Hipler wälzte sich auf dem Lager umher, versuchte zu schlafen, und seine Gedanken kehrten doch immer wieder zu den Briefen und zu den Listen und zu den Grafen zurück.

- - -

Auf Schloß Neuenstein waren die Tore geschlossen, die Zugbrücken hochgezogen. Georg wußte nicht, was er tun sollte. In diesem Augenblick hätte er den Rat eines erfahrenen Kanzlers gebraucht. Der Nachfolger Hiplers beugte nur demütig den Kopf und erwartete einen Befehl. Und der, der immer einen Ausweg gewußt hatte, stand mit zehntausend Spießen vor dem Tor.

Sollte er sich verteidigen? Sollte er angreifen?

„Ich werde ihn wie einen Mistkäfer zerquetschen", rief der jüngere Graf dröhnend und ereiferte sich so, daß ihm die Luft wegblieb. „Zum Teufel mit den Bauernkötern, die den Mond ankläffen."

Er spuckte auf die Fliesen. „Wir werden Halali blasen, daß den räudigen Hunden und wütigen Säuen Hören und Sehen vergeht!"

Mit trunkener Entschlossenheit schaute er sich im Kreise um, ob einer da war, der widersprechen wollte.

Auf ein Zeichen Georgs haspelte der Page sein Gebet herunter. Die Bediensteten trugen die Reste der Mahlzeit hinaus. Die Damen und Herren aus den Burgen und Schlössern der Nachbarschaft, die sich unter den Schutz Georgs begeben hatten, zogen sich in ihre Gemächer zurück und bereiteten sich auf den Bittgottesdienst vor.

Durch die Fensterscheiben war der in den Wolken schwimmende Mond zu sehen. Die Sterne hingen wie flackernde Kirchenlichter über dem Neuenstein.

Nur Georg und Albrecht blieben.

Der jüngere Hohenlohe hockte wie ein Mehlsack auf seinem Scherenstuhl und schaute mit glasigen Augen auf die Holzscheite im Kamin. Er formte aus den nicht abgeräumten Brotresten Kügelchen, die er in die Kanne vor sich werfen wollte, was ihm stets mißlang.

„Ich weiß, daß du verhandeln willst. Ich denke ..." Er schwieg wieder.

„Ich werde tun, was ich für richtig halte."

„Und ich werde mitreden, wenn mein Bruder die Grafschaft an hergelaufene Vagabunden verhökern will. Willst du dem Mann, dem du den Kanzlerstuhl unter den Hintern geschoben hast, auch noch die Krone aushändigen?"

„Schweig!" Georg betrachtete den Bruder mit kaum verborgenem Widerwillen. Er wandte sich dem Spiel zu, daß er einem mit Silberbeschlägen und Intarsien geschmückten ebenholzfarbenen Kabinettschrank entnommen hatte, und blätterte in den Karten, auf denen sich Tugenden und Künste in antiken Gewändern zur Schau stellten und geflügelte Wesen um die Planeten der Erde kreisten.

Unkonzentriert zog er ein Blatt heraus, dann ein zweites, ein drittes, schlug auf einer Seite im Magischen Kartenbuch nach, las dreimal die Unglücksprophezeiung: Langes Leiden, Verlust von Haus und Gütern, Tod, und gab das Kartenziehen auf. Nein, er wollte sich nicht den Karten anvertrauen.

Ein Zwerg im Bauernhemd humpelte mit heiserem Drauf-und-dran Geschrei in den Raum und ließ sich vor dem Kamin nieder.

„Ich schätze, draußen wird man um Eure Kronen würfeln", krähte er, „Vielleicht seid Ihr dafür morgen dem Himmel ein Stückchen näher - wenn's auch nur auf einer Galgenleiter ist!"

Albrecht pfiff böse und wies ihn hinaus. Fortunatus aber, von Hipler einst auf einem Schützenfest aufgelesen und als Hofnarr, Feuerfresser und Degenschlucker im gräflichen Dienst, kümmerte sich nicht darum.

„Ich hab's im Urin, Ihr Witwenmacher, daß Euch die Bauern die Sakramente verpassen. Wahrscheinlich haben sie Weihnachten zum letztenmal einen Hundeschwanz in der Grütze gesehen. Ist der Bauch leer, nimmt die Hand, was auf dem Wege liegt, sagte meine Großmutter, als sie in die Räucherkammer des Priesters stieg. Der Herrgott gab's ihr ein, sonst hätte er sicher das Fenster zugemacht."

Die Fensterflügel schlugen im Wind. Ein Hund gab Laut. Ein Käuzchen schrillte vorbei. Waffenklirren erklang vom Hof herauf. Albrecht wurde ungeduldig.

„Was ist nun?" fragte er wieder.

In Gedanken hockte er auf dem Gaul des Reiters, der nach Baltringen aufgebrochen war, um sie der Hilfe des Truchsessen zu versichern. In zwei, drei Tagen konnte der Waldburger, der Oberste Feldhauptmann des Schwäbischen Bundes, mit zehntausend Landsknechten in Hohenlohe eintreffen.

Georg ließ sich Zeit. Sie wissen nicht, was sie tun, dachte er. Hinter dem Stofffetzen mit dem Bild der Jungfrau laufen sie her wie hinter der Dirne aus einem Badehaus.

Kollerndes Lachen vom Hof, Pferdeschnaufen und Weibergekreisch. Georg erhob sich und schloß das Fenster. Er fluchte leise. Der Bruder blickte ihn mit erstaunten Malvasieraugen an, bevor er den tongebrannten Löwenkopf an die Lippen hielt und das Getränk hinunterkippte. Wieder das Lachen. Die da suchen nichts mehr, dachte der Ältere. Ihr Himmel hängt so tief, daß sie das Paradies durch die Scherben einer Flasche mit Branntwein sehen. Sie sind meine Knechte, aber was geht sie die Grafschaft an. Was sie besitzen, tragen sie auf ihrem Leib. Er suchte in seinem priesterartigen, von einem Gürtel zusammengehaltenen roten Gewand ein Tuch, um sich die Stirn zu wischen, fand es jedoch nicht.

Albrecht kippte immer von neuem den Inhalt des Bechers in sich hinein. Flüssigkeit rann ihm an den Mundwinkeln herab und tropfte auf seine bestickte Weste, auf die knielange blaue Samthose.

Georg lief durch den Raum, nahm hier einen Gegenstand auf, legte ihn dort wieder ab, verharrte vor dem Pult mit der Heiligen Schrift, aufgeschlagen und angestrichen Johannes, Kapitel zwei, Vers achtundzwanzig, die Offenbarung des Herrn. Er las und verstand nicht, was er las, drehte sich langsam um, stolperte über eine Teppichfalte, stand vor dem Bruder und schaute durch ihn hindurch. Er zuckte zusammen, von der fistelnden Stimme des Zwergs erschreckt.

„Wenn Ihr Euch nicht entscheiden könnt, ob Ihr sie braten oder kochen wollt, werd ich's für euch tun, liebe Brüder. Was kostet denn die göttliche Gerechtigkeit? Gar nichts, sagte meine Großmutter immer, wenn man weiß, wen der Amtmann geschwängert hat. Entweder Ihr hängt dem Kanzler die alte Kette um. Oder Ihr macht Euch aus dem geheimen Gang davon. Ich werde die Zunge wetzen, daß Ihr die Grafschaft inspiziert." Er lachte meckernd.

„Man kann Zungen auch auf den Abtritt nageln", fuhr Albrecht auf.

Georg empfand Haß auf den Bruder.

Ein Bote betrat den Saal und brachte die Nachricht, die Bauern wollten vor den Neuenstein ziehen, so hätte es ein Kundschafter hinterbracht.

Albrecht nahm einen tiefen Zug. Behagen erfüllte ihn. Er schmeckte den Tropfen nach. Es war entschieden. Der blutleere Gottesknecht Georg sollte ihn nicht hindern. Die Roßmucken wollten Blut. Sie sollten es fließen sehen. Sie würden mit dem Halleluja von sechs Kartaunen empfangen werden und keine Zeit zum Amen haben. Er erhob sich und verließ den Raum.

Pechfackeln schwirrten wie Irrlichter umher. Auf Treppen, Korridoren und Festungsmauern klapperten Waffen, Rüstungen und Schanzgerät. Pulverfässer wurden geschleppt, Pechpfannen bereitgestellt, Eimer mit Wasser zum Feuerlöschen gefüllt.

Georg indessen fühlte sich wie ein Magier, der einen Geist erscheinen läßt und auf alle Fragen die Antwort erhält, wenn er sehen wolle, müsse er sich selbst ins Jenseits bemühen. Was nützte es, daß er den Thomas von Aquino und den Aristoteles zitieren konnte. Mit den Geburtsdaten der Päpste und den Lebensläufen der Heiligen ließ sich keine Kugel schießen. Die Schriften des Thomas Murner zur Verteidigung der Kirche waren soviel wert wie eine Feldschlange ohne Pulver. Sollte er gegen zehntausend den Neuenstein verteidigen?

- - -

Hipler war wie gerädert, als er nach wirren Träumen auffuhr und Schaube und Decke abwarf. Regen und Wind hatten aufgehört. Die Lagergeräusche waren verstummt. Nur die Rufe der Posten erklangen ab und zu.

Es dauerte eine Weile, bis es ihm gelang, aus einer trockenen Kiste Feuerzeug und Kerze zu fischen und Licht zu machen.

So wie er war, mit geöffnetem Hemd und wirrem Schopf, der Kälte nicht achtend, die die Finger klamm werden ließ, setzte er sich vor das Brett, überflog noch einmal Georgs Brief, den er am Nachmittag erhalten hatte und in dem viel Überflüssiges stand, und begann zu schreiben.

Dann erhob er sich rasch, rüttelte den Posten, der vor dem Zelt eingeschlafen war, schickte ihn zum Öhringer Fähnlein, das einen Boten benennen sollte.

Er hüllte sich in seine Schaube, wartete ungeduldig und erschrak, als Veit Schütz vor ihm stand. Es gefiel ihm nicht, daß ausgerechnet der Mann zum Neuenstein reiten wollte, der auf so ungewöhnliche Weise vor der Rache der Grafen und vor dem Block bewahrt worden war.

Veit schlug die Bedenken in den Wind.

Während er zu den Pferden ging, den Troßmeister weckte und um eins der wenigen Reittiere bat, sank der Kanzler auf das Lager zurück und spürte die vom Stroh aufgesogene Feuchtigkeit nun auch unter sich. Er war erschöpft. Doch in die Erschöpfung hinein spürte er das Mühlrad der Verantwortung.

War es richtig, daß ich doch geschrieben habe, überlegte er. Sollte ich ihm nicht zeigen, daß zehntausend bewaffnete Bauern, Gesellen und Tagelöhner einen Grafenhut aufwiegen? Sollte ich ihm nicht zeigen, daß dieses Heer unbezwingbar ist? Daß hundert fallen und zweihundert an ihrer Stelle stehen? Daß er die Kraft des Volkes nicht besiegen kann? Nein, ich muß mit ihm reden. Ich will und werde ihn überzeugen, daß er den eigennützigen Anspruch nicht gegen die gemeine Sache durchsetzen kann. Vielleicht sind Worte ein verlorener Haufen, den ich aber vorausschicken muß. Mit Worten hat der Wittenberger die Mauern der römischen Kirche zum Erzittern gebracht. Mit Worten kommt der Müntzer dahergezogen, pflanzt den lebendigen Gott in die Herzen und appelliert an die Einsicht der Herren.

Was für ein Tag, als ich ihn kürzlich im Hegau traf und an das Hexengericht erinnerte, das der Anfang unserer Bekanntschaft war. Was für eine

Nacht und was für ein Morgen, als die Sonne über uns stand. Mit Worten haben wir ein neues Reich erbaut. Und mit Worten will ich Verbündete suchen, wo immer ich sie finden kann. Die Hakenbüchsen sind das Argument derjenigen, die mit kaltem Herzen und leeren Händen kommen. Wir aber bringen Zuversicht. Nur wer uns bewaffnet entgegentritt, soll der Gewalt der Waffen ausgeliefert sein.

- - -

Auch Georg war nicht zur Ruhe gekommen. Er erwartete Antwort auf seinen Brief.

Auf dem Hof wurde es unruhig. Ein Mann schrie. Ein Schuß knallte. Flüche und Beschimpfungen vor dem Palas. Die Tür wurde aufgerissen, und ein Bewaffneter stürzte herein. Albrecht folgte ihm.

Der Knecht rief: „Ein Schreiben für Euch!"

Veit Schütz wurde hereingestoßen. Er hatte es sich nicht nehmen lassen, die Botschaft zu überbringen, obwohl er der Fähnrich der Öhringer war. Er wollte den Triumph auskosten, die Grafen klein und erbärmlich zu sehen. Daß er wieder in Gefahr geriet, schreckte ihn nicht. Der Knecht sagte, daß dies der verdammte Aufrührer aus der Hütte sei, auf den der Henker zweimal vergeblich gewartet habe.

„Da hätte er sich den Weg zur Hölle verkürzen können, der Hundearsch", meinte Albrecht spöttisch und nahm dem Knecht die Pergamentrolle aus der Hand.

„Von wem kommst du", fragte Georg den Botschafter.

„Vom Satan natürlich", preßte Albrecht hervor.

„Dann muß der Satan Euer Ratgeber gewesen sein", erwiderte Veit.

Albrecht drückte Veits Kinn mit dem Schwertknauf zurück.

„Ich weiß nicht, ob du unter einem Balken auch so witzig bist", sagte er grimmig. „Wenn du den Rebellen meinst, der sich in unser Vertrauen geschlichen hat, so werden wir ihm deinen Kopf schicken, daß er mit dir über Aufruhr philosophieren kann."

Veit leistete dem Druck Widerstand und schaute Albrecht ins Gesicht: „Hütet euch, Graf, ich komme als Botschafter. Und ..." Er lächelte verzerrt. „... habe noch niemanden gesehen, der einen mit Hundearsch beschimpft hätte, wenn der ihn am Hintern hielt."

Fortunatus humpelte in den Raum und grinste vor sich hin.

Veit stieß den Knauf zurück.

„Die alten Schulden sind tot und ab. Und vor Euch steht einer, der auf die Fahne des Hellen Haufens geschworen hat."

Albrecht schlug mit der flachen Klinge zu.

Der Mann taumelte und fiel, richtete sich mühsam empor, fuhr sich mit der Hand ins Gesicht und betrachtete die blutigen Finger. „Das werdet Ihr bereuen."

Albrecht gab den Bewaffneten ein Zeichen. Sie packten den Verletzten und schleiften ihn aus dem Raum.

Mit einer Handbewegung fegte der jüngere Graf den noch auf dem Tisch stehenden Pokal hinunter, stürzte zum Fenster und preßte schweratmend die Stirn an das kühle Glas.

„Du bist zu weit gegangen", rief Georg hinter ihm.

„Ich werde noch weiter gehen, und der Henker wird mir helfen dabei", schrie Albrecht. „Wenn sie den Kopf des Mannes auf der Mauer sehen, wird ihnen das Possenreißen vergehen."

„Nein", sagte Georg kurz. Er schritt auf Albrecht zu und nahm ihm das Schreiben Hiplers aus der Hand.

Albrecht fuhr herum und schaute den Bruder aus zusammengekniffenen Augen an. „Was sagst du da?"

Ein erschöpfter Mann stand plötzlich in der Türöffnung und hielt sich am Rahmen fest. „Bote aus Öpfingen ... Die Bauern ... Schlacht gewonnen. Der Truchseß ... geschlagen ... die Landsknechte fliehen." Er brach zusammen.

Albrecht spürte im selben Augenblick das Blut in sich emporsteigen wie eine heiße Lohe, die ihn zu verbrennen schien. Georg riß das Siegel der Botschaft auf und las:

Graf Georg! Im Namen des göttlichen Rechts forderte ich Dich auf, vor der Bruderschaft zu erscheinen und den Eid abzulegen auf den Hellen Haufen, unter dessen Schutz und Schirm Du Dich stellen sollst, bis die Reformation der weltlichen Dinge im ganzen Reich abgeschlossen ist. Ich beschwöre Dich, Gottes Willen zu vollziehen, sonst kann ich Dich nicht schonen, wie viele Beispiele von der Freundschaft der Alten und der Gefolgschaftstreue der Vorfahren Du auch bringen magst. Begib Dich Deiner Macht und komm zu uns. Geschrieben im Feldlager des Hellen Haufens im Schüpfergrund am 6. April 1525. Hipler.

Georg ließ den Brief sinken, zerriß ihn plötzlich, warf ihn in die Flammen und schaute zu, wie das Feuer das Pergament zerfraß. Sosehr sie sich unterscheiden mochten, in einem waren beide Brüder gleich: Sie fühlten sich vom Allmächtigen auf die Empore ihrer kleinen Schloßkirche gesetzt.

Der Brief des Mannes, dessen Freundschaft er geduldet und - wie er meinte - erwidert hatte, weckte Georgs Zorn. Er trank jetzt auch. Er kippte den Malvasier in sich hinein.

„Sie bestehen auf unserem Erscheinen", sagte er zu sich selbst.

Fortunatus meckerte spöttisch. „Ihr wollt es umsonst", meinte er. „Umsonst könnt Ihr Euch in die Büsche setzen, erklärte meine Großmutter. Wenn Ihr die Fahne mit dem Christuskind kaufen wollt, müßt Ihr mehr bieten als für den Landsknechtsfetzen mit dem Totenkopf. Und am teuersten ist die Dreifaltigkeit, da kriegt Ihr für die ganze Grafschaft höchstens einen Splitter vom Kreuz des Herren."

„Das ist Gotteslästerung", rief Georg aufgebracht.

„Der Herr wird's Euch auf die Rechnung setzen, liebe Brüder, solange ich in Euren Diensten bin."

Albrecht packte den Bruder am Arm. „Fahre unter sie und lehre sie das Evangelium mit dem Besenstiel. Treib ihnen die Flausen aus mit Feuer und Schwert und jage sie als Krüppel oder fromme Christen heim."

„Mit achtunddreißig Pferden und zweihundertdreiundzwanzig Mann?"

Georg schrie, schrie immer wieder diesen Satz. Mit offenem Mantel lief er durch den Raum.

Albrecht stellte sich in den Weg. „Über diese Schwelle kommt kein Rebell, solange ich ein Schwert tragen kann." Er drehte sich um und ging.

Georg ergriff den dreiarmigen silbernen Leuchter, tapste in sein Zimmer, öffnete die mit Allegorien bemalten Fächer und Schübe des Kabinettschranks, suchte hastig zwischen Handwaschbecken, Flaschen und Gläsern sein Schreibgerät. Er begab sich an den Tisch, überlegte kurz und schrieb. Dann zerriß er den Brief und fing wieder an.

Dreimal rief er den Pagen, eilte zornig zur Tür und herrschte den noch schlaftrunken taumelnden Edelknaben, dessen mädchenhaft schlanke Figur er sonst mit sanften Blicken gestreichelt hatte, unwirsch an, er solle den Botschafter holen. Der Page lief.

Wenig später polterte Albrecht die Treppe herauf. Er stieß die Tür an, daß sie ächzend in den Angeln flog, und er trat ein mit Harnischbrust und Bauchreifen, Beinröhren, Kniebuckeln und dreckbespritzten Kuhmäulern, die er wütend über den Teppich schleifen ließ. An der Seite trug er das Schwert, das der Vater aus Toledo mitgebracht hatte.

Er rief dröhnend vom Eingang her: „Ein Hundsfott, wer es anders will." Er zog den verängstigten Pagen hinter sich her, warf ihn wie ein Bündel Lumpen auf ein schmales Spannbett, das sonst der Mittagsruhe des Älteren diente.

Georgs Stirn rötete sich. Er wandte sich an den Jungen und tat, als sei der Bruder nicht im Raum. „Hole ihn."

Der Page lief wieselflink zur Tür und die Treppe hinab.

„Ich werde ihn freilassen!"

Klirrend schlug Albrechts Schwert auf den Tisch. „Die Knechte wollen Blut. Und sie werden die Roßmucken zu Paaren treiben", sagte er laut.

„Nein!"

„Dann wird man sagen, daß ein Hohenlohe vor Dreschflegeln davongelaufen ist!" Georg lächelte nur und schwieg. Albrecht schaute ihn entgeistert an. „Du hast nicht das Recht ..."

Der Bruder stieß ihn zurück und ging langsam zu den Fensternischen. Durch die Butzenscheiben bemerkte er den unmerklich grau werdenden Tag.

„Schweig! Oder ich muß dich erinnern, daß du mit meinem Löffel ißt! Wer säet, der mähet!"

Er trat an den Tisch zurück, schien versöhnlicher. „Auch Mucius Scaevola, der seine Hand im Altarfeuer verbrennen ließ, um seinen Mut zu beweisen, könnte nicht gegen acht- oder zehntausend - wie sagst du? - Roßmucken bestehen."

Die Tür öffnete sich. Der Page erschien mit dem Botschafter. Georg winkte. Veit stolperte in den Raum, die Hände auf den Rücken gebunden. Er schaute an Georg vorbei.

„Du kannst gehen", sagte der Graf und gab mit der Hand ein Zeichen. Der Page zerschnitt mit einem Messer die Fesseln.

„Nimm diesen Brief und übergib ihn ..." Pause. „... deinem Kanzler." Er kramte in seinem Beutel, brachte zwei Gulden zum Vorschein und hielt sie dem Botschafter hin. „Der Brief für Hipler. Die Münzen für dich."

Veit begriff, daß der Brief wichtig sein mußte. Zwei Gulden waren zwei Ochsen oder sechs Monate Lohn. Er rührte sich nicht. Georg warf die Münzen dem Edelknaben zu, hob die Hand und bedeutete den beiden zu gehen.

Haßerfüllt schaute Albrecht den Bruder an. Page und Botschafter verließen den Raum.

„Was hast du geschrieben?" erkundigte sich Albrecht.

Georg schob ihn kühl beiseite und verließ den Raum. Er trat durch eine eisenbeschlagene Tür in den Turm, in dessen oberem Stockwerk sein Geheimgemach war. Dort öffnete er einen Fensterflügel, ließ die Morgenluft in den Raum und schaute mit unbewegtem Gesicht auf die glimmenden Feuer in den Dörfern unter ihm, die in der Wald- und Hügellandschaft unruhig zu flimmern schienen. Die Feuer gingen nicht aus. Die Konturen der Hügel und Täler wurden nachgezeichnet durch einen langsam heller werdenden Saum.

„Page!" rief Georg plötzlich aus dem Fenster, lief an die Tür und brüllte in das Treppenhaus: „Page! Page!" Es hallte in den Gewölben und Korridoren. Er rief, bis der Edelknabe erschien. „Reite", brachte er hektisch hervor. „Sei schneller als der Teufel. Gib ihm den Ring ..."

Er zog mit Mühe einen Siegelring mit dem Hohenloher Wappen vom Finger und warf ihn dem Knaben zu. „Sag ihm, das Alte sei tot und vergessen. Sag ihm, daß er die Grafschaft haben kann. Beschwöre den Kanzler, daß er kommen soll. Allein, hörst du, allein ..."

Der Knabe schaute ihn entgeistert an. „... ins Bauernlager?" flüsterte er.

Die Ängstlichkeit des Siebzehnjährigen belustigte Georg und lenkte ihn ab. Er betrachtete den Pagen und spürte, daß die Versuchung des Fleisches ihn ansprang wie ein beutelüsterner Wolf.

„Geh", sagte er und wandte sich ab. „Zieh dir Bauernkleider an und nimm das schnellste Pferd. Laß es vor dem Lager und schleich dich hinein. Es wird dir nicht schwerfallen, eine Geschichte zu erfinden, die glaubhaft klingt, wenn man dich faßt ..."

Der Knabe sagte: „Ich tue es."

„Du wirst es nicht bereuen", rief Georg hinter ihm her.

Er wartete wieder. Er wartete. Die Zeit würgte ihn. Er wartete.

Dann hörte er ein Trompetensignal. Er fuhr herum, stürzte zum Fenster und bemerkte, daß in diesem Augenblick die Sonne wie ein feuriges Wagenrad erschienen war. Pferde wieherten. Knechte fluchten. Weibergekreisch.

„Zu den Waffen", hallten die Rufe durch Treppenhäuser und über den Hof. Musketen und Hellebarden schlugen an Mauerwerk. Hastend und rennend nahmen die Rotten die vorbestimmten Plätze ein. Geschütze wurden mit Pulver und Kugeln versehen, die Wurfsteine und Pechpfannen ein letztes Mal inspiziert. Der Priester lief mit flatternden Rockschößen über den zweiten Burghof zum Kapellenportal.

Deutlich erkannte Georg die Wagenkolonne, die emporwachsenden Zelte, das Ameisengewimmel, die immer neu eintreffenden Fähnlein.

Ein Spielwerk rasselte. Ein Bolzen fiel. Die Uhren begannen zu tönen. Sie schlugen, schlugen wie ein Wolfsrudel an, so schien es ihm. Wenn eine schwieg, setzte die andere ein. Georg spürte jeden Laut wie einen Lanzenstich. Seine Lippen bebten, seine Hände verkrampften sich. Die Stutzeruhr erklang und spielte ihr Lied vom süßen Tod. In diesem Augenblick haßte er die Melodie, die er sonst so liebte. Zorn flackerte auf, und er schlug auf die Stutzeruhr ein, wischte sie vom Brett und spürte erleichtert, daß der Höllenlärm zu Ende war.

Da keuchte auch der Page die Treppe empor, lehnte sich schweratmend an die Wand und hielt dem Grafen ein Schriftstück hin. Georg riß es auf und las.

Was zauderst Du? Wenn ich Hohenlohe von Dir forderte, ich hätte es schon. Selbst wenn es um Freundschaft ginge, wie Du meinst, wäre dies nicht der Augenblick. Sattle Dein Pferd, erscheine vor dem Rat und handle, wie es nach Lage der Dinge und nach Gottes Willen vernünftig und unabänderlich ist. In einer Stunde entscheidet einer für Dich, der über uns beide zu befinden hat. Du weißt, daß er Dich vom Thron stürzen kann..
Wendel Hipler.
Gegeben zu Neuenstein am 7. April anno 1525.

16. Kapitel
Die Grafen gehen zu Fuß

Als die Kavalkade am Waldrand erschien und eine Büchsenschußweite vom Lager entfernt war, setzte der Wachtrompeter sein Instrument an die Lippen und schmetterte das Sammelsignal in die Morgenluft.

Im Lager rührte es sich. Die mit der Schanzarbeit Betrauten ließen die Hacken und Schaufeln stehen. Die Rotten, die Waffenübungen gemacht hatten, lösten sich auf. Von den Kochstellen drängten Weiber und Kinder heran. Näher und näher kamen die zwanzig Berittenen. Sie machten keine Anstalten, ihre Pferde zu zügeln. Albrecht hob sich im Sattel und lachte, als er die zurückweichenden Bauern sah.

Da endlich raffte sich jemand auf. Veit Schütz riß einem Posten die Hellebarde aus der Hand und hielt sie mit der Spitze nach vorn. Andere fanden sich und stellten sich neben und hinter ihn, sie versperrten wie ein waffenstarrender Igel den Reitern den Weg. Albrecht gelang es mit Mühe, den Hengst, dessen Weichen von Spießen und Hellebarden geritzt wurden, zu zügeln. Auch die übrigen hatten ihre Tiere unmittelbar vor den Bewaffneten zum Stehen gebracht.

„Platz da", rief Albrecht. Er hob die Peitsche, wagte aber nicht zu schlagen.

Tumultartiger Lärm hüllte die Neuensteiner ein. Schritt für Schritt drängten die empörten Bauern heran, um die Herren in ihren prächtigen Rüstungen von den Pferden zu ziehen.

„Sie stehen unter dem Schutz der Bruderschaft!" rief Veit.

Der Wachführer gab den Posten ein Zeichen. Sie stellten sich vor den Reitern auf.

Veit sagte zu Georg: „Steigt ab!"

Während der bleich gewordene Graf aus dem Sattel stieg und die anderen es ihm nachtaten, wandte sich Veit an die Menge: „Laßt sie passieren! Die Grafen gehen zu Fuß! Das haben sie noch niemals gemacht!"

Ein kleiner Zug formierte sich, an seiner Spitze Veit mit der quergelegten Hellebarde. Langsam wichen die Bauern zurück. Sie ließen eine Gasse frei, durch die Veit und die Neuensteiner zogen. Hunderte schlossen sich an.

„Nun Albrecht", war ein Alter zu hören, „wirst du in einer Kate wohnen, und ich ziehe ins Schloß?"

Ein anderer rief: „Ich hätt mir nicht träumen lassen, daß ein Herr den Hut vor mir ziehen muß." Er schlug mit dem Spieß an Georgs Eisenhelm; der fiel herunter und kollerte über den Boden.

Im Ratszelt tagten die Hauptleute und Beauftragten seit dem frühen Morgen. Trotz Hiplers Beredsamkeit konnten sie sich lange nicht einigen. Acht forderten die Erniedrigung der Neuensteiner und die Einziehung ihrer Güter; acht wollten Rücksichtnahme und geschicktes Verhandeln, um sie als Bundesgenossen zu gewinnen. Hipler suchte zu vermitteln und die Fronten abzubauen. Endlich erreichte er eine Einigung, es wurde beschlossen, dem Grafen die Artikel vorzulegen, ihn darauf schwören zu lassen und über sein Schicksal später zu entscheiden. Inzwischen war der Zug mit den Herren vor dem Zelt angelangt.

An der Spitze der Räte verließ Hipler das Zelt. Er war auf den Zweikampf, der nun beginnen würde, vorbereitet, hatte ihn lange erwartet. Jetzt ging es ums Ganze. Jetzt konnte man die Waffen gebrauchen, die mit dem Schmiedefeuer der Vernunft und der Erfahrung gehärtet und auf dem Stein der Wahrheit geschärft worden waren. Jetzt schied sich der Freund vom Feind. Und jener, der vor kurzem noch gelehrt hatte, „ein Christenmensch ist ein freier Herr über alle Ding und niemand untertan", der viele ermutigt hatte, sich zusammenzurotten, um die schlechten Pfaffen davonzujagen und die verhurten Klöster zu säkularisieren, um die Allmende zurückzubekommen und frei zu fischen und zu jagen, jener einstige Aufrührer vor Kaiser und Papst, jener Martin Luther war in sein altes Mönchsgewand gekrochen, stand ihnen nun auch noch gegenüber. Wie sonst war es zu erklären, daß er die Herren in Sachsen vor dem, wie er ihn nannte, Satan zu Allstedt warnte und dessen Ewigen Bund Gottes mit Haß und Galle bespie. Hipler hatte von Thomas erfahren, daß Luther jetzt auf der anderen Seite stand.

Ich darf jetzt nicht schwach werden, dachte Hipler. Es ist schwieriger geworden, den rechten Weg zu finden. Doch da es schwieriger ist, zu kämpfen, ist es auch einfacher, die Spreu vom Weizen zu sondern. Kann ich den da vor mir gewinnen? Soll ich diesem großmächtigen Herrn nicht entgegenschleudern, was Thomas Müntzer den Grafen und Fürsten und dem sanft lebenden Fleisch zu Wittenberg zu sagen hatte? Wie aber soll ich Georg von Hohenlohe mit der „Hochverursachten Schutzrede" überzeugen, da es doch sicher hebräisch für ihn ist und er nichts versteht?

Graf und Kanzler standen sich jetzt gegenüber. Es wurde so still, als hätte ein Trompeter das Ende der Jagd geblasen. Nur das Schnaufen Albrechts war zu hören.

Georg, von widerstrebenden Empfindungen heimgesucht, dennoch beherrscht, ein Rechner, der seine Pläne mit keinem Augenblitzen verrät, schritt auf Hipler zu und sagte rasch:

„Wenn ich dich sehe, fällt mir dein Phantasieland ein. Wenn ich nicht irre, hat es Morus Utopia genannt. Ein Buchführer hat mir die Schwarte aufgeschwatzt." Er lächelte. „Ich hab dich für klug gehalten, sonst hätte ich dich nicht zum Kanzler gemacht. Aber du bist nur beredsam. Ein Ratten-

fänger, der seine Flöte zu spielen versteht. Du führst zehntausend ins Elend. Dein Nirgendland ist nirgendwo."
Er verlor seine scheinbare Freundlichkeit und wurde bösartig.
„Geht's mit den Oberen nicht, hetzt du die Unteren auf. Tun's die Gebote nicht, machst du Artikel draus. Dein Ehrgeiz ist grenzenlos, Wendelin, Du bist ein Narrenkanzler in einem Narrenreich."
Hipler sah ihn an. Einen Augenblick fühlte er das Bedürfnis, diesen Grafen zu erniedrigen und ihm seine Ohnmacht zu beweisen, indem er ihm deutlich machte, wie wehrlos er war. Aber er beherrschte sich.
„Daß ich nicht mehr dein Kanzler bin, Georg, verdanke ich bei Gott nicht dem Zufall eurer Intrigen und deiner Vermessenheit. Und der Ehrgeiz war niemals mein Ratgeber, es sei denn, der Narr hätte den Ehrgeiz, ein Narr unter Narren zu sein. Aber manchmal sind jene die Narren, die anderen so gern mit dem Prügel drohen. Wir fürchten diesen Prügel nicht mehr. Wenn du die Artikel gelesen hast, wirst du wissen, was ich meine. Die Abschaffung der Leibeigenschaft und des Viehzehnten, die Rückgabe der Allmende und freie Holzung, Jagd und Pfarrerwahl sind der Prügel, mit dem von nun an du zu rechnen hast, Georg."
Der Graf griff zum Schwert. Die hinter dem Kanzler stehenden Hauptleute und Räte traten bedrohlich heran.
Georg steckte die halb aus der Scheide gezogene Waffe zornbebend wieder ein.
Der Kanzler fuhr fort: „Und dann, du irrst dich dreimal, wenn du von Utopia sprichst. Ich kenne Morus, stimmt. Ich kenne dieses Werk, stimmt auch. Doch Thomas Morus ist nicht unser Hauptmann und Utopia nicht die Fahne, hinter der wir ziehen. Obwohl es Gemeinsames gibt. Und das will ich dir zeigen, denn Nirgendland ist hier, mein gnädiger Herr. Dein Hohenlohe ist das Narrenreich - so sagst du doch -, das Reich, in dem es keine Hintersassen gibt. Hier wird nicht mehr geträumt, hier wird gehandelt. Graf! Und die Tatsache, daß du hier stehst, wiegt zehnmal den Morus auf!"
Beifall klang auf.
„Hölle und Tod", fluchte Albrecht und sprang vor. „Soll ich sein vorwitziges Maul mit einem Backenstreich schließen?"
Als er sah, daß die umstehenden Bauern ihre Hände an Dolche und Schwerter legten, zog er sich wütend zurück.
Georg schaute verbissen an Hipler vorbei und visierte einen fernen Zielpunkt an.
Der Kanzler wies mit weiter Geste über die Versammlung. „Die Freien, die hier stehen, haben die Artikel beschworen und werden sie halten, wie du sie beschwören und halten wirst. Item befragen wir dich, ob du mit uns ziehen willst. Wir wollen dich nicht zwingen, aber du könntest dem Haufen nützlich sein. Sei's drum."

Es war eine von ihm häufig gebrauchte Redewendung. Sie verriet, daß er sich seiner Sache durchaus nicht sicher war.

„Und nun ad zwei: In diesem Narrenreich - es kränkt uns nicht, daß du es so siehst -, in diesem Hohenlohe gibt's auch keine Privilegien mehr. Es sei denn das, mehr für die gemeine Sache zu tun."

Er riß Georg die Schärpe ab, die dieser über den Brustharnisch gelegt hatte, und zerfetzte sie. Die begeisterte Zustimmung der Menge und die Empörung der Neuensteiner verhinderten sein Weitersprechen.

Der Kanzler hob beide Arme und verschaffte sich Ruhe. „Und nun ad drei: Die Nirgendländer halten nichts für so unrühmlich als den Ruhm, den man im Kriege sucht, führen diesen Krieg jedoch mit Erbitterung, um sich von Knechtschaft zu befreien. Ihr Ziel heißt Menschlichkeit. Und wer nicht für sie ist in diesem Land, ist gegen sie. Die in der Mitte von beidem stehen wollen, die Geschichte zählt sie nicht. Auch unser Ziel ist Menschlichkeit, Georg."

Er dachte in diesem Augenblick daran, daß ihm vor zwei Tagen die Heeresordnung der Taubertaler zur Kenntnis gelangt war, die konsequent die Gleichsetzung von geistlichen und weltlichen Herren und von Bürgern und Bauern verlangte. Er dachte an die Nachricht vom Betrug und von der Hinterlist des Georg Truchseß von Waldburg, der mit den zehntausend Knechten des Schwäbischen Bundes fast dreißigtausend Bewaffneten - dem Seehaufen, dem Allgäuer und dem Baltringer Haufen - gegenübergestanden, sie mit Versprechungen hingehalten und nacheinander heimtückisch niedergemacht hatte. Nach Erfolgen der Bauern bei Leipheim, Rißtissen und Öpfingen waren in der ersten großen Schlacht dieses Krieges beim Dorfe Bühl, wenige Meilen von Leipheim, tausend Aufständische erschlagen und in der Donau ertränkt worden. Die Überlebenden hatten sich zu neuer Huldigung bereit erklärt. Nein, den Herren darf man nicht vertrauensvoll gegenübertreten, wie es dort offensichtlich geschehen war.

Der Kanzler fuhr fort: „Die Nirgendländer, die du erwähnst, brauchst du nicht in deinen Träumen zu suchen, sie stehen hier. Es sind deine Hintersassen, und sie träumen nicht mehr. Sie kommen mit einem Fähnlein, damit die Menschlichkeit von dir nicht mißbraucht werden kann, wie es der Luther den Herren empfiehlt, wie es der Truchseß in praxi übt. Sie schützen die Menschlichkeit mit dem Schwert. Und der ganze Helle Haufen steht dafür ein. Wer das nicht versteht, nicht erkennen will und nur seinen Vorteil sucht - ich sage es mit allem Ernst -, verurteilt sich selber ..." - er machte eine Pause, um die Wirkung seiner Worte zu erhöhen - „... zum Ausschluß aus der Gemeinschaft, in schweren Fällen zum Tod!"

Es war seine letzte Trumpfkarte, er wußte nicht, ob sie stach. Als er Georgs Miene sah, zweifelte er plötzlich. Vielleicht war er zu weit gegangen. Ringsum breitete sich lähmendes Schweigen aus.

„Wie warten, Bruder Georg. Entscheide dich. Wenn du nicht unterschreibst, verlierst du alles. Sonst bleibt dir Neuenstein."

Und Georg unterschrieb. Bevor er den Federkiel entgegennahm, sagte er leise: „Du willst den Himmel herunterholen, Wendelin. Er wird auf dich fallen und dich begraben, du Narr."

Mit entblößten Fingern - die Hauptleute behielten bei seiner Demütigung die Handschuhe an - setzte er den Namen unter das vorbereitete Pergament. Anschließend ritt die Kavalkade zum Neuenstein zurück. Eine Bauerneskorte begleitete sie.

- - -

Gegen Abend wurde Wein ausgeschenkt. Auch der Kanzler trank und tanzte mit einer weggelaufenen Neuensteiner Magd einen ausgelassenen Bauerntanz. Später entfernte er sich, verließ das Lager, erkletterte einen von Buschwerk bedeckten Hügel und schaute auf das vor dem Gluthimmel aufragende Schloß, in dem nun eine Bauernbesatzung lag.

Der Fehdehandschuh war geworfen. Was geschehen war, hatte die Brücken zur Vergangenheit zerstört. Doch er kannte sein Ziel. Er kannte es wie Christoph Kolumbus, Vasco da Gama, Pedro Alvarez Cabral. Auch die Seefahrer, die den Weg zu neuen Gestaden gefunden hatten und Utopia entdeckten, auch sie hatten Hunger und Tod nicht gescheut und ihrem Kompaß vertraut.

Soll ich nicht wagen, was sie gewagt haben? dachte er. Bin ich nicht schon dabei? Ich suche Gottes Gerechtigkeit und werde sie weiter suchen, was immer sich gegen mich stellen mag.

Hipler hörte ein Rascheln hinter sich und fuhr herum. Erst jetzt bemerkte er, wie dicht er an einem schroffen Abhang stand. Als er umkehren wollte, sah er einen Mann langsam auf sich zukommen. Er glaubte sich selbst zu erkennen, den gleichen Gang, die gleiche Haltung, das gleiche Profil, aber der andere war jünger als er selbst.

Der Fremde blieb zwei Schritte vor ihm stehen. Offenbar war er ihm die ganze Zeit gefolgt. Er lachte leise.

„Wer bist du?" fragte Hipler.

Der Mann schien sich über Hiplers Verblüffung lustig zu machen. Er antwortete nicht.

„Wie heißt du?"

Hipler hatte das Gefühl, auf einer felsigen Nadelspitze von steil abfallenden Wänden umgeben zu sein. Der andere hatte die Hand am Dolch.

„Wißt Ihr das nicht?"

„Nein", sagte Hipler. Doch er ahnte es plötzlich.

„Seht genauer hin", forderte der Fremde.

„Vielleicht entdeckt Ihr dann, daß wir die Rollen tauschen könnten. Wenn Ihr einen Schritt nach hinten macht, könnte ich als Kanzler zu den Roßmucken gehen und die Kriegskasse als Andenken mitnehmen." Er lachte laut auf.

„Sag deinen Namen!" rief Hipler.

„Vielleicht Balthasar wie dein Vater! Was tut's. Namen sind des Teufels Tarnkappe. Nenn mich doch Wendel, Anwalt der Gerechtigkeit. Unser Vater hat uns mancherlei hinterlassen außer der Warze am Kinn."

„Ich habe es erwartet, dir irgendwann und irgendwo zu begegnen. Einmal in Öhringen ..."

„Ich weiß, daß du großzügig sein kannst, ganz wie der Alte, als er meine Mutter geschwängert hat. Leider war ich auf Reisen, sonst hätt ich die Quelle schon angezapft. Als ich wiederkam, hattest du, hm, den gräflichen Tritt im Arsch ..." Er grinste über das ganze Gesicht.

„Wenn du über die Sünden meines Vaters reden willst, hast du den falschen Partner ausgesucht", sagte Hipler erregt.

„Nicht so stolz, Brüderchen, nicht so wie ein Herr! Wir sind blutsverwandt. Die Nächstenliebe tropft doch aus deinen Augen, seit du den Bauernbüttel spielst. Da ziemt sich das Getue nicht. Ich will ..."

„Wenn du willst, daß ich die Geldkatze aufmache, vergeude keine Zeit", unterbrach ihn Hipler heftig. „Ich habe keinen Pfennig bei mir."

Er hatte in den Jahren seiner Kanzlerschaft so viel Geld nach Öhringen getragen, daß sein Bruder in sämtlichen Universitäten des Reiches nacheinander den Doktorhut hätte erwerben können. Aber dieser Bursche war wohl mehr in den Kneipen als in den Hörsälen zu Hause gewesen, während seine Mutter indessen dachte, er sei ein geachteter Mann. Geachtet wurde er wohl nur von jenen, die am Freitisch ihren Geist aus der Flasche tranken und den Spender eine Zeche lang hochleben ließen. Hipler war schließlich der stetigen Bitten und Betteleien der nichtsahnenden Mutter überdrüssig geworden. In der Tat hatte der Bruder alles andere als studiert. Als das Geld ausblieb, war er Landsknecht geworden und hatte unter Franz von Frankreich im Krieg gegen Karl gedient. Wahrscheinlich kam er gerade von Pavia, wo der französische König vor wenigen Wochen gefangengenommen und sein Haufen in alle Winde zersprengt worden war. Hipler hatte über einen Mittelsmann in Öhringen manches über seinen Bruder erfahren. Gesehen hatte er ihn nie. Nun also stand er jenem gegenüber und dachte, wie verteufelt es in der Welt zugehen kann, daß ein Vater zwei Söhne hat, und jeder schlägt sich in einem anderen Heer.

Der Mann da vor ihm, der abgerissen aussah, war noch näher herangetreten.

„Ich weiß, daß du schön krähen kannst; das hat schon dein Vater gekonnt. Einem Bastard braucht man ja nicht gefällig zu sein."

„Laß das Gerede", sagte Hipler.

„Warum denn, wo wir so selten beisammen sind. Deine Semmelknechte haben mir die Börse abgenommen; und sie hätten mich fast in die Schlinge gehängt."

Hipler wußte, daß das eine Lüge war. Er erkannte erschreckt, daß er kaum Mitleid empfunden hätte.

Der Bruder stand jetzt ganz dicht vor ihm. „Ich schätze, du hast es nicht gern, wenn dir jemand mit dem Dolch an der Kehle spielt?"

„Willst du mir drohen?"

„Drohen ist ein häßliches Wort, Brüderchen. Wenn ich drohe, habe ich schon zugestochen. Sicher erwartest du nicht, daß ich dich auf offener Heide in die Arme schließe oder den Bock von Vater hochleben lasse. Was ich will, ist ein bißchen Nächstenliebe. Die hast du doch nebst einer vollen Truhe. Und ein Siegel für einen kleinen Geleitbrief auch. Mit hundert Köpfen und einem Schreiben, daß ich der großen Sache treuer Kostgänger bin, bist du mich los."

Hipler schnürte es die Kehle zu, doch er sagte beherrscht: „Das werde ich dir nicht geben."

Der andere zog das Messer. Hipler stieß ihn zurück und griff zum Degen. Einen Augenblick schauten sie sich an. Es gab keine Brücke zwischen ihnen. Da lachte der Fremde und steckte das Messer ein.

„Ich hab's je gewußt, daß du ein Knauser bist. Du wirst es bereuen, Brüderchen. So wahr wir denselben Vater haben, du wirst es bereuen."

Er verschwand in der Dunkelheit.

Hipler hatte auf dem Heimweg das Gefühl, in den Abgrund gestürzt worden zu sein, doch schon bald kam er nicht mehr dazu, den Erinnerungen an seinen Vater und den trüben Gedanken an seinen Bruder nachzuhängen.

17. Kapitel
Sturm auf Weinsberg

Gegen Morgen wurde der Bauernrat zusammengerufen. Ein Bote, der vor zwei Tagen nach Weinsberg geschickt worden war, um den kaiserlichen Vogt aufzufordern, Schloß und Stadt zu übergeben, war bis Mitternacht nicht zurückgekehrt. Bauern, die im Lager eintrafen, berichteten, daß Graf Ludwig von Helfenstein kleinere Trupps, die zum Bauernheer zogen, überfallen und niedermachen ließ.

Bei Sonnenaufgang wurden die Zelte abgebrochen. Die zwanzig Fähnlein setzten sich in Marsch. Die Meldungen der Flüchtlinge bewahrheiteten sich. Leichen über Leichen, erstochene und erhängte Bauern wiesen den Weg zum Neckartal. Ein Weiler war bis auf die Grundmauern niedergebrannt. In einem Dorf hatten die Landsknechte Frauen vergewaltigt. Vor einem Einzelgehöft war ein Bauer an ein Kreuz genagelt worden, mit einem Zettel auf der Brust, daß dies das Schicksal der falschen Propheten sei. Eine Welle des Zorns lief durch das Heer, wenn es an eine neue Brand- und Marterstätte kam.

In der Dämmerung war Weinsberg erreicht. Auf einem Hügel unweit der Stadt schlugen die Bauern ihr Lager auf. Der Kanzler fand keinen Schlaf. Er verließ das Zelt und schritt voll widersprüchlicher Empfindungen durch die riesige Wagenburg, hörte Würfelklappern und Kartendreschen, nahm mit halbem Ohr Verwünschungen, Flüche, Schmähreden gegen die Herren und umgedichtete Landsknechtslieder auf.

Bauern aus dem Neckartal, aus Flein, Sontheim, Böckingen und Weinsberg, hatten einen riesigen Holzstoß aufgeschichtet. Ihr Hauptmann Rohrbach war dabei, eine aus Besenstiel und Tuchfetzen gefertigte Puppe in die Erde zu rammen. Seine Gefährtin, die in seinem Haufen Fähnrich war, ein Findelkind, schwarz wie ein Zigeunermädchen, mit Rohrbach aufgezogen, schüttelte eine Art Tamburin. Sie trug einen weiten dunklen Rock und ein helles Männerhemd und tanzte. Der Kanzler blieb stehen.

Einer der Böckinger rief: „Ho, sing, Schwarze, das Lied vom Grafen!"

Mit einem Feuerzeug, das einer vom Neuenstein hatte mitgehen heißen, setzte man einen Holzhaufen in Brand.

Die Bauern kamen von allen Seiten, als die Flammen züngelnd über die Holzscheite und Reisigbündel sprangen.

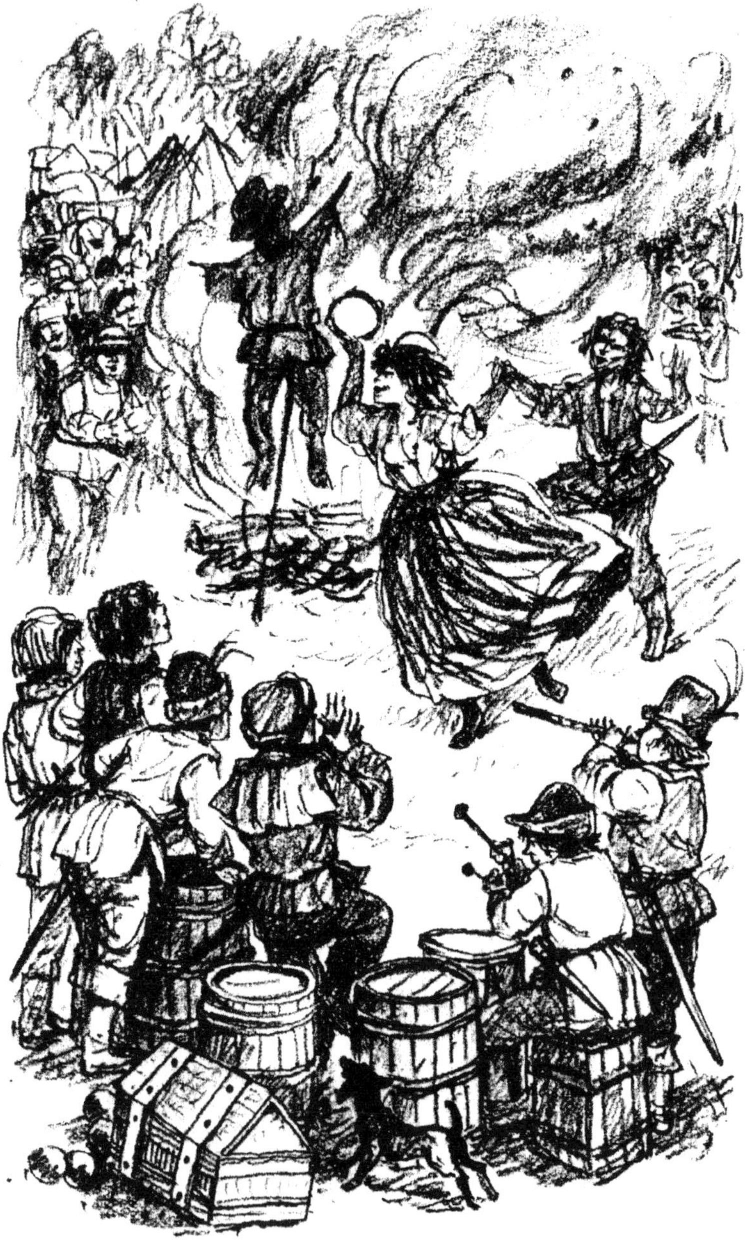

Ein Troßknecht der Deutschordensherren von Heilbronn schleppte einen halben Baumstamm heran und sagte laut: „'s wird ihm warm werden, wenn's an den Fußsohlen knistert."

Melchior Nonnenmacher, Zinkenist des Helfensteiners, der wegen Widersetzlichkeit davongejagt worden war, setzte sein Instrument an die Lippen und blies eine Kadenz.

„He", rief ein Küster aus Weinsberg. „Wir machen die Begleitung, Zigeunerin." Er hieb mit einem Schlegel auf ein Kalbfell.

Das Mädchen, fast jedermann nannte sie Schwarze oder Zigeunerin, tanzte, mit den Füßen stampfend, den Kopf zurückgeworfen, sich dabei drehend und das Tamburin schüttelnd, langsam um den Holzstoß herum. Es sang mit dunkler, kehliger Stimme:

„Ach, Ludwig Graf von Helfenstein,
wirst bald nicht mehr mein Herre sein.
Wirst nicht mehr haben Knecht und Troß,
wirst nicht mehr wohn' in einem Schloß!"

Es klang immer herausfordernder. Der Zinkenist blies einen hohen, schrillen Ton, hielt ihn aus und brach dann plötzlich ab.

Rohrbach trat an das Mädchen heran. „Ich sing den Kehrreim!"

Die Schwarze zog ihn mit sich. „Tanz um den Holzstoß mit mir", rief sie.

Rohrbach hielt sie fest und sang:

„Den Dolch in die Kehl!
Dem Satan die Seel!
Den Geiern zum Fraß
das stinkende Aas!"

Die Schwarze löste sich von Jäcklein, riß ihren Dolch aus dem Gürtel. Sie lief an die Flammen heran und tanzte vor dem Lumpenbalg. Sie begann die zweite Strophe:

„Ach, Ludwig, Ludwig, Grafe mein,
am Ende stehst du ganz allein ..."

Sie wurde lauter, hektischer, sang nicht mehr, nein, schrie:

„Da hilft kein Jammern und kein Flehn,
du wirst vor deinem Richter stehn!"

Jäcklein brüllte: „Nieder mit Helfenstein! Morgen ist Ostertag, Gesellen, da werden wir an seiner Tafel speisen! Da werden wir die Ostereier aus der Grafentruhe holen!" Mit rauher Stimme begann er zum zweitenmal den Refrain:

„Den Dolch in die Kehl!
Dem Satan die Seel!"

Jetzt fielen alle ein:

„Den Geiern zum Fraß
das stinkende Aas!"

Und noch einmal wurde der Refrain gesungen, ein drittes, ein viertes Mal. Immer leidenschaftlicher wurde der Gesang. Immer höher schlugen die Wogen der Empörung. Die Sprünge des Mädchens wurden weit und grotesk. Das Klatschen der Umstehenden wuchs zu einem trommelähnlichen Sturm, der sie vorwärts trieb. Das gelöste lange Haar umflatterte sie. Die Flammen beleuchteten immer wieder für Augenblicke das erregte Gesicht.

„Tanz! Tanz!" rief man ihr zu. Und sie tanzte.

Auch der Kanzler wurde mitgerissen und spürte den Rhythmus der klatschenden Hände und der stampfenden Füße und des rasselnden Tamburins, spürte ihn so sehr, daß die Glut dieses Mädchens, das Jäckleins Schwester oder Gefährtin war, auch auf ihn einen Funken überspringen ließ.

Der Hauptmann der Neckartaler rief ihm durch den Taumel zu: „Nun, Kanzler, mit den Neckartalern kannst du den Teufel aus der Hölle vertreiben!"

Hipler nickte. Es war, als hätte auch ihn, den kühlen, sachlichen, nüchternen Rechner, wie er sich selbst sah, der Feueratem des Mädchens verhext.

Mit einem Schrei blieb die Schwarze stehen, hob die Arme zum Himmel und sagte in die plötzlich eintretende Stille: „Gott will's, Euer Gnaden!" Sie bohrte den Dolch in die Puppe hinein.

„Gott will's", riefen alle.

Viele drängten heran und stießen ihre Klingen in den Lumpenbalg. Der Hauptmann der Neckartaler ergriff ihn und warf ihn auf den brennenden Holzstoß, wo er einen Augenblick unbeweglich stand, bevor er von der feurigen Lohe erfaßt wurde, aufglühte und in sich zusammensank.

„Glück auf zur Höllenfahrt!" schrie Rohrbach.

Der Kanzler fror, als er sich umwandte und die tanzenden Neckartaler und ihren Scheiterhaufen verließ. Auch er hatte seinen Dolch in die Puppe gestoßen. Er trank in dieser Nacht schnell und gedankenlos, was er sonst niemals tat. Er saß im Ratszelt, mit ihm Hauptleute und Leutnants, Schultheiß, Profoß, Zeug-, Wacht-, Proviant-, Troß-, Pfennig- und Futtermeister, er hörte Rede und Gegenrede, Bedenken und Siegeszuversicht, Klares und Verworrenes, und mischte sich nicht ein. Nur einsilbig und unkonzentriert antwortete er.

Er wußte, daß der morgige Tag über vieles entscheiden würde.

Er hatte irgendwann plötzlich das Gefühl, daß alle auf ihn sahen, und suchte sich zurechtzufinden. Vor ihm stand der Hauptmann des Haufens und wandte sich zum zweitenmal mit der Frage an ihn, ob man die Stadt um jeden Preis stürmen solle, wenn keine Einigung zu erzielen sei. Einige, unter ihnen Rohrbach, stimmten für Kampf. Die anderen waren dafür, die Stadt zu umgehen. Von seiner Stimme hing die Entscheidung ab.

„Um jeden Preis", wiederholte Hipler das Gesagte, „wird Ludwig die Stadt halten wollen, da er soviel Schrecken verbreiten läßt. Er glaubt nicht daran, daß seine Hintersassen sich aus den Sielen befreien. Und weil er's nicht glaubt, muß man's ihm zeigen, ja, um jeden Preis."

Auf seinem harten Lager galt sein letzter Gedanke dem Scheiterhaufen und der Puppe, bevor er in einen von düsteren Träumen erfüllten Schlaf hinüberdämmerte. Von nebenan ertönte wirres Gerede und trunkener Gesang. Erst gegen Morgen legte sich der Lärm. Es war der Morgen der ersten großen Schlacht.

- - -

Als in der Frühe die Sonne über die Berge kletterte und ihr Funkeln sich in den Tautröpfchen von Millionen Gräsern brach, durch Baumgeäst und Sträucher drang und blitzende Kringel auf Zelte und Planwagen, fröstelnde Schläfer und zusammengestellte Hellebarden warf, als die feucht schimmernden Dächer und spiegelnden Scheiben Weinsbergs sichtbar wurden und die Stadt mit ihren Mauern, Türmen und Kirchturmspitzen, Hecken und Gärten wie eine Fata Morgana aus der nebelbedeckten Ebene stieg, wurde das Lager von Trompetensignalen geweckt.

Hipler trat aus dem Zelt und betrachtete den Ort mit der seitab liegenden Burg. Er kannte jeden Winkel, den Markt mit dem wasserspeienden Fisch, die Laubengänge, Stiegen und krummen Gassen, und versuchte sich vorzustellen, daß hier Eisen auf Eisen schlagen und Blut fließen sollte.

Der Prediger, Johannes Huth, Buchführer und Täufer, hielt eine Andacht. Vom Wind wurde die Stimme des Prädikanten herübergeweht, der Scharen von Männern und Weibern von den Wasch- und Kochtöpfen zu seiner armseligen Kanzel auf einer vom Sturm geknickten Buche zog. Der Kanzler hörte, daß Huth Müntzers Sätze vom Schwert zitierte, das der Gemeinde gegeben ist, um die gottlosen Tyrannen abzutun. Johannes Huth war damals in der Höhle gewesen und vor wenigen Tagen zum Heer gekommen, um in Müntzers Auftrag vor allen christlichen Haufen zwischen Harz und Alpen die vom Volk übernommene nahe Erlösung zu verkünden. Er bezog sich auf Daniel 9, 25 und Johannes 1, 41. Das Volk wurde in seinen Predigten vom Gejagten zum Jäger. Die Unterdrückten aller Nationen und Religionen forderte er auf, sich im großen Befreiungskampf zu vereinen, denn sie stünden einander näher als Herr und Knecht im allerkleinsten Grafentum.

Hipler hatte in den letzten Tagen oft mit Huth disputiert und viele der eigenen Ansichten bei jenem wiedergefunden. Diejenigen jedoch, die über die Zinnen ihres Hungerturms nicht hinauszublicken vermochten, das waren nicht wenige, sahen in der von Huth geschilderten apokalyptischen Umwandlung der irdischen Verhältnisse nur einen phantastischen Traum und verstanden ihn nicht.

Als der Prädikant amen sagte und das Kreuzzeichen machte, fielen die Andächtigen auf die Knie. Im lastenden Schweigen erklang hier und da ein gedämpfter Laut, ein Schluchzen, ein Gebet. Mit voller Stimme begann Huth zu singen. Das von Luther geschriebene „Ein feste Burg ist unser Gott" tönte zur Stadt hinüber, klang trutzig wie ein Landsknechtlied. Auch Hipler bewegte die Lippen und spürte Zuversicht. Die bis jetzt noch tätig gewesen waren, gaben ihre Verrichtungen auf und reihten sich in den mächtigen Chor ein. Der Prädikant hielt in der einen Hand die Bibel, mit der anderen zog er das Schwert und berührte das Heilige Buch.

Nach der letzten Strophe setzte der Trompeter ein. Das Sammelzeichen. Die Fähnlein formierten sich.

Auf Rat des Kanzlers sollte noch ein letzter Versuch unternommen werden, die Stadt kampflos zu besetzen. Ein Freiwilliger wurde mit einer weißen Fahne ausgestattet und entfernte sich. Unversehens sprang die Schwarze hinterher. Nach zweihundert Schritten über Acker- und Weideland hatten die Botschafter die Hälfte des Weges zur Stadt zurückgelegt. Über dem Mauerrand und auf dem Turmkranz erschienen Köpfe. Irgend jemand schrie: „Bleibt stehen!"

Von einer anderen Stelle tönte es herüber: „Die Weinsberger stehen auf eurer Seite! Der Graf ..." Der Rufer röchelte, versuchte wieder zu sprechen; es gelang ihm nicht mehr.

Der Freiwillige spießte die Fahnenstange in den Boden, legte die Hände wie einen Schalltrichter an den Mund und betonte jedes Wort: „Wenn ihr die Tore öffnet, wird euch nichts geschehen!"

Kein Laut. Kein Zeichen.

Die Zigeunerin trat noch ein paar Schritte näher an die Mauer heran. „Wenn ihr nicht öffnet, schickt um Gottes willen Weib und Kind hinaus! Auf Gnad und Ungnad ist die Stadt in unserer Hand!"

Der Kanzler bewunderte ihren Mut. Plötzlich erschrak er. Auf den Turmkranz wurde eine Stange gehoben, ein Spieß mit einem Gegenstand daran, einem klumpigen Ding.

„Ein Kopf!" schrie die Zigeunerin. „Sie haben den Botschafter umgebracht!"

Hipler wußte jetzt, daß auch die beiden da vorn gefährdet waren. Er rief und winkte.

In einer Öffnung der Turmzinne erschien ein Mann in prächtiger Kleidung. Vielleicht war es Ludwig von Helfenstein. Hipler hatte ihn nur einmal flüchtig gesehen. Und die Entfernung war zu groß.

Neben dem Adligen tauchte ein Knecht auf mit einer Hakenbüchse, er suchte sich einen Platz, zielte lange, krümmte den Abzug. Ein Schuß krachte. Der Freiwillige fiel zu Boden.

Die Zigeunerin beugte sich über ihn, sah den blutigen Fleck unter der Brust, richtete sich auf und schüttelte die Fäuste zum Turm hinauf. „Du sollst in deinem Blut ersaufen, Graf! Gott will's!"

Sie suchte sich den Schwerverletzten aufzuladen. Es gelang ihr nicht. Sie zog und zerrte ihn den Hang empor, bis Hipler bei ihr war. Von allen Seiten liefen Bewaffnete heran.

Aus dem Fähnlein der Neckartaler löste sich ein Schrei und wurde von den Haufen weitergetragen: „Rache! Rache! Rache!"

Als der Trupp mit dem Verletzten die Hügelkuppe erreicht hatte, atmete der Mann nicht mehr. Die Zigeunerin drückte seine Lieder zu und küßte ihn auf den Mund. Sie tauchte den weißen Fetzen, der als Zeichen des Botschafters gedacht gewesen war, in das Blut, stand langsam auf, hob die Blutfahne empor und rief: „Rache oder Tod! Gott will's!"

Rohrbach befestigte das Tuch an einem Spieß und zog sein kurzes Schwert aus der ledernen Scheide. In der einen Hand den Fahnenspieß, in der anderen das Schwert, baute er sich vor den Linien auf. Die Schwarze stand neben ihm.

Auch der Kanzler reihte sich in die Schar der Neckartaler ein. Er fühlte eine nie gekannte Erregung, als der Trommler den Marschrhythmus hieb und die Gevierthaufen in Landsknechtsordnung über die Fläche stampften.

Zehn solcher Haufen, jeweils dreißig oder vierzig Bewaffnete neben- und hintereinander, drangen auf Stadt und Burg Weinsberg vor. Ganz vorn der verlorene Haufen, der den ersten Stoß zu führen hatte; dahinter der Helle Haufen, die eigentliche Streitmacht; die Nachhut am Schluß. Jeder hatte seine Kleidung und seinen Körperschutz mitgebracht. Da sah man Jacken und Kittel, Lederkoller, Kettenhemden und Brustpanzer, Mützen, Barette und Eisenhüte. Vielen Waffen sah man an, daß sie in einer Dorfschmiede angefertigt waren; geradegeschmiedete Sensen mit Haken zum Herunterreißen, Dreschflegel mit eisernen Dornen, Mistgabeln, Morgensterne, Kettenmorgensterne, Sauspieße, auch Hellebarden und bis zu zwei Meter lange Schwerter.

Der Kanzler schritt in der ersten Reihe. Er hatte die pelzbesetzte Schaube abgelegt und trug nur sein Lederwams. Den Degen hielt er in der Hand. Immer wieder mußte er ihn betrachten, während er im Trommelschritt vorwärts ging. Der durchbrochene obere Teil der Klinge verriet das große Können des Meisters, dessen Zeichen im Hohlschliff standen; darunter war eingraviert: „amicitiae causa", aus Freundschaft. Es war Georgs Geschenk.

Ununterbrochen schlug der Trommler den Takt. Die Füße stampften gleichmäßig auf. Unter den Schuhen bröckelte Erde. Um die Saat zu schonen, hatten sich die Neckartaler einen Weg über Brachland gesucht. Sie waren auf die abfallende Seite der Stadt gelangt, befanden sich in der Nähe des Färberbachs, an der Wassermühle und vor dem Spital.

Unversehens hörte alles Lärmen auf. Selbst das Rauschen der eben noch windbewegten Bäume und Sträucher schien verstummt. Die Haufen waren bis auf Schußweite an die Mauer herangekommen. Sie hatten sich auseinandergezogen und umringten die halbe Stadt. Kommandos erschallten. Die Schützen bereiteten Büchsen und Armbrüste vor, knieten nieder und gaben Salven ab. Auf den Mauern regte sich nichts.

Über den vom ersten Grün bedeckten Hügeln lag ein Nebelschleier. Die Farbtupfer der Krokusse in den Wiesen erinnerten Hipler an den Brautkranz Angelas. Er watete mit den Neckartalern durch den Bach. Im Schein eines verirrten Sonnenstrahls hatte er das Gefühl, bis zu den Knien in gleißendem Silber zu stehen. Er dachte an seine Frau. Hatte er Angst?

Die Waffen und Fahnen wirkten wie gespenstische Grabkreuze. Hipler glaubte, vor sich, neben sich, hinter sich den Knochenmann mit dem Stundenglas zu sehen. Er verspürte jedoch keine Furcht, eher ein Gefühl des Unbehagens, daß es so langsam vorwärts ging. Die Gesichter der Mitziehenden waren wie erstarrt; in manchen erkannte Hipler Gelassenheit, in anderen Unruhe.

Unvermittelt begann der Sturmlauf. Hektisches Trommeln. Angriffsgeschrei. Jetzt dachte der Kanzler gar nichts mehr, er wurde mitgerissen. Er war ein Tropfen in einem mächtigen Strom. Die Glocken der Schloßkapelle tönten. Die Meß-, Feuer-, Armesünderglocken läuteten Sturm. Irgendwo in der Nähe klangen Fetzen eines Liedes auf:

„Wir wollen's nicht im Himmelreich,
wir wollen's schon auf Erden.
Der Herr ist seinem Knechte gleich.
Der Pfaff' soll frommer werden ..."

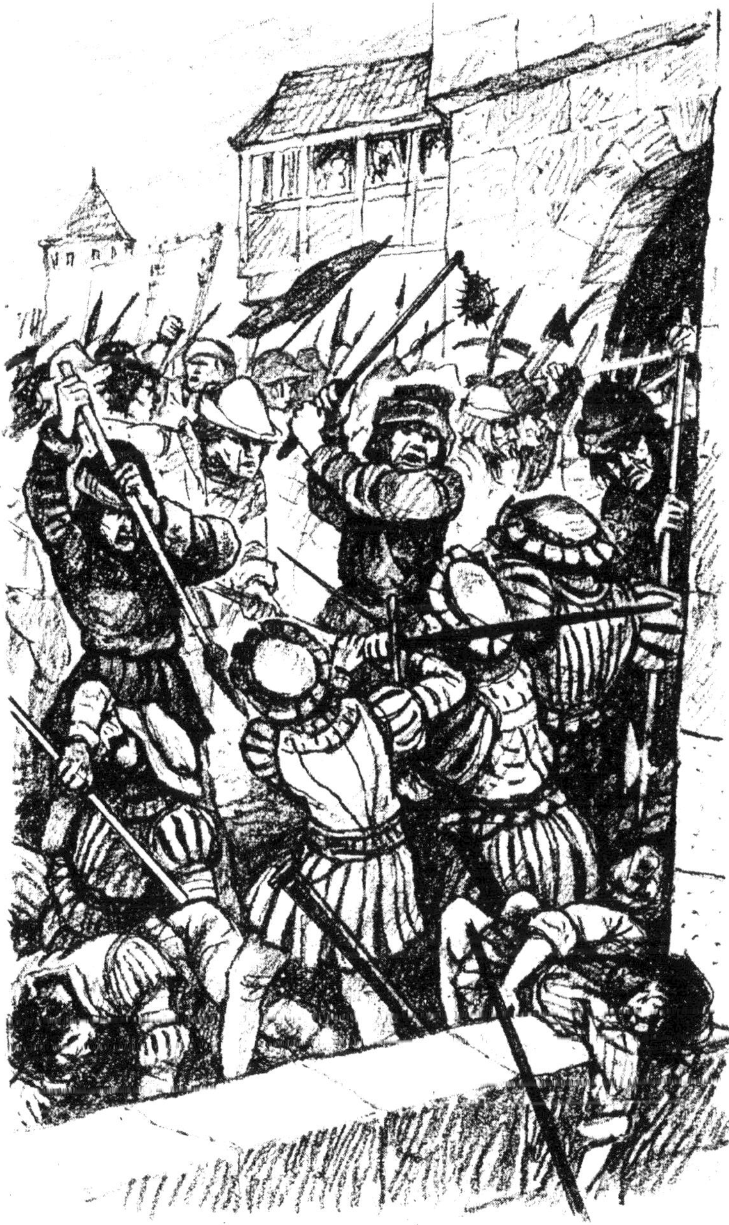

Dem Kanzler nahe reckte sich die mit einer Hellenbarde bewaffnete Gefährtin Rohrbachs. „Drauf und dran, Brüder! Rache oder Tod!"
„Drauf und dran", antwortete das Geviert.
Jäcklein hob seinen Katzbalger, das zweischneidige Kurzschwert.
Noch hundertfünfzig Schritte bis zur Mauer und zum Unteren Tor.
Da lebte die Stadt! Aus eisernen Läufen schossen Blitze heran. Heiser bellten Musketen auf. Armbrustbolzen pfiffen vorbei. Hier und da fiel ein Getroffener. Die Reihen lichteten sich. Schreien und Stöhnen überall. Von den Torzinnen lief heißgemachtes Pech. Steine fielen herab. Jetzt waren die Leiterträger an der Mauer, lehnten die Leitern an; sie wurden mit Stangen zurückgestoßen. An drei, vier Stellen blieben sie stehen. Katzengewandt kletterten Bewaffnete hinauf. Da kreischte das Tor in den Angeln.

„Wir haben euch erwartet", rief ein schmächtiger Weinsberger in Gesellentracht.

Die Neckartaler strömten in die Stadt. Kämpfend suchten sich Ritter und Söldner durch die Spitalgasse zum Markt und zur Kirche zurückzuziehen. Auch von anderen Plätzen kam Lärm.

„Ich ergebe mich", brüllte ein Adliger mit prächtigem Federbusch. Der Hauptmann der Neckartaler stieß ihn mit dem Schwert zurück. „Ergib dich der Hölle!" Er schlug ihn zusammen und donnerte zu den Fenstern hinauf: „Türen und Fenster zu! Wir kämpfen gegen die Herren!"

Längst hatten die Handwerker und Gesellen den Kampf eingestellt. Nur etwa hundert Adlige und Doppelsöldner waren außer den Bauern in den Gassen zu sehen und suchten die Kirche zu erreichen. Einige baten um Gnade.

„Ihr hättet früher bitten sollen!", schrie Rohrbach.

Verzweifelt wehrten sich die Gefolgsleute Ludwigs. Einer nach dem anderen fiel. Ein paar Dutzend gelangten in das Gotteshaus und versteckten sich in der Sakristei und hinter dem Altar. Einer kroch in einen Sarkophag, ein paar flohen die Treppe zum Chor und zum Glockenturm hinauf. Die gestellt wurden, fielen auf die Knie und wimmerten um ihr Leben. Über die Altardecke floß Blut. Die Kanzelstufen rollte ein Körper hinab.

Der Gefolgsmann des Grafen, Dietrich von Weiler, hatte sich auf den Turmkranz geflüchtet und rief: „Ich biete Euch zehntausend Gulden! Laßt mich frei! Erbarmen!"

„Erbarmen um Erbarmen!", schrie Jäcklein. „Und wenn du uns das Himmelreich bötst, wir wollen es nicht von dir! Wir wollen dein Leben, und das ist keinen Heller wert!"

Rohrbach keuchte die Stufen hinauf und warf den anderen vom Turmkranz hinab.

Der Kanzler suchte den Kampf zu beenden. Rohrbach schrie: „Du bist Kanzler und für die Tinte zuständig, nicht für das Blut!" Erst als Metzler sich mit gezogenem Schwert vor die Überlebenden stellte, blies der Neckartaler den Kampf ab.

Dreizehn Gefangene, darunter Graf Ludwig von Helfenstein, wurden, von Böckinger Bauern eskortiert, in einen Schuppen vor der Stadt gebracht. Über ihr Schicksal sollte später entschieden werden.

Es war ein Triumph! Die verachteten Roßmucken hatten bewiesen, daß feste Mauern, Türme und Burgwälle, gepanzerte Ritter und schwerbewaffnete Doppelsöldner mit Sensen und Mistgabeln zu besiegen sind. Zweihundertfünfzig Feuerwaffen, die doppelte Anzahl an Armbrüsten, dreitausend Hieb- und Stichwaffen fielen dem Haufen in die Hände. Hundertfünfundachtzig Ritter, Reisige und Knechte waren im Kampf gefallen.

Die Bauern hatten achtundsiebzig Tote zu beklagen. Sie wurden auf dem Marktplatz aufgebahrt, während ein Kommando die toten Ritter und Knechte hinter dem Friedhof verscharrte. Am Nachmittag fand die Beisetzungsfeier statt. Die Gefangenen mußten vor den Gefallenen knien.

Als der Graf sich weigerte und statt dessen vom Bauernrat seine Freilassung forderte und auf sein Recht hinwies, sagte der Kanzler schneidend: „Wenn Euer Recht verbrannte Dörfer, gekreuzigte Bauern und geköpfte Botschafter sind, ist Euer Recht ein anderes als das, wofür wir eintreten."

Der von Helfenstein, der sich erinnerte, Hipler schon gesehen zu haben, blickte ihn an. „Wenn ich nicht irre, seid Ihr Anwalt. Advocatus Diaboli, der Beelzebub ein frommes Mäntelchen umhängt. Von allen, die hetzerischen Parolen folgen, seid Ihr am verachtungswürdigsten."

Ein Bauer wollte ihn zu Boden stoßen. Der Kanzler hielt ihn mit einer Handbewegung zurück. Er entgegnete nichts. In diesem Augenblick sah er Beate.

Sie wirkte immer noch schlank, als sie sich in ihrem Kleid mit den pelzgefütterten Ärmeln und dem Kapuzenmantel durch die Reihen drängte. Man machte ihr schweigend Platz. Beate, sie mußte es sein - Hipler erkannte sie trotz des Schleiers -, stellte sich an die Seite ihres Gemahls. Dem Kanzler warf sie einen Blick zu. Sie sagte nichts, bekreuzigte sich vor den Toten und beugte das Knie. Als koste es ihn Anstrengung, kniete nun auch Ludwig nieder.

Die Toten waren auf von Kerzen umstellten Bahren gebettet, neben ihnen lagen ihre Waffen. Johannes Huth sprach ein Gebet. Aus der Menge drang lautes Weinen. Zwei Frauen lösten sich aus den Reihen der Andächtigen und warfen sich über ihre aufgebahrten Männer; ihr Wehklagen erfüllte den Markt. Der Zinkenist setzte sein Instrument an die Lippen und spielte. Danach predigte der Prädikant und wählte als Gleichnis die Auferstehung des Herrn. Anschließend wurden die Gefallenen von jeweils sechs Männern auf den Schultern zur Kirche getragen. In der Krypta fanden sie ihren letzten Ruheplatz.

Während der Zeremonie betrachtete Hipler die Frau, die ihm einst nahegestanden hatte. Auch als sich der Trauerzug zur Kirche bewegte, waren die Gedanken des Kanzlers noch mit ihr beschäftigt. Sie aber schaute nicht auf und ging vor ihm, ohne sich umzudrehen. In seiner Vorstellung sah Hipler den Kräutergarten auf Neuenstein, eine weinumrankte Laube und die steinerne Bank. Er empfand den Duft von Fenchel, Boretsch, Ochsenzunge und Sauerklee, auch von Holunderblüten, und er erinnerte sich, daß Eierkuchen mit Honig, Zimt und eingebackenen Holunderblüten einst sein Leibgericht gewesen waren. Das Schicksal hatte ihn und sie zu Fremden gemacht.

- - -

Gegen Abend begann das Fest. Die Straßen der Stadt und die Burg waren ein einziger Tummelplatz. Aus großen Fässern floß der Wein. Die Gäste hatten gewechselt in den geputzten Sälen und Stuben, aber es blieb das Fest. Und die Toten wurden doch nicht lebendig, wenn man die Trauerfahnen flattern ließ. Man hatte sie mit Grabgesang geleitet und nun mit Becherklang. Sie waren auch dafür gestorben, daß die Hirschkeulen, Rouladen, Pasteten, Spanferkel und Puten in die Mägen der Hungrigen kamen.

Hipler dachte immer wieder an Beate. Was hatte sie als Frau des Obervogts bewahren können von dem, was einst wie eine Rosenknospe verschlossen war? Sie hatte mit einem gelebt, der Macht besaß. Über das Wahre, Gute und Schöne sinnt man dann vielleicht nicht mehr nach. Was immer Beate ihm bedeutet hatte - es war Erinnerung.

Vor Mitternacht wurde das Fest abgeblasen. Nur die Bauernräte blieben im Saal, um über das Schicksal der Gefangenen und den Fortgang des Krieges zu beraten.

Von den zwanzig Männern im Raum hatte jeder eigene Vorstellungen und Gedanken über diesen Krieg, unterschiedlich war ihr Vermögen, auszudrücken und zu erläutern, wie das Alte niederzureißen und das Neue aufzubauen war.

Die Spannung im Raum entlud sich in befreiendem Lachen, als Rohrbach die Schellenkappe des Helfensteinschen Hofnarren auf seinen Kopf stülpte, die Schärpe des Grafen umlegte, um den Tisch humpelte und in der anmaßenden Art des Obervogts mit dessen etwas krächzender Stimme schrie: „Habe ich nicht gesagt, die Roßmucken sollten mir den Hintern küssen" - er drohte zu Metzler hinüber - „nun putzen sie sich denselben mit meinem Damasttuch."

Die Aussprache begann.

Da saß zunächst Georg Metzler, der Wirt aus Ballenberg, einem hochgelegenen Städtchen an der kurmainzischen Grenze zum Hohenloher Gebiet. Er hatte in seinem Wirtshaus seit Jahren die geheimen Fäden gezogen und die Unzufriedenen im Faßkeller um sich geschart. Er war ein Mann lauter Worte und großer Gesten; ansonsten hielt er sich an das, was vom Kanzler vorgedacht und vorgezeichnet war, widersprach ihm jedoch stets, wenn es um Zukünftiges ging. Er hatte keine klaren Vorstellungen davon, multiplizierte das Gegenwärtige immer mit der magischen Zahl Sieben und gelangte so zu einem Weltbild, bei dem es den Bauern siebenmal besser und den Herren siebenmal schlechter ging. Nach seiner Meinung lebten Herren und Bauern dann auf gleichem Fuß.

Am 26. März hatte er sein Haus verschlossen und verriegelt, den Bundschuh auf eine Stange gespießt und die meisten Aufständischen zum vorbestimmten Sammelplatz, dem Odenwäl-der Schüpfergrund, geführt. Ihm fielen bei der Hauptmannswahl die meisten Stimmen zu. Hipler kannte ihn von früher und wußte, daß er ein entschlos-sener Mann, aber doch kein Hauptmann war; er hatte trotzdem für ihn gestimmt, weil er verwegen war und Entschlossenheit besaß.

Jakob Rohrbach aus Böckingen, von allen nur Jäcklein genannt, war vor Jahren Reisiger, später leibeigener Zinsbauer und ebenfalls Wirt. Er hatte wegen Verweigerung der Abgaben und Widerstands gegen die Obrigkeit mehrfach im Heilbronner Turm gelegen. Er war auf der Deutschherrenschule gewesen, sprach Latein und dachte bei allem Künftigen mehr an Heilbronn und das Neckartal als an den Kaiser und das Reich. Ihn kannte Hipler seit der Zeit, als er noch Schreiber der Reichsstadt war. Rohrbach hatte schon im Februar die Empörung in Böckingen, Flein und Sontheim entfacht und sich Anfang April mit den vom Kanzler geführten Hohenloher Aufständischen vereinigt.

Ein Vorfall war kennzeichnend für ihn. Beim Ausbruch der Feindseligkeiten hatte er den Amtmann seines Ortes, der ihn mit gezo-genem Degen bedrohte, auf seinen Schultern in den Turm gebracht und ein-gesperrt.

Und da war schließlich Florian Geyer, der in Pavia und Paris studiert hatte, mit Sickingen, Hutten und Luther bekannt war, und vor acht Jahren exkommuniziert wurde. Er war kriegserfahren und mit wichtigen Ämtern im Schwäbischen Bund betraut gewesen, hatte sein Haus in Giebelstadt verbrannt und nur seine schwarze Rüstung mitgenommen, um persönlich zu verwirklichen, was nach seiner Meinung vonnöten war: Beseitigung aller Standesprivilegien; Adel und Geistlichkeit sollten nach Bürger- und Bauernrecht behandelt werden; jeder war jedem gleich. Schon vor Ausbruch des Aufstandes hatte er in neun mainzischen Städten im Odenwald, außerdem in Kitzingen und in der Reichsstadt Rothenburg die Fäden der Verschwörung geknüpft. Es war vor allem sein Verdienst, wenn die Burg beim ersten Ansturm gefallen war. Ihn hatte Hipler erst in der Höhle kennengelernt.

Diese Männer hätten jeder eher den Mitverschworenen als die Prinzipien aufgegeben, unter denen sie angetreten waren; jeder von ihnen war bereit, seine Pläne durchzusetzen; jeder von ihnen stand für das göttliche Recht.

Hipler eröffnete die Sitzung. Er schlug die Bestrafung des Grafen und seiner Gefolgsleute nach Hohenloher Beispiel vor: die Leistung von Kontributionen, den Schwur auf die zwölf Artikel und die Stellung eines Kampfkontingents. Über die Wegnahme allen Eigentums sollte später verhandelt werden. „Hinter dem Rücken der Bruderschaft wird uns Helfenstein nicht schaden", sagte er. „Wir werden ihn bewachen und nicht aus den Augen lassen. Seine Beziehungen zum Hof und zum Kaiser werden uns nützlich sein."

Es war plötzlich, als hätte er in ein Wespennest gestochen. Zustimmung und Empörung wurden laut.

Geyer verschaffte sich Ruhe. „Du redest wie ein Krämer, Kanzler. Als ob der Krieg ein Handel ist. Sind wir nicht Brüder der christlichen Bruderschaft und allesamt gleich? Wenn wir jeden mit seiner eigenen Elle messen, werden wir bald nicht mehr zum Schneiden kommen."

Hipler fiel ihm ins Wort: „Ich bin sicher, du kennst den Allstedter und sein Nürnberger Traktat."

„Ach was, ich kenne ihn kaum. Und darum geht's auch nicht."

„Doch geht's darum. Ich blättere die 'Hochverursachte Schutzrede' hier auf den Tisch." Er tat es. „Ich war dabei, als er den Artikelbrief für die im Schwarzwald geschrieben hat, und habe ihn eingebracht. Wir haben ihn im Schüpfergrund mit den Artikeln beschworen. Auch Müntzer disputiert mit den Herren und spannt sie als Zugpferde ein. Als Knechte taugen sie keinen Flintenschuß. Als Herren gewinnen sie andere Herren. Und wenn sie nicht für die christliche Sache tätig sind, verfallen sie dem weltlichen Bann."

„Nein, nein, nein! Wenn wir sie nicht ihrer Macht berauben, werden sie immer gegen uns stehen."

„Du bist auch ein Herr und stehst nicht gegen uns. Und ein Ritter, der von einem Grafen geschröpft wird" - er dachte an Ulrich von Falkenau - „steht dem Bundschuh näher als der Falkenbeiz."

„Ihr vergeßt das Jesuskind, das wir in der Fahne führen", rief jemand am Tisch.

„Nein, wir vergessen es nicht. Wir vergessen die Bibel nicht und die Zitate nicht, warum der arme Mann einen Bund schließen muß, um sich der Mächtigen zu erwehren. Und wir vergessen die Regenbogenfahne nicht! Wir vergessen nicht, daß jedermann - gleichviel, ob geistlicher oder weltlicher Herr - in die Vereinigung aufgenommen werden soll. Ich meine wie Geyer, er soll unser Bruder sein, aber ein Bruder nach Fähigkeit, Vermögen, Wissen, Amt. Wie ich kein Fähnlein kommandieren kann, Florian Geyer, wirst du kaum Paragraphen aufmarschieren lassen können, vermagst nicht mit ihnen umzugehen. So sind wir gleich und doch nicht gleich."

„Erst wenn wir die Herren erniedrigen, werden sie auf unserer Stufe stehen und endlich begreifen, daß wir sie wirklich erhöhen."

„Wenn du alle erniedrigen willst, mußt du gegen alle ziehen. Mußt Türme mit Sensen bezwingen, Geschütze mit dem Dreschflegel angehen. Genug, wir brauchen ein festes Heer mit guten Knechten. Wir brauchen Waffen und Geld, Geld, Geld. Ein Krieg kostet Geld!"

„Zum Teufel mit deinem Geld", fuhr Geyer auf. „Ich werd's beschaffen. Ich treib's mit dem Eisen ein. Was sollen wir mit solchen, die hier paktieren, dort traktieren und dir den Dolch in den Rücken stoßen, wenn du den Feind vorm Bauche hast."

„Und die Schwankenden?", parierte Hipler. „Und die, die vielleicht zu gewinnen sind?"

„Ich will den Krieg gewinnen mit denen, die fest zur Fahne stehen!"

„Ja, ja, du willst. Und was wollen die Tagelöhner und Hintersassen, die du vor die Feldschlange spannst, die sie nicht einmal bedienen können? Da hat jeder ein anderes Ziel, wenn er die Lunte ans Pulver legt. Der eine den Himmel, der andere Schlaraffenland. Es sind nicht alle gleich, auch wenn sie die gleiche Sache beschwören. Es sind nicht alle fest."

„Der Kanzler hat recht", erklärte Veit Schütz. „Glaubst du, daß die Öhringer ihre Haut riskieren, damit die Weinsberger Bauern einen Vorteil haben? Ich weiß, was geredet wird im Fähnlein. Sie wollen die Reformation des Volkes, wie Müntzer sagt, das stimmt, und jeder will die größte Scheibe davon. Dein Denken in allen Ehren, Bruder Florian. Bis alle so denken, muß das Quellwasser den ganzen Rhein hinuntergeflossen sein."

„Ruhe, Brüder", bemühte sich Johannes Huth in der allgemeinen Unruhe zu vermitteln. „Was wir in der Höhle gesagt haben, gilt immer noch!"

„Im Himmel vielleicht", mischte sich Rohrbach ein. „Wenn ich Euch höre, fühl ich mich in meine Schenke versetzt." Über seiner Nasenwurzel erschien eine steile Falte. „Was, zum Teufel, habt Ihr heute früh gedacht?"

Rohrbach schaute in die Gesichter neben sich. Auch Hipler blickte er an. „Reden wir von den Herren. Jawohl, Geyer! Jawohl, Kanzler! Sicher gibt es manche, mit denen man paktieren kann. Der Ritter beweist es. Aber wenn sie das Recht zur Strafe haben, haben wir's auch. Zeigen wir, daß wir nun die Macht dazu haben. Auge um Auge, Zahn um Zahn. Mancher, der noch gegen uns ist, wird sich's wohl überlegen. Wir haben das Heeresstatut vom Metzler, das in seinem Faßkeller entstanden ist, in dem er den Bauern das Saufen, Huren und Beutemachen verbietet im Namen der Bruderschaft. Na schön, Georg, Busenfreund, Hauptmann ohne Furcht und Tadel. In deinem Saufloch im Odenwald, wo du die ersten Paragraphen entworfen hast zwischen einer Pfennigsuppe und einem halben Groschen für 'ne Kanne Bier, hast du an die Herren nicht gedacht. Und wie wir sie strafen müssen, wenn sie sich vergangen haben; da genügt der weltliche Bann nicht mehr. Da muß

Unrecht gesühnt werden, Wendelin. Wir haben's nicht schwarz auf weiß. Aber ...", er machte eine Pause, „... das Recht gegen uns wird zum Recht gegen sie. Neben mir lief ein Junge, hatte mit sechzehn auf die Fahne geschworen. Schaute gespannt geradeaus, als könnte er etwas erkennen hinter der Weinsberger Mauer, sah aber nichts. Das macht's ärger, wenn der Tod dich von allen Seiten anfallen kann, und du weißt nicht von welcher. 'Wenn ich ins Gras beiße', sagte er, 'hab ich nicht mal ein Mädchen geküß - Du kannst noch ein Dutzend haben'. Ich lachte, da traf ihn die Kugel. Insgesamt sind achtundsiebzig getroffen. Und die Botschafter. Und der ans Kreuz genagelte Bauer. Und die vergewaltigten Frauen ... Und das hat der Graf zu verantworten. Recht wider Recht!"

Rohrbach nahm die Narrenkappe und die Schärpe ab und legte beides neben sich. „Im Namen aller: Der Graf muß fallen!"

Er hatte viele beeindruckt. Die meisten hätten die Hand gehoben, wenn jetzt abgestimmt worden wäre.

Aber der Kanzler stand auf, ging um den Tisch, blieb vor dem Neckartaler stehen. Es schien, als suche er nach Worten. Er mußte ihn überzeugen. Und wenn er ihn nicht überzeugen konnte, mußte er die anderen überzeugen. Von dieser Entscheidung hing mehr ab als das Schicksal des Grafen, mehr als die Frage Recht oder Unrecht, mehr, als alle hier ahnten.

Die Beauftragten des Heeres, die Hauptleute und Räte schauten Hipler an. Die Unruhe wuchs.

„Bist du für Tod oder nicht?" platzte Metzler heraus.

Jetzt hatte sich Hipler gefaßt. Er wandte sich um und schritt zu seinem Platz zurück.

„Ich stimme für Tod!" Die Worte kamen plötzlich. „Doch wenn ich dafür bin, daß er sterben soll, muß ich dafür sein, daß allen, die nach ihm kommen, das gleiche passiert. Sie haben das gleiche verdient. Sie sind nicht minder schlimm als er. Dann haben wir Recht geübt." Er stützte sich auf den Tisch. „Dann werden wir weiter töten, werden ein Fähnlein von Henkern brauchen, das nur köpfen, hängen, rädern, foltern, brennen, durch die Spieße treiben und totschlagen muß."

Jedes dieser Worte unterstrich er mit einer Handbewegung. Er nahm die Wanderung um den Tisch wieder auf.

„Dann treiben wir's wie die Herren. Sie werden sich wie Wölfe wehren. Das Land wird eine Schädelstätte, in dem das Recht, das wir verteidigen, vor die Hunde geht. Es geht nicht nur um dieses Recht. Ich sage euch, und ich weiß, was ich sage, daß wir solchen Krieg nicht führen können. Vielleicht erschrecken wir die Herren, wenn wir Schrecken treiben. Vielleicht aber erschrecken wir die, die keine Herren sind. Ja, die Bauern beklagen das Unrecht, die Stadtleute aber auch und die Ritterschaft nicht weniger. Und keiner von ihnen ist stark genug allein. Gemeinsam sind sie unbezwingbar."

Er hatte seinen Platz erreicht und schaute auf.

„Gemeinsam gewinnen sie diesen Krieg. Aber nicht nur den Krieg zu gewinnen, sind wir hier, Florian Geyer!"

Er wischte sich den Schweiß von der Stirn.

„Wichtiger ist der Frieden. Wichtiger ist die Reichsreform, die künftige Ordnung, bei der jeder seinen Platz erhält. Was heute beschlossen wird, soll übermorgen noch oder in einer Woche Prinzip unseres Handelns sein. Wir aber streiten um Dinge, die unserem Kampf nicht angemessen sind. Sosehr ich dich verstehe, Jäcklein, es geht nicht um Weinsberg und den Grafen von Helfenstein, wenigstens nicht zuerst." Er wandte sich direkt an den Hauptmann der Neckartaler. „Wenn wir nur mit denen ziehen, die das Kreuz tragen, haben wir bald mehr Kreuze als Träger. Wenn wir alle richten, die schuldig sind, vergrößern wir das Heer unserer Feinde. Sorgen wir dafür, daß die Schuldigen ihre Schuld vergessen machen, daß sie uns nützen. Für einen Grafen, der nicht gegen uns kämpft, der schwankt, vielleicht nur zaudert, kehren hundert Bauern, Tagelöhner nach Hause zurück. Helfenstein steht in der Gunst des Kaisers. Suchen wir den Kaiser zu gewinnen. Er ist den Fürsten nicht hold. Denken wir nicht nur an Hohelohe, Heilbronn oder Böckingen. Denken wir an das Reich. Wenn wir das Ganze im Auge haben, ist ein Gnadenakt für jemanden, der sein Leben verwirkt hat, ein geringer Preis."

Hipler schwieg erschöpft. Heftiges Gemurmel lief um den Tisch. Noch einmal verschaffte der Kanzler sich Aufmerksamkeit.

„Du forderst seinen Tod, Jäcklein. Nun gut, wenn ich für Tod stimme, stimme ich für den Tod von Hunderten von uns, die jetzt noch am Leben sind. Es geht nicht um Helfenstein; es geht um uns. Seine Hinrichtung wird wie eine Kettenkugel, wo eine Kugel andere Kugeln mit sich reißt, unsere Pläne zerschmettern. Und darum, zum letztenmal und zum Schluß: Sein Leben ist nützlicher für uns!"

Beifall klang auf. Einige schlugen leere Pokale auf den Tisch, andere erhoben sich. Der Kanzler hatte die Schlacht gewonnen.

Bei der Abstimmung zeigte sich, daß Hipler die Mehrheit der Stimmen für sich verbuchen konnte. Der Ritter, der den Grafen aus dem Schloß vertreiben und in eine Kate setzen wollte, blieb mit seiner Meinung allein. Er verließ die Sitzung und zog mit seiner Schar gegen Morgen ab. Auch Jäcklein empfahl sich.

Die anderen blieben und berieten bis in die späte Nacht.

Ein Bote, den Hipler nach Heilbronn geschickt hatte, stürzte in den Saal und schrie: „Am Färberbach ist die Hölle los! Habt Ihr Rohrbach beauftragt, die Gefangenen hinzurichten?!"

Ein Pokal zersplitterte. Ein Stuhl fiel um. Waffen klirrten. Tumult entstand.

Metzler bemühte sich vergeblich, wieder Ordnung herzustellen. Die Sitzung des Bauernrats war gesprengt.

18. Kapitel
Die Spießgasse

Hipler brach sofort auf. Bis zur Pforte der Stadtmauer, den Burgberg hinab, war es nicht weit. Er kam zum halbverbrannten Predigerhaus bei Sankt Marien, eilte die Stufen zum Markt hinab und bog in die Spitalgasse ein. Er kam zum Untertor. Es war weit geöffnet. Schweratmend blieb er stehen. Er stand vor dem Siechenhaus, in dem auch die Verletzten untergebracht worden waren. Über die schmucklos düstere Front des zweistöckigen Gebäudes zuckte der Widerschein eines Feuers. Auch vor der Tür lagen Menschen auf Stroh. Helfer arbeiteten bei blakendem Kerzenlicht. Priester gingen von Lager zu Lager und suchten die Sterbenden zu trösten.

Der Kanzler nahm das alles nur flüchtig wahr. Alle schauten gebannt zu dem Scheiterhaufen hinüber.

Eine Alte mit einer Krücke humpelte auf Hipler zu und murmelte mit zahnlosem Mund: „Das Jüngste Gericht. Das Ende der Welt. Erbamen, Herr Jesus Christ!"

Hipler ging auf das Feuer zu. Er sah die Flammen, sah davor eine sich dunkel abhebende Menge, etwa vier-, fünfhundert Menschen, Neckartaler zumeist und Weinsberger. Einst war an dieser Stelle ein öffentliches Gericht gewesen.

Rohrbach hatte ein Viereck abstecken und mit einer Reisighecke einfrieden lassen. Sie war so hoch, daß man den Richter, als der Rohrbach fungierte, und die sieben freien Schöffen dahinter nur vom Kopf bis zur Schulter sah.

Vierzig Männer mit Spießen, Hellebarden und geradegebogenen Sensen standen sich gegenüber, bildeten eine Gasse, an deren Ende zwölf Hingerichtete lagen.

Hipler schauderte. Das Spießlaufen war die entehrendste Strafe, die sonst nur entlaufene Landsknechte traf.

Rohrbach verständigte sich gerade mit den Schöffen, er trat einen Schritt vor, berührte mit der Hand das vor der Hecke in den Boden gesteckte lange Schwert und rief laut und klar: „Die Versammlung der Freien der christlichen Bruderschaft klagt Ludwig von Helfenstein, Obervogt von Weinsberg, des Mordes in achtzehn Fällen, des ungerechten Urteils, der Grausamkeit und des gebrochenen Kriegsrechts an. Fünfunddreißig traten als Zeugen gegen ihn auf."

Erst jetzt bemerkte Hipler vor der Reisigschranke die zusammengesunkene Gestalt - Beate. Sie richtete sich langsam auf. Der Mann neben ihr, gefesselt und von zwei Bauern bewacht, suchte sie zu sich emporzuziehen. Sein Gesicht unter dem Federhut war kalkig weiß; die Augen waren halb geschlossen. Fast besinnungslos vor Angst bemühte er sich noch um Haltung, die er unter Rohrbachs Worten aber immer mehr verlor.

„Wir verurteilen dich, Ludwig von Helfenstein, durch eine Spießgasse zu laufen, bis der Tod eintritt. Von diesem Augenblick an heißt dein Weib eine Witwe ...", Beate begann zu wimmern, „... deine Kinder heißen Waisen, dein Gut und die Lehen teilen wir dem rechten Herrn, der gemeinen Versammlung des Hellen Haufens, zu. Der Hals verfalle der Erde, der Leib dem Getier und allen Vögeln. Niemand frevelt mehr an dir."

Damit zog er einen weißen Handschuh aus, warf ihn vor dem Verurteilten auf den Boden und schloß: „Wer jetzt noch für ihn eintreten will, möge das tun."

Es war eine Floskel, auf die er keine Antwort erwartete. Zwölfmal hatte niemand widersprochen. Zwölfmal war das Todesurteil mit Beifall begrüßt worden. Zwölfmal waren zustimmende Rufe, Pfiffe, Flüche und Verwünschungen laut geworden. Die Bewaffneten hatten den Grafen bereits gepackt und zu einem Stein gezerrt. Bevor man ihn der entehrenden Prozedur des Haar- und Bartabschneidens unterzog, riß man die verwertbaren Kleidungsstücke, Federhut und Schärpe, Koller und Oberhemd, herab.

Beate hatte sich an ihren Mann gehängt und wurde mitgeschleift. Die Knechte versuchten sie abzuschütteln.

Rohrbach schrie: „Zum Teufel, schafft sie beiseite!"

Beate taumelte auf Rohrbach zu, sie zerrte an der Reisigumzäunung. Die Posten holten sie ein und hielten sie fest. Sie wehrte sich.

Sie rief mit sich überschlagender Stimme: „Nimm mich, du Satan. Was ich bieten kann, bin ich selbst. Nimm mich und laß ihn frei!"

Die Posten konnten sie nicht bändigen. Da trat Rohrbach aus seinem Reisigverschlag, hob die Tobende wie ein Spielzeug auf und trug sie in die Nähe Hiplers, ohne den Kanzler zu sehen. Dort setzte er sie ab und sagte: „Er hat die Armen lang genug gequält. Frag Gott, warum er's tat." Und leise: „Du kannst nur für ihn beten, Weib. Für ihn, für dich, für uns."

„Gott will's!" rief die Schwarze aus der Front der auf die Vollstreckung des Urteils wartenden Hintersassen.

Rohrbach gab den Bewaffneten, die Helfenstein hielten, ein Zeichen.

„Fangt an! Fangt an! Es geschehe Recht!"

Unfähig, sich zu bewegen, hatte Hipler den Vorgang verfolgt. Unendlich langsam trat er in den Kreis, wandte sich halb dem Gericht, halb der Versammlung zu und wies auf den Grafen.

„Ich trete für ihn ein!"

Die Anspannung wich. Der Druck verschwand. Ihm wurde leicht.

Fassungslos schaute Beate Hipler an. Sie erkannte ihn. Wie ein Irrlicht flackerte Hoffnung in ihrem Blick.

Der Kanzler rief: „Was hier geschieht, ist wider das Gesetz!"

„Was greinst du da", rief Rohrbach. „Das Gesetz sind wir!"

„Nein", fuhr ihn Hipler an. „Du kennst den Ratsbeschluß. Du hast ihn mit gefaßt. Du hast ihn gebrochen und wirst dich verantworten müssen. Das Urteil darf nicht vollzogen werden!"

Plötzlich trat Stille ein, das verwirrte Hipler. Nur das Knacken der brennenden Äste war zu hören und der in den Linden rauschende Wind.

Beate war zu ihm herangekrochen und hielt seine Knie umklammert. „Ich werde eine Kerze entzünden für dich", flüsterte sie. „Ich werde deinen Namen preisen."

Ich habe es nicht für dich getan, dachte Hipler, sagte es aber nicht. Dennoch packte ihn Mitleid, als er sie aufhob und die Haut durch die Fetzen der vornehmen Kleider sah. Ihre Lippen bebten. Hemmungsloses Schluchzen erschütterte den Leib. Er hielt sie fest und spürte die Wärme, die von ihr ausging.

„Ihr handelt wie ein Edelmann", hörte er die Stimme Helfensteins hinter sich. „... wenn ich's aufwiegen könnte ..., ich bin in euerer Schuld."

Zum Teufel mit deiner Schuld, dachte der Kanzler. Du weißt nicht mal, warum du hier stehst. Deine Richter und Henker sind bessere Edelleute, als du je einer gewesen bist. Und das Gesetz, das du mißachtet hast, üben sie nach altem Brauch. Aber du darfst nicht sterben, so wahr ich die Carolina auswendig gelernt habe. Du darfst nicht sterben, weil mit dir die Einheit des Heeres stürbe, die Gerechtigkeit Gottes, die neue Ordnung. Dein Name darf nicht zum Fanal des Widerstandes für alle vom Stuhl Gestürzten und Enterbten, für alle Käuflinge und Söldner werden. Du mußt leben, Ludwig von Helfenstein, sosehr du diesen Tod verdienst.

„Verräter!"

Der Ruf gellte plötzlich aus der Menge der Hintersassen, die nichts vom Beschluß des Rates wußten, die um ihr Recht fürchteten, die sich um das Schauspiel der Hinrichtung betrogen sahen. Einzelne Gruppen nährten sich.

„Verräter! Herrenknecht!" Die Schwarze hatte es gerufen. Sie spie dem Kanzler ins Gesicht.

Hipler nahm ein Sacktuch und wischte den Speichel ab. In seinem Gesicht flammte es auf, doch es war kein Vorwurf darin zu lesen, keine Verachtung, aber auch keine Gelassenheit. Wie leicht es ist, Herr, dachte er, deine Schäflein auf die falsche Weide zu führen. Sie glauben, sie finden das gelobte Land, und eine harte Wanderung steht ihnen bevor.

Die Schwarze wollte sich mit dem Messer auf den Anwalt stürzen, Rohrbach war hinter ihr und hielt sie fest.

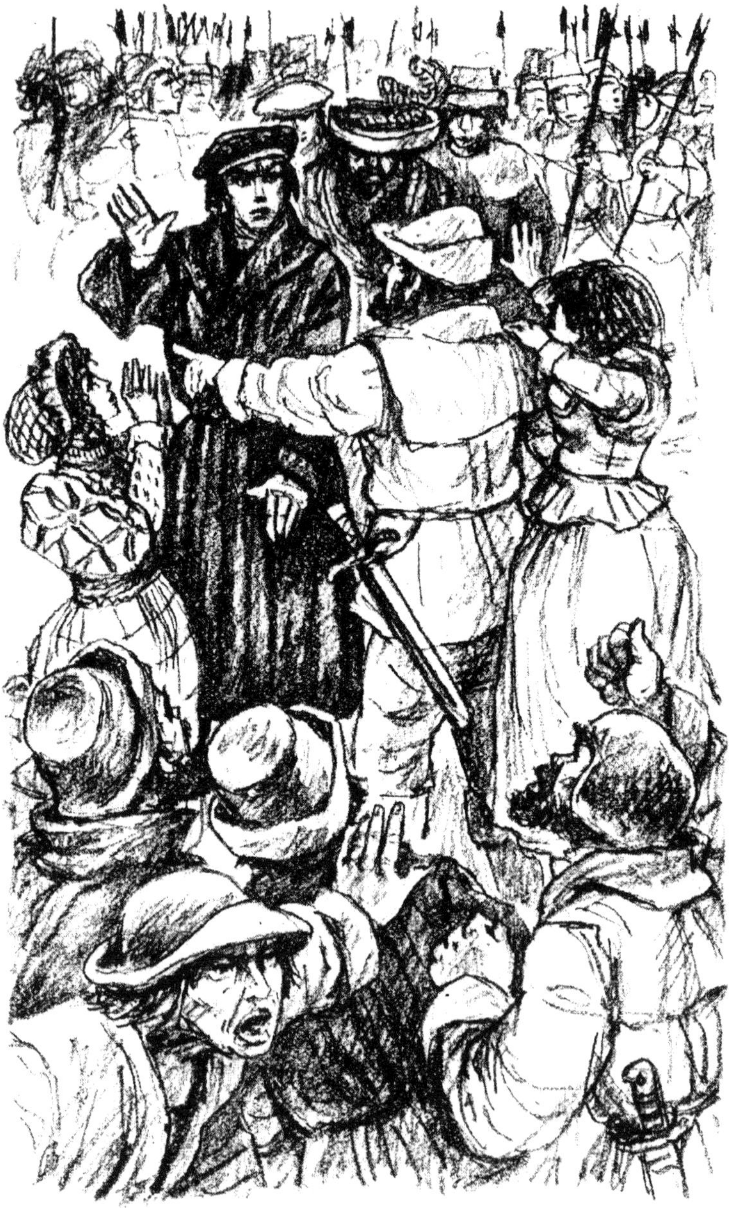

„Laß mich!" rief sie. „Seine mit französischem Wasser bespritze Fresse kotzt mich an!"

Sie wurde vom Hauptmann der Neckartaler mit Mühe gehalten.

„Er führt uns in die alte Hölle und zu den alten Teufeln zurück!" Mit aller Kraft suchte sie sich zu befreien. „Nieder mit allen Abtrünnigen! Nieder mit allen Gegnern der Bruderschaft! Gott will's!"

Beifall antwortete ihr. Waffen schlugen aneinander.

„Tod allen Herrenfreunden", antwortete es aus dem Kreis.

Der Kanzler wußte, wie ernst die Lage war. Trotzdem zog er den Degen, um sich vor den Verurteilten zu stellen, der von den Wachen zur Spießgasse gezogen werden sollte.

„Rührt ihn nicht an", brüllte er. „Wer ihn angreift, greift auch den Obersten Rat des Hellen Haufens an!"

„Er lügt!" schrie die Schwarze. Sie wußte es nicht besser. Jäcklein hatte nichts gesagt.

Vier Hellebardenträger hatten sich hinter und neben den Kanzler gestellt und richteten ihre Waffen auf ihn. Erst jetzt griff Rohrbach ein.

„Was tust du, Wendel", sagte er gelassen. „Du redest dich um deinen Kopf. Du weißt doch, was passiert ist heute früh."

Er deutete auf den Kreis. „Sie müssen's tun, sonst zweifeln sie an ihrer Macht."

Er gab den Hellebardenträgern einen Wink. Sie senkten die Waffen und ließen den Kanzler frei. Jäcklein entfernte sich und rief über die Schulter zurück: „Hast manchem das Leben gerettet. Ich geb's dir zurück. Nur misch dich nicht ein."

Die Bewaffneten bedeuteten Hipler, den Degen einzustecken.

Er hörte kaum noch, wie Rohrbach sagte: „Das ist nicht dein Gericht. Dir hat der Graf ja nichts getan."

Der Neckartaler stellte sich vor die Spießgasse. Einige Bauern warfen neue Äste und Zweige auf den Scheiterhaufen. Die Funken stoben himmelan und fielen als feuriger Regen auf die Bewaffneten und die Toten zurück. In den Augen Rohrbachs spiegelte sich die Glut. Vor ihm standen die Wachen mit dem Grafen, der nichts mehr von Würde an sich hatte, nichts mehr von Eleganz und Macht. Der Hauptmann hob die Hand.

Der Zinkenist sprang in die Gasse hinein und rief: „Ich bin Melchior Nonnenmacher, Ludwig. Hast mich traktiert mit Püffen und Tritten und mit dem Turm. Hast meine Schwester verführt, tralli, tralla. Ich spiel dir trotzdem auf." Graziös hob er das Bein, tänzelte an den Grafen heran, setzte die Zinke an die Lippen.

Der Helfensteiner wurde emporgerissen, von seinen Fesseln befreit und nach vorn gestoßen. Der Trommler rührte die Schlegel.

„Lauf, Ludwig, lauf!" schrie jemand aus der Menge.

Beate wollte ihrem Mann folgen; die Wachen hielten sie zurück, sie brach zusammen.

Der Graf ging mit angstweiten Augen, spürte eine Sense, die ihn am Arm verletzte, eine andere, die die Schulter traf. Er krümmte sich und lief, von Flüchen und Anschuldigungen vorwärts gehetzt.

„Das für die zerstampften Saaten!" - „Für das verbrannte Haus!" - „Für die Kreuzigung!" - „Für meine einzige Kuh, die du mir gestohlen hast!" - „Für den Mord an meinem Bruder!"

Verzweifelt suchte Helfenstein nach einem Weg aus den unaufhörlich zupackenden Zähnen der eisernen Schlange. Er taumelte links und rechts und wurde von Stichen zurückgetrieben. Dann brach er in der Mitte der Gasse zusammen und erhielt den Fangstoß.

„Möge der Herrgott dir deine Sünden vergeben", sagte Melchior Nonnenmacher und drückte dem Toten die Augen zu.

Die Bewaffneten tauchten ihre Lanzen, Spieße, Schwerter in das Blut des Toten.

Jäcklein setzte sich den Federhut des Grafen auf, legte seine Schärpe um und rief: „Da seht Ihr, wie man's machen muß. Sie sind Menschen wie wir!"

In diesem Augenblick tauchte Metzler mit einigen Bauernräten auf. „Wir werden dich ausschließen", tobte er.

Der Angesprochene lachte nur. „Umgekehrt machst du 'nen Bundschuh draus. Wir werden alle ausschließen, die mit den Herren paktieren. Der Helle Haufen ist hier." Mit weit ausholender Geste erfaßte Rohrbach den Kreis.

Noch in derselben Stunde sorgte der Kanzler dafür, daß Beate mit ihren zwei Kindern mit einem Reisewagen nach Heilbronn gefahren wurde.

Es war kein Mitleid, was der Kanzler des Hellen Haufens in dieser Nacht verspürte. Die Hinrichtung eines Menschen, sosehr sie verdient sein mag, läßt niemanden gleichgültig, wenn er zufällig Zeuge wird und zu einer Regung von Mitgefühl fähig ist. Wer das Recht für alle vertritt, muß auch die Härte vertreten, es durchzusetzen. Wer ewig verzeiht, wird am Ende selbst der Verurteilte sein. Nein, Hipler verzieh dem Grafen nicht. Er kannte dessen Schuld und sah ein, daß hier an alter Thingstätte Recht geschehen war, nach altem Brauch und in alter Form. Auch der Graf hatte niemals Mitleid gehabt, niemals verziehen. Hier war so mit ihm verfahren worden, wie er zeit seines Lebens mit anderen verfahren war.

Das alles beschwerte den Kanzler nicht. Es war etwas anderes, was ihm in diesem Augenblick schneidend zum Bewußtsein kam. Er hatte dem Hohenloher niemals mit gleicher Münze heimzahlen wollen, hatte bei allem Ungemach stets das Heer, das Ganze, das neue Reich gesehen und sich als winziges Rädchen in einem großen Getriebe gefühlt. In diesem Augenblick erkannte er erschreckt, daß doch ein Körnchen Rache bei seinem Tun gewesen war. Und auch Rohrbach hatte das Recht, dem Grafen die Grenze zu markieren, die göttliches Recht von anderen Rechten schied. Diejenigen, die sich schwach und als Werkzeug gefühlt hatten, fühlten sich jetzt stark. Und mit dem Gefühl der Stärke würden sie anderen überlegen sein. Es gab kein Zurück mehr nach dieser Tat; es gab nur den Weg nach vorn.

Und das wußte der Böckinger; das hatte er gewollt. Die sich jetzt um ihn scharten, die würden durch Himmel und Hölle mit ihrem Hauptmann gehen.

Wie weit aber gingen die, die seiner, Hiplers, Fahne folgten? Mußte man nicht für Schwäche halten, was Kenntnis von Zusammenhängen war?

Hipler erkannte, daß Rohrbach so handeln mußte, wie er gehandelt hatte. Der Neckartaler stand, wie er selbst, auf dem Scheitelpunkt seines Weges und sah das gelobte Land, das neue Tabor, das Tausendjährige Reich. Aber es war nicht das gleiche Reich.

19. Kapitel
Jäckleins List

Am Morgen nach der denkwürdigen Sitzung im Weinsberger Schloß war das Heeresgefüge zersprengt.
Bei Tagesanbruch zog der Schwarze Ritter Florian Geyer mit fünfhundert Mann in Richtung Taubertal, um Burgen, Klöster und Flecken unter seinen Eid zu nehmen und sich dem Taubertalhaufen anzuschließen.
Ebenso viele sammelten sich um den in den Boden gerammten Spieß Rohrbachs. Der Neckartaler hatte einen Trommler bei sich und rief, wer den Herren zeigen wolle, was eine Sense sei, könne das nur bei ihm. Wie die von Metzler und Hipler geführte Hauptstreitmacht zog sein Fähnlein zur Reichsstadt Heilbronn. Weil er mit fünfhundert Mann nicht eine einzige Zinne der Mauer brechen konnte, entwickelte er seinen eigenen Eroberungsplan.
Auch der Kanzler wollte unblutig in die Stadt. Er konnte mit der Hilfe eines Klienten rechnen, der als Bäcker und Gildemeister Ansehen im Rat und in Zunftstuben genoß und beauftragt war, die Bauern freundlich zu stimmen. Hans Müller, genannt Flux, war mit einem Kastenwagen und einer Landung frischen Brots nach Weinsberg gekommen. Unterwegs hatte er frohgemut von der Rolle geträumt, die er im Rat und im Kirchensprengel künftig zu spielen gedachte. Als er jedoch in Weinsberg die Leichen des Helfensteiners und seiner Knechte sah, vergaß er alle hochgespannten Erwartungen und fuhr als gebrochener Mann zurück, nachdem er den Kanzler heftig beschworen hatte, um Gottes willen Rohrbach nicht nach Heilbronn mitzubringen.
Als Flux auf der Heimfahrt nochmals in die Nähe der Hinrichtungsstätte kam, hieb er auf die Pferde ein. Die Toten lagen, wie sie gefallen waren. Sie sollten verkommen und vermodern, wie es im Urteil hieß. Auch der Kanzler hatte das Begräbnis nicht durchsetzen können.
Flux war kein Feigling. Er gehörte zur Bürgerwehr seiner Stadt und hatte manchen Delinquenten gesehen, aber noch nie einen so schimpflich verurteilten, durch die Spieße gejagten Herrn. Sein Glaube an die Ordnung der Dinge war dahin. Der Weltuntergang mußte nahe sein, wenn man ungestraft so mit den Oberen verfahren konnte. Der Gildemeister, der in Heilbronn das würzigste Brot, die weißesten Brezeln, den süßesten Kuchen zu backen

verstand, der in der Zunftstube das große Wort führte und bei Festen den Ton angab, bekreuzigte sich ein halbes dutzendmal, bis der Platz hinter ihm lag. Er stellte sich Rohrbach wie eins der Ungeheuer in der Kosmographie des Franziskanermönchs Sebastian Münster vor, die es auf absonderlichen Holzschnitten bei einem Buchführer in der Ägidiengasse zu kaufen gab.

Mit solchen Gedanken beschäftigt, bemerkte Flux die Bettelmönche erst, als sie den Gäulen fast vor den Hufen lagen. Erschreckt zog der Bäcker die Zügel straff, erkannte an der schwarzweißen Tracht erleichtert, daß es Dominikaner waren, ließ sie aufsteigen, als sie demütig um Mitnahme baten. Dankbar gab er sich ihrem Zuspruch hin und revanchierte sich mit Einzelheiten über die Hinrichtung und den schrecklichen, verruchten Neckartaler, den er gar nicht kannte.

Einer der Patres sagte: „Dominus vobiscum." Der Bäcker verstand es natürlich, da er in der Messe „et cum spiritu tuo" antworten mußte.

Der Bäcker glaubte, seinen Gästen immer abenteuerlichere Geschichten über diesen Rohrbach erzählen zu müssen. Und er kam ab und zu selbst darin vor. Die Dominikaner staunten nicht schlecht, als sie hörten, daß Rohrbach sich vor den Augen ihres Wagenlenkers mit der von der Schwarzen gebrauten Quintessenz unsichtbar gemacht habe, um unerkannt in die Stadt Weinsberg gelangen und den Bauern die Tore öffnen zu können. Die Mönche lachten. Sie holten eine irdene Flasche aus dem Reisesack und meinten, etwas Ähnliches hätten es sie auch. Der Bäcker glaubte es nicht.

„Meiner Seel", sagte Rohrbach, denn er war einer der Mönche, „er ist ein Heide. Er glaubt nur, was er schmeckt", und begann zu trinken. Auch seine Begleiter tranken. Sie kluckerten das Zeug in sich hinein, daß Flux die Augen aufriß.

„Ihr versteht es", sagte er anerkennend. „Was ist es denn?"

„Geweihtes Wasser", kennzeichnete Rohrbach das Getränk aus dem Keller des Helfenstein. „Probier!" Er reichte Flux die Flasche.

Der Bäcker nahm einen vorsichtigen Schluck. „... Würzwein", sagte er und schmeckte den Tropfen nach.

„Wie kann es Würzwein sein", fuhr ihn Rohrbach an. „Wir haben es selbst geschöpft. Es ist Wasser aus dem heiligen Brunnen. Wasser aus dem Brunnen des heiligen Offiziums."

„... der Inquisition?", erregte sich Flux.

„Je mehr du trinkst, um so gläubiger, mutiger, reiner wirst du dich erheben über die gemeinen Begierden der Welt. Spürst du noch nichts?"

„Doch, doch!" Der Bäcker schluckte irritiert.

„Trink, trink. Es gibt dir die Fähigkeit, unwiderstehlich wie Savonarola zu sein."

„Um Gottes willen, er wurde verbrannt."

„Weißt du einen schöneren Tod zur Ehren Gottes?" fragte Rohrbach.

„Trink unbesorgt. Ego te absolvo. Es macht dir auch die Mädchen gefügig, wenn dir das lieber ist."

„Wahrhaftig?"

„Es verschafft dir vielleicht ein Amt. Ich ernenne dich zum heiligen Wasserträger, wenn du uns gut in die Stadt reinbringst."

Der Bäcker trank. Der Wagen schoß vorwärts. Rohrbach lehnte sich an die leiterartigen Stäbe zurück und begann rauhkehlig zu singen. Er fing an: „Heilbronn metropolis urbs amenissima ...", ging dann aber weiter: „Her mit dem süßen Wein. Mädchen, schenk noch mal ein. Komm in mein Himmelbett und sei ein bißchen nett ..."

Der Bäcker wunderte sich über die heiligen Leute, die so unheilige Lieder sangen, er führte ihr Verhalten jedoch auf den Genuß des Wassers aus den Gärten des Offiziums zurück.

Ihm selbst wurde leicht und beschwingt zumute. Schließlich fiel er in den Singsang der Mönche ein. Sagte. „Wir werden ... Rohrbach ... zum Teufel schicken."

„Warum nicht nach Heilbronn?", fragte Rohrbach arglistig. „Da sitzt der Teufel im Rat, Bäckerlein. Du wirst noch Brüderschaft trinken mit ihm."

„Der Himmel bewahre mich, Pater. Wo denkt ihr hin. Aber lieber mit dem Teufel als mit Rohrbach. Gott verzeihe mir!"

„Wer weiß!" Jäcklein lachte. „Gottes Wege sind unerforschlich. Und der Teufel ist neben uns."

Der Bäcker schaute sich unbehaglich um. „Ihr seid ja bei mir", stieß er glucksend hervor. Er trank, suchte Rohrbach zu umarmen und fiel von der Bank.

Der Neckartaler rückte ihn wieder zurecht.

Flux murmelte: „Ich weiß nicht, ob es das verflixte ..." Er bekreuzte sich. „... gottgesegnete heilige Wasser ist. Das kann nicht schlechter als der Wein von der Hochzeit in Kana sein. Es ist so, wie Ihr sagt, ich fühle mich stark. Ich werde Euch helfen, den Teufel auszutreiben! Ich heiße Hans."

„Und ich Jacobus."

„Ich sage Jakob zu dir. Nein, Jäcklein, so heißt es bei uns."

Die Freie Reichsstadt lag vor ihnen. Von einem Scheitelpunkt des Weges, der in sanftem Gefälle und in Windungen durch Waldstücke, Wiesen und Felder abwärts führte, sahen sie Türme, Mauern und Bastionen, die wie Inseln aus dem Morgendunst ragten, der über der Stadt lagerte. Neben Weinsberg wirkte Heilbronn wie ein gotischer Dom neben einer Dorfkirche. Das Bauernheer hatte guten Grund, nach Heilbronn zu ziehen. Rohrbach schnalzte mit der Zunge.

Erleichtert zog der Bäcker vor dem Weinsberger Tor die Zügel straff, schilderte der Wache die Flucht der Dominikanerpatres vor Jäckleins Leuten, erwähnte sein beherztes Auftreten, als er die Erschöpften unter seine Fittiche nahm, und fand aufmerksame Ohren.

Die Mönche mußten Papiere vorweisen, die sie den echten abgenommen hatten - und waren in der Stadt.

Gegen Mittag zog mit Trommelklang und Fahnenschwenken der Helle Haufen heran, vorangetragen wurden das Kruzifix und unter einem Baldachin die zwölf Artikel. Die vorderen trugen die neun erbeuteten großen und kleinen Falkaunen, und zwanzig Hakenbüchsen folgten am Schluß. Daß die Bauern kein Pulver zu den Geschützen hatten, ahnten die Heilbronner nicht.

Eine Stunde zuvor war Jäckleins Schar eingetroffen. Sie erbauten ihre Zelte in der Nähe des Friedhofspförtleins, das hatte seinen Grund.

Als die Vorhut des Hellen Haufens gesichtet wurde, läuteten die Glocken Sturm. Die Ehrbarkeit war zu allem entschlossen, öffnete jedoch unter dem Druck der Armen und der Zünfte einer vierköpfigen Delegation mit dem Kanzler und dem Feldhauptmann Metzler die Tore der Stadt. Dem Neckartaler sollte der Eintritt verwehrt werden. Einige Räte forderten für ihn sogar das Halsgericht.

An der Spitze des Verhandlungstrupps liefen die Stadtknechte. Neugierige schauten aus den Fenstern der Häuser. Vor den Türen und auf steinernen Balustraden standen Alte und Junge. Manche von ihnen warfen den Vorbeikommenden Blumen zu, andere schlossen sich an. Zusehends vergrößerte sich der Zug.

Für Hipler war es ein eigenartiges Erlebnis, wieder in die Stadt einzuziehen, in der er Schreiber gewesen war. Das Vertraute wirkte seltsam fremd und das Fremde vertraut. Es war ein stürmischer Tag. Ab und zu regnete es, dann schien die Sonne. Frühlingsnarrretei. Windfahnen drehten sich. Zunftzeichen klapperten. Die Strohwische an den Wirtshäusern schwankten hin und her. Eine Gänseherde stob auseinander. Taubenschwärme flatterten auf. Aus Düngerhaufen suchten Schweine das Weite.

Die ganze Stadt schien auf den Beinen zu sein. Mönche, Bettler, Pilger, Krüppel, Blinde, Wahrsager, Gaukler, Männer, Frauen und Kinder blieben stehen, hielten in ihren Verrichtungen und Geschäften ein, kamen hinter Verkaufsbänken hervor und aus den Schenken heraus.

Die Bauern waren da!

Vor dem Stadthaus wartete der Gildemeister der Bäcker auf seinen Auftritt. Flux hatte es sich nicht nehmen lassen, die Heeresbeauftragten persönlich zu empfangen. Und der Rat war froh, daß es ein anderer für ihn tat.

Der Bäcker hatte sein Festgewand angelegt.

Acht Malter Korn und dreimal soviel Dinkel, sechs Fuder Wein und zwanzig Silberbecher, drei Weinberge und Kapitalbriefe, Rüstkammer mit Harnisch und Küraß, Schwert und Büchse hatten auch ihm die Türen der Ehrbarkeit geöffnet. Ein Mann mit einer offenen Hand, so was schätzten die

Herren. Und solche wie Metzger Dau, die ihre Habe mit einem Augenblinzeln überschauen konnten, deren sechs Kinder in einem Bette schliefen, rechneten Flux an, daß er den Oberen keine Antwort schuldig blieb.

Nun also stand er da, immer noch ein wenig vom Wasser der heiligen Offiziums in sich, und hielt einen riesigen, aus Brotteig gebackenen Stadtschlüssel in der Hand.

Den echten verwahrte der Rat, der in Permanenz hinter den Mauern mit den mächtigen Strebepfeilern tagte.

Um den Gildemeister scharten sich die Vertreter der vierunddreißig Heilbronner Zünfte, die Kaufleute, Schneider und Schuhmacher, die Gold-, Eisen-, Kupfer-, Waffen-, Messer-, Huf- und Nagelschmiede, die Papyrer und Schriftgießer, Buchdrucker, Buchbinder und Weingärtner und andere. Rund um den Markt jedoch waren dreihundert Knechte aufmarschiert. Knisternde Spannung lag in der Luft.

Hinter den Ketten der Waffenträger staute sich das Volk, auch jene, die für unehrlich galten, weil sie keine Schwerter tragen durften, die Gassenkehrer, Holz- und Feldhüter, Zöllner, Totengräber, Turmwächter, die Bader, Schäfer und Schinder, Schauspieler und Musikanten. Da drückten und stießen sich die Leibeigenen, Handwerksgesellen und Tagelöhner, um mehr zu sehen. Einige Dominikanermönche suchten in die Nähe des Marktbrunnens zu gelangen, dessen bronzener Herakles mit einem Löwen kämpfte, aus dessen Maul eine Fontäne schoß.

Als der Hauptmann der Stadtknechte die Delegierten passieren ließ, wogte Beifall auf. Die Menge drängte gegen die Sperrkette.

Der Bäcker verließ seinen Platz und schritt den Heeresbeauftragten mit dem Brotschlüssel in der Hand entgegen. Während er ihn Hipler überreichte, sagte er laut: „Er öffnet euch mehr als die Tore der Stadt. Wir, wir ...", Flux räusperte sich, „... grüßen euch als liebe Brüder und Freunde. Wir wollen anstoßen auf die große Sach und Gottes Gerechtigkeit."

Der Gildemeister der Weingärtner näherte sich, reichte Flux den silbernen Pokal aus der Trinkstube der Zunft und schenkte aus einer verzierten Kanne ein. Der Kanzler, der Hauptmann und die anderen tranken und bedankten sich.

Der Bäcker klopfte Hipler unzeremoniell auf die Schulter und rief: „Die Herren der Ehrbarkeit tun sich schwer, euch zu empfangen, Kanzler. Aber ich mein', was in Weinsberg geschehen ist, ist geschehen und wird nicht mehr sein. Und wo gehobelt wird, fallen Späne. Ich will euch auf meinem Kreuzmesser in die Stadt ziehen, wenn euch die Herren die Tore verschließen."

Die Abgeordneten der Zünfte spendeten Beifall. Und der Bäcker fügte hinzu: „Es ist das Begehr der Zünfte, daß der patrizische Rat durch die Bürger erweitert wird. Ich will mit euch gehen."

Der Ratssaal, in dem die Gäste von der Ehrbarkeit empfangen wurden, verriet etwas von der Macht dieser Stadt, die nur den Kaiser über sich hatte. Der Raum war groß wie ein Turnierplatz. Die Holztäfelung der Wände zeigte allegorische Figuren. Auf den Mosaikplatten des Fußbodens prangten stilisierte Blumen. Drei hohe Fenster mit bleigefaßten Scheiben führten den Blick zum Marktplatz.

Ehrfürchtig schauten sich die Besucher - bis auf Hipler - um. Das bunte, teilweise vergoldete Holzschnitzwerk an der zwanzig Fuß hohen Zimmerdecke wirkte mit den von Blumenkränzen eingefaßten lateinischen Denksprüchen wie ein plastisches Bild. Ein mannshoher Kachelofen neben der Eingangstür mit eingebrannten farbigen Wappen und phantastischen Fabelwesen ragte wie ein kleiner Turm empor. Die Pokale, Kannen und Becher, Teller und Vasen aus Silber und Gold auf dem rings um den Saal führenden Bord zeugten vom Reichtum Heilbronns. Alles war mit Bedacht ausgesucht und wirkungsvoll in den Raum gestellt. Bürgermeister Heinrich Sturmfeder, im Faltenrock, mit geschlitzter Schenkelhose und kurzer pelzbesetzter Schaube, erwartete die Gäste an der Spitze seiner zwölf Ratsmitglieder auf einem fußhohen Podest hinter einer Holzbalustrade.

Die Delegierten hatten die Mützen abgenommen und die Handschuhe ausgezogen. Sie grüßten kurz. Nur der Kanzler verbeugte sich leicht. Der Feldhauptmann Metzler bewegte sich unsicher und gehemmt.

Der Bürgermeister und der zweite Bürgermeister, der Stadtschreiber und die Verantwortlichen für Regierungsgeschäfte und Untaten, für Tuch, Korn und Salz, für Brot, Fleisch, Wein und Bier, die Kirchen-, Steuer-, Mühlen- und Ziegelherren, Kämmerer und Rentmeister blickten den Gästen starr entgegen. Sie gehörten den Patriziergeschlechtern, den ratsfähigen Familien, an, übten ihre Tätigkeit auf Lebenszeit aus und hockten auf ihren Privilegien wie Geier auf einem geschlachteten Lamm. Als geschäftsführender engerer Ausschuß waren sie dem hundertköpfigen Großen Rat rechenschaftspflichtig.

Unwillig reagierte Sturmfeder auf das Erscheinen des Bäckers, der als letzter den Raum betrat. „Ich schätze eure Verdienste, Flux, doch ich schätze sie zu gegebener Zeit", wies er ihn zurecht.

Der Bäcker blieb stehen.

Hipler sagte: „Da er für die Zünfte spricht, muß er bleiben."

Sturmfeder betrachtete die Delegierten wie exotische Tiere, die man sonst nur in Käfigen sieht. Die beiden Gruppen standen sich gegenüber. Hipler trat noch einen halben Schritt vor und schaute die Herren der Reihe nach an.

„Wir kommen nicht als Feinde, obwohl ihr das anzunehmen scheint. Was wir von euch erhoffen, erhoffen wir im Interesse der Reichsstadt Heilbronn."

Sturmfeder unterbrach ihn sofort. „Um uns das zu erzählen, seid ihr hergekommen. Da hättet ihr euch den Weg sparen können, Magister, Doktor, was immer ihr seid. Wir kennen uns ja. Das Recht, das ihr in eure Artikel schreibt, habt ihr in Weinsberg durch die Spieße gejagt!"

Die letzten Worte betonte er heftig. Metzler lachte nur. Der Kanzler sagte rauh: „Wenn's nicht geschehen wäre, würd's nimmermehr geschehen. Aber da er den Tod verdient hat, ist's gleich, woran er gestorben ist."

Die Räte fuhren auf.

Sturmfeder erboste sich. „Und ihr seid Advokat?!"

Jetzt reagierte auch Hipler scharf. „Gerade weil ich's bin, Bürgermeister ..."

Er trat noch näher heran und sah Sturmfeder ins Gesicht. Der Bürgermeister hielt den Blicken stand.

„Gerade weil ich's bin, meine ich, daß es für alle gilt, dieses Recht: für den Helfensteiner, für den letzten Leibeigenen und für euch. Wer tötet, riskiert seinen Kopf!"

Die Herren erwachten aus ihrer Erstarrung. Es gefiel ihnen nicht, mit Leibeigenen auf eine Stufe gestellt zu werden.

Der Kanzler ließ ihnen zur Erwiderung keine Zeit und entwickelte rasch und ohne Umschweife den Plan des Bauernrats, in Heilbronn eine Kanzlei einzurichten und die Stadt in den Schutz und Schirm der Bruderschaft zu nehmen. Er forderte die Herren auf, die evangelische Ordnung anzuerkennen, ein Kontingent für das Heer zu stellen und die zwölf Artikel anzunehmen. Das hieße, und nun zählte er auf: „Ablösung der Leibeigenschaft. Freigabe von Wald, Wasser, Jagd und Fischerei. Brenn- und Bauholz für jeden, der bedürftig ist. Beschränkung der Fronden und Abgaben. Wie, wird festgelegt. Abschaffung des Todfalls; der Herr wird auf das Erbstück verzichten müssen. Verwendung des Zehnten durch die Gemeinde; sie soll den Pfarrer unterhalten und die Armen pflegen. Alles andere, vor allem eine Reichsverfassung, wird in den nächsten Monaten festgelegt. Vermutlich hier in Heilbronn."

Die Ratsherren schauten sich wechselseitig, teils betreten, teils belustigt an.

Mit dem Bürgermeister ging die Erregung durch: „Ihr salbadert, als hätten wir nur noch amen zu sagen, Doktor ..."

Etwas von der Haltung eines unumschränkten Herrschers lag in Sturmfeders Art, eines Souveräns, der mit einer Handbewegung überseeische Expeditionen ausrüsten, Herzogtümer erobern und Menschen in Kerkern verschwinden lassen kann.

„Ich sehe nicht, was uns der Bauern 'große Sache' bringen soll." Er sagte es ironisch, schaute sich nach seinen Räten um und lachte. Auch die Herren lachten, obwohl es nichts zu lachen gab.

„Wenn ihr glaubt, daß ihr in einer Dorfschenke seid, sperrt die Augen auf. Ihr steht vor den gewählten Räten Heilbronns!"

- - -

Während dies geschah, liefen fünf der bewaffneten Begleiter Jäckleins, und niemand im Ratssaal ahnte etwas davon, zum Sankt-Annen-Friedhof, auf dem es eine efeuberankte, fast unsichtbare und längst vergessene Tür in der Stadtmauer gab.

- - -

Der Kanzler erwiderte indessen: „Ihr wollt sagen, daß die Artikel, die ihr beschwören müßt, einem Heilbronner Geheimschreiber, Schultheiß oder Kämmerer die Suppe nicht fettiger machen. Daß ein Steuerbeamter nur das glaubt, was er vor dem Zubettgehen zählen kann. Ich weiß wohl, ihr braucht den Allmächtigen nur, wenn er euch nach einer geweihten Kerze und ein paar Gulden für den Klingelbeutel Absolution erteilen und ein ruhiges Gewissen verschaffen soll. Nein, nein, nein, laßt mich ausreden ..." Er hob die Hand, als ihn der Bürgermeister unterbrechen wollte. „Die Abschaffung der Zölle würde euren Tuch-, Gewürz- und Geschmeidekrämern sicher ein lauteres Halleluja entlocken als zur Christmesse im geschnitzten Chorgestühl. Und die eine einzige Münze im Reich, gleiches Maß und Gewicht zwischen Ostsee und Adriatischem Meer, um noch einen Gedanken fortzuspinnen, würde euch so viel einbringen ..." Er beschrieb mit dem Arm einen Halbkreis. „... daß Ihr die Wände hier mit Golddukaten tapezieren und die Armen von Silbertellern essen lassen könnt. Wahr, wahr!"

Er schwieg erschöpft. Dann setzte er noch einmal an: „Ich wünschte, ich könnte das Bild in meinem Schädel mit Pinsel und Farbe malen: ein Reich ohne Fürstentümer. In den Ländern ewiger Frieden. Die Straßen frei und sicher. Ein Kammergericht, in dem alle Stände vertreten sind. Es muß ein Anfang gemacht werden. Warum nicht hier? Warum nicht in dieser Stadt? Warum soll die Reichsreform nicht von Heilbronn ausgehen? Wir kommen nicht als Feinde zu euch!"

Unter den Räten zeigte sich Neugier und Interesse. Die Stimmung schwenkte um.

Einer von ihnen, der Geheimschreiber Hans Berlin, löste sich aus dem Kreis und schritt auf den Sprecher zu. „Ich stehe zu euch", sagte er. „Wenn ich euer Paradies auch mehr ahnen als sehen kann, höre ich doch seine Glocken. Meiner Hilfe könnt ihr sicher sein."

Als er umkehren wollte, versperrte ihm der Bürgermeister den Weg.

„Wenn ihr zu denen wollt, bleibt da."

Hinter ihm entstand Unruhe.

Sturmfeder wurde schroff. „Hier ist kein Schützenfest, auf dem man Narrenreden halten und sich an Worten besaufen kann. Das Bauernparlament wird disputieren, wie man Gulden teilt und rote Hähne auf die Dächer setzt. Das ist ein Gaukler, ein Phantast, der mit der hinkenden Mähre Hoffnung nach Nirgendwo zieht."

Er ließ den Schreiber passieren. Zum erstenmal in seinem Leben vergaß er Beherrschung und Maß. „Wenn man auf euch baut, Hipler, hat man auf Sand im Neckartal gebaut. Eure Gedanken sind ...", er zeigte auf ein Totentanzgemälde mit mächtigen Wolkengebirgen, „... so leicht und luftig wie die Wolken dort und auch so fern."

Er wies mit dem Finger auf den Kanzler und seine Begleiter. „Was Ihr erzählt, mögt Ihr dem sechsten oder siebten Buch Mosis entnommen haben. Ich weiß es nicht, Ich weiß aber, dass ihr bewaffnet vor den Toren steht und Einlaß begehrt."

- - -

Inzwischen war die Friedhofstür aufgebrochen worden, Jäckleins breitstehende Rotten brachen in die Reichsstadt ein, öffneten das Weinsberger Tor und liefen zum Markt.

- - -

Einige der Ratsherren drückten durch beifälliges Murmeln Zustimmung für den Bürgermeister aus. Sturmfeder war in seinem Element.

„Ihr könntet eure Träume verkaufen", sagte er spöttisch. „Warum hängt ihr den Doktorhut nicht an den Nagel und versucht's in Astrologie. Wenn ihr einen Ratsschreiber überzeugen könnt, wird's andere geben, die euch für euren Quark Namen und Gulden leihen ..."

Einen Einwurf Berlins tat er mit einer Handbewegung ab. Als er wieder ansetzen wollte, trat ihm der Kanzler entgegen.

„Nicht so, Bürgermeister, wenn eure Taten so hitzig wie eure Worte sind, zündet ihr einen Scheiterhaufen an, vor dessen Flammen es keine Verhandlung gibt."

„Wenn ihr aus dem Fenster schaut, seht ihr dreihundert Knechte, die auf ein Zeichen warten. Ihr seid, wenn ich zählen kann, vier", sagte Sturmfeder ironisch.

Jetzt hielt es den Gildemeister der Bäcker nicht mehr auf seinem Platz. Er trat nach vorn und sagte respektlos: „Und die zehntausend vor der Mauer hast du wohl vergessen, Heinrich Sturmfeder? Willst du die Stadt opfern mit Mann und Maus? Ich fange an, den Jäcklein zu verstehen."

Der Bürgermeister rief nach der Wache. Acht Knechte traten aus einer hinter den Ratsherren befindlichen Tür.

„Nehmt ihn fest!" sagte Sturmfeder.

Flux rebellierte. „Das kommt dich teuer zu stehen. Vielleicht bist du morgen froh, wenn du den Kopf noch auf den Schultern trägst."

„Führt ihn ab!" schrie der Bürgermeister.

Zu den Delegierten sagte er: „Wir können eure Bedingungen nicht annehmen. Unsere Bündnisverpflichtungen mit Städten und Fürsten ..."

In diesem Augenblick wurde er von anhaltendem Getöse unterbrochen. Die Posten mit dem Bäcker blieben stehen. Die Ratsherren drängten an die Fenster.

Während der heftigen Auseinandersetzung hatte niemand auf die Vorgänge geachtet, die sich jenseits der bleigefaßten Scheiben abspielten. Dort waren die Dominikaner auf den Brunnenrand gestiegen. Der Prädikant Massenbach, die feurige Zunge, wie er bei Jäckleins Leuten hieß, hob die Arme und predigte von der Rechtlichkeit der zwölf Artikel. Er rief die Tagelöhner und Handwerksgesellen zum Widerstand gegen die eigennützigen Herren der Reichsstadt auf. Die Stadtknechte versuchten an ihn heranzukommen, doch die lebende Mauer zwischen Postenkette und Brunnen wurde immer dichter. Der Prädikant zog ein zerfleddertes Traktat aus dem Ärmel, erklärte, daß es ein Brief Müntzers sei, der auf die Frage Antwort gäbe, was mit denen geschehen solle, die vor dem gemeinen Mann das Tor verschlössen. Er drohte mit der Faust zu den Rathausfenstern hinauf und rief in die eintretende Stille hinein: „Kraft dieses Briefes tun wir euch in den weltlichen Bann, bis ihr die christliche Vereinigung anerkannt und euch in sie ergeben habt." Er riß die Kutte vom Leib und stand da in seinem Bauerngewand.

Rohrbach, der die Kutte ebenfalls ablegte, mußte sich mit dem Schwert gegen einen Söldner verteidigen, der aber bald von der Menge entwaffnet wurde.

Der Böckinger rief: „Es lebe die christliche Bruderschaft! Nieder mit dem Heilbronner Rat!"

Das war der Augenblick, in dem die Gesellen und Tagelöhner die Sperre durchbrachen. Der Prediger und Rohrbach ragten aus der Menschenmenge heraus wie geschnitzte Heilige aus einer Prozession.

Massenbach konnte sich nur noch schwer verständlich machen, weil ihn Beifall und ohrenbetäubendes Jubelgeschrei unterbrach. Niemand hätte dem dicklichen Prädikanten soviel Temperament zugetraut. Mit Händen und Füßen demonstrierte er, was die Ratsherren erwartete, wenn sie die Artikel nicht unterschrieben.

„Keiner Gemeinschaft sollen sie angehören", rief er laut über die jubelnden Menschen hinweg. „Niemand soll ihnen geben, was ich jetzt nenne: Speise, Trank, Fleisch, Korn, Salz. Niemand soll von ihnen kaufen noch ihnen zu kaufen geben. Sie sind abgeschnittene, gestorbene Glieder, welche den gemeinen christlichen Nutzen und Landfrieden nicht fördern, sondern verhindern wollen. Jeder, der dieses Gebot nicht achtet, soll mit dem gleichen Bann bestraft und mit Weib und Kindern aus der Gemeinschaft ausgeschlossen sein!"

Die Menge brach in Hochrufe auf die Bruderschaft aus.

Verzweifelt suchten die Stadtknechte, sich ihrer Haut zu wehren. Nach kurzer Zeit waren sie von den durch die Friedhofspforte eingedrungenen Neckartalern entwaffnet. Sie wurden verprügelt, in den Brunnen geworfen oder unter Schmähreden nach Hause geschickt. Auch die Versammelten griffen jetzt mit Fäusten und allem, was gerade zur Hand war, in den Kampf ein.

Die Räte im Empfangssaal hatten diese Vorgänge mit wachsendem Entsetzen verfolgt. Als die Dinge sich zuungunsten der Knechte und der zur Ratsfahne stehenden Hundertschaften der Bürgerwehr entwickelte, faßte Bürgermeister Sturmfeder einen schwerwiegenden Beschluß. Im Rathaus befanden sich noch Bewaffnete. Er gab Befehl, die Türen zu schließen, die

Bauerndelegation festzunehmen und alles zur Verteidigung des wichtigsten Stadtgebäudes vorzubereiten.

Die Knechte waren unschlüssig.

Auf dem Platz war noch nichts entschieden. Außerdem waren auch die um den Bürgermeister gescharten Räte nicht einhelliger Meinung. Der Schreiber Hans Berlin widersetzte sich offen und betonte, daß man den Delegierten freies Geleit zugesichert habe.

Diesen Augenblick der Unsicherheit nutzte der Kanzler. Er zog den Degen, befahl nun seinerseits den Knechten, den Bäcker loszulassen und den Bürgermeister mit allen zu ihm stehenden Räten zu verhaften. Die Sache sei für die Stadt verloren. Heilbronn befände sich in Bauernhand.

Sturmfeder rief: „Verrat!", griff auch zur Waffe und drang auf Hipler ein. Der Kanzler verteidigte sich.

Jetzt ging der Riß durch die ganze Gruppe der Ehrbarkeit. Einige, und das war die Mehrzahl, zogen blank und stellten sich hinter das Stadtoberhaupt, andere mit Berlin an der Spitze sonderten sich ab, hielten sich aber aus dem Geschehen heraus. Zwei Räte verließen den Saal heimlich durch die Hintertür. Auch Metzler und die übrigen Bauerndelegierten wehrten sich ihrer Haut. Die Knechte standen abseits und warteten offensichtlich den Ausgang des Kampfes ab.

Die Entscheidung erzwang Hipler. Es gelang ihm, Sturmfeder die Waffe aus der Hand zu schlagen. Er setzte ihm den Degen auf die Brust, veranlaßte ihn, zum Fenster zu gehen und einen Flügel zu öffnen. Als die Menge des Bürgermeisters ansichtig wurde, erklangen Schmährufe. Gegenstände kamen geflogen. Plötzlich ebbte der Lärm ab, die streitenden Parteien ließen die Waffen sinken. Neben Sturmfeder waren der Kanzler des Hellen Haufens und Georg Metzler erschienen.

Hipler hob den Arm. Es wurde so still, daß man das Rauschen des Marktbrunnens hörte.

Er rief: „Der alte Rat ist gestürzt. Es lebe der neue Rat, der der Sache des Hellen Haufens und der ganzen christlichen Gemeinschaft ergeben ist!"

Ohrenbetäubender Jubel antwortete ihm. Mützen wurden emporgeworfen, Waffen aneinandergeschlagen. In diesem Moment brachen auch die Fähnlein des Hellen Haufens durch das von Jäckleins Leuten geöffnete Weinsberger Tor in die Stadt ein und verbrüderten sich mit den Tagelöhnern und Handwerksgesellen.

Im Ratssaal riß Flux dem Bürgermeister die Amtskette ab und zischte ihm ins Gesicht: „Nun, Heinrich, fühlst du den Kopf noch auf dem Hals? Jetzt fordern die Zünfte ihr Recht. Ich gebe euch Zeit für ein Ava-Maria und ein Amen. Wenn ihr bis dahin nicht unterschrieben habt, daß ihr freundlichst und ehrerbietigst ersucht ...", er betonte die letzten Worte, „... Mitglieder der christlichen Vereinigung und Bruderschaft zu sein, verfallt ihr dem weltlichen Bann und habt die Stadt zu verlassen. Schreiber, hol das Pergament."

Hans Berlin ging und brachte das Gewünschte. Bürgermeister und Räte unterschrieben.

Noch in der selben Stunde wurde ein neuer Rat gebildet, an dessen Spitze der Bäcker Hans Müller stand. Flux sorgte dafür, daß das vor der Mauer lagernde Heer Decken, Zelte und Stroh, Viehfutter und Nahrungsmittel in ausreichender Menge bekam.

Für die Bauern fuhren die Heilbronner ein fürstliches Mahl heran.

Die Herdfeuer glühten, die Kessel dampften, die Tonnen, Fässer und Säcke mit frischem, gesalzenem und geräuchertem Fleisch, mit Heringen, Weißbrot, Feldfrüchten und Gemüse häuften sich.

Für die Stadtarmen wurde in der Spitalküche eine kräftige Fleischsuppe gekocht. Aus dem Sankt-Georgs-Brunnen mit dem dreiköpfigen Ungeheuer lief, was sonst nur bei Kaiserbesuchen geschah, unverfälschter - allerdings saurer - Wein. Flux hatte ihn den verantwortlichen Männern des Kriegsausschusses zu einem Vorzugspreis angeboten, weil er unverkäuflich war. Aber er dachte nicht nur ans Geschäft, denn für das Heilbronner Fähnlein, das noch am selben Tage aufgestellt wurde, legte er jedem, der eintrat, einen harten Gulden in die Hand.

In wenigen Stunden sah die Stadt mit ihren fünftausend Häusern und fünfunddreißig Straßen wie bei einem Schützenfest aus. Immergrüne Girlanden waren von Giebel zu Giebel gespannt. Zweige und Fahnen hingen aus Fenstern und Türen. Überall wurde gesungen, gespielt und getanzt. Und wie bei einem richtigen Schützenfest ging es derb und laut und lustig zu.

20. Kapitel
Sabellicus taucht wieder auf

Noch am selben Tage begann zunächst provisorisch vor den Toren der Stadt in einem Zelt die Bauernkanzlei zu arbeiten, deren Ziel es war, aus allen Teilen des Reichs und aus allen Bauernheeren Abgesandte nach Heilbronn zu holen, um mit ihnen gemeinsam die Reichsreform auszuarbeiten. Hipler hatte alle Hände voll zu tun. Einer seiner ersten Besucher war Friedrich Weigandt, Mainzer Rentamtmann zu Miltenberg. Vor zwei Jahren hatte Hipler ihn kennengelernt. Der Amtmann war damals für einen der Reformation zugetanen Miltenberger Volksprediger eingetreten und in Ungnade gefallen. Hipler mußte ihn damals als Anwalt gegen den Landesherrn verteidigen. Er schätzte Weigandt, der ideenreich und tatkräftig für eine neue Zeit eintrat.

Nun saß er, klein und schmal, aber mit einem mächtigen Kopf, hoher Stirn und kräftiger Adlernase, vor Hipler und überreichte feierlich ein Schriftstück, von dem er meinte, es könnte dem Heer dienlich sein. Wie er langatmig erläuterte, lehnte es sich an eine 1523 erschienene Flugschrift an und schlug die Reformation aller Stände, des Gerichtswesens und des Wirtschaftslebens vor, plädierte für die Beteiligung des Adels (besonders der Ritterschaft) am Reichsregiment und suchte eine Möglichkeit, die Auseinandersetzung rasch zu beenden. Belesen und gut informiert, setzte er sich ironisch mit den gerade im Druck erschienenen Auffassungen Luthers auseinander, die Leibeigenschaft als gottgegeben anzuerkennen und der Freiheit der Jagd, des Fischfangs, des Waldes als echter Christ und Märtyrer zu entsagen. Er wütete, von nun an müsse man auch den Wittenberger in die Reihen der Gegner einbeziehen. Luthers Gerede vom Weltuntergang sei ein Narrenspiel. Der Amtmann erwähnte schließlich Zwingli und erklärte nochmals, man müsse dem Krieg ein Ende machen.

Sosehr der Kanzler Weigandts Beitrag zur Sache schätzte, so sehr mißfiel ihm, daß jener stets von den Städten sprach und die Bauern zu vergessen schien. Nach zwei Stunden mußte Hipler ihn verabschieden, er wurde zum Bauernrat gerufen.

Dort ging es um Rohrbach. Der Neckartaler brachte sein „Schäfchen ins Trockene", wie es Metzler formulierte, und dachte nicht mehr an das Heer. Der Kanzler sollte schlichten und vermitteln, den ehemaligen Bundesgenossen an die beschworene Gemeinsamkeit erinnern und die Beutekasse übernehmen. Offiziell war dem Heer das bewegliche und unbewegliche Gut des Deutschen Ordens als Beute zugefallen.

Am Deutschen Haus, einem riesigen Komplex von Kapellen und Andachtsräumen, Arsenalen und Archiven, Ställen, Fruchtkammern, Böden, Kellern, Gärten und Höfen, entdeckte Hipler Rohrbach. Inmitten des Kreuzgangs, von allen Seiten leicht erreichbar, saß der Hauptmann der Neckartaler vor einer riesigen Tafel, neben sich Körbe, Kästen, Kommoden, Säcke und Truhen. Er war als Einnehmer, Ausrufer, Schreiber und Verkäufer seines Fähnleins tätig. Unweit davon hatte der Beutemeister des Hellen Lichten Haufens seinen Stand aufgeschlagen. Beide bemühten sich redlich, das Beste zusammenzuholen und mit dem Erlös die Kriegskassen zu füllen. Jäcklein war dem Nebenmann meist einige Nasenlängen voraus, weil er die Schliche und Verstecke der Herren, denen er seit Jahren die Zinsen schuldig war, am besten kannte und seine Helfer gut instruieren konnte.

In den Ordensmauern ging es zu wie in einem Taubenschlag. Erwachsene und Kinder, Lastenträger, Bettelvögte, Zunftmeister, Mitglieder des neuen und alten Rats, Hökerweiber und Dirnen gingen hinein und heraus, faßten an, prüften, wählten, schubsten, drängten, schoben und zwängten sich an den Wänden entlang. Börsen wurden gezückt, Pfennige gezählt, Gulden sortiert, Truhen geschultert. Da stritt und schrie man durcheinander. In eisernen Ringen steckten brennende Fackeln an der Wand. Bewaffnete Bauern bildeten Ketten und bemühten sich um Ordnung.

Jäcklein zapfte fachgerecht ein Weinfaß an, füllte einen Silberpokal, kostete und rief: „Zwanzig Liter Bauernschweiß, alter Jahrgang, würzig. Kauft, Männer, kauft. Für zehn Gulden, für fünf, nein, heute für vier, für drei, für einen Gulden, mit Silberpokal." Er redete einen Vorbeikommenden an. „Greif zu, Vater, wenn du deinen Leuten was aus der heiligen Komturei bieten willst. Und einen Gulden lockermachen kannst."

Der Angesprochene trug das Faß nach Hause.

Der Hauptmann nahm ein priesterliches Festgewand aus einem Kleiderhaufen, wies auf die kunstvollen Verzierungen und sagte zu einem Gaukler: „Nur einen Batzen für diesen Sonntagsstaat, Euer Gnaden. Mit einem Kürbis darauf könnt ihr die Kinder schrecken. Dann vergessen sie nicht, daß die Kreuzler zum Fürchten sind. Ihr zögert. Dann gebt mir 'nen halben Batzen. Zum Mummenschanz taugt's allemal. Für diesen Spottpreis kriegt ihr's morgen nicht mehr!"

Er langte immer wieder in die sich türmenden Schätze hinein und forderte zum Ansehen, Anfassen und Kaufen auf. Den ganzen Abend und die halbe Nacht lang stand er schon so, rief, schrie, brüllte. Und seine Kassen füllten sich. Bei ärmlich aussehenden Kunden setzte er die Preise herab, bei reichgekleideten verdoppelte er sie. Er verschleuderte Leinen, Kleidung,

Silber, Hausgeschirr, Früchte, Korn, Wein, Bier, Schafe, Ziegen, Schweine, Pferde, Käse, Pasteten, Teppiche, Altartücher, Bleifenster, alles wurde zu Geld gemacht. Auch Abrißsteine, Balken und Ziegel bot er an.

Als Hipler im Namen des Bauernrats das Beutemachen untersagte und die Kassen beschlagnahmen wollte, ließ sich Rohrbach nicht beirren. Er verkaufte weiter, schnipste kurz mit den Fingern und rief zwischen zwei Säcken mit Mehl und einer Fuhre Holz über die Schulter: „Hier ist einer, der uns in die Suppe spucken will. Ich glaube, ihr müßt ihm zeigen, daß er in unserer Küche nichts zu suchen hat!"

Aus dem Dunkel des Kreuzgangs lösten sich aus einer Gruppe von dreißig Bewaffneten vier, griffen zu ihren Schwertern, die sie an der Wand abgelegt hatten, und näherten sich Hipler. Der Kanzler mußte das Feld räumen.

Er hätte es auf eine Auseinandersetzung ankommen lassen können, aber er verzichtete auf die Kraftprobe. Die Spaltung des Heeres war schlimm genug.

Rohrbach mußte seine Gedanken erraten haben, denn er sagte hinter ihm her, während er Gegenstände in die Höhe hielt: „Was wir tun, gehört zum Krieg wie Weinsberg. Wer uns in die Arme fällt, wird's kräftig spüren, Wendelin. Schließlich haben wir die Stadt befreit."

„Du scheinst vergessen zu haben, was du beschworen hast.", rief Hipler laut. „Dieser Krieg ist kein Bubenstreich, bei dem man mit einem winzigen Fähnlein ein Reich umzustülpen vermag. So kannst du bestenfalls auf Kaufmannszüge lauern und vielleicht eine Burg verbrennen, wenn der Besitzer ausgeritten ist."

Er war erregt und sagte Worte, die er danach gern zurückgenommen hätte. „Wie du die Heeresordnung und die Gesetze des Haufens mißachtest, handelst du nicht anders als ein Raubritter, der sich weder an Gott noch an den Teufel gebunden fühlt."

Jäcklein lachte nur und sagte kalt: „Wenn deine Worte pures Gold wären, trügst du einen ganzen Schatz mit dir herum. Aber sie sind kein Gold. Sie sind nichts als Blech. Ich glaube dir nicht, Kanzler des Hellen Haufens. Ich glaube niemandem, der an den Tischen der Herren speist. Ich glaube, daß du ein Fuchs bist, der für andere Füchse die Kastanien aus dem Feuer holt."

So trennten sie sich.

Hipler sah Rohrbach nicht wieder.

Wie er es vorausgesagt hatte, verließ Rohrbach am folgenden Morgen Stadt und Heer und schloß sich mit seinem Fähnlein dem württembergischen Haufen Matern Feuerbachers an.

Neben dem Erlös für das Verkaufte fielen am Beutetag zehntausend Gulden aus der Schatzkammer der Ordensritter in Bauernhand. Insgesamt wurde das Dreifache davongetragen. Auf einen Gulden aber kamen sechzehn Groschen, auf einen Groschen zwölf Pfennig. Und ein Tagelöhner verdiente sechs Pfennig am Tag!

Als der Beutemeister des Hellen Haufens dem Kanzler seinen Anteil überreichen wollte, wies Hipler das Ansinnen zurück. Auch Rohrbach hatte nichts in die eigene Tasche gesteckt. „Was mir die Deutschherren gestohlen haben, ist das eine", hatte er nur gesagt. „Das andere ist, daß ich meine Haut hergäbe, wenn man sie darin einnähen und zur Hölle schicken könnte."

Im stillen bewunderte Hipler auch diese Haltung des Neckartalers, der in allem hart, aber konsequent war. Hatte er nicht auch hier in Heilbronn bewiesen, daß List und rasches Handeln zu besseren Ergebnissen führen können als Paragraphen, Artikel und Rathausgezänk? Rohrbach tat, was er als notwendig ansah, und er setzte es mit Verbissenheit und Augenzwinkern durch, während er, der Kanzler, über dem Gedanken an das Kommende oft das Heute vergaß. Rohrbach sah einen Teil des Ganzen und konzentrierte alle Kräfte darauf, während er selber über dem Ganzen das Einzelne oft für weniger wichtig hielt. Rohrbach sah wohl vor allem das Neckartal, er aber eine große Karte mit vielen bunten Grenzlinien und Wappen darauf.

- - -

Am folgenden Morgen war der Kanzler, obwohl er eine Woche lang kaum geschlafen hatte, früh auf den Beinen. Kurz nach Sonnenaufgang, vor dem Wecksignal, tauchte ein Mann auf, den Hipler seit gestern erwartete: Götz von Berlichingen, der Ritter mit der eisernen Hand; er genoß den Ruf, ein Freund der Armen und ein aufrechter Kämpe zu sein.

Veit Schütz war nach der Einnahme Weinbergs losgeritten, um den in vielen Schlachten bewährten Kriegsmann vor den Bauernrat zu holen. Er wollte ihn veranlassen, das Heer in militärischen Fragen zu beraten. Es war Weigandts Idee, der Rat hatte sie aufgegriffen.

Schon früher hatte Weigandt Hipler gewarnt, den Gegner und seine Waffentechnik zu unterschätzen. Und Hipler wußte selbst, daß der Erfolg des Hussitenheeres zum Beispiel auch und vor allem ein Erfolg des einäugigen Feldherrn Žižka von Trocnov gewesen war. Er erkannte Weigandts Vorschlag als grundsätzlich richtig an, bezweifelte jedoch, daß Berlichingen ein Žižka sein könnte. Für Berlichingen sprach, daß er auf Herzog Ulrichs Seite gegen den Schwäbischen Bund gekämpft und 1523 auf der Schweinfurter Rittertagung den fränkischen Adel gegen die Beschwerden dieses Bundes und gegen die Fürsten vertreten hatte. Hipler wollte sich ein Urteil bilden, bevor der Rat über die Sache entschied.

Der Ritter mit der eisernen Hand pochte auf den Tisch und suchte den Kanzler davon zu überzeugen, daß dieser Krieg ohne ihn verloren sei. Er sicherte sofort zu, daß er die fränkische Ritterschaft unter einen Hut bekäme. Und den Herzog Ulrich außerdem.

Hipler erkundigte sich ironisch, ob dann noch Platz für die Bauern sei. Berlichingen bemerkte den Spott nicht. Er betonte, mit solchem Heer würde er sich sogar getrauen, gegen den Kaiser zu ziehen. Zuerst soll man den christlichen Brüdern, es klang auch bei ihm wie Roßmucken, das Schießen mit den Feldschlangen und Musketen beibringen. Dann sollten sie lernen und nochmals lernen, bis sich Blut und Schweiß vermischten, wie man Mauern erklettert und im Gevierthaufen läuft. Im übrigen sei er dafür, die Kuttenröcke noch mehr auszunehmen, als das in den Artikeln versprochen sei; die Ritter möge man jedoch nicht wieder wie mit Weinsberg erzürnen, sondern mit Fug und Recht und nach altem Brauch erkennen als Obrigkeit, natürlich gottgesandt. Das letzte wiederholte er. Und wenn die Städte eins auf den Deckel bekämen, dagegen könne keiner was haben, sie seien allesamt viel zu stolz.

Der Kanzler erkannte, daß vor ihm alles andere als ein Žižka saß.

Die Mehrheit des Bauernrats beschloß am selben Tag, den Ritter als militärischen Berater, doch ohne Hauptmannsvollmacht, anzunehmen. Da sie nichts von der Kriegskunst verstanden und der Schwäbische Bund in Eilmärschen näher rückte, war es den Räten gleich, ob sie der Teufel oder Beelzebub das Hauen und Stechen lehrte, wenn er nur mit der Waffe umzugehen verstand.

Der Kanzler hatte gegen Berlichingen gestimmt, selbst aber keinen besseren Vorschlag zur Hand gehabt. Den Räten, die nun glaubten, mit Berlichingen gegen den Truchseß von Waldburg gewappnet zu sein, hielt er jedoch entgegen: „Ich glaube, daß er in Wirklichkeit der alte Fehdehengst und Raubritter ist. Er wird unsere Wünsche nicht formulieren und unsere Bedürfnisse nicht am Ziel messen können. Er wird das zu Erreichende niemals am Erreichten überprüfen. Da ihr den Ritter aber genommen habt, wollen wir sehen, wozu er taugt. Laßt uns ein Auge auf ihn haben."

- - -

Tage später geriet Hipler auf dem Marktplatz in einen Volksauflauf. Die Menge staute sich vor einem Stand, an dem ein alter Mann im Gewand eines Adepten allerlei Mittel verkaufte. Der Handel schien zu blühen, denn die Leute drängten und stießen sich, um ihr Geld loszuwerden, um sich für eine Silbermünze Jugend, Schönheit, Glück zu sichern oder eine Tinktur gegen Warzen und den bösen Blick, eine Salbe gegen die Franzosenkrankheit und die Pest zu erstehen.

Der Mann brauchte kaum seine Stimme zu heben, um seine Ware anzupreisen, man riß ihm seinen Fläschchen, Schächtelchen, Faltpapierchen aus der Hand. Offensichtlich hatte sich sein Auftreten herumgesprochen, denn die Neugierigen und Kauflustigen eilten von allen Seiten herbei.

Ein Mädchen neben dem weißbärtigen Alchemisten pries das Mittel zum Erwecken der Liebeslust an. Sie stellte ihren Paradiesgarten so freigebig zur Schau, daß der Anblick das halbe Geld wert war.

Hipler wurde aufmerksam, als jemand neben ihm sagte, der Alte habe Könige geheilt, dem Kaiser die Zukunft vorausgesagt und in Krakau und Prag an Universitäten gelehrt. Er sei der berühmte Sabellicus.

Jetzt drängte sich auch der Kanzler an den Stand und rief über die Köpfe hinweg, er wolle das Königswasser. Er habe sich von seiner Einmaligkeit schon vor zwanzig Jahren überzeugt und inzwischen nichts Besseres zum Goldmachen gesehen. Für einen Augenblick stockte das Geschäft. Eine winzige Gasse entstand. Hipler kam an das Brett mit den Verkaufsartikeln heran.

Der Adept schaute verständnislos von seinen Verrichtungen auf. Er erkannte sein Gegenüber nicht. Der Kanzler sagte: „Hätte ich den Gestank der Saniterbänke mitgebracht, wüßtet Ihr gleich Bescheid. Aber verwandelt mich nicht gleich in eine Unke, wenn ich an schlechte Zeiten erinnere."

Da dämmerte es bei Sabellicus. Erstaunen, Überraschung, Freude.

„Du", brachte er endlich hervor, verbesserte sich sofort, als er die Schaube mit dem kostbaren Pelz bemerkte. „Ihr?"

Ein Mann suchte Hipler abzudrängen, weil er nichts kaufte.

Ein zweiter pfiff böse. „Rühr den Kanzler des Hellen Haufens nicht an, du Wicht. Stoß ihm nicht die Ellenbogen in den Leib, sonst hast du's mit mir zu tun."

Hipler winkte begütigend ab.

Sabellicus schaute fragend und konsterniert zu ihm auf, vergaß die Pfennige herauszugeben, die er gerade seiner Kasse entnommen hatte. Er wurde daran erinnert und reichte mechanisch das Geld über den Tisch. Dabei sagte er: „Ihr seid der Bauernkanzler? Ich habe von euch gehört."

„Und ich von euch", entgegnete Hipler und fügte hinzu: „Wo immer ihr seid, ihr macht auf euch aufmerksam."

„Ich fürchte, euch wird's nicht besser ergehen. Wir laufen auf der gleichen Straße. Wir kommen niemals an. Ich weiß natürlich, daß ihr auf meine Vorhersagen pfeift. Aber ihr habt's umsonst. Leute wie wir sind unbequem, weil sie die Wahrheit wissen ..."

„Weil sie die Wahrheit suchen."

„Nehmt's, wie ihr wollt. Wenn ihr die Lüge verkaufen würdet ..."

Er sagte es leise und schaute grinsend auf seinen Tisch. „... Ihr hättet die Taschen voll. Die Wahrheit bringt euch Bettelsuppe und am Ende den Strick. Trotzdem bewundere ich euch. Ihr habt es wahr gemacht. Lauft immer noch Euren Ideen hinterher."

Hipler sagte: „Und ihr der Transmutation? Es überrascht mich, euch so zu sehen. Ihr gebt euch mit kleiner Münze zufrieden?"

„Ach was, zufrieden." Sabellicus zog ihn beiseite. Seine Helferin verkaufte weiter. „Ich bin auf dem Weg nach Paris. Es sei denn, daß ihr mich brauchen könnt ..."

„Wollt ihr eine Hakenbüchse tragen und Schlösser stürmen?"

„Der Himmel bewahre mich. So mein ich's nicht. Ich habe viele Schlösser gestürmt." Er schaute an seinem fleckigen Mantel herunter und lachte spöttisch. „Suum cuique, jedem das Seine. Soll ich euch prophezeien ... Ach was, ihr werdet's selber sehen. Nichts verteidigt sich mehr als der Irrtum. Keine Blume duftet lieblicher als die Illusion. Nein, nein, ich schweige. Lieber biete ich meine Seele dem Teufel an ..." Er strich mit der Hand über seine Pillen und Arzneien. „Aber ich fürchte, er nimmt sie nicht. Die Sünde steht hoch im Kurs. Und die Herren werden vorzugsweise bedient. Da geht manches weg unterm Preis."

Das Gespräch wurde unterbrochen. Aufgeregt gestikulierend drängte sich der Hauptmann der Stadtknechte mit gezogenem Degen durch die Kauflustigen. Da er den Eid auf die Artikel geleistet hatte, war er noch im

Amt. Als er den Adepten sah, wollte er sich mit der Waffe auf ihn stürzen. Hipler zog jedoch blank und hielt ihn auf Distanz. Im Nu leerte sich der Platz vor dem Stand.

„Der Schuft!" brüllte der Mann. Er riß einen Verband vom Gesicht; das rohe Fleisch war zu sehen. „Er hat mir ein Mittel angedreht, das den Bartwuchs hindern soll. Und nun ..."

„Es ist eure Schuld", wetterte Sabellicus, der sich hinter dem Kanzler versteckt hatte. „Ich habe euch vor dem scharfen Wasser gewarnt!"

Die Menge lachte. Der Hauptmann wurde noch wilder. Er suchte Sabellicus zu erreichen.

Hipler sagte laut: „Rührt ihn nicht an, er ist Heeresmedikus. Laßt euch eine Salbe geben. In zwei Wochen bekommt ihr den Schönheitspreis."

Unter dem Gespött der Zuschauer zog der Hauptmann fluchend ab.

Sabellicus bedankte sich mit einem Kopfnicken. „Scheint so, daß ich euch manches schulde."

Der Kanzler legte ihm die Hand auf die Schulter und sagte, schon halb im Gehen: „Als Heeresmedikus taugt ihr zwar nicht. Aber wenn ihr's ehrlich meint, wenn ihr was tun wollt, wir brauchen Pulver. Revanchiert euch für die Saniterbänke. Geht in den Salpeterkeller und befördert die göttliche Gerechtigkeit."

Hipler ging.

Und Sabellicus sorgte tatsächlich dafür, daß der Helle Haufen zum fehlenden Schießpulver kam.

21. Kapitel
Was kostet die Welt?!

Der Kanzler betrat das Haus in der Herrengasse, in dem die Schreibstube des Hellen Haufens untergebracht war. Er wurde immer wieder an die Schöpfungsgeschichte erinnert, wenn er durch die Pforte mit dem geschnitzten ersten Menschenpaar und den Schicksalssternen Sonne und Jupiter trat. Ein Augsburger Künstler hatte außerdem die starken Männer Josua, Simson, Herkules und David, die Sinnbilder von Tatkraft, Mut und Menschenliebe, auf die freien Flächen zwischen den Fenstern des ersten Stockwerks und auf die Wände der Diele gemalt. Es war ein gutes Omen für Hipler, daß er in dieses Gebäude ziehen durfte.

Sein eigenes Zimmer war spartanisch eingerichtet. Es enthielt vier Bänke, ein Pult mit Schreibzeug und einen eichenen Tisch und ein Bett.

Veit Schütz war neben Knechten und Mägden ebenfalls in diesem Haus untergebracht. Er war der Vertraute Hiplers und führte wichtige Aufträge aus.

Hipler spürte die Müdigkeit nach der Anspannung der letzten Stunden wie ein Bleigewicht. Die Konturen der Gegenstände verschwammen. Die Dinge entfernten sich. Er hörte die Mägde im Treppenhaus, die Stimmen auf der Straße und begriff das Gesagte nicht. Magisch zog ihn das Lager an, doch er durfte nicht schlafen, durfte sich keine Ruhe gönnen. Auch der Krieg gönnte sich keine Pause. Der Gegner schöpfte Atem, sammelte Kräfte, drang unaufhaltsam vor, wo man ihm nur einen Meter Boden, eine einzige Stunde Zeit überließ.

Hipler lief durch den Raum, setzte sich, erhob sich wieder, schaute die bemalten Fenster an, sah aber nichts, rief endlich zur Tür hinaus, man möge Wein bringen, und stellte im Kopf bereits eine Liste der zu erledigenden Dinge auf.

Als die Magd erschien, bedankte er sich. Etwas Eßbares? Nein. Auf dem Becher, den er mit beiden Händen an die Lippen hielt, stand mit verschnörkelten Buchstaben: „Leben und nicht genießen mag den Teufel in der Hölle verdrießen."

Als hätte ihn der heiße Wein mit Spannkraft erfüllt, eilte Hipler zum Pult, rückte Feder, Papier, Tinte und Sand zurecht und begann zu schreiben. Nach einiger Zeit lagen zehn Briefe vor ihm: an die Neuensteiner mit der

Ermahnung, mehr für die beschworene Sache zu tun und Pulver und Geschütz zu senden; an Müntzer mit der Bitte um Erläuterung des Ranges der Geistlichkeit nach dem Krieg; an die Vereinigung der Baltringer, Allgäuer und Württemberger; an die Haufen von Schwäbisch Gmünd und im Ried und an benachbarte Herrschaften, Städte und Freunde. Er machte Vorschläge zum Zusammengehen und forderte die Angeschriebenen auf, Abgeordnete nach Heilbronn zu entsenden zur Ausarbeitung einer Reichsreform.

Als er das elfte Schreiben verfaßte, vernahm er das Knarren eines Reisewagens, Pferdeschnaufen und Stimmengewirr. Eine Tür wurde aufgerissen. Irgend jemand räsonierte herum. Ein anderer beschwichtigte ihn.

Hipler legte die Feder weg und ging der Ursache des Spektakels nach.

Einer der Bewaffneten, die ihm zugeteilt waren, führte einen Gast herauf.

Überrascht stand Hipler dem mittelgroßen älteren Mann gegenüber. Das energische, vom Wind gerötete Gesicht unter der tief in die Stirn gezogenen Wildlederkappe blickte böse. Zwei Hände streckten sich ihm lässig entgegen.

Mit zweideutigen Empfindungen sagte der Kanzler: „... der Berg, der zum verlachten Propheten kommt."

Er führte den Schwiegervater in sein Zimmer und erkundigte sich hastig: „Ist Angela oder dem Jungen etwas zugestoßen?"

„Nein, nichts. Angela wollte mitkommen. Ich hab's nicht zugelassen."

Hipler wußte nicht, wie er sich verhalten sollte. Zu vieles war passiert. Die Brücke schien abgebrochen.

Er rückte eine Bank zurecht und nahm mit seinem Besucher Platz.

„Ihr müßt müde sein ..."

Es war Hipler nicht anzumerken, ob er sich freute.

„Ach was, müde. Es sind nur vier Reisestunden." Brunner wußte nicht weiter.

„Was ist vorgefallen? Die Sintflut ..."

„Ja, die Sintflut", unterbrach ihn Brunner. „Die hat auch bei uns die Mauern weggespült. Aber das wirst du wissen, da du in der Schleusenkammer stehst ..." Er lachte gequält und warf die Schaube ab. Der Kanzler ließ jetzt doch eine Mahlzeit bereiten.

Während sie aßen und tranken, machte der Schwiegervater freundliche Bemerkungen über das Haus und die Bilder im Zimmer. Danach reinigte er die Zähne mit einem Federkiel. Alles geschah umständlich, langsam. Hipler gewann den Eindruck, daß Brunner eine Sicherheit vortäuschte, die er nicht besaß.

Der warf plötzlich den Federkiel auf den Tisch, lehnte sich hart und schnell zurück und sagte: „Du weißt, daß ich dein Verhalten nicht gebilligt habe, deinetwegen nicht, ihretwegen nicht." Er stieß die Worte böse heraus.

„Ich habe ihr geraten, dich zur Hölle zu schicken, als ich erfuhr, was du treibst." Er machte eine kurze Pause. „Nun bist du drin. Doch es hat sich manches entwickelt."

Er rieb sich das mächtige Kinn und fuhr mit der Hand über den Bauch. „In meiner Buchführung, in der neben Artikel und Menge der Preis erscheint, warst du ein gefragtes Objekt: Mann mit Ideen, mit dem Vermögen, sie durchzusetzen. Wenn ich ehrlich sein soll, warst du mir lieber als mein eigener Sohn. Du riskierst etwas. Zum Teufel mit der Gefühlsduselei."

Hipler reagierte nicht.

„Ich bin weit davon entfernt, die Sache mit Emotionen zu sehen wie die Narren der Wimpfener Ehrbarkeit. Trotzdem: Du kommst mir vor wie einer, der mit einem Krämerkarren durch die Wüste zieht und nicht weiß, ob und wann er die Pferde wechseln kann."

Er betastete angelegentlich sein Glas, nahm es auf, setzte es ab.

„Eins noch, bevor ich zum Kern komme. Was immer geschehen wird, ich bin nicht hier gewesen, habe dich niemals gesprochen. Akzeptierst du das?"

In sein fleischiges Gesicht trat ein Ausdruck gespannter Erwartung.

Der Kanzler suchte sich mühsam zu beherrschen und nickte nur. Er spielte mit einem silbernen Leuchter; die Kerze erlosch, ohne daß er es bemerkte.

Brunner fuhr fort: „Andererseits weiß ich, daß jede Krämerfahrt mit einem Risiko verbunden ist. Beim Säen, Ernten, Fischessen gibt es ein Risiko. Man muß es halt eingehen, wenn man gewinnen will. Und da passiert es wohl, daß ein verlorener Posten plötzlich wieder auf der Liste erscheint:"

In seine Augenwinkel trat ein hinterhältiges Lächeln. „Du bist der verlorene Posten. Du tauchst wieder auf. Das ist der Grund, warum ich nach Heilbronn gekommen bin."

„Willst du ein Geschäft mit mir machen?" erkundigte sich Hipler ironisch. „Ein Geschäft mit dem Krieg?"

Er spürte Empörung in sich aufsteigen. Brunner wischte die Bemerkung weg.

„Papperlapapp. Ich meine, daß alles auf seinen Geldwert gebracht werden kann. Ich habe die Klassiker auch gelesen. Selbst Plato konnte sich nicht platonisch ernähren. Der heilige Augustin war nicht so heilig, daß er nicht ab und zu einem Krammetsvogel die Gurgel abgedreht hätte, um ihn auf den Rost zu legen. Und du bist auch nicht zu den Gerichten geritten, weil du wie Sankt Georg das Böse vernichten wolltest. Es gibt nichts, was sich nicht in seinem materiellen Wert erklären oder kaufen läßt."

„Ich bin nicht sicher", sagte der Kanzler.

„Ach was", fuhr ihn der Kaufmann an. „Wenn das Geschäft lohnt, lohnt es sogar, die menschliche Ordnung und das Recht danach einzurichten,

Ansichten, Pläne, Ideen. Sonst hättest du kein Argument mehr für deine Weinsberger Lustbarkeit! Ich kann dir auf Heller und Pfennig sagen, was man für welchen Preis kaufen kann. Eine Venus im Bett, selbst mit dem Trauring am Finger, ist da manchmal nicht mehr als ein Brathuhn wert. Ein Freund ist billiger als ein Feind. Ein Bischof teurer als tausend Jahre Sündenererlaß. Eine päpstliche Bulle kostet soviel wie ein Grafentitel. Das Geschäft haben die Fuggers gemacht. Manchmal frage ich mich, ob nicht selbst der liebe Gott mit sich handeln ließe, wenn es einen Vorteil für ihn gäbe in diesem Jammertal. Rundheraus, was kostet dein Heer?"

Hipler verschlug es die Sprache.

Er schwieg lange, suchte wieder eine tropfende Kerze zu löschen, verbrannte sich die Finger dabei. Schließlich schaute er auf und setzte zur Antwort an, besann sich noch einmal und erkundigte sich kurz: „Ihr wollt die Artikel anerkennen?"

Über der massigen Nase des Kaufmanns erschien eine Unmutsfalte. In seinen zerfurchten Zügen arbeitet es. Der volle Mund öffnete sich langsam. „Ich? Hast du mich so schlecht ... Nein, du hast nichts begriffen. Glaubst du, daß ich den Ochsen spielen, daß ich Hafersuppe löffeln und die Pfennige mit dem Hakenpflug aus der Erde kratzen will? Meinst du, die Nächstenliebe bringt mich dazu, diese Artikel zu unterschreiben? Zum Teufel mit den Artikeln! Zum Teufel mit deinem Allstedter Pfaffen. Wenn schon Theologie, halt ich's mit dem Augustiner, der Diesseits und Jenseits säuberlich trennt und den zwei Reichen und ihren Herrschern huldigt. Gebt dem Kaiser, was des Kaisers, Gott, was Gottes ist. Du enttäuschst mich, Advokat. Die verdammten Ideen deiner Schwärmer kannst du dir sauer kochen lassen."

Aufgebracht stand er auf und lief hin und her.

Hipler blieb äußerlich ruhig. Nur seine Lippen zitterten. Er griff zu einem Federkiel und drehte ihn. Es sah aus, als hielte er sich daran fest.

„Du willst also ..." Er atmete heftig ein und langsam wieder aus. „Du willst also dem Heer beitreten ..." Er vergaß das zeremonielle Ihr.

„Nein, beim Henker!" Der Kaufmann begann plötzlich zu schreien, fing sich aber sofort.

„Ich habe durch meine Beauftragten erfahren, daß in Franken, Schwaben und Thüringen, im Allgäu und am Bodensee zweihunderttausend Bewaffnete auf den Beinen sind. Sensen und Dreschflegel, was macht's. Wenn die zweihunderttausend marschieren, stampfen sie die zehntausend Reisigen und Fußknechte des Schwäbischen Bundes und alle, die noch kommen sollten, im Vorübergehen in den Sand. Wenn diese Woge zu rollen beginnt, bleibt kein Stein auf dem anderen im Reich. Dann gehen Fürstentümer weg unter Preis, von Herzögen und Grafen ganz zu schweigen. Ich will das unter Kontrolle bringen, verdammt noch mal ..."

„Für wen?" fragte Hipler trocken. „Für welchen der vier Dutzend Landesfürsten? Für den Grafen von Hohenlohe? Den Bischof von Würzburg? Für dich?"

Brunner wischte über den Tisch, als wollte er eine Fliege verscheuchen. „Bleib mir mit Landesfürsten vom Leib. Was kümmert's mich, wenn man die Sippschaft hängt." Er schwieg und überlegte, fuhr zu reden fort. Es klang, als ob er laut dachte. „Im Grunde imponiert mir, was du entwickelt hast: Abschaffung der Fürstentümer und Zölle, Münze und Maße einheitlich, Ausbau der Verbindungen, Sicherung der Wege, gleiches Recht. Ich fresse einen Besen, wenn du nicht an mich gedacht hast bei deinem Teufelsplan. Die Wimpfener Kaufmannsgilde hat deinetwegen zwei Tage verhandelt und schickt dir eine Petition."

In seine hinter Wülsten vergrabenen Äuglein trat ein ungewohnter Glanz. Er schürzte die Lippen, legte die Hände gegeneinander und sagte: „Wenn man die Dinge so sieht, kann man sogar auf deiner einsamen Insel Utopia Ideen entdecken, die sich als Samenkörner im eigenen Blumentopf ziehen lassen. Die Großbrutanstalten sind eine gute Idee. Die Verlagsgeschäfte von Böhmen bis zum Rhein eröffnen ungeahnte Perspektiven. Da könnten Manufakturen, Papiermühlen, Sägewerke, Spinnereien, Webereien wie aus dem Spielzeugkasten entstehen. Natürlich soll man den Bauern ihre Freiheit geben, wo bekäme ich sonst Arbeiter her."

„In Utopia wird nicht nur davon gesprochen", unterbrach ihn Hipler zornig. „Da ist auch von Arbeitszeit und vom Verdienst die Rede, von Bildung und Zerstreuung und davon, daß jeder zwei Berufe lernen soll. Außerdem geht es nicht um Utopia. Es geht um Hohenlohe, Württemberg, Thüringen, die Pfalz. Es geht um das Reich. Es geht um den großen Prozeß, der zu Ende gebracht werden muß."

„Na schön, na schön. Ich könnte fünftausend, zehntausend Söldner ausrüsten."

„Du?"

„Sie kämpfen besser. Sie verstärken das Heer. In sechs Wochen könnte alles entschieden sein. Der Waldburger hat Mühe, für den Bund Truppen zusammenzukratzen. Und wenn er sie hat, kann er sie nicht zahlen. In anderen Fürstentümern ist es ebenso. Zum Henker, ich könnte mir eine Reichsverfassung vorstellen nach Heilbronner Maß. Könnte mir die sogar ohne Kaiser vorstellen. Wenn's sein muß, natürlich mit ..."

Er war in seinem Element, berechnete Anlage und Verzinsung, Aufwand und Gewinn. Hipler konnte ihm nur schwer folgen. Er begriff jedoch, daß dies alles nur ein papieres Exempel, ein Rechenbeispiel war. Brunner konnte auch umgekehrt verfahren, wenn es ihm vorteilhaft erschien.

Hipler sagte in die Gedanken des Kaufmanns hinein: „Ein Geschäftspartner für den Krieg!"

Brunner hörte nur halb zu, hing immer noch seinen Vorstellungen nach. „Zum Henker mit deinen Skrupeln. Mit Moral kannst du dich verbrennen lassen; vielleicht bekommst du auch einen Teller Suppe dafür, aber ..."

Hipler fiel ihm ins Wort: „Und was fordert ihr dafür? Ihr tut's doch nicht aus Nächstenliebe ..." Er spürte einen unbändigen Zorn und sprang auf. „Ein paar Schürf- und Verhüttungskonzessionen, ein Monopol für Eierbrutanstalten, Vorteile in Zoll und Wegerecht? Gut gedacht. Wo die Bischofsfahne hing, pflanzt Ihr das Dukatenbanner auf. Wo die Bauern zur Fron zogen, ziehen sie jetzt zum Schacht. Und ich brauche nur hinzugehen und zu sagen, euer Blut zahlt Sebastian Brunner, Stich um Stich, Lot für Lot. Eure Haut tragt ihr für ihn zu Markte. Das Paradies, nach dem ihr sucht, könnt ihr in seinen Läden finden. Der liebe Gott ist soundso viel Dukaten wert. Und auf der Fahne der Freiheit ist ein goldener Brunnen abgebildet. Wenn ihr Lust habt, hängt euch einen Stein um den Hals und stürzt euch hinein."

Er lief nun auch kreuz und quer durch den Raum.

Brunner öffnete die Tür, rief in das Treppenhaus, man solle anspannen, holte seine Schaube aus dem Nebengemach. Er wandte sich noch einmal an den Schwiegersohn: „Du bist ein gottverdammter Narr und ein Kanzler aller Narren. Für dein sogenanntes Recht des Christenmenschen kannst du nicht mal ein Amen in der Kirche kaufen. Recht, Recht! Mir wird übel, wenn ich das Wort Recht in deinem Munde höre. Du bist ein Phantast! Ich glaube, ich gebe keinen roten Heller für Euch!"

Sie standen sich gegenüber und blickten sich haßerfüllt an. Brunner ballte die Fäuste und hob sie langsam. Sein Gesicht war weiß. Hipler wandte sich schweigend ab. Er hatte das Gefühl, daß etwas zerbrochen war.

Auch der Kaufmann war aufgewühlt. Da war einer aufgestanden und hatte Dinge gesagt, die seinen Frieden störten. Seine Sicherheit war nicht so groß, wie er den Kanzler glauben machen wollte. Er fürchtete die Entwicklung der Dinge, fürchtete, daß die, denen weder Bischofsmütze noch Fürstenmantel heilig waren, auch die Speicher und Bergwerksregale eines Brunner nicht für unantastbar hielten.

Als Hipler seinen Schwiegervater nach unten begleitet, ihm in den Reisewagen geholfen und Abschied genommen hatte, zog der Gast ein Kästchen aus der Schaube. „... von Angela, ich habe es vergessen", sagte er kurz. „Es ist die Mandragora. Ich fürchte ..." Er beendete den Satz nicht.

Er gab dem Kutscher ein Zeichen. Der Wagen, von sechs Reisigen begleitet, holperte davon.

Als der Kanzler sich umdrehte, um in das Haus zurückzukehren, tauchte in der Gasse ein Reiter auf - Veit Schütz. Staubbedeckt sprang der Mann, der als Botschafter unterwegs gewesen war, vom Gaul und erstattete Bericht. In einer Stunde wußte es die Stadt: Bei Böblingen waren zwölftausend Mann des württembergischen Haufens durch die verräterische Haltung der

Ratsherren von einem unterlegenen Truchseß von Waldburg vernichtend geschlagen worden. Die letzte Hürde war gefallen. Das nächste Ziel des Schwäbischen Bundes mußte der Helle Haufen sein.

Noch in der Nacht fand die Sitzung des Bauernrats statt. Der Kanzler drängte auf den sofortigen Abzug des Heeres. Die benachbarten Herrschaften sollten in die christliche Vereinigung aufgenommen, die Städte besetzt und zu Geld- und Sachleistungen veranlaßt werden. Wieder einmal wurde lange und widerspruchsvoll diskutiert. Doch im Morgengrauen brach der Haufen die Zelte ab.

22. Kapitel
Das Fest des Kanzlers

Der Kampf mit der Feder war für den Kanzler des Hellen Haufens, der sein Hauptquartier auch nach dem Abzug der Bauern im Ratsinteresse beibehalten hatte, um hier die Abgeordneten der Heere zu versammeln und die Reichsreform einzuleiten, nicht weniger anstrengend und nicht weniger gefährlich, als der mit dem Schwert. Tag und Nacht auf den Beinen, zwischen zwei Sitzungen eine Kappe voll Schlaf auf dürftigem Bett, immer angezogen und gestiefelt und gespornt, ausgleichend und versöhnend, zwischen Möglichem und Unmöglichem auf schmalem Grat balancierend, den Kirchturm vor Augen, das Paradies auf bemaltem Papier, so schrieb und redete er, so empfing er Ritter und Mönche, Gildemeister und Bettler.

Eines Tages drang in einer Seitengasse ein Mann mit gezücktem Dolch auf Hipler ein und verwundete Ihn an der Schulter. Hipler erkannte nach langem Verhör die Grafen von Hohenlohe als Auftraggeber. Sie hatten keine ihrer Versprechungen gehalten und fielen den Bauern in den Rücken, wo immer es möglich war.

Etwas später empfing er die Nachricht vom Tod Rohrbachs. In die Hände des Truchsessen gefallen, hatte ihn der Feldhauptmann des Schwäbischen Bundes mit langer Kette an einen blühenden Apfelbaum schmieden, einen Holzstoß um ihn schichten und ihn qualvoll verbrennen lassen.

In seinen Träumen erlebte der Kanzler die Weinsberger Vorgänge ein zweites Mal. Und er sah die Hinrichtung Rohrbachs. Wie grausam konnten diese Herren sein.

Und die stählerne Raupe des Truchseß von Waldburg kroch näher und näher heran. Die Entscheidungsschlacht stand bevor.

Auf die Nachricht, daß der Waldburger nur zwei Tagesmärsche vor dem Hellen Haufen lag, löste der Kanzler das Bauernparlament auf.

Von überallher kamen Schreckensmeldungen.

Überall hatten Hinterlist und Verrat der Herren, engstirniges Lokalinteresse und Uneinigkeit zu Niederlagen geführt. Das Land brannte. Wenn nun auch der Helle Haufen geschlagen wurde, konnte der Rest vom Henker entschieden werden.

Hipler hatte an Ulrich von Falkenau geschrieben und ihn gebeten, den Feldhauptmann Metzler militäisch zu beraten.

Vierundzwanzig Stunden später brach er selber auf, um bei der bevorstehenden Auseinandersetzung mit dem Schwäbischen Bund dabeizusein. Veit Schütz begleitete ihn. Sie kamen zu spät.
In einem niedergebrannten Dorf rasteten sie. Wohin sollten sie reiten? Wo lag ihr Ziel? Ein Kanzler ohne Heer? Ein Botschafter ohne Auftrag? Hipler hatte erfahren, daß Thomas Müntzer mit Mannschaft und Geschütz auf dem Weg zum Kyffhäuser war.

Sie beratschlagten auf den Trümmern einer Kirchenruine, tranken aus einer Flasche, teilten die letzten Tropfen Wein, brachen das letzte Stückchen Brot. Über ihnen schlug ab und zu die geborstene Glocke an, wenn der Wind in das Gemäuer fuhr.

„Ein Amen allen, die mit uns gezogen sind", murmelte Veit. „Wer weiß, ob's für uns einer sagt. Aber, zum Teufel, wir leben noch. Gehen wir dorthin, wo wir das Schwert gebrauchen können."

Sie beschlossen, zum Kyffhäuser zu reiten. Als sie sich erheben wollten, um die Pferde loszubinden, die seitab, auf halbverbranntem Rasen, weideten, polterte es in der Ruine. In der Öffnung eines Fensterbogens stand ein Mann und richtete die Armbrust auf sie. Er war wie ein Landsknecht gekleidet, doch die Sachen paßten ihm nicht. Im Kirchenportal tauchte eine zweite Gestalt im Chorhemd auf. Sie trug ein Lederkoller und einen Gürtel mit einem Schwert. Von der anderen Seite kamen zwei mit Hellebarden bewaffnete Wesen aus einem Gebüsch. Einer von ihnen sah wie ein Krämer aus, der andere wie ein Abt. Auf einen Pfiff des Armbrustträgers näherten sie sich.

Hipler flüsterte dem Gefährten zu, daß sie auf die Pferde springen und sich auf nichts einlassen sollten. Die Männer, offensichtlich Straßenräuber, erkannten diese Absicht, sie versperrten den Weg.

„Was habt ihr für ein Wesen", rief Veit.
Die Männer lachten nur und forderten ihn auf, die Schnauze zu halten und die Taschen zu leeren.

Zorn stieg in Veit auf. Furchtlos trat er den Wegelagerern entgegen. Er schrie: „Wenn ihr dem Kanzler des Hellen Haufens nicht mit Respekt begegnet, werd ich euch die Artikel mit dem Schwert einbleuen. Solch Gesindel haben wir an verdorrte Äste gehängt."

Der Abt sagte spöttisch: „Sieh an, ein Kanzler, da sind wir ja in der besten Gesellschaft. Reverenz, Euer Gnaden." Er verbeugte sich tief.

Der Krämer fluchte. „Gottes Tod, man merkt, daß du Schauspieler warst. Nimm ihnen die Börsen ab."

Hipler griff zum Degen. Veit zog das Schwert, wandte sich um und erkannte, daß der Armbrustschütze auf den Kanzler zielte. Er stürzte vor, um den Gefährten hinter eine Mauer zu ziehen. Der Bolzen surrte heran und traf Veit in die Brust. Röchelnd brach er zusammen.

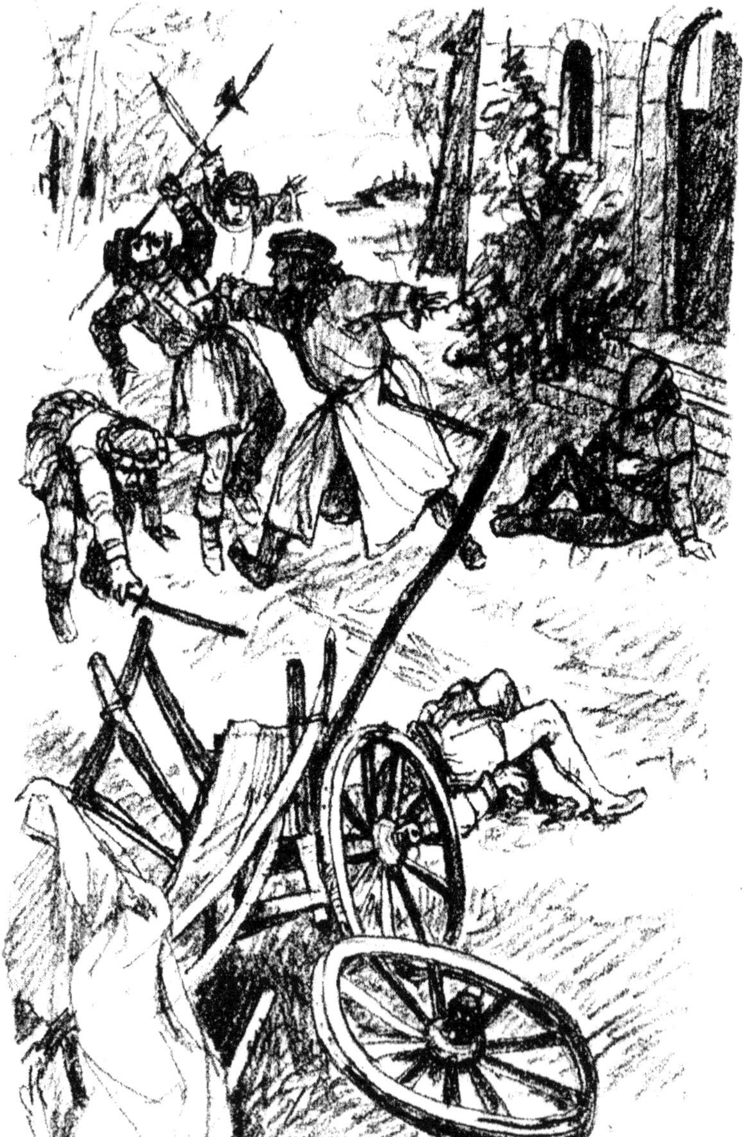

Jetzt drangen die Wegelagerer auf Hipler ein. Er hielt sie sich mit dem Degen vom Leib. Unbändige Wut erfüllte ihn. Sollten sie beide so enden? Bei einem Raubüberfall? Er war noch immer gewandt, traf den Abt in den Hals und den Krämer in den Bauch. Der Armbrustschütze machte sich mit den Pferden aus dem Staub. Der Mann im Chorhemd lief zeternd hinter ihm her.

Hipler rannte zu dem verletzten Gefährten und beugte sich über ihn. Die Brust war voller Blut.

Veit versuchte zu sprechen. „Schade, daß ich nicht ... mit dir ziehen kann ..."

Hipler riß das Hemd herunter und untersuchte die Wunde. Es war nichts zu machen. Der Blutverlust war zu groß. Veit bemühte sich, etwas aus der Tasche zu ziehen. Hipler half ihm und hielt ein blutbeflecktes Stückchen Tuch in der Hand.

„Weinsberg", formte der Gefährte fast lautlos mit den Lippen.

Hipler begriff, daß es ein Teil des weißen Fahnentuchs war, das den Haufen zum Sieg geführt hatte.

Er wischte die schweißverklebte Stirn des Gefährten ab. Seine Augen brannten.

Noch einmal bäumte sich der Verletzte auf. Wollte etwas sagen. Es gelang ihm nicht mehr.

Als Hipler das Grab bedeckt hatte, machte er sich auf den Weg zur nahe gelegenen Falkenburg.

Auch hier war der Truchseß vorbeigezogen. Das Gebäude war geplündert und verbrannt. Von den Bewohnern keine Spur. Nur ein Hund strich durch die Ruinen und heulte herzzerreißend, als Hipler in seine Nähe kam.

In einem Gärtchen am äußeren Tor waren drei Erdhügel zu sehen. Auf einem von ihnen lag Ulrichs verrostetes Schwert.

Hipler kniete nieder. Wie lange hatte er nicht so gekniet?

Er hatte für die göttliche Gerechtigkeit gekämpft und hatte nur ein einziges Mal - vor dem Angriff auf Weinsberg - einem Gottesdienst beigewohnt. Er hatte disputiert über den Rang der Geistlichkeit nach dem Krieg, über den Zehnten, über Pfründe und Privilegien. Und hatte Gott vergessen? Nein! Er spürte Gott in sich selbst. Er spürte den lebendigen Gott, wann immer er sich enstchied. Er spürte ihn in jedem Menschen, in jeder vollbrachten Tat.

Gott, das war Ullrich, der nach Irrwegen zur verspotteten „großen Sache" gestoßen war. Die primitiven Waffen im Gebüsch hinter seinem Grab verrieten, daß er die verlorenen Hintersassen seiner Vorfahren gesammelt hatte, um sie zum Bauernheer zu führen.

Gott, das war der vom Haß der Neuensteiner verfolgte Veit Schütz, der sich für ihn geopfert hatte.

Gott, das war Erkenntnis, Bereitschaft zum Tun. Gott revoltierte in ihm gegen die Tyrannei des Gottlosen, der mit den Worten des Herrn seine eigenen Truhen füllte. Gott war die Leidenschaft des Zorns gegen die Sprücheklopfer, die ein gemaltes Männchen anbeteten. Im Namen Gottes hob er das Schwert gegen Vorurteile und Aberglauben und gegen die Dummheit, die auf Scheiterhaufen Menschen fraß. Gott, das war des Sabellicus Suchen nach dem Arkanum, nach dem Stoff Dynamis, der stärker als Pulver ist. Gott, das war der Zweifel am eigenen Vermögen, die Angst vor dem leeren Blatt, wenn der Knochenmann die Sanduhr ablaufen ließ. Was habe ich erreicht? Was habe ich gewollt? Gott war das Recht. Gott war das stürmische, pulsende Blut, das zuckende Herz, das ihn zwang, die Plagen der Welt als die eigenen anzusehen. Gott war der Mensch. Gott war die Sonne. Gott war die tätige Kraft. Wenn dies alles Gott war, war er ein gläubiger Christ.

Am Grabe Ulrichs von Falkenau begriff der Kanzler, daß es keine Rückkehr in ein normales Alltagsleben gab. Wer sich einmal auf den Weg begeben hatte, mußte weitergehen. Oder auf dem Lotterbett seines Unvermögens dahinsiechen.

- - -

Kurz vor Wimpfen begegnete Hipler einem Bettler und tauschte die Kleidung mit ihm. Die Reichsstadt weckte zwiespältige Empfindungen. Die Torwache ließ ihn passieren. Noch hatte sich die Niederlage des Bauernheeres nicht herumgesprochen, aber er durfte nicht bleiben. Er mußte vor Einbruch der Dunkelheit wieder außerhalb der Mauern sein.

Tagelang war er nicht aus den Kleidern gekommen. Mit Bartstoppeln und zerrissenem Rock schlich Hipler um das Haus des Kaufmanns. Er hörte in Gedanken Angelas Bekenntnis, zu ihm halten zu wollen, was auch geschehen möge. Er wollte sie ein letztes Mal sehen. Vielleicht gelang es ihr, ein Pferd zu beschaffen.

Hipler beobachtete die Vorderfront des Brunnerhauses. Er bemerkte nicht, daß ein Mann das Gebäude in einer Seitengasse verließ, auf das Pferd stieg und in entgegengesetzter Richtung die Straße hinuntertrabte.

Der Reiter aber - es war sein Bruder, der als Kurier der Hohenloher Grafen tätig war - hatte den Bettler erkannt. Ein böses Lächeln umspielte seinen Mund. Irgend jemand, Gott oder Tufel, mußte seine Wünsche erhört haben.

Noch war der neugewählte Rat im Amt. Aber die Bauernbesatzung war abgezogen. Wenn der Kanzler des Hellen Haufens sich als Bettler versteckte, mußte Schlimmes geschehen sein. Es war angebracht, die Stadtväter an das alte Recht zu erinnern. Sie zu veranlassen, sich das Wohlwollen der Hohenlohger durch einen freundlichen Akt zu erkaufen. Der Reiter stieg vor dem Rathaus ab und suchte den Schultheiß auf.

Welch ein Gesicht würden die Neuensteiner machen, wenn er nicht nur die Zusage Brunners zu einem neuen Kredit, sondern den Aufrührer brächte, der sie so schmählich erniedrigt hatte? War es nicht eine Gelegenheit, Kanzler zu werden? Nein, so hoch wollte er nicht hinaus. Es genügte, Geheimkurier zu sein.

Es war etwa eine Stunde vergangen, seit Hipler die Reichsstadt betreten hatte. Noch immer fand er keine Gelegenheit, in das Haus zu gelangen, ohne die Knechte und Mägde aufmerksam zu machen. Er bangte vor der Begegnung mit Angela. Er bangte, weil er nicht wußte, ob sie immer noch zu ihm stand.

Doch Angela hatte ihn vom Fenster aus bemerkt, sie eilte auf die Straße. Im selben Augenblick tauchten die Stadtknechte auf. Hipler kehrte ihnen den Rücken zu.

Seine Frau erkannte die Gefahr und rief: „Flieh!"

Zu spät! Hipler riß den unter dem Mantel versteckten Degen aus der Scheide und stellte sich den Angreifern.

Die fünf Söldner drangen von allen Seiten auf den verzweifelt kämpfenden Bettler ein.

Angela warf sich dazwischen, doch der vom Kampflärm herbeigerufene Vater hielt sie fest. Sie suchte sich loszureißen.

„Tu etwas", schrie sie, „du mußt ihn retten! Du mußt! Du mußt!"

„Nein", brüllte der Kaufmann. „Er hat zu hoch gespielt!"

„Wenn du nichts tust, werde ich dich hassen!"

„Dann hasse mich. Er darf sich nicht wundern, wenn man aus den Paragraphen, die er ändern wollte, Schlingen für ihn selber dreht!"

Hipler hatte einen Angreifer zu Boden geschickt und einen zweiten verletzt. Die Knechte suchten ihn mit Fässern von einem abgestellten Wagen zu Fall zu bringen. Hipler stolperte, verlor den Degen und griff zum Messer. Er wand den Mantel um den Arm. Ein Söldner stellte ihm ein Bein.

Der Überfallene lag am Boden. Angela befreite sich aus den Griffen des Vaters und stürzte zu ihm hin.

„Du darfst nicht, Wendel, du darfst nicht sterben ...", wimmerte sie.

Ihr Vater riß sie zurück, zog sie mit aller Kraft ins Haus. Er fluchte: „Lieber bring ich dich um, als dich zu ihm zu lassen. Dem hilft keiner mehr!"

- - -

Wendel Hipler blieb einen ganzen Tag im Gefängnis der Stadt.

Auf das Ersuchen der Grafen wurde er mit einem Wagen zum Neuenstein gebracht.

Georg gab ein Fest.

In den Räumen des Schlosses blühte und glänzte es wie bei einer Fronleichnamsprozession. Der Duft von Myrrhe und Weihrauch breitete sich aus.

Hipler wurde in den Rittersaal gebracht, gefesselt und geschunden, eine Wache neben sich.

Georg erhob sein Glas. „Nun, Kanzler von Hohenlohe und aller Bauernschaften, hast du Utopia erreicht? Diesen Schluck trinkt Satanas auf dein Wohl." Er drehte das Glas um. Der Wein floß heraus.

„Soll er mit ihm anstoßen", sagte Albrecht. Er schwankte auf Hipler zu, in der einen Hand den Becher, in der anderen die Kanne. Er hielt dem Gefesselten das Gefäß an die Lippen. Hipler schlug es mit einer Kopfbewegung aus der Hand.

„Oho", brüllte Albrecht. „Der Teufel paßt ihm nicht. Oho!"

Er raunzte den hinter dem Gefangenen stehenden Söldner an: „Reiß ihm die Zähne auseinander!"

Der Mann tat es. Albrecht kippte den Inhalt der Kanne in Hiplers Gesicht.

„Weißt du, was wir feiern?" rief Georg. „Wir feiern dich. Möchtest du nicht wieder Kanzler werden?"

Hipler antwortete nicht.

„Er ist doch Kanzler! Bauernkanzler!" Albrecht lachte dröhnend.

„Vielleicht wollen ihn die Bauern nicht mehr", sagte Georg. „Sie wollen nur ihre Ruhe, anderthalb Meter tief, da fronen und frieren sie nicht. Auch in Frankenhausen sind die Kerzen ausgeblasen."

Also existiert das Heer nicht mehr, dachte Hipler. Also ist der Kampf verloren.

„Du hast mir nicht geantwortet, Wendelin. Ich brauche einen Kanzler, brauche einen, der was vom Regieren versteht. Du weißt doch, wie man allen alles verspricht. Wie man 'omnia sunt communia' singt. Hier gibt's keine Hintersassen, wie du sagst. Hier gibt's keine Grafen mehr. Hier gibt's nur einen Kanzler, der ein fernes Utopia sucht. Fortunatus, gib ihm die Schellenkappe. Er braucht einen Kanzlerhut!"

Der Zwerg wackelte auf den Gefesselten zu und stülpte ihm die Kappe auf den Schädel.

„So, nun sing. Sing deinen Eid! Omnia sunt communia, sing!" Georg stand auf, trat an Hipler heran und wartete.

Der schaute zu Boden, entgegnete nichts. Die Narbe in seinem Gesicht flammte auf. Georg schlug zu.

„Omnia sunt communia, sing!"

Hipler schwieg.

Zum zweitenmal schlug ihn der Graf. „Zum Teufel, sing!" Besinnungslos vor Wut schlug Georg auf Hipler ein und schrie: „Sing! Sing! Sing!"

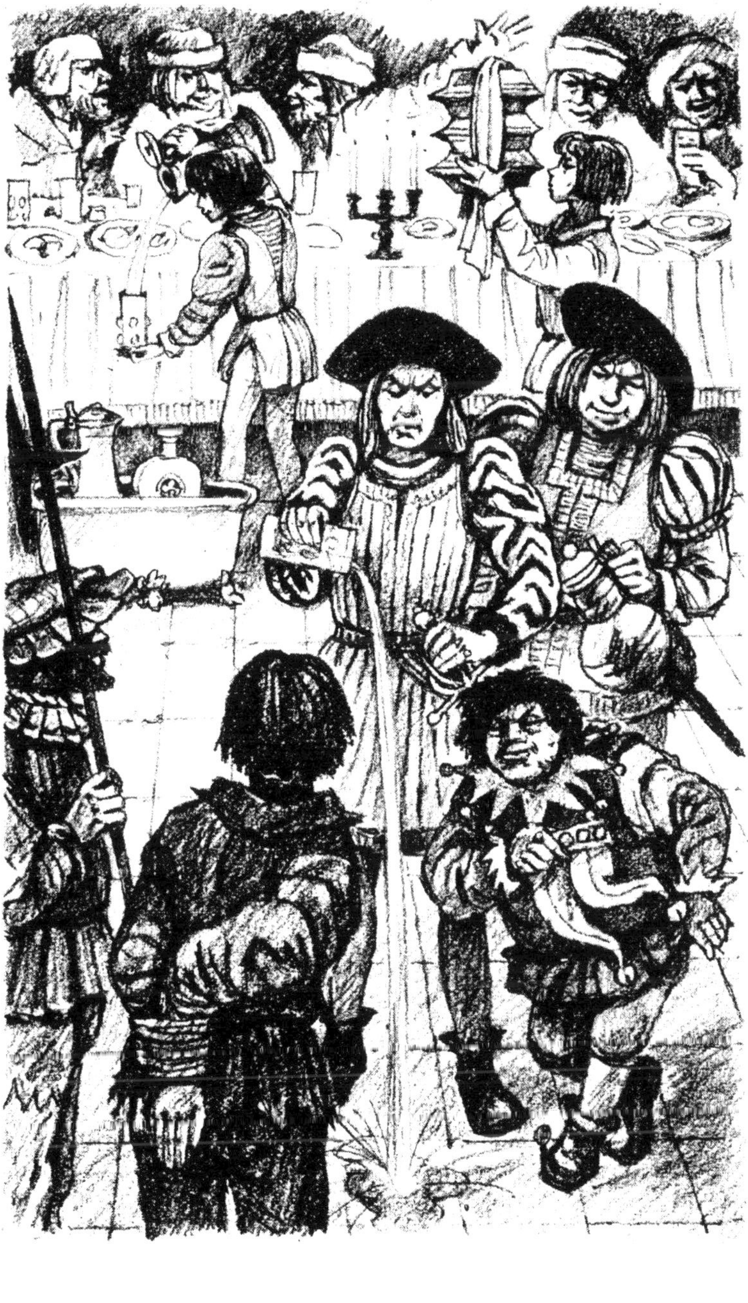

Der Kopf des Gefesselten pendelte hin und her. Blut floß aus der Nase, tropfte aus einer Wunde an der Stirn. Endlich hielt Georg ein. Er wandte sich ab. Albrecht grunzte: „Vielleicht tanzt er lieber. Schließlich kann er's auf jedem Parkett, der Narrenkanzler!"

Georg winkte ab. „Mir scheint, er möchte von Rechten reden. Es gefällt ihm nicht, wie wir mit Propheten umgehen. Er schätzt die Eichen und den Brauch, mit Richtern, die hinter Hecken sitzen, mit dem Volk davor, mit einer Spießgasse ..."

„Wir haben zwar keinen Baum, aber Volk", witzelte Albrecht und schaute sich um. „Wollen wir nicht auch zusammentreten? Ihn durch die Spieße jagen?"

Noch niemals hatte Hipler die Brüder so einig gesehen.

An der Tafel regte es sich. „Ich klage ihn der Gottlosigkeit an!" - „Ich der Ketzerei!" - „Er hat die Bauern aufgewiegelt!" - „Den Landfrieden gebrochen!" - „Aufruhr angezettelt!" - „Landesverrat begangen! Mord gepredigt!"

Georg stand auf und hob die Hand. „Er soll noch einmal reden, mit dem Beichtiger neben sich und mit der Kapuze über dem Kopf und dem Rad in der Hand ..." Er versuchte zu lächeln, doch es wurde eine Grimasse.

„Ich werde dich dem Henker überlassen, Wendelin. Vor allem Volk sollst du mit ihm einträchtig zur Messe gehen. Dann wird er das Rad nehmen und dir die Knochen zerbrechen, langsam, langsam, von unten an ..."

Er reichte dem Söldner, der Hipler begleitete, eine volle Kanne Wein. „Schaff ihn fort und trink. Aber gib ihm nichts ab. Und laß ihn nicht einschlafen. Ich will, daß er denkt. Daß er fortwährend an seine Messe denkt."

- - -

Der Posten verließ mit dem Gefesselten den Raum.

Als sie an den Bastionen waren, blieb Hipler stehen.

Der Knecht schaute ihn an. „Du mußt weitergehen."

Hipler antwortete nicht.

„Zum Teufel, mach keine Scherereien. Ich habe keine Lust, dich anzuspitzen. Ich habe seit sechs Wochen nichts als Blut gesehen, abgeschnittene Köpfe und Beine, Leichen, Aas. Es stinkt bis in den Traum hinein."

„Willst du reich werden?" fragte Hipler leise.

„Komische Frage. Könnte mir was anderes vorstellen, als Menschen umzubringen. Habe leider nur das gelernt."

„Es liegt bei dir."

„Du siehst wie ein Bettler aus. Was soll der Blödsinn. Hast du einen Schatz versteckt?"

„Nein!"

„Na also, komm!"
„Ich habe nie etwas versprochen, was ich nicht halten konnte."
„Was willst du denn?"
„Ich will, daß du mich freiläßt."
Der Söldner lachte. „Bist du toll? Soll ich für dich auf die Treppe steigen? Du kommst hier nicht raus!"
„... nicht wie du denkst." Hipler schaute auf die Mauer. Dahinter lagen die Felsen. Kirchturmtief darunter eine unpassierbare Schlucht. Geröll. Sträucher. Spärliches Gras.
Der Landsknecht folgte seinem Blick. „Du mußt verrückt sein. Vielleicht ist man so, wenn man nichts mehr zu erwarten hat."
Er nahm einen Schluck aus der Kanne und bot sie dem Gefesselten an. Hipler schluckte gierig.
Lauernd erkundigte sich der Knecht: „Und dann?"
„Gehst du durch das Tor und verläßt das Land. Du kannst bleiben, wo du willst. Du kannst Häuser bauen."
Der Knecht trank wieder. Auch Hipler hielt er die Kanne hin. Er sagte: „Hör auf mit dem Narrenzeug und komm. Du stiehlst mir die Zeit."
„Greif in meine Tasche. In die andere."
„Das ist ...?"
„... eine Alraune, ja. Vielleicht bringt sie dir Glück. Es sind Edelsteine. Ein Hochzeitsgeschenk ..."
Staunend betrachtete der Knecht im Mondlicht das funkelnde Geschmeide. „Ich könnte sie dir abnehmen."
„Man würde sie finden. Sie schreit, wenn sie gestohlen wird."
Der Knecht schnitt die Fesseln durch. „Ich sage dir, du kommst nicht raus ..." Er wandte sich um und ging.
Und Hipler dachte, daß ihm die Käuflichkeit des Rechts ein einziges Mal zum glücklichen Umstand geworden war. Er konnte den Grafen ein Schnippchen schlagen. Er brachte sie um ihren großen Triumph.
Der Kanzler schritt auf die Mauer zu, die an einer Stelle in das Felsengewirr überging. Etwas weiter - der Steilabfall.
Er spürte ein Rauschen in sich, als würde er von einer hohen Welle erhoben und auf eine ferne Insel gespült. Er schritt aus dem Meer dem funkelnden Land entgegen. Gesichter umdrängten ihn. Hände streckten sich entgegen. Er lief. Er wollte den Menschen nahe sein. Er wußte nicht, wie nahe er ihnen war. Und daß die Stunde des Georg von Hohenlohe schon geschlagen hatte.
Er lief zu den Felsen und spürte den Boden unter sich. Er lief. Ich bin angekommen, dachte er, hier endet mein Weg, andere müssen ihn weitergehen. Dann spürte er gar nichts mehr. Er breitete die Arme aus.
Tagelang wurde nach ihm gesucht.

Niemand konnte sich das Verschwinden erklären. Die Torwache hatte nur einen einzelnen Knecht bemerkt. Manche dachten, wer so närrisch ist, die Welt verändern zu wollen, muß mit dem Teufel im Bunde stehen.

- - -

Jahre später wurde von einem Schäfer in der Schlucht unterhalb der Felsen ein Skelett entdeckt. Es wurde lange herumgerätselt. Doch keiner wußte, wer der Tote war.

Nachbemerkung des Autors

Es soll darauf hingewiesen werden, daß ich mir für die Darstellung Wendel Hiplers in einigen Detailfragen das Recht der freien künstlerischen Gestaltung genommen habe:
- Wendel Hipler wurde nicht 1483, sondern vermutlich um 1465 geboren (nach M. Bensing),
- er hat nicht in Halle, sondern in Leipzig studiert,
- auf Hipler konnte die Schrift „Utopia" von Thomas Morus, die erst 1517 erschienen ist, nicht diese starke Wirkung gehabt haben, wohl aber die damit im Zusammenhang stehenden Ideen dieser Zeit.

Diese Abweichungen erschienen mir im Interesse einer spannenden literarischen Umsetzung legitim. In allen wesentlichen Aussagen folgt meine Arbeit den historischen Quellen und einer modernen Geschichtsdarstellung.

Gerhard Schmidt

Wichtige Zeitereignisse vor dem Bauernkrieg

1300	Der Mönch Berthold Schwarz entdeckt das Schießpulver.
1349	Ein Nürnberger Bürger errichtet die erste Papiermühle in Deutschland.
1386	In Heidelberg Gründung der ersten deutschen Universität
1400	Im Rheingebiet werden schwere Geschütze aus Gußeisen hergestellt.
1415	Der Prediger Jan Hus wird in Konstanz auf dem Scheiterhaufen verbrannt.
1420	Die böhmische Stadt Tábor wird zum Zentrum der Hussitenbewegung.
1427-1429	In Aachen, Wismar, Rostock, Lübeck, Bautzen, Magdeburg und Mainz kommt es zu Erhebungen gegen das Patriziat.
1440	Der Patrizier Johannes Gutenberg erfindet in Mainz den Buchdruck mit beweglichen Lettern aus Metall.
1460-1531	Tilmann Riemenschneider, Bildhauer und Bildschnitzer, 1520 Bürgermeister von Würzburg. 1525 werden ihm, nach Beteiligung am Bauernaufstand, auf der Folter die Hände zerbrochen.
1446-1536	Erasmus von Rotterdam. Ein Hauptwerk des Humanisten, „Lob der Torheit", ist gegen die Mißstände der Kirche gerichtet.
1476	Der Dorfmusikant Hans Böheim predigt in Niklashausen, daß die Armen von Steuern, Abgaben und Frondiensten befreit werden müßten. Er wird verhaftet und hingerichtet.
1487	Das Handbuch der Inquisition, der „Malleus maleficorum" (Hexenhammer) wird gedruckt.
1488	Die „Prognosticatio" (Vorhersage) des Johannes Lichtenberger erscheint. Der Astrologe prophezeit, daß „die Reichen herabstürzen, die Armen aufsteigen und zu Reichtum gelangen".
1492	Kolumbus entdeckt Amerika.
1495	Es entstehen Walzwerke, mit denen man Zinnplatten fein auswalzen kann.
um 1500	Im Bauwesen, im Handel und in einzelnen Gewerben werden Hebezeuge, Winden und Kräne verwendet. – Im Schiffbau setzt eine Entwicklung zu großen und wendigen Schiffen ein (Viermaster in Flandern). Es werden Ladefähigkeiten bis zu 610 t erreicht. – Peter Henlein erfindet in Nürnberg die

	Taschenuhr. - In den Städten werden Banken gegründet und Kredite vergeben. - Von der Artillerie werden eiserne Kugeln an Stelle von Steinkugeln verschossen.
1502	Joß Fritz gründet bei Bruchsal einen Geheimbund, den „Bundschuh". Der Plan zum Aufstand wird verraten.
1509	Die Erfurter Zünfte rebellieren gegen den Rat.
1513	In Lehen im Breisgau wird von Joß Fritz ein neuer „Bundchuh" organisiert. Wieder wird die Verschwörung entdeckt.
1514	Württemberger Bauern und Städter erheben sich im Aufstand des „Armen Konrad". Die Bewegung wird von den Feudalherren niedergeworfen.
1517	Die dritte Bundschuhverschwörung des Joß Fritz reicht vom Schwarzwald bis in das Elsaß. In über hundert Ortschaften warten die Mitglieder auf den Volksaufstand. Auch diese Unternehmung wird verraten. - Martin Luther schlägt ein Plakat mit fünfundneunzig Thesen gegen den Ablaßhandel an der Tür der Wittenberger Schlosskirche an. - „Utopia" von Thomas Morus erscheint
1519	Die Fugger finanzieren die Kaiserwahl Karls V.
1521	Auf dem Reichstag zu Worms veröffentlicht der Kaiser ein Edikt, mit dem die Reichsacht über Luther verhängt wird. - Luther übersetzt auf der Wartburg das Neue Testament ins Deutsche und leistet damit einen wichtigen Beitrag zur Entwicklung der deutschen Schriftsprache.
1523	Thomas Müntzer wird nach einer Prag-Reise in Allstedt als Prediger angestellt.
1524	Thomas Müntzer muß aus Allstedt fliehen. Er wendet sich in Nürnberg in einer Schrift („Hochverehrte Schutzrede") gegen die Verleumdungen Luthers.

Chronologie des Bauernkrieges (Auswahl)

Juni 1524
bis März 1525   Bauern im südlichen Schwarzwald verweigern die Frondienste und den Zehnten. Der Aufstand breitet sich rasch aus. In Südwestdeutschland bilden sich drei große Haufen (Seehaufen, Allgäuer- und Baltringer-Haufen mit zusammen 30 000 Mann.

1525
Februar   Thomas Müntzer wird in Mühlhausen als Pfarrer angestellt.

März   Die „Zwölf Artikel" erscheinen im Druck. Boten und reisende Buchhändler tragen dieses Kampfprogramm der Bauern von Ort zu Ort.

17. März   Müntzers Anhänger stürzen in Mühlhausen den alten Rat der Stadt. Es wird ein „Ewiger Rat" eingesetzt.

Ende März bis
Anfang April   Auch in Franken bilden sich drei Bauernhaufen (Taubertaler, Bildhäuser, Neckartal-Odenwälder).

April   Thüringer Bauern erheben sich.

4. April   Der „Schwäbische Bund" unter Georg Truchseß von Waldburg schlägt bei Leipheim den Baltringer Haufen. Allgäuer und Seebauern werden in Verhandlungen verwickelt. Nachdem sie die Waffen niedergelegt haben und nach Hause gegangen sind, überfällt sie der Truchseß in ihren Dörfern.

16. April   Einnahme von Weinsberg durch die Bauern. Gericht über den Grafen von Helfenstein.

27. April   Götz von Berlichingen nimmt die Hauptmannschaft im Neckartal-Odenwälder Haufen an.

Ende April bis
Anfang Mai   Das im „Artikelbrief" enthaltene revolutionäre Programm, das über die Forderungen der „Zwölf Artikel" hinausgeht, wird von Schwarzwälder Bauern verbreitet. Es sieht eine christliche Gemeinschaft Gleicher ohne Obrigkeit vor und bedroht Widerstrebende und Verräter mit dem weltlichen Bann.

Mai	Mehrere tausend Bauern versammeln sich in einem Lager bei Frankenhausen. Zu ihnen stößt Thomas Müntzer mit dreihundert Bewaffneten. - In Südwestdeutschland, Schwaben, Franken, Thüringen und Sachsen, in Elsaß-Lothringen und im Alpenland entstehen Bauernhaufen.
1.-6. Mai	Im Eichsfeld werden durch aufständische Bauern zahlreiche Burgen und Klöster zerstört.
7. Mai	Das Erzstift Mainz befindet sich in Bauernhand.
Anfang bis Mitte Mai	Das Heilbronner Programm wird entworfen. Es entsteht der Plan eines Bauernparlaments, das in dieser Reichsstadt abgehalten werden soll.
12. Mai	Schlacht bei Böblingen. Sieg des schwäbischen Bundesheeres über die württembergischen Bauern. Jäcklein Rohrbach gerät in die Hand des Truchsessen und wird einige Tage später auf dem Scheiterhaufen verbrannt.
14. Mai	Philipp von Hessen trifft mit seinen Truppen in Frankenhausen ein und greift die Bauern ergebnislos an.
15. Mai	Herzog Georg von Sachsen erreicht Frankenhausen. Müntzers Auslieferung wird verlangt. Die fürstlichen Truppen brechen einen Waffenstillstandsvertrag, überfallen die Bauern und dringen in deren Wagenburg ein. Müntzer gerät in Gefangenschaft. Tausende Aufständische werden niedergemetzelt.
17. Mai	Auflösung des Heilbronner Bauernparlaments
25. Mai	Mühlhausen ergibt sich kampflos den Fürsten.
26. Mai	Berlichingen verrät den Neckartal-Odenwälder Haufen.
27. Mai	Thomas Müntzer wird in der Nähe von Mühlhausen enthauptet.
28. Mai	Das Schwäbische Bundesheer greift Neckarsulm an. Der Truchseß wird von der Bauernbesatzung zurückgeschlagen.
2. Juni	Niederlage der Neckartal-Odenwälder bei Königshofen
4. Juni	Niederlage der Bildhäuser bei Meiningen
8. Juni	Einnahme Würzburgs durch das Bundesheer
Mai 1525 bis Juli 1526	Aufstände im Alpenland. Wahl Michael Gaismairs zum Feldhauptmann. Seine Tiroler Landesordnung entsteht. Brixen wird von Aufständischen eingenommen, Salzburg besetzt. Kämpfe um Radstadt
6. Juli	Zug Gaismairs nach Südtirol
12. Juli	Übertritt Gaismairs auf venezianisches Gebiet

Worterklärungen

Adept	(lat.) Eingeweihter; in geheime Kunst oder Wissenschaft Eingeweihter, Alchimist
Adlatus	(lat.) zur Seite; Beistand, Gehilfe
Allmende	gemeinsam genutztes Gemeindeland, auch Weide und Forst
Alma mater	(lat.) nährende Mutter, Bezeichnung für Universität
Arkanum	(lat.) geheim; Geheimmittel, Geheimnis, Geheimlehre, besonders in der Alchimie Bezeichnung für Stein der Weisen
Ars dictandi	(lat.) die Kunst des In-die Feder-Sagens, Redekunst
Autodafé	(port.) auto dafé - Handlung des Glaubens; Ketzerverbrennung
Bacchanten	(lat.) Teilnehmer an den Bacchanalien; Begleiter des Weingottes Bacchus, dem Genuß Ergebene
Bakkalaureus	Gelehrter des niedrigsten akademischen Grades
Beginen	Frauen, die sich, ohne Klostergelübde, zu mildtätigen Zwecken vereinigten
Bergregal	Hoheitsrecht für den Abbau von Bodenschätzen
Canon episcopi	Bischofsgesetz
Carolina	abgekürzt für Constitutio criminalis Caroli, Halsgerichtsordnung Karls V.
Carolinum	Prager Universität
Chiromantie	Wahrsagerei aus den Handlinien
Circulus vitiosus	(lat.) fehlerhafter Kreislauf; philosophisch: Schluß, in dem das zu Beweisende zur Beweisführung benutzt wird
Deutscher Orden	1191 in Palästina gegründeter Orden, 1198 zum geistlichen Ritterorden umgewandelt
Deutschordensheer	Heer des DeutschenOrdens
Doppelsöldner	Landsknecht, der wegen seiner Bewaffnung (oder in einem Kriege) Doppelsold empfing
ego te absolvo	(lat.) ich spreche dich frei (von allen Sünden)
Famulus	(lat.) Diener, Gehilfe; Plural: Famuli

Fugger	Augsburger Patrizierfamilie, größtes deutsches Bankhaus im 16. Jahrhundert
Hakenbüchse	mit einem Stützhaken versehenes schweres Gewehr für Kugelschuß
Hic Rhodus, hic salta	Hier ist Rhodos, hier springe - im Sinne von: beweise die Wahrheit, aus einer Fabel des Dichters Äsop
Hochzeit zu Kana	Auf der Hochzeit zu Kana, einem Dorf in der Nähe von Nazareth, verwandelte Jesus angeblich Wasser in Wein. (Evang. Johannes 2)
Il Principe	„Der Fürst"; Hauptwerk des Niccolo Macciavelli (1469-1527)
Inkubus	(lat.) Auflieger, ein Alpdrücken verursachender Dämon, im Mittelalter Buhlteufel einer Hexe usw.
Lizentiat	Hochschulgrad, der die Erlaubnis gibt, Vorlesungen zu halten
Magister	(lat.) Meister; hier: akademische Würde
Magister artium liberalium	Magister der freien Künste
Malleus maleficorum	(lat.) Hexenhammer, Anweisung zum gerichtlichen Verfahren gegen Hexen, veröffentlicht 1487
Malefizium	das Verbrechen: Malefiz (lat.), Missetat
Malefizrecht	Blutrecht, Kriminalrecht
Manna	Brot vom Himmel
Omnia sunt communia	(lat.) in freier Übetragung: allen soll alles gehören (zuerst bei Platon, auch von Müntzer gefordert)
Paramente	Kirchen- und Altarschmuck, Meßgewänder
Pferdegöpel	von Pferden in Bewegung gesetzte Maschine, hier Wasser-Hebewerke
Pönitential	(lat.) Beicht-, Buß- und Strafbuch
Prognosticatio	eine Schrift dieser Zeit mit Weissagungen
Prokrustesbett	Prokrustes - in griech. Mythologie Name eines Unholds, der seine Gäste durch Abhacken oder Ausrecken an ein Bett anpaßte
Sancta ecclesia	heilige Kirche
scholastische Divinitas	scholastische Göttlichkeit
Saniterbänke	Bezeichnung für die mit Kalk versetzten Komposthaufen zur Salpetergewinnung (für Schießpulver)

Savonarola	Girolamo Savonarola (1452-1498), italienischer Bußprediger und religiös-sozialer Reformator
Schimäre	Chimäre, griech. Chimaira; Trugbild, Hirngespinst
Schwäbischer Bund	1488 von oberdeutschen Adligen und schwäbischen Reichsstädten in Eßlingen gegründeter Bund, Hauptinstrument des Feudaladels zur Unterdrückung der aufständischen Bauern
Si vis pacem, para bellum	(lat.) Willst du Frieden, halt dich kriegsbereit.
Tedeum	(lat.) Chorwerk über einen frühchristlichen Hymnus
Transmutation	(lat.) Umwandlung, in der Alchimie: meist von unedlem in edles Metall, z. B. Herstellung von Gold auf dem Wege solcher Umwandlung
Ungeldhof	Handelszentrum im alten Prag (Teinhof)
Zierholdgeschrei	Ruf zum Landesaufgebot

Gerhard Schmidt-Halberstadt
Die **BELLETRISTISCHE GESAMTAUSGABE** in 25 Bänden
Herausgegeben von Friedrich Kleinhempel

Band 1 DER NARRENKANZLER
Ein junger Anwalt sucht Gerechtigkeit, muss vor einem Hexenprozess aus Halle an der Saale nach Prag fliehen und gerät in Süddeutschland konfliktreich an die Spitze von Aufständischen. Aus dem deutschen Bauernkrieg - spannend erzählt (Roman)
5., bearb. Auflage, 258 S., ISBN 3-939176-02-6   **€ 10,- / SFr 16,-**

Band 2 JENSEITS VON GOLGATHA
Aus den geheimen Schriften des Kanzlers von Salzbronn. Zwischen Fürstenherrschaft, Volkszorn und Inquisition - eine ungemein packende, suggestive Story aus der Zeit von Bauernaufständen und Reformation (Roman)
2. Auflage, ca. 250 S., ISBN 3-939176-21-4   **€ 10,- / SFr 16,-**

Band 3 DER TÖDLICHE TRAUM
Der geniale Maler Jerg Ratgeb - Interessenspielball zwischen Herzog, Kirche und Volk, tragischer Held der Freiheitskämpfe süddeutscher Bauern, 1526 in Pforzheim grausam hingerichtet. - Mit Zeichnungen und dem Farb-Faltblatt des berühmten Ratgeb-Altars von Hans Kloss (großer historischer Roman)
Erstausgabe, 485 S., ISBN 3-939176-05-2   **€ 18,- / SFr 30,-**

Band 4 AUFTRAG HOCHVERRAT
Berlin 1878: Blutige Machtkämpfe in Deutschlands Kaiserresidenz: ein Lokalreporter zwischen Geheimdienst und anarchistischen Weltverbesserern, nach authentischem Geschehen (hist. Kriminalroman)
2. Auflage, 268 S., ISBN 3-939176-03-6   **€ 10,- / SFr 16,-**

Band 5 FRISS ODER STIRB
1865-1930: Konflikte einer Berliner Familie in sozialen Wirrnissen stürmischer industrieller Entwicklung. Illusionen zerstieben. Der Familien-Ahn, ein windiger Kellner, kann dem Obdachlosenasyl noch entkommen. Doch seine Kinder, Enkel, Urenkel ...?
Erstausgabe, ca. 175 S., ISBN 3-939176-51-6   **€ 10,- / SFr 16,-**

Band 6 DIE ILLUSION DER TOREN
1941: Ein Schriftsteller will seine Krise mit der Zuwendung zum historischen Volkstribun Gaismair bewältigen. Im Sumpf von Lügen und Selbsttäuschung muss er enscheiden, humanistisch zu handeln oder den Nazi-Göttern zu huldigen.
Erstausgabe, ca. 200 S., ISBN 3-939176-14-1   **€ 10,- / SFr 16,-**

Die weiteren Bände werden zügig ediert.
Abonnements einzelner Bände oder der Gesamtausgabe sowie Subskriptionspreise auf Anfrage beim Verlag.

Bestellungen bitte über den Buchhandel oder direkt an:
Thurneysser-Verlag, Postfach 35 05 32, D-10214 Berlin